Nebel aus dem Moor

Von Kreske Ahlers

1. Auflage

Bibliografische Information der Deutschen Nationalbibliothek: Die Deutsche Nationalbibliothek verzeichnet diese Publikation in der Deutschen Nationalbibliografie; detaillierte bibliografische Daten sind im Internet über dnb.dnb.de abrufbar.

© 2021 Kreske Ahlers

Herstellung und Verlag: BoD – Books on Demand, Norderstedt

ISBN: 9783752683387

Prolog

Schweigend sah sich die kleine Gruppe an, sie alle beluden sich an diesem Tag mit einer Schuld, die sie nie wieder von sich waschen konnten. "Wir müssen ihn verschwinden lassen", knurrte einer von ihnen dunkel, nur aus dem Augenwinkel bemerkte er, wie eine der Frauen weinend davonlief. Es war nicht ihre Schuld! Er hatte ihnen doch gar keine andere Wahl gelassen!

Einer seiner Begleiter, mit dunklen Augen und einer Seemannsmütze tief ins Gesicht gezogen, fuhr sich über die Hosenbeine, um das Blut abzuwischen. "Was haben wir denn für eine Wahl?", murrte er leise und sein Blick wirkte eiskalt, als er zu den Männern hochsah, die um ihn herumstanden. "Einer von euch holt seinen verdammten Trecker und dann bringen wir ihn ins Moor! Dort wird sich mit Sicherheit die Natur um ihn kümmern."

Damit schien für ihn die Sache erledigt zu sein und ohne ein weiteres Wort zu sagen, teilte sich die kleine Gruppe auf. Einige verschwanden nach Hause, andere holten Putzmittel, ein dritter warf seinen Trecker an, um danach mit den anderen zusammen den leblosen Körper auf den Anhänger zu werfen. Die Natur würde sich schon um alles kümmern. Nur einer von ihnen stand ruhig da, stemmte seine gegerbten Hände in die Hüften und aus der alten Pfeife zogen bläuliche Schwaden nach oben in den Himmel.

Das würden sie alle bitter bereuen, da war er sich jetzt schon sicher. Doch solange keiner von ihnen sprach, erfuhr auch niemand etwas davon.

Nur das Mädchen erregte sein Mitleid ... nur sie allein.

Kapitel 1

Der Wind zerzauste die langen, dunkelbraunen Haare und zerrte an der dicken Jacke, in die sich die zierliche Person enger wickelte. Wie lange hatte sie nicht mehr hier gestanden? Es schienen ihr deutlich mehr als nur 20 Jahre. Der Winteranfang legte sich über das Land hoch im Norden, die Nächte zogen sich in die Länge, die See war unruhig und von den letzten Resten der Herbststürme aufgewühlt. Ein Zittern ergriff ihre Glieder und sie drehte sich auf dem Deich um, den Blick bis eben auf die Weiten der Nordsee gerichtet.

Es war kein glückliches "Nach Hause kommen" sondern eher ein Zwang. Geborgen fühlte sie sich schon lange nicht mehr an diesem Ort, so faszinierend die raue Natur auch war und egal wie viele glückliche Stunden sie als Kind hier verbracht haben mochte. Erschauernd steckte die 29-jährige ihre fast erfrorenen Hände tiefer in ihre Manteltaschen. "Ich hatte fast vergessen wie kalt es hier wird, wenn der Wind richtig steht", murmelte sie mehr zu sich selbst und sah auf, als sich ein Wagen dem Deich näherte.

Schon als Kind hatte man immer genau sagen können, wer zu Besuch kam und wer nicht. Das alte Haus, direkt hinterm Deich versteckt, war in ihrer Jugend immer ihr Zuhause. Der Hund zu ihren Füßen genoss die freie Natur, die kühle Luft und die unzähligen Gerüche in der Nase. Seine flauschigen Ohren wehten im Wind und manchmal stemmte sich die zierliche Cockerspaniel-Hündin mit ihrem ganzen Gewicht gegen die Natur. Aus dem Wagen stieg ein Mann, Mitte 30 mit dunklen Augen und in dem unmöglichsten Anzug, den sie je in ihrem Leben gesehen hatte. Die Hose war zu kurz und das Hemd spannte über dem deutlichen Wohlstandsbauch des Herren. "Sie müssen Hannah Reimann sein! Ich freue mich, dass sie hergefunden haben!", rief er gegen den Wind den Deich hoch.

Einen Moment lang sah sich Hannah den Mann nur an, dann trat sie sicher in den aufgeweichten Deich und ignorierte dabei, wie ihre edlen Schuhe darunter litten. "Ja, die bin ich. Freut mich auch, Herr...?", fragte sie und sah dem Mann tief in die Augen. Der kam hektisch auf sie zu, um ihr seine Hand zu reichen. "Siems! Christian Siems!", rief er ihr zu und obwohl sich alles in ihr sträube, griff Hannah nach der angebotenen Hand.

"Freut mich", murmelte sie, machte aber keinen Hehl daraus, dass ihre Worte nicht der Wahrheit entsprachen.

Der Immobilienmakler griff nach ihrer Hand und half ihr die letzten Schritte unsicher zitternd vom Deich herunter. "Ich hoffe Sie fühlen sich hier schon wohl. Etwas einsam, aber das Haus ist wirklich ein Schmuckstück", versuchte er, die in den letzten Jahren deutlich heruntergekommene Immobilie anzupreisen. Hannah kannte so ein Verhalten genau und ein charmantes Lächeln legte sich auf ihre Lippen. "Ja, finde ich auch. Immerhin habe ich neun Jahre hier gelebt."

Sofort entgleisten dem Mann sämtliche Gesichtszüge, was Hannah das erste, ehrliche Lächeln auf die blassen Lippen zauberte. "Oh, entschuldigen Sie, davon wusste ich nichts", murmelte er leise, fing sich aber sofort wieder und lächelte, so charmant er es hinbekam. "Nun, jedenfalls freut es mich sehr, dass Sie den Weg wieder in die Heimat zurückgefunden haben. Bestimmt haben Sie sich hier sehr wohl gefühlt, nicht wahr?" Zustimmend nickte Hannah. Das hier war immer ihr zu Hause gewesen und als sie von heute auf morgen die Gegend verließ, war das für sie alles andere als leicht. Doch jetzt war sie wieder hier, wenn auch aus eher unerfreulichen Gründen. "Also gut, ich denke Sie brauchen mich nicht herumführen", meinte sie lächelnd. "Immerhin kenne ich das Haus noch sehr gut, auch wenn sich viel verändert haben wird. Den Preis hatten wir besprochen, müssen Sie sonst noch etwas wissen?"

Erstaunt sah der Makler sie an, kramte in seinen Unterlagen und hielt ihr einen Stift hin. "Nun, wenn Sie mit allem einverstanden sind, brauche ich hier nur noch Ihre Unterschrift. Genau dort unten auf der Linie, dann gehört das Haus wieder Ihnen." Eigentlich hatte Hanna lange nicht mehr darüber nachgedacht zurück nach Hause zu kommen, doch dann bekam sie den Anruf eines Kommissars hier aus dem Revier. Einem Mann, der mit ihr sprechen musste und sie darum bat, herzukommen. Warum wusste Hannah nicht genau, aber sie war sich sicher, es herauszufinden.

Der Mann in den Hochwasserhosen gab ihr einen Schlüssel und strahlte die junge Frau an. "Nun, ich freue mich Sie hier wieder begrüßen zu dürfen! Hoffentlich fühlen Sie sich hier bald wieder zu Hause. Wenn irgendwas sein sollte, rufen Sie mich ruhig an." Schmunzelnd sah Hannah ihm nach, wie er mit seinen schwarzen Lederschuhen schnell durch die Pfützen zurück zu seinem Wagen watschelte wie eine verunglückte Ente. Mit dem Schlüssel in der Hand kniete sich die junge Frau hin und streichelte durch das weiche Fell der Hündin. "Bin ich froh, dass du hier bist, Lina... lass uns reingehen. Ich bin wirklich sehr gespannt, wie sehr sich alles verändert hat."

Doch wenn sie ehrlich war, zitterten ihr die Hände. Hier schien es genauso wie früher, als sie ein Kind war. Nur Details waren der Natur zum Opfer gefallen. Der Teich, den ihr Vater so sehr liebte, war zugewuchert mit Gestrüpp. Die Sträucher und das kleine Ackerland waren komplett mit Unkraut überzogen und aus der Form geraten. Trotzdem erkannte man etwas von dem alten Glanz, den dieses Stück Land einmal besessen hatte. Sofort kamen in Hannah alte Gefühle hoch, die sie sonst verdrängte und versteckte, damit keiner an die alten Wunden kam, die zu tief saßen. Dieses Dorf ... dieses kleine Dorf am Ende der Welt war einmal ihre Heimat, doch jetzt kamen die alten Schatten zurück, die nach ihrem Körper griffen, um sie zu zerstören.

Sie schienen nur auf ihre Rückkehr gewartet zu haben, um sich wieder auf Hannah stürzen zu können, und im ersten Moment schnürte es der jungen Frau die Luft ab.

Nein, egal was sie hier erlitt, jetzt durfte sie auf keinen Fall den Kopf verlieren! In der Hand hielt sie ihr Handy, für einige Sekunden spielte sie sogar mit dem Gedanken jemanden anzurufen, doch Hannah wusste, jetzt war sie auf sich allein gestellt. "Gut, gehen wir rein", murmelte sie sich selbst Mut zu, ihren Hund ignorierte sie, der aufmerksam zu ihr hochsah und mit den Ohren zuckte. Dieses Haus, es war wie verflucht und Hannah war sich sicher, dass alles würde sich auf sie weiterhin auswirken.

Es durfte sie nicht mehr berühren!

Sie war kein Kind mehr und die Zeit war gekommen, in der man sich von allem löste und weiter voranging. Entschlossen, dies in die Tat umzusetzen und sich ihrer Vergangenheit zu stellen, griff Hannah nach der Türklinke und öffnete die Eingangstür. Sofort schlug ihr ein muffiger Geruch entgegen und im ersten Moment würgte sie. Es stank hier, als würde jemand in einer Ecke liegen und verwesen, doch sie hoffte sehr, dass der Immobilienmakler sichergegangen war, niemanden in den Ecken hausen zu lassen! Dennoch, mit dem Gestank kamen ebenfalls die alten Erinnerungen in ihr hoch und aus einem Reflex heraus, verließ sie das Haus wieder.

Die kühle Luft war angenehm und mehrfach atmete Hannah tief ein und aus. Wie sollte denn da jemand leben? Allerdings ... es war ihr zu Hause und sie fühlte sich vom ersten Moment an mit diesem Ort mehr als verbunden.

Seufzend kniete sie sich auf den Boden und kraulte die Hündin an den Ohren, die es ebenfalls vorzog, draußen frische Luft zu schnappen. "Lassen wir einfach einen Moment die Eingangstür offen und dann versuchen wir es noch einmal. Ich denke das wird helfen", flüsterte sie leise und ließ ihren Blick zum Deich wandern. Es war beruhigend ihn wiederzusehen und zu wissen, dass alles beim Alten war.

Erst das Geräusch eines näherkommenden Wagens ließ sie wieder aufblicken und mühselig erhob sich Hannah vom Boden, auf dem sie es sich gemütlich machte, damit frische Luft durch ihr Haus strömen konnte. Aus dem Audi stieg ein Mann, kaum älter als sie selbst und lief mit sicherem Schritt auf sie zu. "Hannah Reimann?", meinte er lächelnd und reichte ihr seine große Hand. "Wir haben telefoniert, freut mich Sie kennen zu lernen. Ich bin Kommissar Raik Vogelsang."

    Schnell wischte sich Hannah die Hand an ihrer Jeans ab und ergriff die angebotene Hand. "Freut mich auch. Woher wussten Sie, dass ich schon hier bin?", wollte sie wissen, obwohl die junge Frau es sich vorstellen konnte. Das Verhalten mancher Menschen änderte sich nicht und schon gar nicht auf dem Dorf. Sein Blick wanderte zu ihrem silbernen Cabrio. "Nun, eine junge Frau mit teurem Auto auf dem Weg zum einsamsten Haus der Gegend? Entschuldigen Sie, aber Sie ahnen vermutlich nicht einmal, wie sehr die Dorfbewohner sich schon über Sie unterhalten." Doch, Hannahs Phantasie reichte aus, um es sich vorzustellen, und schmunzelnd schüttelte sie den Kopf. "Da dachte ich, nach den vielen Jahren, in denen ich nicht hier war, hätte sich was verändert, aber... offenbar bleiben die Menschen so, wie sie sind."

    Zustimmend nickte der Kommissar, der schnell seine Dienstmarke aus der alten Lederjacke hervorkramte und ihr diese unter die Nase hielt. "Hier und mein Dienstausweis", stellte er die Dinge klar. Er musterte die junge Frau aufmerksam und schmunzelte, denn nicht nur ihr Auto würde hier auffallen. Eine große Frau, keine dieser Hungerhaken, sondern mit einer gesunden Figur, vollen Lippen und den dunkelsten Augen, die Raik je gesehen hatte.

Die langen Beine steckten in einer engen Jeans und damit bewies Hannah nur, dass sie sich für ihren Körper nicht schämte. Ihre Oberweite blieb allerdings ein Phantasiekonstrukt des Kommissars, denn die versteckte sie hinter der weiten Daunenjacke, die bei diesen Temperaturen bestimmt wärmer hielt, als seine verschlissene Lederjacke. "Wollen Sie noch nicht reingehen?", fragte er nach und deutete auf die offene Tür. Ein Schmunzeln huschte über die vollen Lippen und Hannah linste in den dunklen Flur. "Ich würde schon gerne reingehen und mich umsehen, aber... da drinnen stinkt es wie auf einer Mülldeponie. Ich wollte erst einmal frische Luft reinlassen."

"Da war ja auch seit 20 Jahren keiner mehr drin", stellte Raik trocken fest, zog sich die Lederjacke ein wenig zurecht und betrat das alte Haus. "Hm... langsam geht es, ich werde mal sehen, ob das Licht noch geht." Besorgt sah Hannah ihm nach und räusperte sich leise. "Der Sicherungskasten ist hinten in der Waschküche, direkt neben der Klappe zum Keller! Stoßen Sie sich nicht den..."

"AUA!"

"...Kopf", murmelte sie leise und ehe sie doch lachte. "Sie hätten mich gehen lassen müssen... Immerhin habe ich hier neun Jahre gelebt, ich weiß, wo hier was steht, und ich behaupte einfach mal, dass ich mich auskenne."

Leidend hielt sich der junge Kommissar den Kopf, den er sich an der niedrigen Decke stieß. "Das hätten Sie auch etwas früher sagen können", murmelte er beleidigt, ehe er die alten Sicherungen austauschte, gegen Neuere, die er extra mitgenommen hatte. "Ich dachte mir schon, dass ich die hier noch gebrauchen kann", erklärte er die Sicherungen und drehte diese geschickt wieder rein. Kurz darauf schaltete er das Licht in der alten Waschküche ein. In dem Moment, in dem alles aufleuchtete, wünschte sich Hannah, dass jemand das Licht schnell wieder ausstellte.

"Ach, du liebes bisschen", murmelte Raik leise und räusperte sich. "Sind Sie sich sicher, dass Sie nicht doch lieber mit Ihrem Hund in eine Pension möchten? Ich kann da was für sie arrangieren." Doch Hannah schüttelte stur den Kopf. "Nein... gut, es ist erschreckend, wie der Schimmel hier gesprossen ist, aber ich werde hierbleiben. Die Waschküche war schon immer feucht... im Bad dort drüben wird es wohl genauso aussehen, aber wenigstens die Zimmer oben sollten in Ordnung sein. Ich denke, da kann ich schlafen. Sind Sie nur hergekommen, um mich zu begrüßen?"

Der junge Kommissar schüttelte den Kopf und kramte in seiner Lederjacke herum, ehe er ihr einen Ausweis hinhielt. "Hier... den haben wir bei einem Mordopfer gefunden, leider kann man die Schrift kaum noch erkennen und ich wollte sichergehen, ob das tatsächlich der Ihres Vaters ist." Zitternd nahm Hannah den vergilbten Ausweis entgegen und Tränen schossen ihr in die Augen. "Ja", flüsterte sie leise. "Das ist mein Vater..."

Kapitel 2

Seufzend ließ sich Raik auf den Stuhl am Küchentisch sinken. "Sie hat mich nicht einmal erkannt...", gab er frustriert von sich und lächelnd stellte ihm eine schlanke, hoch gewachsene Blondine das Essen vor die Nase. Sanft legte sie ihre Hände auf seine Schultern und hauchte ihm einen Kuss auf die dunklen, strubbeligen Haare. "Das wundert dich? Hannah ist 20 Jahre lang nicht mehr hier gewesen. Du siehst nicht mehr aus wie mit 12 Jahren."

Erneut kam ein Seufzen über seine Lippen und er rührte in dem Eintopf herum, lehnte sich zurück und nickte. "Ich weiß, du hast Recht. Trotzdem war ich enttäuscht. Albern, oder?" Seine Frau musterte ihn einen Moment, nickte allerdings zustimmend. "Ja, das ist albern. Du solltest wissen, dass es unmöglich ist sich nach zwei Jahrzehnten noch an jemanden zu erinnern, den man mit 9 Jahren mal gekannt hat. Vielleicht kommt das noch, wenn du mehr Zeit mit ihr verbringst. Aber du solltest daran denken, warum sie damals das Dorf verlassen hat." Konzentriert sah Raik auf den Teller vor sich, atmete dann durch und nickte. "Ja...", gab er widerstrebend zu. Warum hatte er angefangen mit seiner Frau darüber zu reden?

Sie durfte sich gar nicht so in die Ermittlungen einmischen, doch sowas wie diesen Fall gab es in ihrer Gegend nicht! Ein Mord ... selbstverständlich wurde man in der Polizeischule darauf vorbereitet. Doch es war etwas anderes, wenn man das erste Mal einen toten Menschen vor sich sah! Die bleiche Haut, weit aufgerissene Augen, die einen anstarrten...

Dieser leere Blick, abwesend und stumpf, hatte sich in Raiks Gedächtnis gebrannt und verfolgte ihn seither, wenn er schlief. Seine Frau streichelte sanft über Raiks Kopf. "Niemand hätte das an einem

Ort wie diesem erwartet", meinte sie leise und setzte sich an den Tisch, um selbst zu essen. An jedem Abend das gleiche, manchmal ärgerte sich Raik darüber. Diese alltägliche Routine, die sich in ihr Leben schlich und sich nicht mehr vertreiben ließ. Jeden Abend kam er nach Hause, in das kleine Haus am Ende der Straße, mit der langen Auffahrt und dem gepflegten Garten. Mit der Schaukel, die kein Kind benutzt, und mit einer Frau, die den ganzen Tag damit verbrachte, auf ihn zu warten, um ihn mit neuestem Klatsch zu empfangen und das Abendessen zu servieren.

Als Raik sie mit 21 heiratete, war er sich sicher, die perfekte Frau gefunden zu haben. Schon in der Schulzeit waren sie ein Paar und keiner wunderte sich darüber, dass er ihr einen Antrag machte und Christine seine Frau wurde. Mit gerade einmal 32 Jahren fühlte sich Raik, als wäre sein Leben schon zu Ende. Dieser Mord rüttelte ihn regelrecht wach, denn es riss ihn aus der Routine, die er mit erschreckender Selbstverständlichkeit hinnahm. "Wie war es sonst?", erkundigte sich seine Frau, die lächelnd zu ihm hochsah, und manchmal fragte sich Raik, ob sich Christine mit ihm wohlfühlte. Liebte sie ihn noch?

Benommen schüttelte er den Kopf, darüber sollte er sich in diesem Moment keine Gedanken machen. Sein Leben war in Ordnung, so wie es war, mehr hatte er nie erwartet. "Nun, du kannst dir vorstellen, was in unserer kleinen Wache los ist. So einen Mord gab es bei uns noch nie. Morgen soll ein Kriminalinspektor aus Hamburg kommen, um uns zu unterstützen." Schmunzelnd sah seine Frau ihm in die Augen. "Lass mich raten, du bist nicht sonderlich begeistert, was? Immerhin wird man dir in deine Arbeit reinreden. Etwas, das du gar nicht leiden kannst." Raik ließ sich in Ruhe den Eintopf schmecken, lehnte sich dann aber zurück und seufzte, nachdem er die Worte seiner Frau durchdachte. "Nun... ich denke, Freunde werden wir nicht, aber er ist mein

Arbeitskollege. Ratschläge werde ich schon von ihm hinnehmen müssen, auch wenn ich mit diesen Anzugträgern nicht umgehen kann." In seiner Phantasie erschuf Raik von dem Mann schon ein klares Bild.

Ein gut geschnittener Anzug, weißes Hemd und schwarze Krawatte, die Haare ordentlich gekämmt, mit perfekten Schuhen auf Hochglanz poliert. Am besten noch eine eckige Brille und einen Aktenkoffer unter dem Arm. Christine musterte ihren Mann und schmunzelte. "Du malst ihn dir mit Sicherheit aus, wie diese FBI-Agenten in schlechten Filmen, nicht wahr? Raik, ich bitte dich. Es geht hier immerhin um einen Mord, da wirst du Hilfe brauchen. Sowas ist hier noch nie passiert! Die Menschen haben Angst, kannst du dir das vorstellen? Wir haben alle Angst, selbst ich traue mich in der Nacht nicht mehr vor die Tür. So kann das doch nicht weitergehen!"

Das wusste er doch selbst und ihm war klar, welcher Druck auf ihm lastete. Die einzigen Leichen, die er bisher kannte, waren die von gerissenen Hühnern, vielleicht mal ein Schaf, doch Menschen waren in diesem Dorf nie unnatürlich zu Tode gekommen, schon gar nicht auf so grausige Art und Weise. Höchstens mal durch einen Unfall, aber nie durch Verbrechen.

Müde rieb sich Raik über die blauen Augen und erhob sich. "Ich gehe raus und rauche noch eine. Du kannst dich schlafen legen, ich muss mir noch ein paar alte Akten ansehen." Warum fand man den Ausweis eines Mannes, der doch angeblich vor vielen Jahren das Dorf verlassen hatte, um an einem anderen Ort unterzutauchen? Nur die Tochter blieb, nachdem die Mutter schon wenige Wochen vorher an einer Krankheit gestorben war.

Eine Leiche, im Wohnzimmer im Sessel sitzend, erstickt an Moor, welches aus dem geöffneten Mund quoll. Dieser Anblick ...

Raik erschauerte und wickelte sich enger in die Jacke, während er in der Hosentasche nach seinen Zigaretten griff und sich eine anzündete. Der brennende Rauch in den Lungen beruhigte ihn, ehe er ihn in Richtung der funkelnden Sterne ausstieß. "Hallo Nachbar", hörte er vom Gartenzaun und obwohl Raik lächelte, rollte er innerlich mit den Augen. "Hallo! Schön dich zu sehen, Klaas. Wie geht´s dir?" Dadurch das er an der Garage seines kleinen Eigenheimes mit Reetdach stehenblieb, zeigte der Kommissar deutlich, wie wenig ihm an einem Gespräch mit dem Mann aus dem Nachbarhaus gelegen war. Doch dieser ignorierte solche zwischenmenschlichen Hinweise. "Mensch, da ist was los im Dorf. Stimmt es denn? Also dass die Lüdde Reimann wieder da ist?"

Eine "Lüdde" war sie zwar bestimmt nicht mehr, doch Raik nickte bestätigend, zog an seiner Zigarette und trat doch auf den geschwätzigen Mann Mitte 50 zu, der sich an den alten Jägerzaun lehnte. Es war ein kleines Wunder, dass er mitsamt seinem Bierbauch nicht den Zaun wegdrückte, der mehr als morsch war, doch Raik ließ sich weiterhin nichts anmerken. "Ja, ist sie wirklich. Lass sie aber erst einmal ankommen und bombardiere sie nicht morgen gleich mit deinen Fragen. Ich glaube es ist ihr schon schwer genug gefallen, wieder herzukommen." Dieser Ort weckte in der hübschen Frau mit Sicherheit keine sonderlich angenehmen Erinnerungen.

Christin öffnete die Tür in den Garten und wickelte sich enger in den Morgenmantel, der jedoch ihre schlanken Beine nicht verhüllte. "Raik? Ich werde mich wirklich hinlegen, ich bin müde. Morgen fahre ich in die Stadt, wenn du noch was brauchst, dann schreib es mir auf einen Zettel, ja?" Damit huschte die zierliche Blondine wieder ins Haus, denn ihr war nicht nur die Kälte unter den Morgenmantel gekrochen. Leise räusperte sich Raik, um die Aufmerksamkeit seines Nachbarn wieder auf sich zu ziehen, dem beinahe die lüsternen Augen aus dem Kopf fielen. "Jedenfalls denke ich, dass sie es schwer genug hat. Sie wird schon von sich aus auf uns zukommen, wenn sie reden möchte."

Als er grinste, offenbarte der ältere Herr seine gelblichen Zähne, vom Rauchen und Kaffee unübersehbar verfärbt. "Mach dir um mich keine Sorgen, aber der olle Siems hat ganz schön von ihr geschwärmt", meinte er amüsiert und winkte ab. "Na, den wollte hier ja auch keine haben, eitler Fatzke ist das geworden. Hätte ich nie erwartet, wenn sein Vater das miterleben würde!" Zum wiederholten Mal rief sich Raik zur Ruhe und er spielte mit dem Gedanken eine weitere Zigarette zu rauchen, doch der Anblick dieser gelblichen Stumpen im Mund des in die Jahre gekommenen Seemannes hielten ihn dann doch davon ab.

Er hatte Mitleid mit dem alten Mann, der in der kleinen Seemannshütte neben ihnen wohnte. Seine Frau war mit einem Mann aus der Stadt durchgebrannt, als er auf See war. Er kam zurück und das Haus war leer. Seither waren Jack und Jim seine besten Freunde, was dazu führte, dass er sein Kapitänspatent verlor.

Der alte Klaas Tietje hatte ein lockeres Mundwerk und je öfter seine Freunde zu Besuch kamen, umso freizügiger wurde es, trotzdem war Raik ihm nicht einmal böse. Natürlich gefiel es ihm nicht, wenn seine Frau so angesehen wurde, aber was richtete man gegen so einen armen Mann aus? Er war doch mit seinem eigenen Leben schon überfordert, was nicht nur der verlotterte Garten zeigte. Auch das heruntergekommene Aussehen des Mannes offenbarte, wie sehr das Leben ihm schon übel mitgespielt hatte. "Du solltest wieder rein gehen", meinte der Kommissar darum wohlwollend. "Es wird langsam kälter und ich habe keine Lust, noch mehr Leichen zu finden."

Lachend winkte der Mann mit der Seemannsmütze ab. "Keine Sorge, Kommissar. Morgen will mich der Doc sehen, bei dem tauche ich schon auf. Bestimmt schimpft er wieder mit mir, weil meine Leber nicht mehr so richtig möchte, aber was will ich denn schon noch vom Leben?" Mit diesen Worten schlurfte er in seinen alten Pantoffeln durch den Garten und verschwand in der kleinen Hütte. Ein paar Sekunden sah Raik ihm hinterher, dann entschloss er sich ebenfalls dazu wieder zurück ins Haus zu gehen, da sich die Kälte langsam auch bei ihm bemerkbar machte.

Was will ich denn schon vom Leben?

Dieser Satz wollte ihm nicht mehr aus dem Kopf und in Gedanken verloren verzog sich Raik ins Büro, wo er sich auf den knarrenden, alten Ledersessel fallen ließ. Vor ihm lagen die Akten, die ihm die grausamen Bilder des Tatortes wieder vor Augen hielten. An sich nichts Schlimmes, kein Blut, es war alles ordentlich und aufgeräumt. Kein Zeichen deutete auf einen Einbruch hin, die Türen waren nicht aufgebrochen und die Fenster alle verschlossen. Nur der Mann, der in seinem Sessel saß, mit aufgerissenen Augen und vollgeschmiert mit Moor ...

Raik konzentrierte sich, um nicht zu würgen, darum ließ er das Foto schnell wieder in der Akte verschwinden. Einen Moment lauschte er, ob in dem alten Haus tatsächlich Ruhe herrschte, doch nur der Wind in den Bäumen vor dem Haus heulte leise.

Darum erhob er sich wieder, schlurfte an ein Regal, in welchem er seine Bücher verstaute und zog eines davon heraus. Ein altes, in Leder gebundenes Buch mit vergilbten Seiten und einem Einband, auf dem nicht einmal mehr lesbar war, wer es einst geschrieben hatte. Schmunzelnd schüttelte er den Kopf, setzte sich wieder auf seinen Stuhl und lehnte sich zurück.

Als er es aufklappte, fiel ihm der leicht muffige Geruch auf, doch der störte ihn nicht. Sein Blick war warm, als er nach dem alten Foto griff, welches zwischen den Seiten versteckt war. Ein Foto, auf dem er selbst zu sehen war, als Kind mit 11 Jahren. Seinen Arm hatte er um ein verweint aussehendes Mädchen mit langen, brünetten Zöpfen gelegt, die sich über das Knie rieb. Das Lächeln des Kommissars wurde warm und mitfühlend, wie bitterlich hatte sie damals geweint ... und jetzt erinnerte sie sich nicht einmal mehr an ihn, obwohl er sich mit Namen vorgestellt hatte. Wie sehr hatte sie das Leben in diesem Dorf verdrängt?

Mit dem Daumen glitt er über die Wange des Mädchens und seufzte tief auf. Erst als Christine ihn ansprach, bemerkte er seine Frau. Vor Schreck wäre ihm das Foto mit dem Buch fast aus der Hand gefallen, doch er fing es auf und räusperte sich leise. "Kannst du nicht schlafen?", gab er ruppiger von sich als geplant und er bemerkte wie ihr Blick auf das Foto fiel, doch ob sie etwas empfand bei dem Anblick, ließ sich seine Angetraute nicht anmerken. "Nein... mir ist kalt ohne dich und ich wollte fragen, ob du noch irgendwas brauchst. Soll ich dir einen Tee machen?", flüsterte sie leise und Christine war ruhig wie immer.

War sie denn gar nicht wütend auf ihn? Er hatte sich ein altes Kinderfoto angesehen, kein Grund sich über irgendwas aufzuregen, oder? Über seine eigenen Gedanken schüttelte Raik den Kopf. "Nein, ich denke, ich komme heute sowieso nicht mehr weiter. Ich werde mit dir kommen und mich schlafen legen, wenn ich keinen Schlaf finde, löst sich der Fall auch nicht und mit meinem neuen Arbeitskollegen morgen werde ich alle Kraft brauchen, die ich kriegen kann." Schon lächelte seine Frau wieder und sie nickte sanft. "Gut, ich warte auf dich. Lass dich von diesem Oberinspektor nicht ärgern, der hat genauso gelernt wie du."

Zustimmend nickte Raik. "Natürlich, aber er hat deutlich mehr Erfahrungen, besonders im Umgang mit den Hinterbliebenen, wie ich hoffe. Weißt du, wie schwer das für mich war, seine Tochter in der Stadt anzurufen? Die Ärmste war vollkommen durch den Wind. Ach ja, die wollte morgen ja auch noch herkommen", erinnerte er sich und fuhr sich durch die Haare.

Warum fiel sowas immer aufeinander? Im Schlafzimmer zog er sich langsam aus, schnappte sich den besten gestreiften Pyjama im Kleiderschrank und krabbelte ins Ehebett. Seine Frau musterte ihn etwas und lächelte dabei. "Du bist alt geworden, habe ich dir das schon mal erzählt?" Empört sah Raik sie an, ehe er doch schmunzelte. "Ich wünschte, das könnte ich von dir auch behaupten, aber du wolltest mich ja haben, da musst du damit rechnen, dass ich alt werde an deiner Seite." Diese Momente in denen sie so miteinander umgingen, waren viel zu selten. Zu oft stritten sie sich, doch mit diesen Streitereien lebte Raik zufrieden.

Diese Stille, die sich zwischen ihnen ausbreitete, wenn sie im Bett lagen und jeder sich auf seiner Seite des Bettes in die Kissen kuschelte, wenn sie sich den Rücken zudrehten und kein liebes Wort mehr ihre Lippen verließ, fand er grausamer ...

Kapitel 3

Als Hannah am nächsten Morgen aufwachte, schmerzte jeder Knochen in ihrem Leib. Am Ende hatte sie es doch nicht geschafft, in ihrem alten Kinderzimmer zu übernachten, weswegen sie eine Nacht in ihrem Cabrio vorzog. Es war eiskalt in den letzten Stunden, ihre Finger fühlten sich an, als wären sie abgestorben, und hätte ihre Hündin nicht auf ihren Füßen geschlafen, wäre es diesen ähnlich ergangen.

Der Wind pfiff um das alte Haus und jedes Geräusch hatte Hannah aufschrecken lassen. Sie wusste zu genau, wie weit entfernt die Häuser der Nachbarn waren, und hätte sie geschrien, würde es niemanden geben, der sie hörte.

Verschlafen streckte sich die Frau mit den braunen Haaren, sie wickelte sich enger in ihre Jacke und vertrat sich die steifen Beine. Die ersten Schritte taten regelrecht weh, aber was für eine Wahl blieb ihr? Natürlich hätte sie in der kleinen Pension schlafen können, doch Hannah vermied mit aller Macht das Gerede und die unangenehmen Fragen. "Na komm, Kleine. Die Tür war die ganze Nacht offen und oben habe ich noch alle Fenster aufgerissen, ich denke wir sollten uns dort in Ruhe umsehen können. Musst du noch mal?" Die Hündin zu ihren Füßen streckte sich, machte dabei einen Katzenbuckel und riss das kleine Schnäuzchen weit auf.

Sanft kniete sich Hannah hin und kraulte Lina durch das Fell. Sie war der einzige Halt, den sie noch hatte, sonst war niemand hier bei ihr. Ausgerechnet jetzt nicht, wo die Schatten aus der Vergangenheit langsam auf sie zu krochen, um sie zu verschlingen. Die junge Frau spürte, wie sie eine heftige Gänsehaut bekam und ein paar Sekunden dauerte es, bis sie ihr Herz so weit beruhigte, um die ersten Schritte in das alte Haus zu machen.

Jetzt wo die Sonne schien und es Morgen war, wirkte es jedenfalls nicht mehr so gruselig, was Hannah aufatmen ließ. Als Kind spielte sie oft im Garten, war in den alten Apfelbäumen herum geklettert, von denen jetzt nur dürre Gerippe standen. Offenbar hatte eine Krankheit das alte Holz befallen, worum sich aber niemand kümmerte. Lächelnd schüttelte Hannah über sich selbst etwas den Kopf, denn sie versuchte mal wieder, sich abzulenken und vor dem zu bewahren, was da drinnen auf sie wartete.

Der erste Schritt gestern Abend war wie vergessen, den hatte sie nicht alleine getan. Doch in diesem Moment war sie auf sich gestellt und Lina nahm ihr die Entscheidung plötzlich ab, indem sie voran lief und ihr Frauchen sich gezwungen sah, ihr zu folgen. Noch immer roch die Luft muffig und modrig, in Hannahs Augen kein Wunder, immerhin war der ganze Schimmel an den Wänden noch da. Erst jetzt im Licht war sie in der Lage zu erkennen, wie weit der Pilz tatsächlich an den Wänden entlang gewachsen war. Die Waschküche war fast vollkommen befallen, selbst die alten Fliesen im Bad hatten einen pelzigen Überzug bekommen.

Wo früher einmal eine Tiefkühltruhe stand, war ebenfalls Schimmel zu erkennen und die Ecke in der Küche, die schon damals braune Flecken aufwies, schien jetzt ebenfalls Pelz bekommen zu haben. Es waren die Stellen, die ihr schon als Kind aufgefallen waren. Den Geruch bekam man nicht so leicht wieder aus den alten Wänden raus.

Schon der schmierige Makler riet ihr, alles abzureißen, obwohl es ihr das Herz brach. In der ganzen Zeit, in der sie nicht hier lebte, hatte sie nicht einen Tag an dieses alte Haus gedacht. Jetzt wo sie hier stand, wo sie alles wiedersah und die Erinnerungen zurückkamen, spürte sie, wie schwer es werden würde, diese Wände aufzugeben und abzureißen.

Seufzend verschränkte sie die Arme vor der Brust und schloss einen Moment die Augen. Es war, als könnte sie die Stimmen der damaligen

Zeit hören, als würde sie wahrnehmen, wie die Schatten der Vergangenheit an ihr vorbei huschten. Kinderlachen, ihr Vater, der nach ihr rief ... diese Stimmen waren tief in ihrer Seele eingeschlossen und Hannah genoss es, nur zuzuhören und zu träumen.

Erst als Lina ihr in die Hose biss, öffnete die junge Frau die Augen wieder. "Was ist denn los?", erkundigte sie sich mit einem warmen Lächeln. "Wusstest du, dass ich früher auch schon einen Hund hatte? Wenn ich dich hier so herum wuseln sehe, dann fühlt es sich an wie damals. Also gut, dann gehen wir mal hoch, was?" Dabei legte sie eine Hand unter den warmen Bauch des Hundes, um ihn so auf den Arm zu nehmen, denn die alte Holztreppe nach oben in den oberen Stock war ziemlich steil und die oft benutzten Stufen rutschig. Die kleine Hündin würde sich am Ende nur die Pfötchen brechen und Hannah gestand sich ein, Lina war das einzige Wesen, das sie je wieder an sich herangelassen hatte, nachdem ihr Vater verschwand.

In dem Moment, in dem Hannah den ersten Fuß auf die Treppe setzte, da bemerkte sie einen Wagen, der auf dem Kiesweg hielt. "Offenbar komme ich nicht mehr dazu, dort oben nachzusehen", murmelte sie leise und hauchte Lina einen Kuss auf den Kopf, ehe sie den Hund wieder auf den Boden ließ. Diese flitzte sofort los, um sich den unerwünschten Besucher näher anzusehen, während sich ihr Frauchen schon vorstellte, mit wem sie das Vergnügen haben würde.

Sie verließ das Haus wieder und lehnte sich an den Türrahmen. "Irgendwie ahnte ich, dass Sie es sind. Was kann ich heute für Sie tun?", meinte sie schmunzelnd und sah zu dem Kommissar, der mit der kleinen Hündin beschäftigt war und ihr durchs Fell wuschelte. "Nun, ich wollte sehen, wie Sie die erste Nacht hier verbracht haben und wie es Ihnen geht. Ich meine... es ist ja schon alles fremd, nicht wahr?" Tatsächlich suchte Raik nur nach einem Grund nach Hannah zu sehen, doch in diesem Fall fand er, schon eine perfekte Ausrede gefunden zu haben.

Einen Moment sah sich Hannah um, dann deutete sie auf ihren Wagen. "Wenn ich ehrlich bin, ich wusste nicht wie ungemütlich eine Nacht in einem Cabrio sein kann, besonders im Winter. Jetzt habe ich endlich wieder Gefühl in meinen Fingern." Ob gewollt oder nicht, Raik musste lachen und er fuhr sich mit den langen Fingern durch die unordentlichen Haare. "Ich habe Ihnen doch die Adresse von der Pension gegeben! Sie hätten sich dort ein Zimmer nehmen können, vermutlich wäre die Nacht dort deutlich angenehmer gewesen."

Da war sich Hannah ja selbst sicher, dennoch wollte sie der alten Klatschtante nicht unter die Augen treten. "Es war mir unangenehm", gestand sie leise und senkte etwas den Blick. "Ich muss es ja zugeben, ich kenne die Gerüchte, die hier über mich kursieren... Immerhin bin ich das arme Mädchen des Mannes, der sie von einem Tag auf den anderen verlassen hat. Das Getuschel konnte ich damals schon nicht ertragen, auch wenn es 20 Jahre her ist, hat sich daran nichts verändert." Darum vermied sie den Kontakt zu den Bewohnern des Dorfes, wenn es möglich war.

Erstaunt sah Raik sie an und zündete sich eine Zigarette an. "Und dann wollen Sie hier wieder leben? Ich meine, damals ist wirklich viel passiert, ich könnte Sie vollkommen verstehen, wenn Sie nicht hierbleiben wollen. Warum kaufen sie dann das Haus?" Genau erklären konnte sich Hannah das nicht, vermutlich war es Sentimentalität.

Der Gedanke, ihr Elternhaus hier verrotten zu lassen und nichts daran zu ändern, war für sie nicht zu ertragen. "Ich weiß es auch nicht... ich wollte nicht, dass irgendwann jemand anders hier lebt. Die ganzen Jahre, in denen ich nicht hier war, konnte ich es verdrängen. Ich habe nicht darüber nachgedacht, wie es hier weitergeht oder was in diesem Dorf geschieht. Für mich war alles... in Ordnung, bis Ihr Anruf kam."

Peinlich berührt sah Raik sie an, sowas hatte er mit dem Telefonat nicht bezweckt, aber er war froh, Hannah wieder hier zu haben. "Nun, dafür entschuldige ich mich. Es war nicht meine Absicht, irgendwas Negatives in Ihr Leben zurückzuholen... Wir mussten mit Ihnen in Kontakt treten, wir mussten sichergehen, ob es der Ausweis Ihres Vaters war." Und genau da lag ja das Problem. Warum legte jemand der Leiche eines Mannes, der an Moor erstickte, den Ausweis eines anderen Mannes auf den Bauch, der seit 20 Jahren verschwunden war? Wo lag der Sinn dahinter? Bisher hatte Raik keine Lösung gefunden, aber er gab sich Mühe, ihn zu finden. "Was kann ich denn jetzt für Sie tun?", holte Hannah ihn aus seinen Gedanken zurück und der Kommissar schreckte hoch. "Was? Ach so, ich muss Sie noch einmal mit ins Revier nehmen. Wir haben Besuch von einem leitenden Kommissar aus Hamburg bekommen. Wir haben hier leider nicht sehr viel Erfahrungen mit solchen Morden und ich wollte Sie dazu holen. Er möchte bestimmt früher oder später mit Ihnen sprechen, da wäre es besser, wenn Sie von Anfang an dabei sind." Wenn er ehrlich war, tat er alles, um jede sich bietende Gelegenheit zu nutzen, damit er Hannah sehen konnte. Sie war alleine, einer hatte die Verantwortung, sich um sie zu kümmern, und ab und an in dieser Einöde nach der jungen Frau zu sehen. Das redete sich Raik erfolgreich ein.

Im Dorf waren alle neugierig und es hätte ihn nicht gewundert, wenn einer von denen schon hier auf dem Hof herumschnüffelte. "Also gut", murmelte Hannah leise und nahm den Hund auf den Arm. Skeptisch musterte Raik den kleinen Fellball, der freudig mit dem Schwanz wedelte. Offenbar war es ihm nicht möglich, Hannah ohne ihren kleinen Begleiter zu bekommen, aber das war gar nicht so tragisch. Der Kommissar verstand sich mit Hunden, aber sie brauchten schon eine vernünftige Größe. Zu Hannah jedoch passte der kleine Hund. Charmant öffnete er die Tür seines alten, roten Audis und schmunzelte.

"Wenn ich die beiden Damen dann bitten dürfte?", scherzte Raik und er war erleichtert, als er Hannah damit endlich wieder ein Lächeln auf die Lippen zauberte. Dieses Mädchen war so unfassbar ernst, dabei war ihr Lachen damals so bezaubernd.

Im Polizeirevier des Dorfes wartete bereits jemand auf Raik, saß an einem der Schreibtische und spielte mit einem Kugelschreiber. Diesen drehte er immer wieder zwischen seinen Fingern, sah dann aber hoch, als endlich jemand kam, um sich um ihn zu kümmern. "Ach, sind Sie dieser Vogelsang?", murrte er leise und Raik hob eine Augenbraue an. „Sie müssen der Kollege aus Hamburg sein", stellte er sachlich, aber distanziert fest. Kühle, graue Augen musterten ihn, wie erwartet trug der hochgewachsene, schlanke Mann einen dunkelblauen Anzug. Er schob sich die Brille auf der Nase hoch und streckte sein Kinn missbilligend vor. "Sie wussten doch, dass ich heute herkommen würde, oder? Wo waren Sie?"

Schon nach den ersten fünf Minuten, hatte Raik die Nase voll. Überheblich und arrogant, so wie er sich diesen Kriminalinspektor aus Hamburg gestern schon vorgestellt hatte. "Ich musste mich noch mit Frau Reimann treffen. Da wir den Ausweis Ihres Vaters bei dem Opfer fanden, finde ich es wichtig, Sie in alles mit einzubeziehen." Obwohl Hannah bereits mit im Raum stand, ignorierte der Hamburger sie total. "Wollen Sie mich veralbern?! Das kann doch nicht Ihr Ernst sein! Sie kann auch die Täterin sein!"

Auf was für Ideen kam der Mann denn? Raik mochte seine kleine Wache. Er war mit zwei anderen Kollegen hier alleine, es gab nur zwei Streifenwagen und drei Schreibtische, mehr war nicht nötig. Zwei standen in einem kleinen Raum mit Tresen, wo der Durchgangsverkehr abgefertigt wurde, einer befand sich in einem Büro, in dem man die Befragungen durchführte. Allerdings wurde das Büro meist genutzt, um private Unterhaltungen zu führen, hier auf dem Land geschah nichts Bedrohliches oder Gefährliches. "Ich denke nicht, dass jemand, der nach der Tat über drei Stunden Zugfahrt von hier entfernt ist, wirklich auch nur den Hauch einer Chance hat, hier jemanden zu ermorden!" Was bildete sich dieser eitle Fatzke ein? So naiv war Raik nicht, selbst wenn er nur ein kleiner Kommissar mit einer ebenso kleinen Wache und einem mindestens genauso kleinen Bezirk war! Er hatte seinen Stolz und er musste die Polizeischule genauso absolvieren wie jeder andere!

Dieser Mann stellte sich ja nicht einmal vor! Doch Raik gab sich Mühe, friedlich zu bleiben. Er schob sich an dem Mann im Anzug vorbei, versuchte seine Überheblichkeit dabei zu ignorieren, und griff nach der Akte, die auf einem der Schreibtische herumlag. "Hier... Sie wollen doch bestimmt die Akte haben, oder nicht?", murrte er leise. "Und... können Sie sich bitte mal vorstellen? Ich meine, kann doch nicht so schwer sein, Sie wissen ja offenbar genau, mit wem Sie es zu tun haben!"

Es fiel Raik schwer, seine Missgunst zu unterdrücken. Höflich Bleiben, erinnerte er sich an die Worte von Christin, die sie ihm heute Morgen noch leise ins Ohr geflüstert hatte, bevor er das Haus verließ. Das betete Raik jetzt vor sich hin und der Typ aus Hamburg hob sein Kinn etwas mehr an. Scheinbar passte es ihm nicht, dass der kleine Dorfpolizist es nicht einmal für nötig hielt, sich seinen Namen zu merken!

Stand der Name überhaupt in diesem Wisch drin? Raik erinnerte sich nicht genau daran, doch der Blick des Mannes mit den streng kurzgeschnittenen Haaren, zeigte das in diesem Moment deutlich.

Es war Hannah, die sich einmischte und versuchte, zwischen den beiden Männern zu vermitteln. Mit einem so charmanten Lächeln wie möglich, trat sie auf den fremden Mann zu und reichte ihm ihre Hand.

"Mein Name ist Hannah Reimann, freut mich, Sie kennen zu lernen. Ich hoffe doch sehr, dass ich Ihnen nicht im Weg stehe." Zwei freundliche Augenaufschläge später war der Mann aus der Stadt ihr erlegen und mit festem Griff nahm er die zarte Hand in seine. "Freut mich sehr, junge Frau. Ich bin Kriminalinspektor Rehmsen. Manuel Rehmsen."

Lächelnd hielt Hannah seine Hand in ihrer, auch wenn sie sich fühlte, als wolle er ihr alle Knochen mit einem festen Händedruck brechen. "Sehr schön, wie gesagt, ich möchte Ihnen nicht im Weg stehen, aber Sie müssen mich auch verstehen... mein Vater verschwand vor 20 Jahren spurlos und jetzt taucht aus dem Nichts sein Ausweis wieder auf. Das ist für mich schon sehr emotional." Damit hatte sie den schicken Herren aus der Stadt erfolgreich um den Finger gewickelt, was Raik staunend von seinem Schreibtisch aus beobachtete. Hannah hatte es ja faustdick hinter den Ohren!

Kapitel 4

Es war frustrierend für Raik sich mit diesem Mann zu unterhalten, darum strich er am Abend die Segel und verließ die Wache früher als sonst. Nicht nur, dass dieser Rehmsen so tat, als ob er alles besser wüsste, bei jedem zweiten Satz etwas anmerkte und der Meinung war, Raik würde nur Fehler machen, nein - er flirtete auch noch die ganze Zeit über mit Hannah und am Abend lud er die junge Frau zum Essen ein.

Etwas, das Raik leider nicht tun konnte, was ihn nur noch mehr frustrierte und mit einem schlechten Gefühl im Magen ließ er Hannah mit dem Kriminalinspektor davon rauschen. Wenigstens nahm er sie mit dem Auto mit in die nächste Stadt. Hier in der kleinen Kneipe hätte sie sich vermutlich nicht wohl gefühlt.

Was machte er sich überhaupt für Gedanken? Er war ein verheirateter Mann mit einer sanften und liebevollen Frau zu Hause, die sich auf ihn verließ und vermutlich erstaunt sein würde, wenn er heute früher zu ihr zurückkam. Doch es gab auf der Wache nichts mehr zu erledigen, Rehmsen war mit Hannah weg und ihm rauchte der Kopf. Es gab keine Fortschritte! Es gab nicht mal Fingerabdrücke, die Mordwaffe war mehr als ungewöhnlich und auch sonst war nicht eine Faser an dem Mann gefunden worden, die nicht zu ihm gehörte. Sie hatten keine andere Wahl, als ihn einmal komplett von oben bis unten zu durchleuchten.

Es gab einen Grund, warum jemand einen unbescholtenen Bürger überfiel und ihn mit Moor fütterte! Raik verstand nicht, wie ein Mensch auf so einen Gedanken kam. Was für eine Fantasie entwickelten menschliche Wesen, um jemanden zu töten, und dann auf so grausame Art und Weise? Im Autopsiebericht stand, man fand in Luftröhre und Speiseröhre Moor. Also war es wahrscheinlich, dass man den Mann dazu zwang, das Zeug zu schlucken und das bei klarem Bewusstsein! Wie fühlte sich so etwas an? Nein, wenn Raik ehrlich war, stellte er es sich lieber nicht vor. Allein beim Gedanken daran übergab er sich fast.

Wie hatte man bei dem Opfer diesen Würgereflex ausgeschaltet? Wie bekam man so etwas hin? Es waren aber keine Substanzen in seinem Blut nachweisbar ... er stand nicht unter Drogen! Was für eine Angst hatte man, um scheinbar ohne Gegenwehr Moor zu schlucken?! Raik schüttelte sich etwas, ehe er sich in den Wagen setzte und sich auf den Weg nach Hause machte. Ob Christine überhaupt schon wieder da war? Wenn sie in die Stadt fuhr, wurde es manchmal spät, daher empfing ihn mit Sicherheit eine leere Wohnung und aus dem Grund entschloss sich Raik, einen eher seltenen Umweg zu machen.

Ein Ort, an dem sich der Kommissar sehr ungern befand, war der Friedhof. Langsam stieg er aus dem alten Wagen und betrat den Kiesweg, der durch die einzelnen Grabreihen führte. Dort waren keine schweren Gusseisengitter, die den Friedhof einzäunten. Er lag mitten im Dorf, neben dem Dorfgemeinschaftshaus.

Da dem Dorf irgendwann der Platz ausging, verlegte man den Friedhof und ein zweiter wurde zusammen mit einer kleinen Kapelle in der Nähe vom Deich, nicht weit entfernt von Hannahs Haus, errichtet. Selbst der war mittlerweile stark belegt, denn auch wenn das Dorf nicht groß war, starben noch immer mehr Personen, als Kinder das Licht der Welt erblickten.

Und diejenigen die langsam erwachsen wurden, die verließen die Gegend. Damit war es kein großes Wunder, dass auf den Friedhöfen mehr Leute vertreten waren, als im ganzen Dorf selbst. In keinem der Häuser gab es jemanden, der nicht mindestens zwei Verwandte hier liegen hatte.

Um die Gräber und die Büsche vor Rehen zu schützen, hatte man einen einfachen Wildzaun errichtet, der nicht dekorativ aussah, aber wenigstens erfüllte, was man von ihm erwartete.

Seine Schritte waren schwer, der junge Kommissar fühlte sich, als hätte man ihm Steine an die Füße gebunden. Wie lange war er nicht mehr hier gewesen? Raik war bewusst, er sollte sich schuldig fühlen, aber er tat es nicht. Es ging nicht, auch wenn er Empfindungen haben sollte, schließlich war es das Grab seines eigenen Kindes!

Fabian, so hatten sie ihren Sohn genannt, war schon im Bauch seiner Mutter gestorben. Seither war Christine nicht mehr die Frau, die sie früher einmal war. Ihr Lachen war verstummt, sie sprach kaum und zog sich vor ihm und ihren Freundinnen immer mehr zurück. Raik vermisste die Frau, die er damals heiratete, doch er wusste auch, dass es sinnlos war, sie mit aller Macht zurückzuverlangen. Ein Teil von Christine war mit ihrem Kind gestorben, denn sie trug drei Monate lang einen toten Embryo in sich. Ein Kind, von dem die Ärzte schon wussten, dass sein Herz nicht mehr schlug und doch trug Christine es komplett aus, alles andere war nicht möglich. Ihr Kreislauf war so schwach zu der Zeit, sie hätte eine Operation nicht überstanden.

Als sie wieder kräftig genug war, leitete man die Wehen ein und Christine war gezwungen das Kind unter Schmerzen zur Welt zu bringen, wissend dass es sie danach nie ansehen würde. Schon zu dieser Zeit hatte sich Christine total vor ihm verschlossen.

Sie sprach nicht mehr mit ihm, ließ ihn nicht an ihrer Trauer teilhaben und nach der Beerdigung war es, als lebten sie in zwei Welten. Er war nicht mehr in der Lage sie zu erreichen und wenn Christine mit ihm sprach, ihn ansah und sanft zu ihm war, schien es für Raik, als wäre ihre Seele ganz wo anders. Fabian war tot, auch für ihn war das ein Schock, auch er trauerte bis heute, doch seine Frau ließ das nicht zu.

Wenn Raik es sich durch den Kopf gehen ließ, war er sich nicht einmal sicher, ob sie je um ihr Kind weinte.

Tränen sah er nie bei seiner Frau, bis heute nicht ... hatte sie je im Leben geweint? Raik war sich sicher, irgendwo tief in sich, da trauerte sie um Fabian, aber auf ihre eigene Art und der junge Kommissar war sich nicht sicher, ob er vermochte damit umzugehen. Sie waren damals so jung, Anfang 20. Erst war es ein Unfall, doch mit jedem Monat in dem der Bauch mehr wuchs und man spürte, wie sich Leben entwickelte, genoss Raik den Gedanken intensiver, Vater zu werden. Es war mit Abstand die schönste Zeit seines Lebens. Doch sie wurde zu einem Drama, eines mit dem er nicht klarkam.

Tief atmete Raik durch, ehe er sich hinkniete, und anfing die verblühten Blumen rauszureißen.

Es war das Gefühl, irgendwas für seinen Sohn tun zu müssen, auch wenn es sinnlos war. Alles, was er tat, war Blumen zu rupfen, die genauso leblos waren wie der Körper, den man dort unten begraben musste. Ein Gärtner kümmerte sich um Fabians Grabstelle, Christine war nicht einen Tag hergekommen und Raik selbst mied diesen Ort, wie der Teufel das Weihwasser. Er wollte nicht jeden Tag mit Nachdruck an das furchtbarste Ereignis in seinem Leben erinnert werden, denn obwohl schon viele Jahre vergangen waren, diese Wunden schmerzten noch immer, als wären sie ganz frisch. Mittlerweile war sich Raik sicher, es gab Wunden, die niemals heilten, sie brannten jeden Tag aufs Neue, man gewöhnte sich nur irgendwann an den Schmerz.

Peinlich berührt zuckte der Kommissar zusammen, als sein Handy losging. Erstaunlich, wie laut das Ding war, obwohl er es sonst meist nicht hörte. Doch an einem Ort wie einem Friedhof gab es nichts, was unpassender war, als ein klingelndes Handy. Zum Glück war er allein, dadurch gab es keine missbilligenden Blicke. Er schämte sich ja selbst schon dafür, dass er vergessen musste, es auszuschalten, bevor er den

Friedhof betrat. Schnell beendete er den nervenden Ton und räusperte sich leise. "Ja?", flüsterte er ins Handy, als ob das jemanden stören könnte. Es war niemand hier, trotzdem fühlte er sich, als würde in den Büschen eine Person stehen, die ihn beobachtete; und wenn es nur jemand von denen war, die hier lagen. Man fühlte sich wie ein Störfaktor, darum versuchte Raik so leise wie möglich zu sein.

Doch bei dem, was er hörte, blieb er nicht lange still. "Bitte was?!", entkam es ihm und er hielt sich sogleich schuldbewusst eine Hand auf den Mund. Fassungslos sah er auf, bemerkte aus dem Augenwinkel, wie die Sonne unterging, und atmete durch. "Gut, wo bist du?", murmelte er leise, legte nach wenigen Sätzen seines Gesprächspartners wieder auf und atmete durch. Ein weiteres Opfer. Sie hatten es eben erst gefunden, offenbar war es aber schon länger tot. Das durfte doch nicht wahr sein! Alles, was positiv daran war, war die Tatsache, dass er diesen Rehmsen in seinem romantischen Abendessen störte und dass mit einer außerordentlich guten Begründung!

Einen besseren Zeitpunkt hätte das Handy nicht finden können, jedenfalls empfand es Hannah so. Der Kerl hielt ihre Hand und flirtete auf unverschämt offene Art mit ihr, dass sie schon fürchtete, er würde sie in sein Hotel einladen. In ihrem Haus kam sie kaum voran, dabei gab es dort so viel zu regeln und die junge Frau sah sich schon eine weitere Nacht im Wagen übernachten. "Das kann ja nicht wahr sein", echauffierte sich Rehmsen und legte kurz darauf wieder auf. "Es tut mir sehr leid, ich fand den Abend bisher wirklich wunderschön, aber ich fürchte ich muss Sie jetzt verlassen. Wir haben wieder eine Leiche gefunden."

Als Hannah versuchte, etwas dazu sagen, schnitt er ihr mit einer Handbewegung die Worte ab, offenbar wollte er gar nicht weiter darüber reden. "Keine Sorge, ich werde natürlich die Rechnung für dieses erstaunlich gute Essen bezahlen, leider kann ich Sie nicht mit nach Hause nehmen." Jetzt saß Hannah hier fest? Es war ein gemütliches, kleines Fischrestaurant mit wenigen Plätzen und einer gemütlichen Atmosphäre, dazu mit Blick auf den Hafen der niedlichen Hansestadt. Das Essen war vorzüglich und Hannah war froh, hier speisen zu dürfen, aber sie hätte nichts dagegen gehabt, wenn ihre Begleitung eine andere gewesen wäre. Und jetzt ließ dieser Manuel sie hier noch alleine sitzen! Musste sie sich ein Taxi nehmen? Was für eine Wahl hatte sie denn sonst?

Wenigstens hatte sie Lina dabei, was ihre Situation zum Glück ein wenig rettete. Manuel rauschte davon, nachdem er bei dem Kellner das Essen bezahlte und mit einem scheuen Lächeln sah Hannah ihm nach. Die junge Kellnerin kam an ihren Tisch und lächelte. "Kann ich Ihnen sonst noch etwas bringen?", wollte sie wissen, doch die junge Frau schüttelte den Kopf. "Nein, außer vielleicht die Nummer eines Taxiunternehmens aus der Gegend." Eine andere Möglichkeit, um nach Hause zu kommen, gab es ja in diesem Moment nicht mehr, obwohl Hannah nicht gerne mit Taxen unterwegs war. Die Fahrer waren immer unheimlich, in ihren Augen und mit fremden Menschen in einem Auto eingesperrt zu sein, war nicht ihre schönste Vorstellung.

Die junge Frau huschte davon und kam kurz darauf mit einer Visitenkarte wieder. "Wir können es Ihnen auch herrufen, wenn Sie möchten." Doch Hannah schüttelte den Kopf. "Nein, ich möchte mir lieber den Hafen noch einmal ansehen. Am Abend mit dem schönen Licht sieht es bestimmt ganz besonders gut aus." Zustimmend nickte die junge Frau mit den rötlichbraunen Haaren, die sie zu einem strengen Pferdeschwanz zusammengebunden trug. "Das lohnt sich wirklich, sind Sie als Touristin hergekommen?" Einen Moment sah

Hannah aus dem Fenster und eine seltsame Trauer befiel sie. "Ich glaube, in den Jahren in denen ich nicht mehr hier war, bin ich das geworden", war ihre geflüsterte Antwort.

Ohne weiter auf die Kellnerin zu achten, nahm sie Linas Leine und wickelte sich in ihre dicke Winterjacke. "Das Essen war hervorragend", meinte sie lächelnd, ehe sich Hannah verabschiedete und das warme Restaurant verließ. Kühle Luft schlug ihr entgegen, so schneidend, dass es für ein paar Atemzüge regelrecht in den Lungen schmerzte und doch genoss sie das Gefühl.

Ein Abendspaziergang würde ihr guttun, etwas am Hafen entlanggehen und die Lichter genießen. Die Geschäfte richteten sich bereits auf Weihnachten ein, die ersten Arbeiter waren damit beschäftigt, die Weihnachtsbeleuchtung der Stadt zu installieren und jeder der an ihr vorbeieilte, war in dicke Kleidung gehüllt. Das Pflaster war gewöhnungsbedürftig und Hannah war froh, keine von diesen Frauen zu sein, die ständig mit High Heels herumliefen, denn die wären hier verloren und hätten sich vermutlich nach den ersten fünf Schritten jeden Knochen im Leib gebrochen.

Gedankenverloren schlenderte die junge Frau durch die Straßen, warf immer wieder einen Blick in die Geschäfte und blieb an einer alten Buchhandlung hängen. Die war schon seit einer gefühlten Ewigkeit hier und Hannah war damals in den Landen verliebt gewesen, doch leider hatte er heute schon geschlossen. In den nächsten Tagen wollte sie auf jeden Fall die Chance nutzen, um einmal her zu kommen und in aller Ruhe durch die alten Bücher zu stöbern.

Die Nase fest auf den Boden gerichtet, lief Lina durch die Stadt. Überall fand sie neue Gerüche und Hannah lächelte. "In der Stadt, aus der wir kommen, konntest du nicht so frei herumlaufen, nicht wahr?" In Hannover war es nicht möglich, einen kleinen Hund wie sie mit so langer Leine herumlaufen zu lassen, darum genoss es Hannah sehr und die Tatsache Lina zu Hause im Garten ohne Leine laufen zu lassen, entspannte das Frauchen zusätzlich.

Nachdem sie die Geschäfte abgelaufen war, griff sie nach ihrem Handy und wollte sich ein Taxi rufen, doch sie stutze, denn auf dem Bildschirm wurde ihr angezeigt, dass mehrfach jemand versucht hatte, sie zu erreichen und die Nummer kannte sie verdammt gut. Morgen ... sie würde morgen bei ihm anrufen, nicht mehr heute. Der Abend war zu schön und sie genoss die kühle Luft zu sehr, als dass sie ihn sich vermiesen lassen wollte. Wo sie übernachten sollte, war allerdings eine wichtige Frage, es lief doch wieder auf eine Nacht im Wagen heraus, oder nicht? Es sei denn, eines der Zimmer war mittlerweile weit genug gelüftet, um dort schlafen zu können. Ob die Heizung noch funktionierte?

Kapitel 5

Schweigend stand Raik am Tatort und es kam ihm vor, als hätte er diese Szene in der letzten Woche schon einmal gesehen. Ein gestandener Mann Mitte bis Ende 50 mit weit aufgerissenen Augen und ebenso weit geöffnetem Mund. Das Hemd und sein Gesicht mit Moor verdreckt, das offenbar direkt aus seinem Mund kam! Das konnte doch nicht wahr sein! Wer kam auf so eine Idee? Wer tötete auf so eine Art und Weise?

Jemanden erschießen? Möglich!

Jemanden überfahren? In seinen Augen auch möglich!

Jemanden erdrosseln? Durchaus ein Gedanke, der auch ihm ab und an gekommen war!

Aber jemanden so lange mit Moor zu füttern, bis er daran erstickte, war unfassbar sadistisch und erschreckend.

Niemandem würde er so eine Handlung zutrauen, wirklich niemandem. Nachdem er sich das alles fünf Minuten ansehen musste, beschloss er, draußen erst einmal eine zu rauchen. Dort saß die erst 25-jährige Tochter des Opfers, mit Tränen in den Augen und ebenso fassungslos wie Raik selbst. In diesem kleinen Dorf war so ein grausamer Mord nicht denkbar, für keinen der Bewohner, und jetzt entwickelte sich alles offenbar zu einer Art Serienmord!

Und das arme Ding hier war vollkommen verstört, da sie ihren Vater finden musste. Sie würde doch so einen Anblick nie verarbeiten, Raik selbst war kaum in der Lage, es zu ertragen, wie fühlte sich dann erst die Tochter? "Keike? Kann ich dich kurz sprechen?", flüsterte er leise, denn er kannte das Mädchen aus der Schule. Sie war ein paar Jahre unter ihm gewesen, allerdings hatte sie einen Bruder, der in seine Klasse ging, darüber freundete er sich auch mit Keike an.

In einem Dorf wie diesem war es schwer, sich aus dem Weg zu gehen und jemanden nicht zu kennen. "Geht es? Kann ich irgendwas für dich tun?", fragte er einfühlsam nach und die junge Frau rieb sich über die roten, verquollenen Augen. "Wer tut sowas?", wimmerte sie mit zitternder Stimme.

Wenn er ihr das nur hätte sagen können. Raik selbst war nicht in der Lage zu verstehen, was für ein Sadist hinter solchen Grausamkeiten steckte. "Ich weiß es nicht, aber ich werde den Mörder finden, versprochen! Ich werde ihn finden..." Sanft sah er Keike an, die sich ein neues Taschentuch nahm und die laufende Nase putzte. "Ich muss Christian anrufen", murmelte sie leise. "Wie soll ich ihm das nur sagen? Wie erzähle ich ihm sowas? Raik ich... was soll ich denn jetzt tun? Papa hat doch niemandem jemals etwas getan!"

Beruhigend nickte der junge Kommissar. "Ich weiß, mach dir keine Sorgen, ich werde deinen Bruder und deine Mutter anrufen."

Keikes Eltern lebten seit ein paar Jahren getrennt, es war niemand in dem Haus, der den Täter hätte überraschen können. Die Kinder waren bereits ausgezogen und die Nachbarn wohnten zu weit entfernt, um die Schreie eines verzweifelten Mannes zu hören. Betroffen sah sich Raik um, es war stockdunkel, doch er erkannte die alten Apfelbäume noch deutlich. Zu dieser Jahreszeit reckten sie ihre blattlosen Äste in den Himmel, warfen durch den Schein des Mondes bedrohliche Schatten, waren ansonsten aber stumme Zeugen der grausamen Hinrichtung.

Keike kaute auf ihrer Unterlippe herum, schüttelte dabei immer wieder benommen den Kopf und es war offensichtlich, dass sie nicht verarbeiteten konnte, was sie sehen musste. Und dann hatte Raik auch noch ein paar Fragen, die in so einem Moment unangenehm waren zu stellen.

Aus den Ästen der Bäume hörte er ein Käuzchen, welches sich keinen unpassenderen Zeitpunkt hätte suchen können, um sich bemerkbar zu machen. Es fiel Raik doch sowieso schon so schwer, sie auszufragen. "Ich will dir wirklich nicht zu nahetreten, ich weiß auch, wie traumatisch das alles für dich ist, aber ich muss dir noch ein paar Fragen stellen. Denkst du, dass du das schaffst?"

Seufzend nickte Keike, den Blick auf den Boden vor sich gerichtet. "Schade, dass es nicht regnet, dann hätte man Fußspuren gehabt, oder?", flüsterte sie leise. Der junge Kommissar blinzelte und sah auf seine Füße. "Stimmt, aber es war in den letzten Tagen feucht genug, wenn wir Glück haben, finden wir doch etwas. Ich fürchte nur, es ist heute zu spät und wir müssen bis morgen warten."

Wenn es in der Nacht anfing zu regnen, waren alle Spuren verschwunden, auch wenn Raik das nicht so gern zugab. Keike nickte etwas, atmete durch und lächelte. "Also, was musst du wissen? Ich gebe mir Mühe, dir alle Fragen zu beantworten", flüsterte sie mit zitternder Stimme. Es fiel ihr schwer, sich zu beherrschen und nicht zu weinen. Raik fand sie sehr tapfer. "Wir machen es schnell, aber morgen wirst du dann wohl leider noch einmal aufs Revier kommen müssen. Dort werden wir dich noch einmal genau vernehmen."

Hätte er das hier kommen sehen, niemals wäre er auf die Polizeischule gegangen. Das hier waren alles seine Freunde, Bekannte, Nachbarn und er musste herausfinden, wer hier sein Unwesen trieb und Menschen tötete! "Hat dein Vater Feinde?", hakte er nach und zog aus der alten Jeans einen Notizblock.

Erschrocken sah Keike ihn an und schüttelte sofort den Kopf. Wie kam er denn auf die Idee? "Wie kannst du sowas nur sagen?! Ich meine, du kennst meinen alten Herren doch, Raik! Ja, er war nicht immer ganz einfach und er hatte seinen Dickkopf, aber er war niemand, der jemandem weh tun würde oder der sich Feinde machte!"

Nun, das sah man als Tochter gerne mal so, aber am Ende musste man herausfinden, ob es tatsächlich so war. Raik notierte sich das trotzdem. "Wann hast du denn deinen Vater das letzte Mal gesehen?", konzentrierte er sich, sichtlich bemüht Fragen zu stellen, die ihr nicht zu sehr zu Herzen gingen. Einen Moment überlegte Keike, offenbar war es schon länger her. "Seit ich in Hamburg meine Ausbildung mache, wohne ich natürlich auch nicht mehr zu Hause und ich komme eher selten her. Der Weg ist doch weit und immer mit der Bahn so weit zu fahren... ach ich bereue es so."

Und in diesem Moment fingen die Tränen wieder an zu rinnen. Seufzend steckte Raik den Notizblock weg, denn ihm war bewusst, dass es so keinen Sinn mehr machte. Die junge Frau war vollkommen durch den Wind und aufgelöst, doch aus dem Augenwinkel sah der Kommissar schon wieder Unheil auf sich zukommen, in der Gestalt eines groß gewachsenen Kriminalinspektors!

Sanft sah er Keike an. "Du entschuldigst mich einen Moment?" Und schon war er verschwunden und dem jungen Mann entgegengeeilt. "Wehe, du gehst jetzt zu ihr und bewirfst sie mit Fragen", fauchte er den Polizisten an, der skeptisch eine Augenbraue anhob. "Wenn wir sie jetzt nach Hause schicken, hat sie die wichtigen Dinge bis morgen vergessen! Und seit wann sind wir beim Du? Das verbitte ich mir! Hier habe immer noch Ich das Sagen!"

Das waren genau die Worte, die ihm gerade auch Raik an den Kopf werfen wollte, er würde sich doch von dem Mann nicht zu einem Aushilfspolizisten degradieren lassen! "Noch habe ich hier das Sagen, Herr Rehmsen! Und wenn Ihnen das nicht passt, habe ich nichts dagegen, sollten Sie es vorziehen, wieder nach Hamburg zurückzukehren! Solange das hier aber noch mein Revier ist, werden Sie der armen, jungen Frau, die gerade ihren ermordeten Vater in einem grauenhaften Zustand sehen musste, nicht mit Ihren Fragen belästigen!"

Wenn es dieser arrogante Mistkerl wagte, einen Schritt auf die Trauernde zuzugehen, war Raik bereit, beleidigend und handgreiflich zu werden! So eine Situation hatte es in seinem Revier nie zuvor gegeben und er wusste, sie nach Hause zu schicken, um sich zu erholen, würde das eine oder andere verzögern, doch er wollte mit den Menschen den Rest seines Lebens verbringen! Oft war er auf ihre Hilfe angewiesen, mit diesen Leuten durfte und wollte er es sich nicht verscherzen oder sie gar gegen sich aufbringen!

In Hamburg konnte man vielleicht so arbeiten und so mit den Leuten umgehen, die wussten ja am nächsten Tag nicht mehr, wie er aussah, aber hier kannten ihn und seine Familie jeder! Er würde ja nicht nur sich das Leben schwermachen, sondern auch seiner Frau! Rehmsen musterte ihn streng, gab dann aber ein leises Schnauben von sich. "Wenn Sie meinen, so handeln zu müssen, werde ich mich nicht weiter einmischen. Aber ich warne Sie... Sie machen einen groben Fehler!" Ohne ihn auch nur noch eines Blickes zu würdigen, ging Manuel Rehmsen wieder rein, während Raik durchatmete. Noch hatte er hier das Sagen und das würde er sich nicht aus der Hand nehmen lassen, so viel war sicher!

Lächelnd ging er zu Keike zurück und legte eine Hand auf die bebende Schulter der eingefallenen Frau. "Du kannst erst einmal wieder nach Hause fahren, wir sehen uns morgen. Ah, aber eine kleine Frage muss ich dir doch noch stellen. Warum bist du so spät zu deinem Vater gekommen?" Keike wischte sich die Tränen aus den Augen und lächelte etwas. "Ich habe den letzten Bus genommen, um her zu kommen. Ich musste noch so lange arbeiten, da konnte ich nur den letzten Zug nehmen und dann in Stade den letzten Bus. Wäre ich früher gekommen... dann wäre das alles bestimmt nicht so passiert, oder?" Sofort schüttelte Raik den Kopf. "Fang auf keinen Fall an, dir jetzt daran die Schuld geben zu wollen! Du kannst nichts dafür, nur allein derjenige, der das getan hat, ist schuldig. Ich will sowas auf keinen Fall hören, klar? Fahr in die Pension und leg dich schlafen, ruh dich aus... ich bin sicher, du wirst morgen alle Kraft brauchen. Um deinen Bruder und deine Mutter kümmere ich mich, dann bist du ab morgen auch nicht mehr so allein." Wie musste sich die arme Frau nur fühlen? Er konnte es erahnen, darum wollte er sie nicht weiter quälen.

Innerlich kochte Manuel und er musste sich beruhigen, um weiter denken zu können. Was glaubte dieser dahergelaufene Provinzkommissar denn, wer er war? Ihm Vorschriften zu machen, war doch mehr als frech! Man hatte ihn hierhergeschickt, um den Laden am Laufen zu halten und damit er den Mörder fand, aber mit so einem impertinenten Menschen konnte man doch gar nicht zusammenarbeiten!

Hier ging es darum, jemanden aufzuhalten, einen Täter zu fassen und ihn daran zu hindern, weiterzumachen! Da konnte man nicht immer auf die Gefühle der Zeugen Rücksicht nehmen! Manuel zwang sich zur Ruhe. Wenn der Kerl meinte, er müsste so stümperhaft arbeiten, war das seine Entscheidung und die würde er nicht unterstützen. Manuel ging es einzig und allein darum, einen Mörder zu fassen und das so schnell wie möglich, bevor es andere Opfer gab!

Konnte dieser Vogelsang denn überhaupt soweit denken? Entschlossen, das alles ohne seine Hilfe zu schaffen, machte sich Manuel daran, die Beweise zu sichern. Natürlich war es kein angenehmer Anblick und die Todesart war auch ihm komplett fremd, doch es musste einen Grund geben, warum jemand einen Mann auf so eine grausame Art und Weise sterben ließ.

Als Raik wieder zu ihm kam, ignorierte der gebürtige Hamburger ihn erst einmal ein paar Minuten lang, doch ob er wollte oder nicht, er musste mit dem unmöglichen Menschen sprechen. "Also? Haben Sie es noch geschafft, ihr ein paar Fragen zu stellen? Ob der Mann Feinde hatte, zum Beispiel? Oder haben Sie beschlossen, das alles auf morgen zu verschieben, damit sie auch genug vergessen kann?"

Den ironischen Unterton konnte sich der Kriminalinspektor nicht verkneifen, immerhin war er am Ende nicht dafür verantwortlich, was der Dorfdepp hier vermasselte. Raik sah ihn knurrend an, es war offensichtlich, wie wütend er war. Doch er versuchte, sich zusammenzureißen. "Sie sagte, ihr Vater sei keine einfache Persönlichkeit, hätte aber keine Feinde gehabt."

Genervt rollte Manuel mit den Augen. "Natürlich haben Opfer NIE Feinde! Es sind immer die nettesten und freundlichsten Persönlichkeiten, die einem je hätten begegnen können, ... zumindest, wenn man die Familie und Freunde fragt! Wir müssen die dunklen Punkte in seinem Leben finden, damit wir jemanden finden, der etwas von seinem Tod haben könnte!" Niemand brachte aus Spaß einen anderen Menschen um, jedenfalls kamen diese Szenarien sehr selten vor.

"Und wie sollen wir das machen?", murrte Raik leise. "Wir werden hier auf eine Mauer des Schweigens treffen, auf der Suche nach dunklen Flecken im Lebenslauf. Niemand wird mit uns darüber sprechen, auch wenn man davon ausgehen kann, dass es einen Grund geben muss, warum der Mann hier sterben musste. Ich habe leider keine Ahnung, wer etwas davon haben sollte. Wir haben es hier mit einem einfachen und gewöhnlichen Tankstellenbesitzer zu tun. Geschieden, zwei Kinder, ansonsten weiß ich nichts von ihm." Und das war beim besten Willen nicht viel, wie Manuel fand.

Raik ärgerte sich doch selbst darüber, doch dann stutzte er. Einer der Streifenpolizisten war gerade dabei Fotos von dem Toten zu machen und der junge Kommissar hielt ihn auf. "Haben Sie die Leiche so vorgefunden?", wollte er wissen und er bekam die Antwort von seinem ungeliebten Kollegen. "Ja, wir haben nichts verändert, sonst könnten wir auch keine Fotos machen. Was ist Ihnen denn jetzt ins Auge gefallen?" Raik atmete durch, griff dann aber nach dem Foto in den Händen des Mannes und hielt es Manuel unter die Nase.

"Hier... dieses Foto ist mir aufgefallen", murmelte er mit dunklem Unterton. Sein Kollege fand an dem Foto von zwei Kindern nichts Aufregendes, doch es musste einen Grund geben, warum Raik so darauf reagierte. "Scheint ziemlich alt, wenn ich es mir genauer ansehe", murmelte er leise und nahm Raik das Bild ab. Ein Junge und ein Mädchen lächelten ihm entgegen, irgendwie kamen die zwei ihm bekannt vor, aber er kam nicht aus der Gegend und es konnte nicht sein, dass er einen von ihnen schon mal gesehen hatte.

Raik löste das Rätsel und schloss seine Augen. "Das sind Hannah und ich", murmelte er leise. "Als wir Kinder waren, da waren wir noch Nachbarn. Unsere Eltern ignorierten sich, nach dem Tod ihrer Mutter, ließen meine Eltern kein gutes Haar mehr an ihrer Familie. Und dann verschwand auch ihr Vater noch.

Das Foto ist aus der Zeit damals, aber ich verstehe das nicht! Erst der Ausweis ihres Vaters und dann dieses Foto! Wenn ich es nicht besser wüsste, würde ich sagen: Da hat es jemand auf Hannah abgesehen!"

Kapitel 6

Seufzend sah sich Raik das Foto in seinen Händen an. Er traute sich nicht einmal nach Hause zu fahren, zu Christine, die schon auf ihn warten würde. Sein Blick klebte an dem Foto und es wollte ihm nicht in den Kopf, was das alles sollte. Erst der Ausweis von Hannahs Vater, jetzt ein altertümliches Foto von ihm selbst und der jungen Frau. Niemand wusste, dass sie beide einmal Nachbarn waren und dass es Raik nicht erlaubt war, mit dem seltsamen Mädchen zu spielen. So trafen sie sich heimlich ohne das Wissen seiner Eltern. Doch niemand wusste davon, keiner ahnte etwas von ihren Treffen und jetzt tauchte dieses veraltete Foto auf.

Erschöpft lehnte sich der Kommissar in seinem Sessel zurück und starrte aus dem Fenster in den Himmel. Das Bild des Toten ging ihm nicht aus dem Kopf. Schon der Zweite, der auf so eine Art und Weise sein Leben lassen musste. Die Frage, die über allem stand, war ein verschlingendes: Warum?!
    Was hatten diese Männer in ihrem Leben angestellt, dass sie so einen Tod verdienten? Alle kannten sie, respektierten sie und mochten sie sogar. Das erste Opfer war ein hohes Tier im Schützenverein, der zweite Tote war im Kirchenvorstand. Männer mit Einfluss in dem kleinen Dorf, wenn man es so nennen wollte. Wie konnte jemand auf die Idee kommen, sie zu töten?
    Woher wusste der Täter, dass beide in diesen Nächten allein im Haus sein würden? Raik erhob sich entschlossen und fing an, alles auf seine Flipchart zu schreiben, die er irgendwann einmal gekauft hatte, um diesem Büro ein gewisses Feeling zu geben. Davon, sie einmal wirklich zu nutzen, war nie die Rede gewesen! Doch jetzt sah Raik ein, dass es besser war, alles zu notieren, was ihm im Kopf herumging.

Erstaunt sah er hoch, als jemand Licht in dem kleinen Büro anschaltete, und im ersten Moment war der junge Kommissar geblendet. Wer störte ihn denn da? "Ich hätte nie im Leben damit gerechnet, dass Sie sich wirklich Gedanken darum machen, was hier los ist", murrte eine dunkle Stimme, von der Raik an diesem Abend eigentlich nichts mehr hören wollte. "Kann ich hier nicht mal für fünf Minuten meine Gedanken ordnen?!", schnauzte er seinen Kollegen darum an, dessen Tasche er auf den Tisch fallen ließ und sich die wenigen Notizen durchlas. "Nun, ich denke, es wird kein Weg an einem Gespräch mit Hannah vorbeigehen."

Seit wann duzten sich die beiden denn? Irgendwie fühlte sich das für Raik nicht richtig an, aber was ging ihn das an? Er war ein verheirateter Mann, mit einer Frau, die nun schon zum dritten Mal an diesem Abend den Versuch startete, ihn zu erreichen. Noch immer ging Raik nicht an das penetrant klingelnde Telefon, er wusste nicht einmal, wie er mit dem neuen Opfer umgehen sollte. Wie erklärte man so etwas jemand anderem? "Wollen Sie da nicht einmal rangehen?", murrte Manuel leise, doch Raik schüttelte den Kopf. "Nein... ich will mich jetzt konzentrieren!" Doch das war mit dem nervigen Ton im Hintergrund gar nicht möglich.

Hätte er Christine jetzt am Telefon, vermutlich sagte er Dinge, die er schon ein paar Minuten später bereuen würde. Manuel hob eine Augenbraue an, mischte sich aber nicht weiter in die Sache ein. Unbemerkt angelte er sich das Handy aus der Tasche von Raik und erhob sich. "Dann lasse ich Ihnen noch ein paar Minuten, vielleicht kommen Ihnen dann doch noch ein paar Ideen. Wir müssen uns überlegen, wie wir morgen die Befragungen einteilen. Und Ihnen ist hoffentlich klar, dass auch Hannah eingeladen werden muss."

Ein weiterer Punkt, mit dem Raik nicht umgehen konnte. Musste man die junge Frau denn in sowas reinziehen? War es möglich, dass alles nur ein dummer Zufall war? Aber ... ein Foto aus so alten Zeiten so zu positionieren, zeigte doch, dass jemand es darauf anlegte, dass man es fand und einen Zusammenhang herstellte. Was versuchte der Täter ihm zu sagen? Oder Hannah? War das hier eine versteckte Nachricht an die junge Frau, die niemand sonst las? Würde sie etwas darin erkennen, was ihnen verborgen blieb? Das Foto musste genau untersucht werden. Hatte jemand etwas darauf notiert und man erkannte es nur nicht?

Vielleicht versuchte Raik aber auch nur, sich an jeden Strohhalm zu klammern, den er bekommen und fassen konnte. Was blieb ihm denn in so einer Situation? Und da war niemand, der ihm half! Dieser Manuel war alles Mögliche, aber keine Hilfe! Und mit den Bewohnern im Dorf kannte der sich auch nicht aus. Hannah mochte er nicht damit belasten und es gab niemanden, der hier dienstälter war als er selbst! Raik war auf sich gestellt, irgendwie musste er diesen Fall lösen und dann wollte er darüber nachdenken, ob er doch den richtigen Beruf gewählt hatte, damals als er jung war. Das hier fühlte sich verdammt falsch an, denn nicht nur die Tatsache, dass Bekannte von ihm starben, quälte ihn, sondern auch die Überlegung, dass einer seiner Bekannten, seiner Freunde, seiner Nachbarn ... vermutlich ein Mörder war.

Mit Raiks Handy verzog sich Manuel nach draußen. Nicht, weil er seinen Kollegen damit ärgern wollte, sondern weil er die offenbar besorgte Person beruhigen wollte. Gerade war der unerfahrene Kommissar nicht in der Lage, sich mit jemandem zu unterhalten und Manuel wollte ihn nicht stören. Dieser sture Dorfdepp nebenan war derjenige, der die Bewohner kannte, der sie einschätzen konnte und der am ehesten die versteckten Hinweise des Mörders erkannte. Ohne ihn wäre er nie auf die Idee gekommen nach denjenigen zu suchen, die auf dem Foto zu sehen waren. Natürlich konnte es ein Hinweis sein, es hätten aber genauso gut die Kinder des Mannes sein können, deren Fotos er sich in einem sentimentalen Moment angesehen hatte.

Es hätte alles sein können, nie im Leben erwartete Manuel so etwas. Sie hatten es hier nicht mit einem normalen Mörder zu tun, der aus Habgier oder anderen Beweggründen tötete, es war etwas viel Tieferes! Jemand, der seine Morde so herrichtete, wollte damit eine Nachricht übermitteln. Das war keine Eifersucht, Geldgier oder Wut ... aus Wut schlug man jemandem etwas über den Schädel, erwürgte ihn oder schubste ihn von Treppen, aber das hier war ein in die Länge gezogenes Töten, eines, das genossen wurde vom Täter.

Jemand, der es so auskostete zu töten, der zelebrierte es. Entweder saß jahrelanger Hass in dieser Person oder er war psychisch unzurechnungsfähig.

Als das Handy zum wiederholten Male anfing zu klingeln, erbarmte sich der junge Mann und er beschloss, den Anruf entgegenzunehmen. "Manuel Rehmsen hier, leider ist Herr Vogelsang gerade nicht zu erreichen. Vielleicht kann ich Ihnen helfen?" Einen Moment lang herrschte Schweigen, ehe er eine zarte Stimme am anderen Ende vernahm. "Ich wollte meinen Mann sprechen, aber wenn er zu tun hat, dann... nun ich wollte nur wissen, warum er noch nicht nach Hause gekommen ist. Ich machte mir Sorgen."

Dieser verbohrte Vollidiot hatte eine Ehefrau? Welches arme weibliche Wesen konnte so einen Mann denn ertragen? "Es tut mir leid, ich kann Ihnen leider nicht versprechen, Ihren Mann heute noch nach Hause zu bringen. Ich werde es versuchen... aber momentan ist er so beschäftigt, ich fürchte es wird nicht einfach werden." Er hörte ein leises Lachen. "Nun, so ist Raik eben. Er ist ziemlich besessen, wenn es darum geht, einen Fall zu lösen. So wie jetzt habe ich ihn allerdings noch nie erlebt. Ich wünschte, ich könnte ihm helfen, aber ich fürchte, ich würde ihm nur im Weg stehen. Können Sie ihm ausrichten, dass ich sein Essen in die Mikrowelle stellen werde? Er soll noch etwas essen, wenn er nach Hause kommt."

Eine sehr sorgsame Frau. "Natürlich werde ich ihm das ausrichten. Ich werde jetzt noch mal nach ihm sehen, irgendwie fürchte ich, dass ich ihn nicht zu lange allein lassen kann. Außerdem wird er einen Kaffee brauchen. Versuchen Sie zu schlafen, Ihr Mann ist in guten Händen." Wieder lachte die fürsorgliche Frau am anderen Ende und alleine anhand dieses Lachens konnte Manuel nicht verstehen, wie man vermochte, sie so zu behandeln. Eine Frau wie diese würde sich doch jeder Mann nur wünschen!

Er lauschte dem Piepen in der Leitung noch einen Moment, legte dann aber auf. Wie sehr er sich jemanden in seinem Leben wünschte, der auf ihn wartete und ihm Essen in die Mikrowelle stellte, wenn es wieder später wurde. Bei ihm war keiner, nicht einmal ein Goldfisch.

Raik konnte stolz darauf sein, eine Frau wie sie zu haben, die sich sorgte und sich um ihn kümmerte. So viel Glück hatten nicht viele Männer und was tat er? Schlug sich die Nacht in seinem Büro um die Ohren, ohne weiter zu kommen. Warum ging er nicht nach Hause zu seiner Frau, nahm sie fest in den Arm und sagte ihr, wie sehr er sie liebte? Nach so einem Tag brauchte man etwas Positives im Leben, Wärme unter anderem .... und er ließ sie so im Stich? Wie konnte man nur so mit seiner Ehefrau umgehen?

Manuel wollte das nicht in den Kopf, eigentlich sollte er es positiv sehen, dass Raik die Arbeit so wichtig nahm. Doch wenn er eines in seinem Leben hatte lernen müssen, dann dass jeder einen Pol brauchte, der ihn beruhigte und einem Wärme gab. Wenn sich jemand mit Kälte auskannte, dann Manuel selbst. Seine Arbeit war sein Leben und in mancher Nacht, fragte er sich schon, ob das bereits alles war.

In dem alten Haus knackte und knarzte es in jeder Ecke und Hannah hatte sich in ihr ehemaliges Kinderzimmer verzogen. Hier war es halbwegs ordentlich, sah man von all diesen Staubmäusen mal ab. Sie fühlte sich sogar ziemlich wohl, aus dem Auto hatte sie sich eine Wolldecke geholt und ihre Sachen aus dem Koffer wurden zu einem Kissen umfunktioniert. Sie zuckte zusammen, als ihr Handy klingelte und seufzend beantwortete sie den Anruf diesmal. Was um alles in der Welt wollte der Mann um diese Uhrzeit? "Es ist mitten in der Nacht", nörgelte Hannah darum auch.

Einen Moment lang kam ihr Schweigen entgegen, doch dann atmete jemand am anderen Ende durch. "Hannah, du hast deinen Termin heute bei mir verpasst, weißt du, was ich mir für Sorgen um dich gemacht habe? Wo bist du?" Errötend sah Hannah zur Seite, sie sprach nicht gerne mit ihm am Telefon und dass sie nach Hause zurückgekehrt war, ging ihn doch nichts an. "Ich... bin nicht mehr in Hannover", murmelte die junge Frau leise. Ihr Gegenüber stutzte einen Moment, atmete so hörbar ein, dass ihr Schauer über den Rücken liefen, und sie rechnete mit einer Standpauke.

Was machte sie jetzt schon wieder falsch? "Hannah, hatten wir nicht in der letzten Sitzung besprochen, dass du nicht ohne eine weitere Therapiestunde nach Hause zurückfahren würdest? Ich weiß, der Ausweis deines Vaters hat dich sehr aufgewühlt, genau darum wollte ich dich noch einmal stärken und mit dir reden. Schaffst du das?"

Seufzend rollte sich Hannah auf die Seite. "Dr. Lühert, machen Sie sich nicht so viele Sorgen, ich fühle mich gut!", versuchte sie, ihren aufgebrachten Psychiater zu beruhigen. Dieser räusperte sich etwas, offenbar passten ihm ihre Worte schon wieder nicht. "Du bist nicht dazu da, um mich zu beruhigen, Hannah. Es geht einzig und allein um deine Gesundheit. Immerhin bist du erst seit ein paar Wochen aus der Klinik raus und es ist wichtig, deine ambulante Therapie fortzuführen! Das geht aber nicht, wenn du nach Hause fährst und mich in Hannover lässt. Wir hatten doch besprochen, dass du noch nicht so weit bist, oder?"

Konnte er aufhören, sie wie ein kleines Kind zu behandeln? "Ich fühle mich gut! Wirklich! Und ich nehme meine Tabletten regelmäßig, so wie die Ärzte in der Klinik es von mir verlangen. Ich halte mich doch an alles! Und ich muss doch wissen, warum hier der Ausweis von meinem Vater bei einer Leiche aufgetaucht ist. Mich lässt das nicht los und ich habe die Möglichkeit, endlich alles aufklären zu können!"

Ein schweres Seufzen drang an ihr Ohr, wie sie es von dem Mann, der die 50 deutlich überschritten hatte, öfter zu hören bekam.

"Hannah, ich erkläre es dir gern noch einmal, aber die Sitzungen sind wichtig für dich. Du hast versucht, dir das Leben zu nehmen und es war Glück, dass man dich rechtzeitig fand. Was du da tust, kann ich nicht gutheißen! Du bist noch nicht so weit, dich mit der Sache auseinander zu setzen, verstehst du das denn nicht? Ich habe Angst, dass du einen Rückfall bekommst und dann ist niemand da, mit dem du reden kannst. Es ist gefährlich, ich mache mir Sorgen..." Schweigend starrte Hannah in die Dunkelheit. Ja, sie hatte es versucht, wieder einmal und diesmal war es knapp gewesen.

Woher der Drang kam, verstand Hannah selbst nicht. Aber irgendwas brodelte in ihr und sie war jedes Mal fest davon überzeugt, mit jedem Nahtod der Wahrheit näher zu kommen. Um nach erfolgreicher Rettung zu erkennen, dass ihr diese Versuche nicht halfen, sondern ihr nur weitere Steine in den Weg legten. Ihr Therapeut war ihre wichtigste Bezugsperson und sie war ihm dankbar, dass sie ihn zu jeder Zeit anrufen durfte. Manchmal übertrieb er es mit seiner Sorge aber etwas. "Das Kind ist sowieso in den Brunnen gefallen", murmelte er dann leise ins Schweigen hinein. "Aber ich erwarte, dass du dich bei mir meldest, sobald irgendwas ist. Du bist lange noch nicht so stabil, wie du denkst. Ich wünschte, es wäre so."

Brav nickte Hannah, auch wenn ihr Psychiater das nicht sah. "Natürlich Doktor. Wenn ich mich schlecht fühle, werde ich Sie sofort anrufen. Jetzt würde ich aber gern schlafen und Sie sollten sich auch mehr an Ihre eigenen Sprechzeiten halten." Sie konnte den Mann mit den Geheimratsecken, den warmen braunen Augen und dem zu dicken Bauch regelrecht lächeln sehen.

Ein warmes Schmunzeln, welches die leichten Falten an seinen Mundwinkeln betonte, ihn aber auch so menschlich machte. Zum ersten Mal in ihrem Leben hatte Hannah das Gefühl, einen Therapeuten zu haben, der keine Maschine war, sondern noch immer ein Mensch. "Werde ich machen... jetzt leg dich schlafen." Sie konnte es sich nicht verkneifen ein scherzendes "Ja, Papa" von sich zu geben, ehe sie sich von ihrem Arzt verabschiedete und auflegte.

Sanft zog sie Lina in ihre Arme, die einzige Wärmequelle, die ihr geblieben war. "Und jetzt hältst du mich warm... manchmal frage ich mich, wer von uns beiden wirklich der Arzt ist." Obwohl sich Hannah über seinen späten Anruf amüsierte, fühlte sie sich irgendwie besser. Als wenn er es geahnt hätte.

Kapitel 7

Für Hannah war es mitten in der Nacht, als jemand wie verrückt an ihrer Haustür klingelte. Müde und verschlafen rieb sie sich über die Augen, tastete nach ihrem Handy und warf einen Blick darauf, um erst einmal ein Gefühl dafür zu bekommen, wie spät es überhaupt war. Wer auch immer da meinte, sie um fünf Uhr morgens aus dem Bett werfen zu müssen, konnte sich auf was gefasst machen! Schnaubend zog sie sich ihre Schuhe an, bemerkte nebenbei, wie dringend sie eigentlich eine Dusche brauchte, und lief dann langsam die knarrende, morsche Holztreppe herunter, den Hund fest auf dem Arm.

Diese verdammte Klingel nahm überhaupt kein Ende und als sie die Haustür aufriss, stand Raik ein wenig unbeholfen davor. Immer wieder drückte er auf den Knopf der Klingel, ehe er rot anlief und hilflos zu Hannah sah. "Er klemmt", murmelte er leise und entschuldigend und versuchte mit weiterem Drücken diesen armen Knopf aus seiner misslichen Lage zu befreien. Einen Moment starrte Hannah ihn an, unsicher darüber, ob sie ihn anschreien oder ob sie lieber lachen sollte, entschloss sich am Ende aber dafür, einfach den verdammten Knopf zu befreien. Mit ihren deutlich schlankeren Fingern war es für sie leichter, den Lärm abzustellen. "So.... das erklärt noch immer nicht, warum Sie um fünf Uhr in der Früh, wenn normale Menschen schlafen, hier vor meiner Tür stehen! Selbst wenn sich der Knopf am Ende verklemmt hat, waren Sie es doch, der am Anfang draufgedrückt hat! Nennen Sie mir einen verdammt guten Grund oder ich werde sauer."

Bestürzt sah Raik sie an, denn wenn er ehrlich war, hatte er nicht auf die Uhr gesehen. Alles, was er denken konnte, war mit Hannah zu reden und ihr das Foto zu zeigen. Selbst wenn sie sich nicht mehr an ihn erinnern konnte, musste sie es sehen! Irgendwie war sie darin verstrickt, auch wenn Raik sich noch keinen Reim darauf machen konnte, was damals geschehen war und warum die alte Sache jetzt wieder aufgerollt wurde. "Wir haben noch ein Opfer, wie du vielleicht mitbekommen hast. Und wir haben wieder etwas gefunden, als würde uns der Mörder kleine Geschenke machen wollen. Ich will dir keine Angst machen, aber es hat jedes Mal mit dir zu tun. Es tut mir leid, dass ich dich so wecken musste. Ich wollte im Grunde nicht so früh herkommen, aber ich konnte nicht mehr warten und dann habe ich auch nicht mehr auf die Uhr gesehen. Kann ich trotzdem reinkommen?"

Unsicher sah Hannah ihn an. Sie hatte nichts, wo sie sich hinsetzen konnten, also musste er wohl mit ihr hoch in ihr Schlafzimmer gehen. "Also gut, dann komm rein", murmelte sie leise. "Aber ich finde das nicht gut, klar? Außerdem habe ich endlich geschlafen." Ihr tat der Nacken weh, ach eigentlich tat ihr alles weh und das nur, weil die Matratze genauso alt war wie das Haus und so durchgelegen, dass man jede Feder spüren konnte.

Ihr Rücken beschwerte sich furchtbar und am liebsten hätte sie sich in ein gemütliches Hotelbett gelegt, aber ... das war so, als würde sie aufgeben. Wie schnell sie mit dem jungen Kommissar nun doch per Du war, erstaunte Hannah selbst, doch er schien ihr helfen zu wollen. Die junge Frau glaubte nicht mehr daran, dass ihr Vater noch am Leben war. Nur eine Hoffnung hielt sie noch in diesem Haus. Sie wollte herausfinden, was mit ihrem Vater passiert war. Sie wollte nur wissen, was geschehen war, warum er verschwunden ist und ob er vielleicht doch noch irgendwo am Leben war. Entgegen aller Erwartungen. Ruhig ging sie die Treppe wieder nach oben, wickelte sich in ihrem Bett in die Wolldecke ein und sah zu Raik, der sich auf den Boden setzte, als wäre es für ihn das normalste der Welt. Vielleicht war es das ja auch und sie konnte sich einfach nur nicht mehr daran erinnern? Vieles aus ihrer Vergangenheit, aus ihrer Kindheit, war verschüttet. Es war, als hätte ihre Seele ein schwarzes Tuch über die damaligen Ereignisse gelegt, damit sie sich nicht mehr damit auseinandersetzen musste. "Also gut, es gibt ein Foto?", murmelte sie leise, wickelte sich peinlich berührt enger in die Decke und hoffte, dass er nicht bemerkte, wie sehr sie eine Dusche brauchte. In diesem Haus lief doch hoffentlich noch Wasser? Die Heizung ging, so viel wusste Hannah, aber ob es mit dem Wasser genauso stand, wusste sie nicht. Immerhin hatte seit Jahren niemand mehr irgendwas an Rechnungen bezahlt.

Sie bemerkte die Blicke von Raik nicht, der sie aufmerksam musterte und ihr dann das Foto unter die Nase hielt. "Hier... du solltest es dir in Ruhe ansehen", murmelte er leise. Unsicher griff Hannah nach dem Bild und war erstaunt. Ja, sie erkannte sich, aber wer war der Junge an ihrer Seite? Der war ihr total fremd! "Und das lag bei der Leiche?", flüsterte sie ungläubig, denn es fiel ihr schwer, sich sowas vorzustellen. Seufzend nickte Raik, ehe er seine langen Beine ausstreckte und gegen den alten Tisch stieß, der mitten im Zimmer stand. "Meine Beine waren auch mal kürzer", murmelte er leise und der Blick von Hannah machte ihm klar, wie wenig sie aus ihrer Jugend noch wusste.
Mit dem Blick deutete er auf das Foto. "Kannst du dich noch daran erinnern, wie es gemacht wurde? Oder wer der Junge auf dem Bild ist?", wollte er wissen, einfach um seinen Verdacht bestätigt zu sehen. Wie konnte jemand alles vergessen? Sie war damals jung gewesen, keine Frage, aber doch kein Säugling mehr und er wusste noch sehr genau, was er mit neun alles erlebt hatte oder wen er alles kannte! Wie konnte sie das alles ausblenden? Unsicher musterte Hannah das Foto, ehe sie es ihm zurückgab. "Ich habe das Gefühl, den Jungen zu kennen, aber mir fällt kein Name ein", gestand sie leise ein. Es gefiel ihr auch nicht, aber in ihrem Kopf war eine riesige Lücke!

Seufzend schloss Raik für einen Moment die Augen, nickte dann aber und musste sich erst einmal genau überlegen, wie er jetzt weitermachen wollte. Er konnte und durfte Hannah auf keinen Fall mit irgendwas erschrecken, sonst machte sie dicht und sie war die einzige Verbindung zwischen den Opfern, die sich ihm gerade zeigte. "Also gut. Damals, als dein Vater verschwand, da warst du neun Jahre alt. Wie war das für dich? An was erinnerst du dich? Hat er am Tag vorher irgendwas gesagt, ist irgendwas passiert?"

So sehr Hannah auch versuchte, sich an irgendwas zu erinnern, war da nicht viel mehr, als ein sehr dunkles Loch. "Ich weiß es nicht... ich kann mich an nichts mehr erinnern. Mein Vater... ich kenne sein Gesicht nur noch von alten Fotos", gestand sie leise und atmete durch. "Ich weiß nichts mehr. Daher kann ich auch nicht sagen, ob irgendwas anders war als sonst." Warum waren da einfach in ihrem Kopf keine Erinnerungen mehr? Jedes Kind hatte irgendwie an irgendwas Erinnerungen - ganz besonders an die Eltern -, doch weder ihre Mutter noch ihren Vater konnte sich Hannah richtig vorstellen. Ruhig musterte Raik sie, ehe er aufstand und sich neben sie setzte. "Und du bist hierhergekommen, weil du versuchst, dich an irgendwas zu erinnern, habe ich Recht?", flüsterte er leise. Innerlich kämpfte er mit dem Verlangen, seine Hand auf die von Hannah zu legen, die so hilflos wie ein Neugeborenes an seiner Seite saß und mit den Tränen kämpfte. "Ja... weißt du, wie das ist? Ich möchte wissen, wer ich bin, wo ich herkomme und warum ich ganz alleine auf der Welt bin. Warum nie jemand da war, wenn ich Geburtstag gefeiert habe oder zu Weihnachten. Alles, was ich weiß, ist, dass ich alleine auf der Welt bin. Meine Mutter ist tot, mein Vater verschwunden und ich kenne nicht einmal den Grund dafür."

Sanft drückte sie den Hund an sich, der sich winselnd an Hannah schmiegte. Offenbar spürte Lina sehr genau, wie einsam sie sich gerade fühlte. Im ersten Moment gab sich Raik Mühe, dem Verlangen zu widerstehen, doch dann legte er seinen Arm um das Häuflein Elend und drückte sie an seine Seite. Irgendwie musste er ihr doch helfen können. "Was ist geschehen, nachdem dein Vater verschwunden ist? Wo bist du geblieben?", wollte er wissen. Diese Fragen begleiteten ihn seit so vielen Jahren, immerhin war er der Junge auf dem Foto. Und es gab eine Zeit, da waren sie Freunde. Er wollte schon wissen, was mit ihr geschehen war.

Hannah rieb sich über die Augen und atmete durch. "Das Jugendamt nahm mich mit, ich wurde von mehreren Psychologen untersucht, immerhin konnte ich mich an nichts erinnern. Erst bin ich nach Hannover gekommen, in die Kinder- und Jugendpsychiatrie... dort bin ich ein paar Jahre geblieben, bis die Ärzte der Meinung waren, man könnte mich wieder auf die Menschheit loslassen. Es gelang ihnen nicht, heraus zu finden, warum ich so viele Erinnerungslücken hatte. Keiner konnte mir sagen, was mit mir los war... Sie sagten nur immer wieder, dass ich wohl schreckliches erlebt haben musste, dass mir meine Psyche die Erinnerungen ersparen wollte. Mehr weiß ich nicht... ich kam in eine sehr nette und liebevolle Pflegefamilie, die mir wirklich geholfen hat, einen Fuß auf den Boden zu kriegen und wenigstens mein folgendes Leben so gut wie möglich zu führen. Ich bin ihnen immer noch sehr dankbar." Wenigstens etwas, das in ihrem Leben gut gelaufen war. Raik sah die junge Frau an, die so verlassen wirkte. "Sind sie noch für dich da?", flüsterte er leise und endlich lächelte Hannah offen und ehrlich. "Ja, sie kümmern sich sehr um mich. Meine Pflegemutter konnte selbst nie Kinder kriegen, daher haben mich meine Eltern wirklich sehr verwöhnt. Sie haben alles getan, was sie tun konnten, um gute Eltern zu sein." Auf die beiden ließ sie kein schlechtes Wort kommen, das wurde auch Raik sehr schnell klar. "Hannah? Komm heute mit zu mir. Du kannst dich duschen, vielleicht baden und ich bin mir sicher, meine Frau kocht gern für dich mit. Sie ist eine hervorragende Köchin und wird dich gern mit aufnehmen. Sogar für mich hat sie gestern Abend noch gekocht, obwohl ich es erst vor einer Stunde essen konnte."

Blinzelnd sah Hannah ihn an, errötete dabei aber. "Du bist verheiratet?", flüsterte sie leise. Eigentlich war das nichts, worüber Raik reden wollte, doch er nickte. "Ja... Christine ist eine tolle Frau. Ich denke, ich kann stolz auf sie sein." Doch allein dieser Satz machte deutlich, wie unglücklich er war. Sanft sah Hannah ihn an und obwohl sie den Mann kaum kannte, gab ihr seine Nähe Sicherheit. "Ich denke, dann muss ich sie kennenlernen, so sehr wie du mir helfen willst. Hoffentlich bin ich ihr kein Klotz am Bein, am Ende wird sie noch eifersüchtig oder sowas."

In einem Punkt war Raik sich jetzt schon sicher, seine Frau würde nie im Leben auf jemanden mehr eifersüchtig werden. "Den Punkt haben wir vermutlich schon überschritten, denke ich. Wir sind so sehr in der Routine unseres Lebens gefangen, sie weiß, dass es in meinem Leben keine andere Frau mehr gibt." Jedenfalls nicht zurzeit, obwohl Hannah ihm sehr gefährlich werden konnte. Wenn er ehrlich war, hatte er das Mädchen nie vergessen können. Und als er sah, was für eine Frau aus ihr geworden war, spürte er diese seltsamen Gefühle wieder in sich wach werden. Gefühle, die für seine Ehefrau längst eingeschlafen waren. Warum musste er die gerade für eine Frau bekommen, die wegen eines Mordes zurück in die Stadt gekommen war? "Wie fühlst du dich?", flüsterte Raik leise und musterte die Frau mit den langen, braunen Haaren und den Augen, die immer wieder in einer Weite verschwanden. Es war, als würde sie immer mehr in ihren Gedanken versinken.

Erschrocken sah Hannah ihn an, als hätte sie ihn für ein paar Minuten vergessen, doch dann lächelte sie so sanft und verzaubernd wie immer. "Ich fühle mich gut, ich bin nur noch sehr müde. Das Bett ist nicht das Bequemste und ich würde mich am liebsten etwas hinlegen. Eine

Dusche wäre auch sehr schön, muss ich zugeben. Denkst du, deine Frau hätte tatsächlich nichts dagegen?" Ruhig schüttelte der junge Kommissar den Kopf. "Nein, mach dir keine Sorgen. Ich denke, es wird ihr guttun, wenn sie mal etwas Besuch bekommt und wieder was zu tun hat. Christine igelt sich sehr ein, es würde ihr guttun, wenn da mal jemand wäre, der sie beschäftigt. Ich rufe sie gleich an, pack deine Sachen einfach zusammen, dann kommst du mit zu mir und kannst dich dann auch im Gästezimmer erholen. Etwas mehr Schlaf wird dir nicht schaden." Auch wenn es Hannah beschämte, sie wusste, dass er mit seinen Worten ins Schwarze traf. Nur aus diesem Grund ergab sie sich ihm auch, immerhin konnte sie sich nicht zu sehr gegen einen Kommissar wehren. Der erhob sich und nickte. "Gut, pack in Ruhe, ich gehe draußen eine rauchen. Irgendwie brauche ich das jetzt auch erst einmal." Er selbst war nicht zum Schlafen gekommen und der Besuch bei Hannah hatte leider nicht die Ergebnisse gebracht, die er gerne gehabt hätte. Wenn er mit ihr zu Hause ankam, würde er Hannah ihr Zimmer zeigen und sich selbst erst einmal schlafen legen. Hoffentlich war Christine ihm nicht böse, wenn er sie aus dem Schlaf riss und ihr das alles erzählte, denn er musste sie vorher informieren! Der Weg an die frische Luft war Raik noch sehr bekannt, wie viele Nachmittage hatte er damals mit Hannah hier verbracht? Und es war frustrierend für ihn, dass sie sich an nichts mehr erinnern konnte. Es war, als hätte es ihn nie in ihrem Leben gegeben. Da war es doch auch kein Wunder, wenn sie sich so einsam fühlte. Raik wollte ihr helfen, wenn ihm nur ein Weg einfiel, wie er das tun sollte! Sie wurde mit jedem Mord mehr in eine Sache hineingezogen, aus der er sie raushalten wollte. Nur ließ sich das nicht machen. Seufzend zog er an seiner Zigarette und sah in den Himmel, der noch immer stockdunkel war. Die Sterne verblassten, der Mond war schon längst verschwunden und er spürte die komplette Finsternis um sich herum. Warum sich Raik so fühlte, als würde er nur an der Oberfläche kratzen und langsam anfangen, eine Leiche auszugraben, die schon seit Jahrhunderten vergraben schien, wusste er nicht. Alles, was er wusste, war, dass einer aus dem Dorf gerade dabei war, Leute auf grausame Art und Weise zu töten!

Als Hannah mit ihrer Tasche die Treppe herunterkam, drückte er die Zigarette aus und kam durch die Hintertür wieder ins Haus. Verstört sah Hannah ihn an. "Woher wusstest du, wo der Schlüssel für diese Tür ist?", nuschelte sie leise. "Den habe ich ja nicht einmal gefunden!" Wie kam er jetzt aus der Sache wieder raus? Er wusste halt noch, wo der Schlüssel früher immer gehangen hatte und darum war es ein Reflex gewesen, ihn zu nehmen. "Der hing doch dort vorne", murmelte er leise, auch wenn er wusste, wie sehr er gerade log. Skeptisch sah Hannah ihn an, winkte dann aber ab. "Schon gut. Ich denke, ich bin einfach müde gewesen gestern und habe einige Dinge nicht gesehen. Aber jetzt sollten wir fahren... kannst du denn noch fahren?" Was war das denn für eine Frage? Er war doch nicht betrunken oder sowas, doch auf einmal musste Raik lachen. "Weißt du was? Ich habe ja auch als ein ganz normaler Streifenpolizist angefangen, nach der Polizeischule. Und ich musste nachts die jungen Fahrer anhalten, die von der Disco kamen, total übermüdet, nicht einmal betrunken. Die haben mit genau dieser Ausrede geantwortet, aber die konnte ich natürlich nicht durchgehen lassen und jetzt bin ich an einem Punkt, wo ich mit genau den gleichen Worten komme." Lachend sah Hanna ihn an und zwinkerte. "Dass du dich fühlst wie ein Fahranfänger, der aus der Disco kommt, sollte dir zu denken geben, meinst du nicht auch?" Wenn man es so ausdrückte, fing er auch an, sich darüber so seine Sorgen zu machen!

Kapitel 8

Erstaunt sah Christine die junge Frau an, die in diesem Moment aus dem Bad kam. Zum Glück hatte Raik sie am frühen Morgen geweckt, doch jetzt war sie schon etwas erstaunt. "Entschuldigung", nuschelte Hannah leise. Ihr war die Situation unangenehm, doch die zierliche Blondine schüttelte nur sanft den Kopf. "Schon in Ordnung, mach dir keine Sorgen. Ich darf doch "Du" sagen, oder?", fragte sie sanft und lächelte dabei.

Hannah fühlte sich wie ein Eindringling. Sie kam zu einer komplett vollständigen Familie und breitete sich aus, nur weil sie sonst niemanden hier hatte, der für sie da war. "Ich... natürlich dürfen Sie", flüsterte Hannah leise, doch Christine schüttelte den Kopf. "Aber du musst dann ebenfalls beim "Du" bleiben, hörst du? Raik bringt nicht oft jemanden mit nach Hause, doch ich kann mir denken, dass bei dir nicht alles so ist, wie du es dir vorstellst, nicht wahr? Zieh dich an und dann komm runter, es ist schon Mittag, ich koche uns beiden was zu essen, ja? Raik schläft noch, er ist erschöpft. Ich werde ihn schlafen lassen und lege ihm was zurück, wenn er dann Hunger hat. Ich warte unten auf dich, ja?"

Und schon huschte Christine die Wendeltreppe nach unten und ließ Hannah etwas unsicher dort stehen. Wie konnte jemand so freundlich sein? Sie strahlte wie ein kleines, winziges Kerzenlicht im Dunkeln, an dem man sich im Herbst erfreute, wenn draußen alles dunkel war und man ein warmes Licht suchte.

Benommen schüttelte Hannah den Kopf und verschwand in dem kleinen Zimmer, in dem Raik sie vor einigen Stunden untergebracht hatte. Mittlerweile stand die Sonne hoch am Himmel, doch sie hatte keine Kraft mehr. Die Bäume wirkten leer und leblos, so wie das gesamte Haus. Man hätte eine Stecknadel fallen hören, so leise war es und Hannah fürchtete, bei dem kleinsten Laut bestraft zu werden.

Mit klopfendem Herzen sah sie sich um und trat ans Fenster. Der Garten lag brach, man konnte ein niedriges, etwas heruntergekommenes Gewächshaus erkennen, ein kleiner Weg führte zu einem rechteckigen Stück Ackerland. Unter den Apfelbäumen stand eine Schaukel und neben dem Gewächshaus erkannte Hannah einen Sandkasten. Einen Moment lang sah sie sich alles nur an, doch dann fiel ihr der Fehler deutlich ins Auge. Da standen Spielgeräte für Kinder, aber hier war kein Kind zu hören! Keine Schritte oder Schreie, nicht ein Laut, der auf ein Kind hindeutete ... das Haus wirkte wie ausgestorben!

Das gesamte Anwesen erschien wie ein Grab, wie in Trauer gehüllt. Keiner durfte ein Wort sagen, sonst wurde die Ruhe von jemandem gestört. Etwas stimmte hier nicht, aber Hannah hatte nicht den Mut zu fragen. Auf Zehenspitzen zog sie sich an und kraulte Lina an den Ohren. "Komm, Kleines", flüsterte sie leise und atmete durch. "Hoffentlich machen wir nicht irgendwas kaputt, oder so."

Am Ende nahm sie doch jedes Fettnäpfchen mit, das sie fand. Schon jetzt war ihr allein der Gedanke unangenehm. Mit Lina huschte sie die Treppe unbemerkt herunter und wieder fiel ihr die Ruhe auf. Überall war es still, nur ganz eben hörte man Christine in der Küche, als würde sich selbst die Hausherrin nicht trauen, einen Mucks von sich zu geben. Dieses Haus war erstickend! Am liebsten wäre Hannah davongelaufen, doch das war unangebracht und gehörte sich nicht. Trotzdem fühlte sie sich, als würde sie sich in ein Grab legen.

Als Raik wach wurde, hörte er zum ersten Mal seit Jahren wieder Lachen aus der Küche. Erstaunt erhob er sich, zog sich an und tapste verschlafen die Treppe herunter. Da saßen die beiden Frauen und steckten ihre Köpfe zusammen. "Siehst du? Ich habe dir doch gesagt, wenn er erst einmal Essen riecht, kommt er ganz von alleine runter. Ich kenne doch meinen Mann." Schmunzelnd sah sie Raik an, der zum ersten Mal seit langem so deutliches Leben in seiner Frau sah. Es war erleichternd, Christine wieder so zu erleben, darum schmunzelte er selbst. "Also, du redest Sachen, ich habe euch gehört! Da bin ich runtergekommen und wollte sehen, ob ihr zwei euch versteht oder ob ihr euch schon prügelt." Entrüstet sah Hannah ihn an. "Als würden wir sowas tun?! Wir sind doch anständige Frauen." Schmunzelnd wuschelte sie Lina und erhob sich. "Ich lasse dann mal das Ehepaar allein. Du solltest was essen Raik, sie ist eine hervorragende Köchin. Ich gehe eine Runde mit Lina Gassi, sie muss mal raus." Raik nickte und sah seinem Besuch nach, ehe er zu Christine ging und ihr einen Kuss auf die Lippen hauchte. "Ich habe dich lange nicht mehr lachen gehört...", flüsterte er leise, als er sich sicher war, dass Hannah aus dem Haus war.

Christine musterte ihn einen Moment, nickte schließlich aber. "Stimmt... ich hatte vergessen, was für ein nettes Mädchen sie ist." Erstaunt sah Raik seine Frau an. "Vergessen? Kanntet ihr euch?", fragte er neugierig nach. Weshalb hatte Christine bisher kein Wort darüber verloren? Warum sagte sie nichts davon? Diese blinzelte, als wäre sie erstaunt, dass er nachfragte. "Ja, wir kannten uns. Wir sind immerhin fast in einem Alter und ihre Mutter hat mit meiner zusammen im Supermarkt gearbeitet. Wir haben öfter mal miteinander gespielt, wenn unsere Mütter noch arbeiteten. Daher kenne ich sie schon etwas, aber sie wird sich nicht mehr an mich erinnern können, habe ich Recht?"

Bedrückt senkte Raik den Blick. "Vermutlich nicht. Sie weiß auch von mir nichts mehr. Ich denke, da werde ich psychologische Hilfe in Anspruch nehmen müssen, ob sowas überhaupt möglich ist. Wie es scheint, kann sie sich an nichts mehr aus der Zeit erinnern, als sie hier gelebt hat. Komisch, nicht wahr? Also, ich finde es schon erschreckend." Zustimmend nickte seine Frau, während sie sein Essen aus dem Ofen holte und es ihm hinstellte. "Es stimmt... ich möchte mir nicht vorstellen, was im Leben eines Menschen passieren muss, damit dieser alles vergisst. Es muss furchtbar sein."

Einen Moment lang sah die junge Frau aus dem Fenster, ihr Blick verlor sich im Nebel, der langsam mit der untergehenden Sonne aufzog. Raik musterte seine Frau, die sich langsam wieder in sich zurückzog und sanft griff er nach ihrer Hand, damit sie sich zu ihm setzte. "Erzählst du mir davon? Ich meine... davon, wie ihr euch damals verstanden habt? Als ich die Treppe runterkam, da war es mir, als würde ich dich mit einer alten Freundin hier sitzen sehen. Du hast lange nicht mehr so gelacht."

Peinlich berührt sah Christine zur Seite, ehe sie sich doch zu ihrem Mann setzte und seufzte. "Weil sie es nicht weiß... Sie weiß nicht, was mir passiert ist. Endlich fasst mich jemand nicht mit Samthandschuhen an oder überlegt sich genau, was er sagen soll. Denkst du, ich merke das nicht? Alle sehen mich an, mustern mich und dann diese mitleidigen Blicke... seit Jahren! Ich habe niemanden, mit dem ich reden kann, ohne dass ich mich fühle, als würde sich jeder überlegen, was er sagen darf. Meine Freundinnen haben sich alle vor mir zurückgezogen, als hätten sie Angst, ich entführe ihnen die Kinder!" Zum ersten Mal sprach Christine aus, was sie bedrückte. Seit Jahren war niemand mehr da, dem sie sich anvertrauen konnte und wo sie sich fallen lassen durfte. Dabei brauchte sie ebenfalls eine Freundin, besonders jetzt.

Vermutlich krallte sie sich genau aus dem Grund so an Hannah, sicher war sich die Blondine da ja selbst nicht, aber es war nicht wichtig. Sich mit Hannah zu unterhalten war unkompliziert und unbeschwert, es fühlte sich befreiend an, vermutlich war das der Schlüssel, der sie jetzt so langsam öffnete. Raik legte die Gabel zur Seite, um die Hand seiner Frau zu nehmen. "Es tut mir leid... ich hätte damals mit dir von hier weggehen sollen, dann wäre das alles nicht passiert. Wir waren beide ziemlich in uns gefangen, in unserer eigenen Trauer, und ich konnte nicht sehen, wie es dir geht. Es tut mir sehr leid, ich habe dich im Stich gelassen, oder?"

Sanft sah Christine ihn an, doch auf ihren Lippen lag ein trauriges Lächeln. "Wir haben uns verloren... vor vielen Jahren schon", flüsterte sie leise. "Wir haben uns damals einfach verloren, Raik. Wir sind kein Ehepaar mehr, wir sind Freunde und das wissen wir beide." Endlich sprach es jemand aus und Raik war froh, dass er es nicht tun musste. Denn manchmal schmerzte die Wahrheit unfassbar und diese Worte, die zwischen ihnen schwelten und nie ausgesprochen wurden, wirkten befreiend und erdrückend in einem.

An der frischen Luft ahnte Hannah nichts von dem, was in dem Haus gesprochen wurde. Sie nahm den Weg über den Friedhof und sah sich aufmerksam um. Hier befand sich das Grab ihrer Mutter, warum erinnerte sie sich an nichts mehr? Nur den Namen wusste sie.

Wie verlor man so weitreichend seine Erinnerung?

Warum war sie so vergraben?

Es dauerte lange, bis sie den Grabstein fand, nach dem sie suchte. Ein trauriger Anblick. In der Mitte zwischen Moos, Gras und eines halb verdorrten Buschs lag ein Stein, auf dem man kaum den Namen erkannte. Nur eine Verbindung ließ sich für Hannah nicht aufbauen. Da war nichts, was sich in ihrem Herzen regte, obwohl es doch so hätte sein sollen. Immerhin lag hier ihre Mutter.

Müde rieb sich die junge Frau über die Augen und versuchte so, etwas in sich zu wecken! Tief in ihr musste es doch eine Erinnerung geben, an Eltern, an Freunde, an eine Kindheit! Nie war ihr so bewusst geworden, wie wichtig so etwas war.

Als auf einmal jemand auf sie zugestürzt kam, wusste Hannah gar nicht, was sie tun sollte. Sie sah den dunklen Schatten aus den Büschen des Nachbargrabes auf sich zu springen. Sofort wurde Adrenalin durch ihren Körper gepumpt, welches ihr Herz zum Rasen brachte. So schnell wie alles geschah, konnte sie kaum denken. In der Hand des Angreifers blitzte etwas auf und nur durch eine instinktive Drehung verhinderte Hannah, dass man ihr das Messer in den Bauch rammte. Panik ergriff ihren Körper, ließ sie nicht mehr klar denken, deswegen packte sie sich Lina und rannte, so schnell sie konnte, davon. Ihre Beine schmerzten schon nach kurzer Zeit, ihre Lunge brannte, doch sie wollte nicht aufhören zu laufen! Was war das? Wer war das? Was wollte er von ihr?

Hektisch drehte sie sich immer wieder um, spürte dabei, wie sie am ganzen Leib zittert, dabei fühlte sich Hannah wie ein Kaninchen auf der Flucht. Erschrocken schrie sie auf, als sie in einen Anzug lief und panisch sah Hannah hoch, direkt in die Augen von Manuel, der sie beruhigend an den Schultern packte.

"Was ist denn los?", murmelte er leise, erstaunt warum sie so durch den Wind war. Hannah schnappte nach Luft, drehte sich um und erstarrte. Da stand er!

Der Schatten, der sich eben auf sie stürzte, um sie zu töten! Er war da am Friedhof und sah sie aus funkelnden Augen an, ehe er lachend verschwand.

Manuel bemerkte den Mann ebenfalls und zog die Augenbrauen zusammen. "Was war das denn für einer?", murmelte er leise, ehe er seine Jacke auszog und sie Hannah um die Schultern legte. "Ihnen ist doch bestimmt kalt, Sie zittern vor Schreck. Kommen Sie mit, mein Wagen steht dort vorn und wir hätten uns heute sowieso noch treffen müssen. Dann trinken Sie in der Wache erst einmal in Ruhe einen Tee und berichten mir, was da eben geschehen ist." Wenigstens war sie jetzt nicht auf sich gestellt und es war jemand da, der den Typen auch gesehen hatte! Sie war nicht allein und man hielt sie so nicht mehr für verrückt. Ein Punkt, der sich sowieso schon durch ihr Leben zog. Immer, wenn die Menschen dahinterkamen, dass sie Psychologen besuchte, wurde aus ihr die Kranke gemacht, der man nicht trauen durfte.

Irgendwie hatte sie die Hoffnung in sich getragen, hier neu anfangen zu können. Doch offenbar lag hier ebenso eine Vergangenheit, die sie davon abhalten würde. Und das mit aller Macht. Etwas, was sie jetzt schon körperlich attackierte, und Hannah verstand nicht, warum! Was musste sie diesen Menschen denn nur getan haben als Kind? Beruhigend drückte Manuel das zitternde Mädchen an sich und brachte sie zu seinem teuren Wagen, der überhaupt nicht hier her passte.

Der Wagen wirkte für Hannah genauso fehl am Platz wie der Mann im Anzug und wie sie selbst. Sie waren alle nicht richtig in diesem Dorf, vielleicht verstand sie sich darum so mit dem Kriminalinspektor. Erst als sie sich in die weichen Ledersitze gleiten ließ, atmete sie wieder durch. Sanft setzte sie Lina in den Fußraum und schloss die Augen. Noch immer raste ihr Herz wie verrückt, in so einer Situation hatte sie sich bisher nie wiedergefunden und wenn sie ehrlich war, wollte sie das nicht unbedingt wiederholen. "Geht es wieder?", fragte Manuel leise und musterte sie mit einem entspannten Lächeln.

Hannah nickte und atmete durch. "Ja, langsam geht es wieder, trotzdem möchte ich so eine Situation in meinem Leben nicht unbedingt noch einmal erfahren müssen." Schmunzelnd nickte Manuel, der sein Gaspedal durchtrat und den Motor aufheulen ließ. "Kann ich gut verstehen, aber Menschen gewöhnen sich an alles." Das hier war aber eine Situation, an die sich Hannah gar nicht erst gewöhnen mochte!

Kapitel 9

Erst im Büro des Reviers beruhigte sich Hannah langsam wieder, was man an den weniger zitternden Händen erkannte. Dankbar nahm sie den Tee von Manuel entgegen, der sich an den Schreibtisch setzte und durchatmete. "Also, noch einmal von vorn", murmelte er leise und sah auf die Notizen, die er sich aufgeschrieben hatte. "Der Mann kam also aus dem Nichts und hat dich einfach angegriffen?"

Zustimmend nickte Hannah, während sie im Kopf alles ein weiteres Mal durchging. "Ich habe nach dem Grabstein meiner Mutter gesucht. Irgendwo musste es den doch geben, darum war ich auf dem Friedhof", wiederholte sie das, was eben geschehen war, einmal mehr für sich selbst als für den Kriminalinspektor. "Ich hatte ihn gerade gefunden, drehe mich um und dann ist der Kerl da! Sowas habe ich noch nie erlebt, wie dieses Messer auf mich zukam und ich mich nur noch so schnell wie möglich wegdrehen konnte. Ich dachte, ich komme hier her, weil man den Ausweis meines Vaters gefunden hat und je mehr Zeit ich hier verbringe, umso verrückter wird das alles für mich. Vielleicht hätte ich in Hannover bleiben sollen", murmelte sie leise und schloss einen Moment ihre Augen. Manuel beobachtete sie aufmerksam und atmete durch. "Nun, du hast das Haus gekauft und scheinst dich doch auch sonst wieder hier einleben zu wollen, oder? Du fühlst dich hier aber auch nicht mehr zu Hause, oder?"

Nebenher kritzelte er auf einem Block Notizen und Hannah schüttelte ehrlich mit dem Kopf. "Ich kann mich an nichts mehr erinnern", gestand sie leise. "Für mich ist meine Kindheit ein schwarzes Loch und alle sehen mich hier an, als müsste ich sie kennen, dabei weiß ich nun einmal nicht, wen ich da vor mir habe. Mir ist das auch unangenehm, aber was soll ich denn tun?" Bedrückt lehnte sie sich in dem weichen Ledersessel zurück, griff dann aber nach der Teetasse und nippte daran. Die warme Flüssigkeit, die ihre Kehle herunterrann, tat verdammt gut. "Alle sehen mich an, als würden sie mich aus dem Dorf jagen wollen oder als wäre es ihnen lieber, wenn ich wieder verschwinde. Was haben mein Vater und ich diesen Menschen nur getan? Ich verstehe das alles einfach nicht."

Langsam sorgte sich Manuel doch und lächelnd erhob er sich, setzte sich auf den Tisch, um nach Hannahs Hand zu greifen. "Ich kann verstehen, wie du dich fühlst", flüsterte er leise und sah der jungen Frau in die Augen. "Gib nicht auf... vielleicht finden wir eine Lösung für das alles." Obwohl er nicht gut darin war, jemandem Mut zuzusprechen oder für eine Person da zu sein, wollte er Hannah auf keinen Fall so in Tränen aufgelöst sitzen lassen. Diese rieb sich über die Augen und lächelte so tapfer, wie es ihr möglich war. "Schon gut, du tust mehr als du kannst und ich weiß auch nicht, was es mit diesem Ausweis auf sich hat und was es mit dem Foto zu tun hat. Ich kann mich daran nicht einmal mehr erinnern! Ich wünschte, ich wüsste mehr..."

Vielleicht wäre sie dann eine größere Hilfe, aber zurzeit war sie gar nichts und das fühlte sich für Hannah bedrückend an. Beruhigend lächelte Manuel. "Niemand erwartet das von dir, wirklich niemand. Du bist hier und irgendwie auch in die Sache verwickelt. Ich bin mir sicher, dass wir schon eine Möglichkeit finden werden." Eine letzte Hoffnung, die er hatte? Oder die pure Verzweiflung, da er selbst nicht mehr weiterwusste? Hannah wusste nicht genau, was sie von den Worten des Mannes hielt, doch sie versuchte das Beste aus der Sache zu machen. "Also gut, irgendwie scheinen die Fäden doch alle bei mir zusammen zu laufen, auch wenn ich nicht verstehe, warum. Musst du jetzt Fingerabdrücke von mir nehmen? Damit wir

sichergehen können, dass nicht ich der Mörder bin?" Daran dachte Manuel natürlich auch schon, aber trotzdem konnte er sich das nicht vorstellen. Warum sollte sie Hinweise auf sich selbst legen? Es war zu offensichtlich und darum glaubte er nicht daran.

Manchmal war genau das, worauf man hinweisen wollte, das, was man lieber ignorierte. "Nein, das ist nicht nötig, jedenfalls jetzt noch nicht. Da wir noch nicht einen einzigen Fingerabdruck finden konnten, ist da auch nichts, womit ich den hätte vergleichen können", meinte er lächelnd. "Entspann dich, ich werde gleich zur Gerichtsmedizin fahren. Soll ich Raik anrufen?" Doch Hannah schüttelte den Kopf. "Nein, ich denke... ich werde nach Hause fahren mit dem Taxi und mich dort noch einmal umsehen. Ich weiß auch nicht, warum, aber..., wenn ich irgendwo Erinnerungen finden kann, dann doch dort, oder?" Zustimmend nickte Manuel, er griff seine Jacke und lächelte. "Gut, dann fahre ich dich nach Hause. Das kann ich noch eben vorher machen." Dankbar sah Hannah ihn an und griff nach Lina, die immer an ihrer Seite war und aufmerksam zu ihrem Frauchen hochsah. Wenn der Hund doch nur hätte mit ihr sprechen können.

Eine Zeit lang unterhielt sich Raik mit seiner Frau, beide waren sich einig, wie verfahren ihre Ehe war und dass in den Jahren nach der Totgeburt, Freunde aus ihnen geworden waren. Wenn Raik in dem Punkt ehrlich zu sich war, vermutlich nicht einmal sonderlich gute Freunde. Sie lebten immer mehr aneinander vorbei, wenigstens sahen sie es jetzt ein. Es war schmerzhaft, doch beide waren sich einig, dass es besser war, über eine Scheidung nachzudenken. Im Büro angekommen, empfing ihn Stille und blinzelnd sah er sich um. So schweigsam war es hier sonst nur nachts und wo steckte dieser Kerl aus Hamburg? Nirgendwo war der Kerl zu finden!

Hätte er nicht einmal eine Nachricht hinterlassen können? In genau dem Moment, in dem sich Raik weiter in seine Wut auf diesen arroganten Kerl hineinsteigerte, bekam er einen Anruf. Schnell lief er um den Schreibtisch zu dem altmodischen Schnurtelefon und meldete sich. Bei der Nachricht setzte er sich erst einmal. "Bitte? Ich wollte doch heute noch mit Keike reden! Wo ist sie hin?", eiferte er sich, doch die Dame am anderen Ende seufzte schwer. "Ich kann es Ihnen doch nicht sagen. Sie checkte gestern Abend ein und als die Hausmädchen heute in ihr Zimmer wollten, um es zu reinigen, bemerkten sie das Blut auf dem Boden. Sie haben mich sofort gerufen und ich hatte nur Ihre Nummer von der Dame bekommen."

Das konnte doch nur ein dummer Scherz sein! Wo steckte Keike und was war das mit dem Blut auf dem Boden? "Ist gut, ich werde gleich vorbeikommen. Rühren Sie nichts an!" Damit warf er den Hörer wieder auf die Telefongabel und innerlich purzelten seine Gedanken durcheinander. Warum verschwand Keike? Weshalb sollte ihr jemand etwas tun? Das Blut auf dem Boden wies schon darauf hin, dass sie verletzt war! Dabei hatte er sich doch erst gestern noch mit der jungen Frau unterhalten. Sie hatte gerade ihren Vater verloren und keiner wusste, warum!

Wütend schlug Raik an die Wand, verzweifelt darüber, dass er nicht verstand, was in seinem Dorf los war! Warum ging hier alles drunter und drüber? Aus welchem Grund starben hier Menschen? Und warum sagte niemand, was Hannah damit zu tun hatte? Auch wenn sich der junge Kommissar das nur ungern eingestand, gab er zu, wie überfordert er war. Warum ergab das alles keinen Sinn? Es gab viele Hinweise in verschiedene Richtungen, aber scheinbar nicht einen richtigen Weg und das machte ihn langsam doch verrückt. Wie sollte er mit der Situation umgehen?

Jetzt musste er also nicht nur einen Mörder finden, sondern ebenfalls herausfinden, wo Keike war und was mit ihr geschehen war. "Also gut", murmelte er mehr zu sich selbst und lief in seinem Büro auf und ab. "Ich brauche die Spurensicherung und die Forensiker, vielleicht finden die eine Spur oder einen Hinweis." Damit rannte er aus seinem Büro und schnappte sich im Vorraum eines der anderen Telefone, kam aber gar nicht dazu jemanden anzurufen, denn er bemerkte den Zettel von Rehmsen, welcher von diesem für ihn hinterlassen hatte.

Darunter lag der Bericht von dem Überfall auf Hannah, den sich Raik ebenfalls aufmerksam durchlas. Das konnte doch alles nicht wahr sein! Kam zu einem Mörder ein verrückter Kerl, der mit Messern herumrannte hinzu? Was war denn in diesem Dorf los und warum kam er nicht mehr mit? Wann war aus den harmlosen Menschen, die er so gut zu kennen glaubte, ein Haufen Verrückter in Schafspelz geworden? Innerlich kochte Raik, aber er zwang sich dazu, einen kühlen Kopf zu bewahren und das bedeutete genauso, dass er jetzt telefonieren musste, um herauszufinden, was in Keikes Hotelzimmer geschehen war. Die junge Frau war in Gefahr, offenbar war Manuel schon auf dem Weg zum Krankenhaus, wo man die Leichen hinbrachte. Eine richtige Gerichtsmedizin gab es hier ja nicht und eine Obduktion übernahm man dort ebenfalls. Hoffentlich fand sich Manuel da zurecht, immerhin war er ein Hamburger und die waren stur und voller dummer Ideen, so viel konnte man schon sagen! Am Ende musste sich Raik zwanzig Mal entschuldigen, weil der Kerl nur Mist gebaut hatte und jedem auf den Schlips trat, den er fand.

Was anderes, als beleidigen, konnte so ein Typ im Anzug doch nicht! In welche Richtung ging das nur? Irgendwie drehte doch in diesem Dorf jeder durch, oder nicht? War das noch der Ort, an dem er groß geworden war?

Zu Hause sollte ein Ort sein, an dem man sich entspannte und wo man sich geborgen fühlte, doch wann immer Hannah zu diesem alten Haus zurückkam, empfand sie, als wäre sie eine Fremde. Sie gehörte nicht in dieses Dorf, nicht an diesen Ort ... nicht mehr.

Sie suchte nach Antworten, nach Hinweisen auf ihre Vergangenheit und die Erinnerungen, die sie vor Jahren verloren hatte, aus welchem Grund auch immer. Müde atmete sie durch und sah in den Himmel, denn lange würde sie nicht mehr genug Licht haben, um noch irgendetwas zu sehen. Selbst in den Schränken war vieles wie damals, auch wenn es offenbar genug Leute gab, die sich an dem Kram zu schaffen gemacht hatten, der ihr noch immer gehörte. Skeptisch sah Manuel sie an, denn sie stand an der Tür und betrat die Ruine nicht. Einen Moment spielte er mit dem Lenkrad, dann stieg er aus dem Wagen, um an ihre Seite zu treten. "Ist irgendwas?", flüsterte er leise, ehe seine Hand sich auf ihre Schulter legte. "Hannah?"

Offenbar brauchte sie einen Moment, um aus den Träumen wieder wach zu werden, in denen sie bis eben versunken war, um Abstand zu allem zu bekommen. Irgendwie kam Manuel dieser Moment komisch vor, er musste dringend mit Raik reden und herausfinden, wie viel das Mädchen wissen konnte und was damals mit ihr geschehen war. Bisher kannte er nur das, was man sich eh über sie so erzählte, aber als Polizist gewährte man ihm Zugang zu den Akten, die damals erstellt wurden, und die wollte Manuel auf jeden Fall haben. Was war aus dem Mädchen geworden, was war damals alles ermittelt worden? Je länger er mit ihr zusammen war, umso mehr wollte der junge Kriminalkommissar wissen. Selbst wenn ihm klar war, wie wenig es bringen würde, sie direkt zu fragen.

Erschrocken sah Hannah ihn an und kratzte sich verlegen an der Wange. "Entschuldigung, es tut mir leid, ich war wohl gerade etwas in Gedanken gewesen und dachte, du wärst schon wieder gefahren. Es tut mir leid, wolltest du noch etwas?" Sie wirkte so verloren und mit dieser Art schaffte Hannah es, einen Mann wie ihn und Raik um den Finger zu wickeln, den Beschützerinstinkt zu wecken. Da war sich der junge Mann sicher und er gab sich Mühe, ihrem Charme nicht zu erliegen. "Ich habe mir nur Sorgen gemacht, weil du nicht reingegangen bist. Gut, es ist eine Ruine, aber sie gehört dir. Eigentlich hat sie dir doch immer gehört, komisch das du sie erst kaufen musstest, oder?" Hannah schüttelte den Kopf und lächelte. "So komisch auch wieder nicht. Man hat damals alles der Stadt verkauft, als ich nach Hannover ging. Was sollte ich mit einem Haus, um das ich mich nicht kümmern und in dem ich in den jungen Jahren auch nicht allein leben konnte? Darum meinte das Jugendamt, es wäre besser auf das Angebot des Immobilienmaklers einzugehen und alles zu verkaufen. Der Immobilienmakler war sich sicher, er würde so ein Grundstück und so ein Haus bald wieder an den Mann bringen, aber wie man sehr gut sieht... wurde das nichts."

Schmunzelnd schüttelte Manuel den Kopf. "Und mit jedem Jahr, mit dem das Ding hier steht, wird es mehr zu einem Geisterhaus. Jedenfalls, wenn ich es mir hier ansehe", murmelte er leise und blinzelte, als Hannah zustimmte. "Und wenn ich hier schlafen will, fühle ich mich, als würde ich die Geister ganz genau hören, die noch durch das Haus irren." Doch was hatte sie für eine Wahl? "Ich werde reingehen und sehen, wie ich weitermache. Jetzt, wo ich es gekauft habe, bleibt eigentlich nicht mehr viel, außer es abzureißen, nicht wahr? Was soll ich sonst damit machen?" Verunsichert sah Manuel sie an. War das eine Frage an ihn oder fragte sie sich das eher selbst? "Ich weiß nicht... du solltest mit dem Kram hier tun, was du möchtest, immerhin gehört es dir. Alles, was hier steht, gehört dir. Also ist es deine Sache, was du tust. Mach damit, was du willst... reiß es ab, bau es neu, brenn es ab oder lass alles hier verrotten... Wie immer du möchtest."

Erstaunt sah Hannah dem Mann nach, der in seinen teuren Porsche stieg und davonbrauste. Genau wie der Mann selbst, wirkte auch der Wagen fehl am Platz.

Wogegen der Audi von Raik besser hier her passte, genau wie der Kommissar selbst. Dass ein Wagen doch so auf einen Menschen schließen ließ ... Einen Moment sah sie ihr Cabrio an, in Gedanken dabei, was der Wagen über sie aussagte. Doch dann widmete sie sich wieder dem Problemhaus! Was sollte sie mit dem Ding tun? Abreißen? Aber, was wenn doch irgendwo noch Erinnerungen waren, die ihr helfen konnten? Wenn diese versteckten Geister, die sie damit aus ihrem zu Hause verscheuchte, das waren, was sie brauchte, um voranzuschreiten? Sie war so verwirrt, aber eins wusste sie genau: Sie musste etwas tun!

Kapitel 10

In dem kleinen Hotel wurde er lächelnd empfangen. Keiner der Mitarbeiter ließ sich anmerken, was in dem Zimmer geschehen war. Darum fühlte sich Raik im ersten Moment so, als wäre alles in Ordnung. Er ging die enge Treppe eine Etage weiter nach oben und einen langen, engen Flur entlang bis ans Ende, dort stand die Tür offen und ein Mann kam ihm entgegen. "Ah Kommissar, da sind Sie ja. Wir haben das Zimmer schon einmal in Ruhe untersucht, alle Spuren, die wir finden konnten, sind gesichert. Wenn Sie möchten, können Sie reingehen und sich dort umsehen."

Genau das wollte Raik, obwohl er sich nicht einmal vorzustellen wagte, was ihn erwartete. Nur ein Blutfleck auf dem Boden? Wie groß war er? Im ersten Moment wirkte das Hotelzimmer normal, als er durch die Tür trat. Ein großes Doppelbett in hellem Holz, ein einfacher Teppich und ein Schreibtisch aus dem gleichen Holz wie das Bett. Ein kleiner Schrank, in dem keine Kleider waren und ein winziger Tisch mit Wasserflasche. Davor zwei seltsame Sessel, auf einem von ihnen stand die Tasche, mit der Keike wohl gestern nach Stade kam. Es dauerte einen Moment, bis er den Blutfleck bemerkte, der am Bett und auf dem Boden zu erkennen war. Durch den dunklen Teppich erkannte man ihn nicht sofort, aber er war da und er war frisch, genau wie das Blut an der Bettkante. Ob es einen Kampf gab? Hatte sich Keike die Stirn gestoßen oder den Hinterkopf und war dadurch verletzt?

Aber, warum war sie dann nicht hier? Ob sie ins Krankenhaus gefahren war? Dort musste er auf jeden Fall anrufen, Raik wollte noch immer nicht daran glauben, dass sie entführt worden war. Obwohl er versuchte, sich die Dinge positiv zu reden, ließ sich das Blut nicht leugnen oder gar ignorieren! Es war da und es gab einen Grund dafür. Die Besitzerin des Hotels räusperte sich leise und reichte ihm die Hand.

"Lisa Maybohm, freut mich... und? Können Sie schon sagen, was hier passiert ist? Ich mache mir doch langsam Sorgen, wenn ich ehrlich sein soll. Wo sollte das arme Ding denn hin sein?" Eine ältere Frau, Mitte 50 mit ergrautem Haar und Falten um die Augen, in einem feinen Hosenanzug mit übertrieben geschminkten Lippen sah sich in dem Zimmer um, schockiert von dem, was sie sah. So etwas war bisher noch nie in ihrem Hotel geschehen, so viel war sicher. Vermutlich war sie genau darum so durcheinander und verstört.

"Noch wissen wir nicht, was in diesem Zimmer geschehen ist", beruhigte er sie. "Haben Sie gesehen, ob die Dame, die hier wohnte, gestern Abend noch einmal das Hotel verlassen hat?" Wenn Keike ins Krankenhaus gefahren war, mitten in der Nacht, dann bemerkte das doch jemand.

Die Frau dachte nach und seufzte ein wenig. "Ich denke, da müssen wir unseren Nachtwächter fragen. Wir haben extra jemanden angestellt, der in der Nacht an der Tür ist, falls Besucher später reinkommen. Wenn jemand etwas gesehen hat, dann er."

Raik nickte zustimmend. "Mit dem Mann möchte ich sprechen. Rufen Sie ihn an und schicken Sie ihn direkt ins Präsidium. Ich werde dort hinfahren, wenn ich hier fertig bin. Ist sonst noch jemand hier, der sich gestern Abend mit Keike unterhalten hat?" Sofort schüttelte die Hotelbesitzerin den Kopf, die ergrauten Locken flogen von einer Seite zur anderen. "Nein! Ich habe mich persönlich um das arme Ding gekümmert, als sie gestern Abend herkam. So eine furchtbare Sache! Erst muss sie ihren Vater tot auffinden und dann wird ihr auch noch etwas angetan. Wer macht denn sowas? Also das hat es hier noch nie gegeben. Was soll ich denn der Presse sagen?"

Wieso denn die Presse? Raik gab sich seit dem ersten Mord verzweifelt Mühe, diese Zecken aus der Sache herauszuhalten! Würde das kleine Dorf vor Stade erst einmal in die Medien kommen, mit einem

Massenmörder oder etwas Ähnlichem, dann brach hier Panik aus und die versuchte er mit aller Macht zu verhindern. "Sie sprechen nicht mit der Presse", knurrte er die Dame drohend an. "Wenn nur ein Wort an die Presse gerät, bekommen wir hier wirklich Probleme und das möchte ich verhindern. Noch wissen wir nicht, was hier wirklich geschehen ist und solange wir das nicht wissen, wird die Presse aus allem rausgehalten. Haben wir uns verstanden, Frau Maybohm?"

Hoffentlich reichte sein dunkler Unterton, um ihr zu verdeutlichen, wie ernst er es damit meinte. Im ersten Moment schien sie etwas enttäuscht zu sein, doch dann ergab sie sich und nickte. "Gut, ich bin verschwiegen wie ein Grab." Raik konnte nur hoffen, dass sie ihr Versprechen halten würde. Eine Massenpanik brauchte er jetzt nicht auch noch!

Dauernd befanden sich Leichenhallen im Keller. Auch in diesem Krankenhaus hieß es wieder, runter in die unterste Etage und dann immer den Gang entlang bis zum Ende. Warum verbannte man Leichen ständig in die Unsichtbarkeit? Manuel verstand durchaus, wie ungern man Tote mitten im Krankenhaus aufbewahrte, besonders weil man sie eher unbemerkt aus dem Haus bringen wollte. Doch immer in den Keller zu rennen, trieb ihn irgendwann an den Rand des Wahnsinns.

Ein alter Mann mit grauen Haaren erwartete ihn, eine Brille auf der Nase und ein Namensschild an dem weißen Kittel. Offensichtlich ein Oberarzt, sehr erfreulich. Manuel reichte ihm die Hand, stellte sich brav vor, bekam selbst aber keine Antwort. "Gut, kommen Sie mit", murrte der Mann deutlich missbilligend. Anscheinend verursachte Manuel Arbeit, die er nicht wollte. "Hier haben wir das Opfer", murrte er leise und nahm sich ein Klemmbrett, welches zu Füßen des Mannes lag. "Er ist erstickt... wie man vielleicht erkennen kann, nicht wahr? Wir haben Moor gefunden, in seiner Lunge, in seinem Magen und in der

Speiseröhre, ebenso im Mund... Es gab ansonsten keine weiteren Wunden, offenbar hat er sich nicht einmal gewehrt." Er blätterte etwas herum, wirkte dabei aber so gelangweilt wie kein anderer Mensch, den Manuel bisher kennenlernen musste. "Wenn Sie möchten, können Sie mir die Akte auch geben und sich anderen Dingen widmen. Lesen kann ich", brummte er den Oberarzt darum an, der ihn wieder mit diesem überheblich missbilligenden Blick ansah. Ja, er kam aus der Großstadt und er wusste, dass es vielen nicht gefiel, doch hier starben Menschen! Da sprang man doch mal über seinen Schatten.

Schnaubend drückte der Arzt ihm das Klemmbrett in die Hand. "Ich bin nebenan", brummte der Mann mit der Halbglatze und den grauen Haaren, ehe er an Manuel in den auf Hochglanz polierten Schuhen, die überhaupt nicht an so einen Ort passen wollten, vorbeistolzierte.

Erst als er die Tür mit Schwung hinter sich zuschlug, atmete Manuel durch. "Meine Güte, also gut, ich denke jetzt haben wir beide Ruhe", murmelte er leise und sah den Mann an, der bleich auf dem Tisch aus Metall lag. Man hatte ihn mit einem Tuch bis ans Kinn zugedeckt. Was tat man mit so einem Kerl, um ihn dazu zu zwingen, ohne Gegenwehr Moor zu schlucken? Dieser Kerl wog 110 Kilo, er war stark und in keiner Art und Weise krank ... er hätte sich wehren können, ohne Schwierigkeiten zu haben! Trotzdem schien er alles getan zu haben, was der Täter ihm sagte.

Darum ging Manuel davon aus, dass dieser im Besitz einer Waffe gewesen sein muss.

Wie kam man in einem Dorf wie diesem an Schusswaffen? Skeptisch las er sich den Bericht der Obduktion erneut durch, legte ihn aber zur Seite und innerhalb von Sekunden speicherte er die wichtigen Dinge ab. Intensiv musterte er den Mann erneut, entschloss sich dann aber zu gehen und alles, was er erfahren hatte, erst einmal mit ins Präsidium zu nehmen. Dort wollte er alles so gut er konnte verarbeiten und mit dem anderen Fall zusammenbringen. Was ging hier vor sich? In der Kleinstadt, in der er sich nun befand, fühlte er sich fast wie in einer Metropole, nachdem er sich schon beinahe an das Dorfleben gewöhnt hatte. Die Häuser lagen weit auseinander, Schreie drangen nicht bis zu den Nachbarn vor und das war ein Problem!

Dennoch, es gab weder Einbruchspuren, noch Anzeichen für Gewalt, was nur einen Gedanken zuließ: Der Täter war einer von ihnen! Jemand, dem man ohne zu zögern die Tür öffnete, ihn zu sich ließ und begrüßte. Warum ihn? Manuel ging nicht davon aus, dass eine Frau zu so sadistischen Morden fähig war, man durfte es aber auch nicht komplett ausschließen.

Manuel tat sich generell schwer damit, eine Frau als Mörderin zu sehen und statistisch gesehen, kam es nur selten vor.

Vor dem Krankenhaus holte er tief Luft, beobachtete die Menschen, die an ihm vorbei hetzten, meistens aus dem hohen Gebäude heraus. Man erkannte genau, wer erst die Hilfe der Ärzte brauchte oder wer schon wieder nach Hause entlassen war. Wer hinein wollte, der schlurfte vor sich hin, wer geheilt war, lief gern ein wenig schneller. Der Mann, dem er eben einen Besuch hatte abstatten müssen, würde diesen Kasten nie wieder verlassen und es war an ihm, den Grund zu ermitteln!

Es war seine Aufgabe, denjenigen zu finden, der dafür verantwortlich war und ihm eine gerechte Strafe zuzuführen.

Ein paar Minuten beobachtete Manuel das Treiben, dann straffte er seine Schultern und stieg in den Wagen. Jetzt war nicht die Zeit, um die Gegend zu genießen. Es war Zeit zu arbeiten und einen weiteren Mord möglichst zu verhindern!

War es Verzweiflung oder etwas anderes? Genau konnte Hannah es nicht sagen, doch im Schuppen fand sie einen riesigen Hammer, wozu auch immer der dort herumgelegen hatte. Mit dem war sie dann nach oben ins Haus gegangen und schlug jetzt wütend die Wand im Schlafzimmer ihrer Eltern ein. Warum sie es tat? Nur aus Frust!

Um sie herum schien alles zusammenzubrechen und das, obwohl sie hergekommen war, um nach Antworten zu suchen und sie zu finden! Aber alles, was hier geschah, brachte die junge Frau nur mehr durcheinander! Und da ihr dieses Haus gehörte, hatte sie kein Problem damit, die ganzen Wände einzuschlagen und alles in Schutt und Asche zu verwandeln! Hannah musste es loswerden, egal was es kosten mochte! Es sollte weg, verschwinden! Nur dann konnte sie in Ruhe zurück nach Hannover fahren, in ihre kleine Wohnung und dort weitermachen, als hätte es die Zeit hier nie gegeben. Mittlerweile fand ihr Leben doch in Hannover statt, Hannah begriff nicht, wie sie so naiv hatte sein können, hier her zurückzukehren.

Es war ein Fehler, ein einziger, riesiger Fehler und wütend schlug sie auf die Wände ein, die unter den Einschlägen bröckelten. Alles sollte zusammenbrechen und auseinanderfallen! Erst als sie aus dem Garten jemanden rufen hörte, legte sie den Hammer zur Seite und fuhr sich über die Stirn. Was war das überhaupt für ein riesiges Ding? Was zerstörte man damit? Fragend trat sie ans Fenster und winkte Christine zu, die unten im Garten stand und verstört hochsah. "Was machst du denn da? Ich dachte... naja, vielleicht hast du Lust auf Kakao? Ich habe eine Thermoskanne mitgebracht, du hast hier doch nichts! Was machst du da?!" Es war erstaunlich, wie vertraut sich Hannah mit ihr fühlte, beinahe als würde sie die junge Frau schon seit Jahren kennen. Ein komisches Gefühl, aber nicht unangenehm. So einen Menschen hatte Hannah bisher nie getroffen. Warum sollte sie es nicht nutzen? "Ich versuche hier ein wenig Ordnung rein zu bringen, wenn man das so nennen kann", meinte sie schmunzelnd und hob den Hammer hoch.

"Komm hoch, aber du weißt wohl auch nicht wozu das Ding hier da ist, oder?"

Christine blinzelte. "Warte, ich komm nach oben", rief sie zu ihr hinauf und wieder war Hannah erstaunt, wie ausführlich andere Menschen ihr Haus kannten! Besser als sie selbst, so fühlte es sich manchmal an. Als Christine reinkam und sich im Zimmer ihrer Eltern umsah, bemerkte sie die Löcher, die sich schon in der Wand befanden. "Ordnung schaffen nennst du das?", meinte sie schmunzelnd und sah zu dem riesigen Hammer. "Keine Ahnung, ich glaube Raik hat so ein Ding benutzt, um die Platten für unsere Terrasse zu verlegen... ich habe ihn auch nur das eine Mal mit so einem Ding gesehen, vielleicht solltest du ihn fragen? Bestimmt siehst du ihn noch öfter." Lächelnd nickte Hannah und nahm die Tasse entgegen, die man ihr hinhielt. Woher wusste Christine, dass sie weder Kaffee, noch Tee sonderlich zugetan war?

Hier kannte sie jeder besser, als sie sich selbst kannte. Seufzend ließ sich Hannah auf das Doppelbett ihrer Eltern sinken, stellte den Hammer an die Seite und musterte Christine, die sich zu ihr setzte. "Also hast du beschlossen, hier alles kurz und klein zu schlagen?", murmelte sie leise. "Schade eigentlich. Das Grundstück ist herrlich und bestimmt würden sich die Menschen darum schlagen." Blinzelnd nippte Hannah an ihrem Kakao, an dem sie sich sofort die Lippen verbrannte. "Wow, die Thermoskanne ist Gold wert", murmelte sie leise. "Meine hält den Kakao ganze fünf Minuten warm, von der Küche in den Wagen! Aber..., wenn alle das Grundstück hier so sehr lieben, warum ist es dann nicht längst verkauft worden? Ich habe mich mit dem Makler unterhalten, keiner wollte es haben. Ich begreife nicht, warum..." Ob Christine ihr weiterhelfen konnte? Hannah kam sich doch ein wenig veralbert vor. Weshalb behandelte sie jeder so, als wäre sie ansteckend und warum mieden alle dieses Anwesen, wenn doch viele sich angeblich darum stritten?

Es war idyllisch, lag direkt am Deich und man brauchte nur ein paar Schritte machen, um gleich an der Elbe zu sein. Der Blick auf die vorbeifahrenden Schiffe war durch nichts verstellt, keine Bäume oder sonstiges, warum kaufte es niemand?

Christine druckste etwas herum, zuckte dann aber mit den Schultern. "Es gibt... einige, die behaupten dieses Haus wäre... von Geistern besessen oder sowas. Albern, ich weiß, aber hier auf dem Dorf sind die Menschen doch abergläubisch, habe ich das Gefühl. Am Ende hat sich einfach keiner getraut." Hannah schüttelte etwas den Kopf, nahm einen Schluck Kakao und atmete dann durch. "Ich dachte, wenn ich hier alles kurz und klein schlage, dann kann ich mich davon lösen", gestand sie leise. Lächelnd sah Christine sie an. "Den Gedanken an sich finde ich schön, alleine kommst du leider nicht sehr weit. Ich hole das Ding aus unserer Garage, dann helfen ich dir." Lachend sah Hannah sie an und nickte. "Gut und ein Radio wäre schön. Etwas Musik macht es bestimmt gleich leichter." Zustimmend schmunzelte Christine und sie versprach, sofort zu Hannah zurückzukehren, die sich erstaunlich geborgen bei der Frau fühlte, die sie doch erst vor ein paar Stunden kennen gelernt hatte.

Kapitel 11

Zurück im Revier tauschten sich die beiden Kommissare erst einmal aus. Frustriert raufte sich Raik die Haare. "Und wie machen wir jetzt weiter? Wir haben ein Opfer, so unberührt und gequält wie das Erste und jetzt ist auch noch jemand verschwunden. Ich habe die Ärzte und die Klinik schon abtelefoniert, dort ist Keike nicht. Warum sollte sie jemand entführen? Ich verstehe das nicht und jetzt muss ich ihre Mutter anrufen, die um ihren Mann trauert, und darf ihr erklären, dass auch ihre Tochter verschwunden ist! Das kann doch nicht wahr sein!" Beruhigend sah Manuel seinen Kollegen an. "Wenn Sie wollen, werde ich die Dame anrufen. Auch wenn Sie mich für jemanden halten, der nicht viel Feingefühl hat, kenne ich mich mittlerweile damit aus, solche Nachrichten zu überbringen und Sie reagieren in dem Fall einfach zu emotional."

Das leugnete Raik ja nicht, immerhin kannte er jeden persönlich und war mit ihnen seit langer Zeit befreundet. Da war es doch kein Wunder, wenn es ihm selbst ebenfalls an die Nieren ging und er nicht wusste, wie er damit umgehen sollte. Solche Nachrichten überbrachte er nicht jeden Tag, darum nahm es ihn so mit. "Sie hatten Recht", gab er zähneknirschend zu. "Es war ein Fehler, ihr gestern nicht schon alle Fragen gestellt zu haben. Dabei wollte ich sie nur schonen, was mir jetzt wohl selbst ein Bein stellt." Und darüber war Raik ebenfalls frustriert. Jedenfalls hatte er die Stärke, seinen Fehler zuzugeben, obwohl es am Stolz nagte. In der letzten Nacht war er sich so sicher, das Richtige zu tun, doch jetzt bereute er es schon wieder. So war es oft in seinem Leben. Entscheidungen, die er an einem Tag traf, bereute er oft schon am nächsten.

Doch zu seiner Verwunderung kam Manuel nicht mit Vorwürfen. "Gesagt ist gesagt. Wir müssen jetzt das Beste aus der Situation machen und dürfen nicht darüber nachdenken, wie wir etwas besser hätten machen können. Damit helfen wir niemandem. Es geht darum, einen Mörder zu finden. Mehr will ich nicht und mehr wollen Sie nicht. Daran sollten wir immer denken." Es ging nicht darum, wer besser war oder wer die richtige Entscheidung traf. Es ging einzig und allein um die Menschen, die Schutz brauchten.

Gerade wollte Raik etwas dazu sagen, da stürzte ein Mann ins Revier und seufzend rollte der Kommissar mit den Augen. "Was machst du denn hier, Bobby? Solltest du nicht zu Hause sein?", meinte er lächelnd und ging auf den Bären von Mann zu. Ein Mann, der gut zwei Meter groß war, mit breiten Schultern und einem Nacken wie ein Bulle. "Aber Bobby muss mit Raik reden!", stammelte der Mann mit den großen, unschuldigen Augen. "Bobby hat viel gesehen. Mama sagte, Bobby soll auf gar keinen Fall die Polizei stören, aber wenn Bobby nicht sagt, was er gesehen hat, dann ist das auch nicht richtig." Lächelnd sah Raik ihn an und griff nach dem Telefon. "Ich werde deine Mutter anrufen, okay? Sie wird dich dann gleich abholen."

Eigentlich wollte Raik nur, dass der Mann wieder verschwand, aber Manuel machte ihm einen Strich durch die Rechnung. Erstaunlich einfühlsam ging er auf den scheinbar geistig zurückgebliebenen Mann zu und lächelte. "Hallo Bobby, ich bin Manuel und ich helfe Raik. Weißt du, er hat heute wenig Zeit, wenn du aber möchtest, kannst du dich auch mit mir unterhalten. Ich bin auch Polizist, siehst du?" Er holte die Marke heraus und gab sie Bobby, der sie genau ansah und sich vor die Nase hielt. "Und du hilfst Raik bei der Arbeit? Das ist toll! Bobby möchte auch helfen!" Manuel nickte und deutete auf die Tür. "Gut, dann setzt du dich da schon einmal rein und ich komme gleich zu dir ins Büro. Dann erzählst du mir das, was du erzählen möchtest, ja?"

Der Mann nickte und tapste relativ ungelenk in das kleine Büro, als hätte er gerade erst laufen gelernt. Skeptisch sah Raik seinen Kollegen an. "Sie wissen aber schon, dass er nicht ganz richtig ist, oder? Das müssen Sie doch auch bemerkt haben! Wie soll uns jemand helfen, der nicht einmal in der Lage ist, seinen Namen zu schreiben?" Seufzend schüttelte Manuel den Kopf. "Er mag vielleicht nicht eins und eins zusammenzählen können, aber er hat Augen im Kopf und kann Dinge sehen. Ich will mir anhören, was er zu sagen hat. Wenn ich meine Zeit verschwende, können Sie es mir hinterher mit Freude unter die Nase reiben. Solange entscheide ich aber noch, was ich tue." Damit verschwand er ebenfalls hinter der Tür zum Büro und Raik schüttelte den Kopf. Was sollte der Kerl denn schon gesehen haben? Doch irgendwie war es erstaunlich, wie einfühlsam und freundlich der Anzugträger mit Bobby umging, dagegen fühlte er selbst sich jetzt schon stur und gefühllos, aber er konnte mit ihm nicht umgehen. Es war unangenehm für ihn und es schüchterte ihn ein. Vielleicht war er unfair, denn der arme Kerl konnte nichts dafür, aber er fühlte sich gehemmt im Umgang mit ihm. Manuel war da offenbar selbstsicher, im Gegensatz zu ihm. Doch als einer der anderen Polizisten reinkam und eine Akte auf den Tisch legte, die Rehmsen scheinbar angefordert hatte, kochte schon wieder die Wut auf ihn in Raik hoch. Was wollte der verdammte Kerl mit der Akte von Hannah?!

Das Erste, was sie wieder klar mitbekam, war die Dunkelheit, in der sie sich befand und die Kopfschmerzen. Ihr Schädel dröhnte, als wäre ein Zug darüber hinweg gefahren! Es fiel ihr schwer, sich zu erinnern, was überhaupt passiert war. Sie wollte ins Hotel, sich hinlegen, um endlich zu verstehen, wie sie ihren Vater fand. Doch kaum in ihrem Zimmer abgekommen, war jemand von hinten an sie herangetreten! Ein stechender Schmerz im Kopf und dann war alles Schwarz.

Jetzt lag sie auf einem kalten, harten Boden ohne Licht und Luft zum Atmen.

Keike versuchte wenigstens, sich aufzusetzen, aber es funktionierte nicht. Man hatte ihre Arme und Beine fest zusammengebunden, damit sie nicht die Chance bekam zu fliehen. Was war denn hier los? Sie hatte doch niemanden gesehen, ahnte nicht einmal, wer ihrem Vater so etwas antun würde!

Warum hatte man sie hierhergebracht? Keike verstand das alles nicht, noch immer schmerzte ihr Kopf so sehr, dass sie nicht in der Lage war, vernünftig zu denken. Durch die Tatsache, dass kein Licht in den Raum fiel, ging sie davon aus, in einem Keller zu liegen.

Half es, zu schreien? Oder wurden ihre Entführer damit nur auf sie aufmerksam? Unsicher, ob es eine ratsame Wahl wäre, sich jetzt bemerkbar zu machen, blieb sie reglos liegen. Ihre Beine und Arme kribbelten, waren offensichtlich eingeschlafen. Die Gelenke schmerzten, rieben an den Seilen, mit denen man sie gefesselt hatte, und ihr Kopf pochte. Keike versuchte wenigstens, etwas zu hören, einen Zug oder ähnliches. Aber es war so still wie dunkel. Tränen stiegen in ihr hoch. Reichte es denn nicht aus, dass sie ihren Vater auf so grausame Art und Weise verloren hatte?

Warum tat man ihr jetzt so etwas an? War sie die Nächste? Musste sie auf die Art sterben, wie auch ihr Vater den Tod gefunden hatte?

Aber ihn hatte niemand entführt, man hatte ihn zu Hause getötet. Sie hatte hier aber kein Heim, daher sah der Mörder wohl keine andere Möglichkeit! Mittlerweile lösten sich die Tränen von den Wimpern der jungen Frau und verzweifelt versuchte sie ein weiteres Mal, sich aufzusetzen. Als sie Schritte hörte, hämmerte ihr Herz sofort schneller. Panisch versuchte sie, in der Dunkelheit doch etwas zu erkennen. Kam von irgendwo Licht? Doch es blieb weiterhin dunkel, Keike hätte den Eindringling nicht einmal bemerkt, wenn er neben ihr gestanden hätte. Erst als er sie an den Haaren packte und anhob, schrie sie auf. "Bitte tun Sie mir nichts!", wimmerte sie leise.

Erstaunt bemerkte Keike, dass man sie nicht gleich tötete, sondern mit dem Rücken an eine kalte Wand lehnte. Erleichtert ließ sie sich an diese sinken, zuckte jedoch zusammen, als man ihr eine Flasche an die Lippen hielt. Gierig trank sie, egal was es war. Wasser ran ihre Kehle herunter. Erleichtert, endlich etwas zu trinken zu ergattern, bekam sie gar nicht genug davon. Doch man entzog ihr die Flasche schnell wieder. "Warum tun Sie das?", wimmerte Keike leise, schniefte etwas und schloss innerlich schon mit ihrem Leben ab. Hier kam sie doch nicht mehr raus, oder? Machte es Sinn zu kämpfen?

Auf ihre Fragen bekam sie keine Antworten. Wer auch immer dort bei ihr war, sprach nicht ein Wort mit ihr. Warum nicht? Durfte sie nicht einmal wissen, weshalb man plante, sie zu töten? Oder tat man ihr noch viel grausamere Dinge an? Die Phantasie der jungen Frau fuhr Achterbahn und sie stellte sich Sachen vor, die sie nie überleben würde. Erst als die Tür ins Schloss fiel, wurde ihr klar, dass sie wieder allein war... und am Leben. Wie lange dieser Zustand andauern würde, ließ sich nur leider nicht einschätzen. Sie war angespannt und fühlte sich, als kam der Tod jeden Moment diese verdammte Treppe zu ihr herunter, um sie zu überfallen und mit sich zu nehmen.

Erschöpft ließen sich die beiden Frauen nach ein paar Stunden Arbeit auf den Boden sinken. Mittlerweile war jeder Schrank im Schlafzimmer der Eltern zerstört und irgendwie fühlte sich Hannah erleichtert. Warum, schien sie selbst nicht so genau sagen zu können. Aber es fühlte sich an, als würde ihr jemand eine Last von den Schultern nehmen, von der sie nicht einmal geahnt hatte, dass sie da war. Skeptisch sah Christine zu ihr. "Und das hilft? Also, ich bin auch eine Menge Frust losgeworden, glaub mir, aber dass es dir hilft, wundert mich schon etwas."

Erstaunt sah Hannah die junge Frau an, die sich den Staub aus den blonden Haaren wischte und mit einem erleichterten Lächeln auf dem

Boden hockte. "Frust?", murmelte sie leise, ehe sie den Schutt musterte, der vor ihr lag. "Es tut schon gut. Als würde ich mich von der Vergangenheit lösen und ihr einen Tritt in den Hintern verpassen." Lächelnd ließ sich Christine in den Schutt fallen, der Staub wirbelte auf und ließ beide für einen Moment husten. "Weißt du", murmelte sie leise, nachdem sich Christine von ihrem Hustenanfall erholt hatte. "In meinem Leben läuft auch nicht immer alles gut. Man könnte von außen denken, ich wäre glücklich. Doch wenn ich ehrlich bin, möchte ich nur noch von hier verschwinden. Dieses Dorf ist wie ein lebendes Grab. Jeder, der sich nicht anpasst, wird von der Gemeinschaft verstoßen und wer sich anpasst, fängt irgendwann an, sich selbst zu verleugnen. Manchmal sehe ich in den Spiegel und weiß selbst nicht mehr genau, wer vor mir steht. Da sieht mir eine Frau in die Augen, die irgendwie nach mir aussieht, aber die ich nicht leiden kann. Ich passe mich an, bin die Frau des Kommissars und habe eine gewisse Stellung im Dorf.

Zu jedem muss ich so nett wie möglich sein, auch wenn ich sie hasse! Jeder denkt, ich wäre nett und freundlich, höflich, zuvorkommend und schüchtern. In Wahrheit möchte ich ihnen manchmal mit aller Kraft ins Gesicht schreien, was ich wirklich denke."

Es tat so gut, das alles zu sagen und dabei nicht schief angeguckt zu werden. Hannah rollte sich leicht auf die Seite und musterte die bezaubernde Frau neben sich. "Du bist zu jung für so viel Frust", flüsterte sie leise. "Ich meine es ernst... du bist zu jung, um jetzt schon aufzugeben. Wenn du es hier nicht mehr ertragen kannst, warum gehst du dann nicht?" Lachend schüttelte Hannah den Kopf. "Weil Raik nie gehen würde... und mir fehlt alleine der Mut. Irgendwie dachte ich immer, Raik und ich gehören zusammen. Doch mittlerweile weiß ich, dass ich mich da getäuscht habe. Und du? Bist du allein? Oder hast du in Hannover jemanden, der dich vermisst?"

Der Einzige, der auf Hannah wartete, war ihr Psychiater und der war mehr ihr Vater als ihr Partner. "Nein, ich habe ein kleines Meerschweinchen, aber sonst wartet niemand auf mich."

Das lockte Christine sofort ein Lächeln auf die Lippen. "Das ist vermutlich einfühlsamer als mancher Mann. Ach Mensch! Worauf liege ich denn hier?", murmelte sie leise und zum ersten Mal, seit sie ihr Kind verloren hatte, spürte sie wieder Leben in sich. An der Seite von Hannah zu sein, war, als ob ihre Maske zerbrach. Mit der Hand tastete sie hinter ihrem Rücken nach dem, worauf sie lag. Da war etwas, was sich gefährlich in ihr Kreuz drückte. "Was ist das denn?", murmelte Christine leise, in der Hand eine kleine, rote Schatulle mit Schloss davor. "Eine Geldkassette? Oder ist das sowas wie ein Schmuckkasten?" Gespannt hielt sie das rote Ding in den Händen, es hatte ein sicheres Schloss und ohne Schlüssel kamen sie nicht weit.

Nur war es unmöglich, in dem Schutt, den sie hier verursacht hatten in den letzten Stunden, so einen kleinen Schlüssel zu finden. Hannah nahm ihr die Schatulle ab und überlegte. "Ich glaube, ich kann mich ein wenig erinnern. Meine Eltern hatten so ein Ding, in dem sie alle wichtigen Unterlagen unterbrachten, damit sie nicht verloren gehen oder geklaut werden konnten. Das könnte das Ding hier sein, aber wie kriegen wir das auf?" Ihr war klar, dass sie nie im Leben hier einen Schlüssel finden würden. "Vielleicht hätte ich doch nicht einfach alles kurz und klein schlagen sollen", meinte Hannah darum leise und Christine nahm ihr die Schatulle wieder ab. "Es ist kein dickes Metall, daher denke ich schon, dass mein Mann die irgendwie aufbekommen sollte."

Mit dem richtigen Arbeitsgerät würde sich das schon machen lassen, da war sich die junge Frau sicher. "Möchtest du es mitnehmen? Zu Hause kann sich Raik das mal ansehen, der findet bestimmt eine Möglichkeit, wie er es aufbrechen kann." Lächelnd und dankbar nickte

Hannah. Sie war so froh, jemanden gefunden zu haben, der sie freundlich aufnahm.

Kapitel 12

Zum wiederholten Male in mehreren Minuten versuchte Manuel zu erklären, warum er die Akte von damals angefordert hatte, nur war Raik in seinem Ärger gar nicht mehr zu stoppen. Immer wieder fing er damit an, es könne doch nicht sein, dass man die Privatsphäre der Frau so missachtete. Diese interessierte Manuel ja gar nicht, aber wenn er die ganzen Zusammenhänge verstehen wollte, gab es so viele Dinge, die notwendig waren!

Als Raik wieder mit den Persönlichkeitsrechten anfing, reichte es dem Hamburger und er schlug mit der flachen Hand auf den Tisch. "Nun beruhigen Sie sich mal!", fauchte er nicht weniger laut und der Blick, mit dem Raik ihn ansah, war eine Mischung aus Wut und Erstaunen. "Hören Sie mir jetzt mal sehr genau zu, Kommissar Vogelsang! Wir haben es hier mit zwei Toten zu tun, die beide etwas bei sich hatten, was auf Hannah hinweist! Es geht mir nicht darum, jemanden zu beschämen oder eine alte Sache wieder aufzukochen, aber selbst Sie müssen doch einsehen, dass die Hinweise auf den damaligen Fall eindeutig sind!" Weshalb verschloss er die Augen vor der Wahrheit und tat so, als würde es sie nicht geben? Es war doch offensichtlich, was hier gespielt wurde, oder nicht?

War es Absicht von Vogelsang, dies nicht zu erkennen?

Raik atmete durch, fuhr sich durch die Haare und setzte sich. "Und wie soll das zusammenhängen? Ich meine... die Fälle liegen so viele Jahre auseinander und ich denke nicht, dass es da jemanden gibt, der irgendwas damit zu tun hat." Streng sah Manuel ihn an und griff sich endlich die Akte, die auf dem Schreibtisch lag. "Hören Sie mir mal zu, wenn ich in Mathematik nicht vollkommen idiotisch bin, waren Sie zu der damaligen Zeit noch ein Kind! Was bedeutet, auch Ihnen sind die Akten fremd und Sie halten es trotz der ganzen Hinweise nicht für nötig, einfach einen Blick darauf zu werfen? Da will Sie jemand mit der Nase draufstoßen, dass es mit diesem Fall zusammenhängt und Sie schließen einfach die Augen, weil sie Persönlichkeitsrechte schützen wollen? Weil Sie jemandem nicht weh tun wollen?! Vogelsang, ganz ehrlich! Hier sterben Menschen! Ist Ihnen das schon aufgefallen?"

Der Kerl brauchte sich doch nicht so aufspielen! Ja, es war ihm aufgefallen, aber was half denn ein Fall aus der Vergangenheit, über den jeder lieber den Mantel des Schweigens hüllte.

Gespannt nahm sich Manuel die Akte und blätterte sie durch, doch er war mehr als erstaunt wegen dem, was er dort las. Nach wenigen Wochen war das Verschwinden von Hannahs Vater abgeschlossen worden, keiner hatte sich jemals bemüht oder weitere Ermittlungen angestrengt. Er war weg ... damit war die Sache erledigt. Die Nachbarn wurden befragt, aber nur oberflächlich, und alle waren sich einig, dass er ein verwirrter Mann war, der am Ende vermutlich den Tod seiner Frau nicht überstanden und darum das Dorf verlassen hatte. Um die Tochter kümmerte sich das Jugendamt, Fall abgeschlossen.

Bestürzt sah er Raik an, der mittlerweile schmollend am Fenster stand und rauchte. "Ist Ihnen das nie aufgefallen? Die Akte wurde einfach geschlossen, ohne dass jemals herauskam, wohin der Mann verschwunden ist. Und diese Namen... die Namen der Nachbarn sind genau diejenigen, die wir jetzt tot auffinden! Wollen Sie mir also noch einmal erklären, dies hätte nichts mit dem Fall von damals zu tun?" Erschrocken sah Raik ihn an, schritt auf ihn zu und riss ihm die Akte unsanft aus den vergleichsweise zarten Händen.

"Das kann doch nicht...", murmelte er leise, bemerkte dann aber ebenfalls die Namen. Jeder der Opfer hatte geschworen, mit Hannahs Vater wäre psychisch etwas nicht in Ordnung gewesen. Einige hatten sogar behauptet, er wäre nach dem Suizid seiner Frau verrückt geworden und hätte sich im Moor das Leben genommen. Das waren nur Vermutungen, doch sie standen schwarz auf weiß direkt vor seiner Nase.

Aussagen von Menschen, die er kannte und schätzte, die in seinen Augen jedoch keinen Sinn ergaben. "Ich erinnere mich noch daran, wie Hannahs Mutter sich das Leben genommen hatte", murmelte er leise und setzte sich wieder in seinen Sessel. "Man fand sie erhängt im eigenen Garten, an einem der alten Apfelbäume. Keiner wusste, warum oder wieso, aber ich war damals oft bei Hannah und ihr Vater war davon überzeugt, sie habe sich nicht das Leben genommen. Er war regelrecht besessen von der Idee, jemand habe sie erhängt. Hannah veränderte sich damals schlagartig. Sie zog sich zurück, von ihren Lippen kam kein Wort mehr. Egal, wie oft ich auch versuchte, mit ihr zu reden, sie sprach nicht mehr mit mir. Mit niemandem... Ich weiß nicht, wie viel sie gesehen oder von dem Selbstmord ihrer Mutter mitbekommen hatte, jedenfalls muss es sie sehr mitgenommen haben. Sie war damals neun Jahre alt, da ist sowas doch kein Wunder!"

Natürlich war das kein Wunder, aber Manuel war sich sicher, diese beiden Fälle waren eng miteinander verstrickt und erst, wenn der alte Fall gelöst war, konnte man den Neuen abschließen. "Und Sie sind der Meinung, wir müssen jetzt jeden der damals eine Aussage machen musste, in eine Art Zeugenschutzprogramm nehmen?", murrte Raik leise, ehe er die Akte zur Seite legte und sich über die Augen rieb. Das Verschwinden des Mannes war etwas, über das niemand sprach. Und wurde man nach diesem Vorfall gefragt, wurde er totgeschwiegen.

Wie oft hatte Raik versucht, mit seinen Eltern zu reden. Darüber, wo Hannah war oder wo ihr Vater hin verschwunden war, doch seine Mutter hatte ihn jedes Mal seufzend in den Arm genommen und ihm erklärt, dass er darüber niemals wieder sprechen durfte. Schon als Junge fand Raik es merkwürdig, doch er war zu jung gewesen, um seinen Eltern zu widersprechen. Würde er heute wieder damit anfangen, nach Hinweisen oder nach Antworten zu suchen, würde ihn erneut eine Mauer des Schweigens erwarten. Raik wusste es genau, in diesem Ort war nichts so sicher als ein Geheimnis, über das niemand sprach.

Für Manuel war es eher so, als hätte sein Kollege schon aufgegeben, bevor er es überhaupt versuchte. "Ich kann mir gut vorstellen, warum hier keiner redet", knurrte er leise, erhob sich aus dem Stuhl und fing an, vor dem Schreibtisch auf und ab zu laufen. "Wenn hier alle Polizisten so weichgespült sind wie Sie, wundert mich überhaupt nichts mehr! Es geht nicht, wenn keiner hier Druck macht. Hier verschwindet ein Mensch, keiner sagt etwas dazu und jeder tut so, als wäre es vollkommen normal. Selbst die Polizisten machen alle Augen zu, damit sie niemandem aus der Nachbarschaft auf die Füße treten! Und jetzt? Hier geht es um Menschenleben und Sie wollen immer noch so tun, als wäre das alles nicht wichtig oder als könnte man den Menschen sowas nicht antun, weil sie ja so verletzlich sind! Wie wollen Sie DAS vor den Opfern rechtfertigen?!"

Erschrocken zuckte Raik zusammen, er hasste es, wenn der Kerl ihm sowas an den Kopf warf. Doch er hasste am meisten die Tatsache, dass er auch noch Recht hatte. Niemand traute sich hier, jemandem eine Art von Vorwurf zu machen, weil jeder mit jedem befreundet war. Selbst als Kommissar wagte er es nicht, den Einflussreichen im Dorf die Stirn zu bieten, weil er ahnte, was das für ihn und seine Familie bedeuten würde. Doch damit half man den Opfern nicht und dieser Fall würde genauso ungelöst bleiben, wie das Verschwinden von Hannahs Vater. Wie fühlte sie sich dabei? Noch immer war nicht klar, was mit dem Mann geschehen war und bestimmt fühlte sich Hannah darum furchtbar. Seufzend schloss er die Augen, ergeben, da er ahnte, dass er ohne Manuels Hilfe nicht weiterkommen würde. Etwas, das er nur ungern zugab, aber es war Tatsache.

"Also gut, Rehmsen. Was schlagen Sie vor? Ich meine, wie sollen wir einen Fall lösen, der so lange zurückliegt? Wir haben keine Spuren mehr und die Menschen werden Sie nur sehr schwer zum Reden bekommen."

Als wenn er sich da noch keinen Plan gemacht hätte. Manuel lehnte sich an den Schreibtisch und sah tief in die Augen des Mannes, mit dem er jetzt endlich zusammenarbeiten musste, ob dem das passte oder nicht. "Gut, wenn Sie darauf bestehen, mache ich sehr gerne den bösen Bullen", murrte er leise. "In einem Punkt haben Sie ja Recht, Sie müssen am Ende immer noch hier leben, ich nicht. Sollen die Menschen mich ruhig hassen, ich werde unangenehm werden und Fragen stellen, die hier vielen nicht jedem gefallen. Spielen Sie sich ruhig als derjenige auf, der mich aufhalten will. Aber nichts von dem, was Sie mir sagen, wird mich stoppen! Als erstes will ich den Obduktionsbericht von Hannahs Mutter. Sollte das Verschwinden des Mannes mit dem Selbstmord seiner Frau zusammenhängen, müssen wir erst einmal herausfinden, ob es überhaupt ein Selbstmord war. Sie muss damals doch von einem Arzt untersucht worden sein, ich will alle Unterlagen!" Bei Suizid ging man so vor, daher gab es eine Akte dazu, da war er sich sicher.

Obwohl sich Raik fühlte wie ein kleiner Schuljunge, dem man die Ohren langzog, wurde ihm klar, wie begrenzt seine Möglichkeiten waren. Er schien gezwungen zu sein, mit dem Mann zusammenarbeiten und sein Bestes geben. "Gut, ich werde mit dem Arzt sprechen, der damals die Untersuchungen gemacht hat. Was kam eigentlich bei der Befragung von Bobby raus? Seine Mutter hat sich tausendmal bei mir entschuldigt, weil er von zu Hause abgehauen ist." Und am Ende war er vermutlich nicht einmal eine Hilfe.

Schnaubend sah Manuel zur Seite. "Kriegt er dafür wieder Schläge?", knurrte er leise. Erschrocken sah Raik hoch, schüttelte dabei aber den Kopf. "Unsinn, als wenn er verprügelt wird", murmelte der Kommissar leise, doch Manuel lachte nur. "Machen Sie doch die Augen auf, Vogelsang! Die Wunden an seinen Armen, denken Sie, er fällt einmal in der Woche die Treppe runter? Er ist vielleicht nicht so schnell im Denken wie andere Menschen in seinem Alter, aber er ist nicht dumm! Bobby ist ein großes, gutmütiges Kind und wird dafür bestraft, wenn er nicht funktioniert, wie er soll! Das ist die Realität, in der Sie hier leben! So viel zur Dorfidylle!"

Verzweifelt fuhr sich Raik durch die Haare, er wollte das alles nicht hören! "Ich kann mich doch nicht so sehr in den Menschen getäuscht haben", flüsterte er leise. "Jemanden wie Bobby gibt es hier nicht oft, da ist es schwer für die Menschen, angemessen damit umzugehen. Selbst wenn seiner Mutter mal die Hand ausrutscht, dann..." Sofort schnitt ihm Manuel das Wort ab. "Was dann? Dann ist das nicht schlimm? Dann sollte man das verstehen?! Nein, Vogelsang, sowas ist nicht zu verzeihen und nicht zu entschuldigen, auf keine Art und Weise. Egal, wie angesehen seine Familie im Dorf auch sein mag, er ist eine arme Sau, die jede Hilfe brauchen könnte, die er kriegen kann. Ich werde mich übrigens noch mit anderen Institutionen zusammensetzen, damit er dort rausgeholt wird und die Hilfe bekommt, die er verdient. Offenbar ist in diesem ach so schönen Dorf ja keiner in der Lage, ihm irgendwas an Hilfe zukommen zu lassen!" Innerlich kochte der junge Mann, wie konnte man nur so verbohrt sein? So stur? Die Menschen spielten sich doch alle nur etwas vor und jeder war bereit, dieses Schauspiel zu akzeptieren. Beruhigend hob Raik seine Hände, er gestand sich ein, selbst mit der Situation überfordert zu sein. "Je länger ich mit Ihnen zusammenarbeite, umso mehr habe ich das Gefühl, in meinem Job vollkommen falsch zu sein", murmelte er leise und schloss erschöpft die

Augen. "Was hatte Bobby denn nun zu berichten?" Gespannt war er schon, es war wichtig zu wissen, was dieser Kerl wusste und mit ihm auf derselben Stufe zu stehen.

Manuel brauchte etwas, um sich zu beruhigen. Die Misshandlungen an Bobby waren offensichtlich und im

Gespräch mit ihm war klar geworden, wie wenig er selbst mitteilte, was man mit ihm antat, warum man ihn verletzte und weshalb er anders war als die Menschen im Dorf. Keiner kümmerte sich um ihn, rein emotional war der junge Mann vollkommen verhungert. "Nun, er hat jemanden in der Nähe des zweiten Tatortes gesehen. Am Anfang wollte er nicht darüber sprechen, weil er immer Ärger bekommt, wenn er ohne Erlaubnis den Hof verlässt. Offenbar schleicht er nachts gerne in der Nachbarschaft herum, um endlich mal etwas anderes zu sehen als nur sein Zimmer und den Hof. Leider kannte er den Mann nicht, was aber doch wieder zeigt, wir haben es mit einem Mann zu tun. Wenn ich ihm nur ein paar Fotos hätte zeigen können." In diesem Kaff gab es ja nicht einmal sowas wie eine Verbrecherkartei! Geschahen hier denn keine Verbrechen?

Mit jedem Wort dieses Kriminalinspektors fühlte sich Raik miserabler. Als hätte er den Laden nicht im Griff. Doch er verhielt sich einfach anders bei den Ermittlungen. Hier kannte sich jeder, da brauchte man keine Fotos oder sowas. Und die wenigen Verbrechen, die hier geschahen, waren nicht so wichtig und in seinen Augen gab es keinen Grund, eine Kartei anzulegen. "Machen Sie mir jetzt bitte keine Vorwürfe, was soll ich denn tun? Wir müssen das Beste aus der Sache machen", murmelte er leise und Manuel nickte. "Was habe ich für eine Wahl? Also gut, wir haben nicht viel, damit müssen wir aber arbeiten. Rufen Sie jeden an, der damals noch zu dem Verschwinden des alten Reimanns befragt wurde. Wir müssen damit rechnen, dass einer von Ihnen der Nächste werden könnte und wir müssen ebenfalls aus ihnen rausbekommen, was sie damals... vergessen haben zu erwähnen. Ich werde jetzt erst einmal den Bericht von der Obduktion anfordern."

Sofort schoss Raik hoch und er schüttelte seinen Kopf. "Nein, kümmern Sie sich um Bobby... ich werde den Rest machen. Der Arzt, der im Krankenhaus für die Leichen zuständig ist, ist ein wenig speziell. Auch wenn ich weiß, dass sie mir nicht sehr viel in dieser Sache zutrauen, weiß ich immer noch, wie ich mit den Menschen hier umgehen muss. Lassen Sie mir wenigstens das, ich weiß genau, was für Knöpfe ich drücken muss."

Damit schien er Recht zu haben, darum nickte Manuel und stimmte ihm zu. "Gut, dann machen wir das so... ich werde mich um Bobby kümmern." Der arme Kerl hatte sein Herz erweicht, was nicht oft vorkam, aber vermutlich kannte er diese Situation zu gut. Sein Bruder war ebenfalls geistig zurückgeblieben und obwohl er mittlerweile 38 Jahre alt war, benahm er sich wie ein Fünfjähriger. Darum wusste Manuel, wie dringend man Bobby Hilfe zukommen lassen musste, damit er endlich die Aufmerksamkeit bekam, die ihm fehlte, und die Förderung, die er brauchte. Mit diesen sturen und verbohrten Dorfbewohnern zu reden, überließ er gerne Raik.

Kapitel 13

Nachdem er die Akten gesehen hatte, brauchte Raik etwas Ruhe und Zeit für sich. Sein Kopf schmerzte, mehr als jemals zuvor und diesmal nicht aufgrund des Schlafmangels oder Alkohols, sondern weil er zu viele Gedanken in seinem Kopf hin und her schob.

Er schlenderte durch das kleine Dorf und ging an den Hafen, auf den alle im Dorf stolz waren. Auf eine Holzbank auf dem Deich nahm er schließlich Platz, zündete sich eine Zigarette an und genoss den frischen Wind, der ihm um die Nase wehte. Der Anblick der vom Herbstwind aufgewirbelten Wellen beruhigte ihn jedes Mal wieder und zeigte ihm, warum er dieses Land hier doch so liebte. Hunde tollten an ihm vorbei, Jogger im Schlepptau, die kaum die Kondition ihrer Haustiere aufwiesen. Dort unten schob jemand einen Kinderwagen und die Möwen ließen sich mit weit gespreizten Flügeln wie Spielzeuge auf dem Wind treiben. Immer wieder zogen Gänse auf dem Weg nach Süden über ihm hinweg, die Containerschiffe wirkten auf dem Fluss deutlich zu groß, regelrecht unpassend, und von seiner Bank aus beobachtete Raik die Fähre in Richtung Glückstadt.

Das hier war seine Heimat, seit so vielen Jahren. Natürlich war ihm klar, dass in einem Dorf wie diesem jeder eigene kleine oder große Geheimnisse verbarg. Der Nachbar, der Sex mit der deutlich jüngeren Nachbarstochter hatte, der Ehemann, der sein Geld im Kasino ließ, und die Frau, die drei Kinder von drei Vätern vorwies, aber nicht einen der Männer beim Namen nannte. Sowas gab es sogar bei ihnen, doch niemand sprach darüber, jeder schwieg es tot. Damit geschah es nicht und die zerbrechliche Idylle war wiederhergestellt.

Doch diesmal kam ein Herbststurm auf sie zu, der drohte, jede Idylle zu zerstören. Es starben Menschen wegen eines Geheimnisses, welches man mit allen anderen Problemen unter einen riesigen Teppich kehrte. Doch dort drunter war das Monster gewachsen und jetzt kroch es unter diesem verdammten Teppich hervor, nicht ohne jedes andere winzige Geheimnis mit sich zu zerren, welches man zu verscharren versucht hatte.

Seufzend schloss Raik seine Augen und er lehnte sich zurück, streckte die langen Beine weit von sich und nahm einen tiefen Zug von seiner Zigarette. Sein Blick verlor sich an den schnell vorbeiziehenden Wolken, die mit ihrem grauen Ton vorhersagten, was er in der frischen Seeluft riechen konnte. Ein Sturm zog auf. Wie ging es weiter? Auf der einen Seite schaffte er es nicht mehr, in den zu Spiegel sehen, wenn er weiterhin die Augen verschloss und alles ignorierte, was um ihn herum geschah. So wollte er nie werden! Doch dann war da die Tatsache, dass es sich bisher so angenehm leben ließ, wenn man jedem seine kleinen Fehler ließ und sie ignorierte. Sowas konnte einem den Alltag leichtmachen, aber war es real?

Erschrocken zuckte der Kommissar zusammen, als sich sein Handy trotz des Windes lautstark aus seiner Tasche bemerkbar machte. "Wer will denn jetzt was von mir?", murrte Raik leise, der schon gar nicht mehr den Anruf entgegennehmen mochte. In den letzten Tagen gab es nur schlechte Nachrichten, einen Moment lang Ruhe war doch in so einer Situation nicht zu viel verlangt. Doch die Nummer, die er auf dem Handy bemerkte, ließ ihn stutzen. Und sie war der einzige Grund, warum Raik das Telefonat annahm. Er atmete tief durch und rang sich ein Lächeln ab. "Vater! Von dir habe ich schon lange nichts mehr gehört... Wie geht es dir?"

Jemand wie Raiks Vater rief nicht an, weil er nett war oder horchte, wie es seinem Sohn erging. Früher war er der Kommissar des Dorfes, vor ein paar Jahren setzte er sich aus gesundheitlichen Gründen zur Ruhe, seitdem war er frustriert und ließ diesen Frust an ihm und seiner Mutter aus. Ein Schlaganfall fesselte den sturen, strengen Mann ans

Bett und obwohl sich Raik immer wieder fest vornahm, ihn in der Stadt besuchen zu fahren, kam er nur selten dazu. Er war sich nicht sicher, ob er ständig Ausreden fand oder ob die Gründe, die er vorschob, ihn abhielten. "Ich will, dass du sofort herkommst!", bellte der Mann am anderen Ende in seine Gedanken hinein, mit der strengen und beißenden Stimme, die Raik sein Leben lang begleitet hatte. "Aber... Vater, ich habe hier viel zu tun. Hier passieren momentan so viele Sachen, da kann ich nicht einfach vorbeikommen und dich besuchen." Doch sein Vater ließ keine Widerworte zu. "Du kommst her, junger Mann! Wegen dem, was zu Hause passiert, muss ich mit dir reden! Warum ziehst du mich eigentlich nicht ins Vertrauen? Ich kann dir helfen! Bis heute Abend bist du hier, verstanden?" Und schon wurde wieder aufgelegt. Raik war sich nicht sicher, ob sein Vater nicht verstehen konnte oder wollte, dass er schon ein großer Junge war, der seinen Job allein hinbekam. Doch wenn er ihn nicht besuchte, war ein weiterer Familienstreit nicht zu verhindern, was Raik seiner Mutter nicht antun mochte. Seufzend steckte er sein Handy weg und erhob sich. Bevor er zu seinem Vater fuhr, sollte er zu diesem Arzt fahren, der die Obduktionen vornahm. Damit würde er am Ende den ganzen Tag beschäftigt sein, vor der Dunkelheit kam er nicht mehr nach Hause zurück. Da war es besser, Christine eben anzurufen, damit sie mit dem Essen nicht auf ihn wartete.

Angestrengt kümmerte sich Manuel darum, jemanden zu finden, der sich für Bobby verantwortlich fühlen würde. Und schon bald fand er eine Institution, die ihm Hilfe versprach. Vorher fand er keine Ruhe, noch immer erschrocken darüber, wie man in so einem kleinen Dorf alles verschwieg, wenn es nicht in das Lebensbild der Menschen passte. Dabei war er davon überzeugt, endlich mal im 21. Jahrhundert angekommen zu sein, doch dummerweise stellte er immer wieder fest, dass er mit diesem Gefühl allein dastand. Es gab genug Menschen auf der Welt, die in dem feststeckten, was seit Jahren nicht verändert wurde.

Das Leben in der Stadt war nicht immer einfach, ohne Frage, aber hier wollte er unter keinen Umständen wohnen. Vermutlich war es generell schwer, einen Ort zu finden, an dem alles stimmte. Von Raik erfuhr er über sein Handy, das er später nach Hause kommen würde und aus dem Grund beschloss er, zu dessen Ehefrau zu fahren. Weniger, um sie zu treffen, sondern wegen Hannah, die bei den beiden schlief. In diesem Fall war er dankbar dafür, dass Raik meinte, alles besser zu wissen.

Aufmerksam sah er sich das kleine, norddeutsche Häuschen an, mit dem großen Garten und obwohl es durchaus ansprechend war, wirkte es ... wie tot. Manchmal strahlten Häuser das aus, was man in ihnen vorfand und Manuel ahnte, dass in diesem Haus nur wenig Leben stattfand. Raik stürzte sich in seine Dorfarbeit, hing sich auf in den kleinen Anzeigen und sein armes Frauchen blieb allein zurück, wartete mit dem Essen auf ihn, um sich dann mit ihm ins Bett zu legen, ohne einmal ein warmes Wort mit ihm zu wechseln.

Wie eingehend er mit seiner Phantasie an der Wahrheit kratzte, ahnte Manuel nicht einmal.

Eine seltsame Kühle strahlte dieses Haus aus, dessen Garten er durchschritt, um an der Haustür die auffällige Klingel zu drücken. Eine bezaubernde Blondine öffnete ihm und blinzelte erstaunt. "Ja? Was kann ich für Sie tun?", murmelte sie leise und Manuel lächelte. "Frau Vogelsang? Manuel Rehmsen, freut mich sehr, Sie persönlich kennenzulernen. Ich wollte noch einmal mit Hannah sprechen, ist sie hier?" Die Frau errötete etwas und trat ein paar Schritte zur Seite. "Natürlich, kommen Sie doch rein. Hannah ist in der Küche, wir essen gerade. Ich werde Ihnen noch einen Teller dazustellen." Blinzelnd sah

Manuel sie an, ehe sein Blick auf die Uhr fiel. "Ich wollte nicht stören, es tut mir sehr leid. Machen Sie sich auf keinen Fall solche Umstände!" Obwohl er bisher nicht gegessen hatte, konnte er doch das freundliche Angebot nicht annehmen. Christine lächelte und sah ihn sanft an. "Ich bitte Sie, sowas ist doch keine Mühe für mich. Ich habe so viel gekocht, dass Raik locker noch mit satt wird, machen Sie sich keine Sorgen. Und Sie stören nur dann, wenn Sie sich zu uns setzen und nichts essen." Schlussendlich erschien ihm dieses Verhalten ebenfalls unhöflich.

Endlich mal richtige Hausmannskost zu bekommen, war verlockend. Nur aus dem Grund und weil sein Magen sich schon bemerkbar machte, nahm er das freundliche Angebot der jungen Frau an. Nicht nur eine charmante und sorgende Ehefrau, sie war erstaunlich schön. "Vielen Dank", nuschelte er peinlich berührt, während er auf dem freien Stuhl Platz nahm und Hannah lächelnd ansah. "Entschuldige, ich wollte nicht stören. Bestimmt wollten die Damen sich in aller Ruhe einen schönen Abend machen, nicht wahr?" Schmunzelnd schüttelte Hannah den Kopf, die Gabel in der Hand. "Schon gut, bestimmt hast du einen Grund, aus dem du hergekommen bist." Ja, den hatte er, doch Manuel war sich gar nicht sicher, ob er damit die Stimmung zerstören könnte. Wo es im Garten ungemütlich und kühl wirkte, herrschte in der Küche eine warme Stimmung. Alles war warm, es roch nach gutem Essen und fragend sah Manuel den Teller an, den man ihm vor die Nase stellte. "Was gibt es denn?", flüsterte er leise und Christine lächelte schüchtern. "Ich hatte auf etwas sehr Einfaches Hunger, es gibt Bauernfrühstück. Essen Sie ruhig, ich habe mehr als genug und Raik rief mich an, er wollte noch seine Eltern besuchen. Bestimmt bekommt er bei seiner Mutter auch etwas zu essen, also machen Sie sich da keine Sorgen." Ein warmes Lächeln lag auf ihren rosig zarten Lippen und wieder einmal fragte sich Manuel, wie man solch eine Frau nicht achten konnte. Raik hatte das zarte Wesen doch gar nicht verdient!

Der Besuch in der Leichenhalle war ein Reinfall. Zwar gab es vermutlich irgendwo Akten von dem Suizid der Frau, doch die zu finden würde schwierig werden. Der zuständige Arzt machte Raik nicht viel Hoffnung, was seine Laune in den Keller sinken ließ. Jetzt mit diesem sturen Vater über die Dinge zu sprechen, die in seinem Revier schiefliefen, war etwas, worauf er hätte verzichten können. Dennoch klingelte er an der Haustür zu der altengerechten Wohnung seiner Eltern. Einen Moment dauerte es, bis seine Mutter ihm die Tür öffnete. "Raik! Papa erwähnte, du würdest uns heute besuchen kommen, ich konnte es ihm kaum glauben", meinte sie lachend und schloss ihn wie einen lang verlorenen Sohn in die Arme.

Obwohl niemand dabei war, schoss Raik die Röte in die Wange. "Mama, ich war erst vor drei Wochen hier", beschwerte er sich leise bei der in die Jahre gekommenen Frau. Seine Mutter war für Raik immer der Fels in der Brandung, doch im Alter schien sie mit jedem Tag zerbrechlicher zu werden. Ihr Körper erweckte den Eindruck, keine Umarmung mehr auszuhalten und unter den einst strahlenden Augen, lagen dunkle Ringe. "Hat er dich heute wieder geärgert?", flüsterte Raik ihr zu und sofort sah sie ihn strafend an. "Sprich doch nicht so von deinem Vater. Du weißt, wie schwer es für ihn ist, jetzt wo er im Rollstuhl sitzt. Ich weiß, er ist nicht immer einfach, aber du weißt, er meint es nicht so." Mit dieser Ausrede war sie schon gekommen, als er noch ein Kind war.

Wenn sein Vater wieder einmal wütend wurde, aus welchen Gründen auch immer, meinte er es nicht so. Selbst wenn ihm mal die Hand ausgerutscht war, durfte Raik ihm nicht böse sein, denn wenn er seiner Mutter Glauben schenke, war es ja nur ein Versehen. Wie oft musste sich die arme Karin Vogelsang bei ihrem eigenen Sohn entschuldigen, was der alte, sture Mann bis jetzt nicht einmal hinbekommen hatte.

Eventuell waren die Schläge aus der Vergangenheit der Grund dafür, dass Raik seinen Vater eher selten besuchen kam. "Wo ist er denn?", murmelte er leise und sah sich ruhig in der kleinen Wohnung um. Alles war rollstuhlgerecht, zweimal in der Woche kam jemand vom roten Kreuz vorbei und sprach mit seiner Mutter durch, was gemacht werden musste und ob sie Hilfe brauchte. Einmal am Tag kam eine Pflegerin, die sich um seinen Vater kümmerte, der nach dem Schlaganfall im Rollstuhl saß und den linken Arm nicht mehr bewegen konnte. Seine Mutter war zu schwach, sich um ihn zu kümmern und ihn zu pflegen, immerhin opferte sie sich so schon auf. Was ging in dem Kopf einer Frau vor sich, die sich so für ihren Mann aufgab. Und dann fiel ihm immer wieder auf, wie ähnlich sich seine Mutter und Christine doch waren.

Karin sah ihn streng an und deutete dann aufs Wohnzimmer. "Er wartet schon auf dich, ich werde das Essen holen und dann kannst du in Ruhe mit ihm reden", meinte sie leise und lächelte bereits wieder. "Geh ruhig..."

Einen Moment sah Raik seine Mutter an, doch ihm war klar, sie würde keine Hilfe annehmen. Tief atmete er durch, trat durch den Flur ins Wohnzimmer, wo er seinen Vater im Rollstuhl vor dem Fernseher fand. "Papa? Du wolltest mit mir sprechen?", murmelte er leise. Von Herzlichkeit war zwischen den beiden wenig zu sehen, zu tief saßen die alten Verletzungen.

Der kalte Blick des alten Herren machte ihm sofort wieder klar, wen er vor sich hatte. Nicht seinen Vater, sondern Harald Vogelsang, Oberkommissar des Dorfes. "Natürlich wollte ich mit dir reden! Setz dich hin", knurrte er leise. Vielleicht konnte sein Körper nicht mehr so, doch sein Kopf arbeitete noch immer so wie früher und neben dieser Tatsache, gab es im Dorf genug Menschen, die als "Spitzel" für ihn arbeiteten. "Ich habe gehört, dass diese Rotzgöre zurückgekommen ist! Raik, was will dieses Mädchen hier?"

Es ging um Hannah. Genau aus dem Grund war bisher kein Wort über seine Lippen gekommen. "Ich habe sie angerufen", murrte Raik leise und setzte sich, nachdem seine Mutter ihn aufforderte. "Warum?! Raik was soll das? Sie und ihre Familie haben nie zu uns gepasst und das weißt du auch! Ich begreife nicht, wie du sie wieder herholen konntest! Was soll das?" Es war erstaunlich, wie heftig der Mann im Rollstuhl sich aufregte und misstrauisch musterte Raik ihn. Warum sollte ihre Familie nicht hier her gepasst haben?

"Papa? Damals, als ihr Vater verschwand, hast du seine Akte erstaunlich schnell geschlossen. Warum?" Der Rentner rollte mit den Augen und starrte aus dem Fenster. "Das ist eine Geschichte, die jahrelang zurückliegt, Raik. Du solltest aufhören, an diesen alten Dingen zu rütteln!" Er wusste doch mehr und bisher hatte sein Sohn keine Lösung, wie er die Wahrheit rausbekommen sollte! Verdammt, warum wühlte er nur in dem alten Müll herum? Ihm schwante, dass er damit Wahrheiten ans Licht zerren würde, die niemand, nicht einmal er selbst, je wissen wollte und doch wusste er eines sicher: Ohne den Dreck von damals zu durchwühlen, würde er den Mörder nicht finden, der momentan in seinem Dorf sein Unwesen trieb.

Kapitel 14

Nach dem Essen zog sich Manuel mit Hannah in das gemütliche, altertümlich eingerichtete Wohnzimmer zurück. "Nun, ich bin froh endlich mal in Ruhe mit dir reden zu können", gestand er mit einem warmen Lächeln. "Sonst kommt ständig Raik dazwischen, der dich für sein Leben gern wohl in Watte packt. Ganz so nachsichtig kann ich mit dir aber leider nicht umgehen. Ich hoffe, das kannst du verstehen." Natürlich war Hannah nicht wohl dabei, sie fühlte sich unsicher, da sie sich sehr gut vorstellen konnte, was für Fragen auf sie zukamen. "Ich kann dich gut verstehen, Manuel", murmelte sie leise und sah auf, als Christine ihnen etwas zu trinken brachte. "Soll ich draußen warten?", hakte die junge Frau nach, doch Hannah schüttelte den Kopf. "Setz dich ruhig, immerhin ist das hier ja nur eine einfache Unterhaltung, oder nicht?" Schweigend nickte Manuel, ehe er Christine in aller Ruhe musterte. Doch dann lächelte er. "Das hier ist nichts Offizielles, vermutlich würde Ihr Mann mir auch die Ohren langziehen."

Leise lachte Christine. "Er ist sehr streng mit sich selbst, aber im Grunde liegt das nur daran, dass er sich und seinem Vater etwas beweisen will. Sein Vater war immer ein sehr beliebter Kommissar hier im Ort, jeder kannte und vertraute ihm. Raik wollte in seine Fußstapfen treten, aber ich fürchte, die sind doch viel zu groß. Nehmen Sie es ihm nicht übel, wenn er manchmal über die Stränge schlägt oder zu nachsichtig ist mit den Dorfbewohnern. Er meint es nicht böse, er ist nur jemand, der versucht, es allen recht zu machen." Seufzend nickte Manuel. "Ja, aber das geht halt nicht immer. Wenn wir hier einen Mörder fassen wollen, können wir nicht jeden mit Samthandschuhen anfassen. Leider gilt das auch für dich, Hannah. Also... damals als dein Vater verschwand, warst du ja neun Jahre alt. Deine Mutter hat sich das

Leben genommen, soweit ich der Akte entnehmen konnte. Erinnerst du dich noch an irgendwas?"

Jetzt war wohl der Punkt gekommen, an dem Hannah zu allem stehen musste.

"Nein", gestand sie leise. "Nein, ich kann mich an nichts erinnern, leider. Ich kam damals nach Hannover in ein Heim, daran erinnere ich mich noch. Bei mir war ein Mann mit ganz blauen Augen und er hat sich immer wieder bei mir entschuldigt. Leider weiß ich seinen Namen nicht mehr, er hat mich mit dem Wagen nach Hannover gebracht, danach habe ich ihn nie wiedergesehen. Er war groß, hatte eine Glatze, soweit ich mich noch erinnern kann, trug er eine Lederjacke... aber sonst kann ich mich an nichts mehr erinnern." Aufmerksam hörte Manuel zu und er bemerkte aus dem Augenwinkel, wie Christine etwas zusammenzuckte, sonst aber keinen Mucks von sich gab. Was wusste sie? Was arbeitete in ihrem Kopf? Er musste auf jeden Fall einmal allein mit ihr reden.

Irgendwas war ihr entweder eingefallen - oder aufgefallen - und jetzt war nur wichtig, dass er in aller Ruhe dahinterkam, was los war. "Gut, gibt es sonst noch etwas, woran du dich erinnerst? Egal wie unwichtig es ist, es kann uns helfen. Irgendjemand möchte auf den Fall von damals hindeuten, ich weiß nur noch nicht, warum oder wieso." Hannah versuchte angestrengt, sich die Szenen von damals ins Gedächtnis zu rufen, doch nach ein paar Minuten gab sie es auf. "Es tut mir leid, aber in meinem Kopf ist nur noch ein schwarzes Loch. Der Psychiater, zu dem ich gehe, meinte, es läge an einer Art Schocksituation... meine Psyche versucht wohl sich vor irgendwas zu schützen, aber ich weiß nicht, wovor." Jetzt war es raus, dass sie Hilfe brauchte.

Besorgt sah Christine sie an. Man sah ihr deutlich an, wie stark es sie quälte und Manuel wurde das Gefühl nicht los, dass die junge Frau mehr wusste, als sie zugab. Was steckte dahinter? Was für ein Geheimnis trug sie mit sich und warum stellte Raik ihr nie Fragen?

"Gut, ich denke, das bringt uns nicht weiter", murmelte er leise und erhob sich. "Christine? Könnten wir uns noch kurz unterhalten? An der frischen Luft vielleicht?" Sofort errötete die Blondine, erhob sich nach einigem Zögern aber doch. "Natürlich, wenn Sie möchten... Gehen wir nach draußen." Fragend sah Hannah den beiden nach, warum sprach sie nicht ehrlich vor ihr? Offen klären, worum es ging? Sie verstand nicht mehr, was hier geschah, aber offenbar hatte man vor ihr so einige Geheimnisse.

Wütend schlug Raiks Vater mit der flachen Hand auf den Tisch, ehe er sich wegdrehte und aus dem Fenster starrte. "Wenn du sie wegen dem Fall schon wieder herholen musstest, dann solltest du sie auch so schnell wie möglich wieder verschwinden lassen", knurrte er dunkel und Raik verstand nicht, was mit ihm los war. Sein alter Herr war schon immer streng, aber dass er so ausflippte, war eher selten. "Ich kann ihr nicht verbieten hier zu leben! Sie wird doch sowieso schon ständig von allen schräg angesehen und ich verstehe nicht, was sie falsch gemacht hat! Warum ist denn hier jeder so gegen sie? Vater, was ist damals passiert?"

    Damals war er der leitende Polizist, er musste etwas wissen und er musste endlich damit rausrücken. Doch sein sturer Vater winkte ab. "Manche Dinge sollte man ruhen lassen. Der Mann konnte den Selbstmord seiner Frau nicht verarbeiten und hat das Dorf verlassen. Vermutlich hat er sich auch das Leben genommen? Weiß man es? Du weißt, wie einfach es ist, ins Moor zu gehen und dort zu sterben!" Ja, aber Raik konnte sich genauso gut vorstellen, wie einfach es war, ins Moor zu gehen und dort jemanden loszuwerden. "Woher weißt du, dass mit dem Moor?", murmelte er leise, nachdem er sich die Worte seines Vaters eine Zeit lang durch den Kopf hat gehen lassen. "Ich habe nichts von Moor erwähnt, also woher weißt du, dass es was mit dem Fall zu tun hat?"

Erstaunt sah sein Vater ihn an, knurrte dann aber leise. "Das ist doch in einer Gegend wie unserer offensichtlich, oder nicht? Außerdem ist es nur eine Vermutung, dass er ins Moor gegangen ist. Weiter nichts! Was hat das Moor denn mit dem Fall zu tun?" Er wirkte nicht sehr interessiert, aus dem Grund hielt Raik auch den Mund und schüttelte den Kopf. "Du weißt, es ist mir nicht erlaubt über laufende Ermittlungen zu sprechen. Gerade du solltest das wissen. Und eines möchte ich dir hier noch einmal sagen, Vater! Ich bin nicht der Einzige, der an dem Fall arbeitet, und mir ist egal, was ihr damals alle vertuscht habt! Wenn es sein muss, werde ich es ans Licht zerren!" Sofort wirbelte sein Vater herum und schnappte nach Luft. "Das kannst du doch nicht machen!"

Im ersten Moment gab er dem Gefühl nach, sich weiter aufzuregen, da sprang Raiks Mutter dazwischen und legte ihm ihre Hände auf die Schultern. "Hört auf, euch zu streiten! Du weißt, dass es deinem Vater nicht gut geht und er könnte jederzeit wieder einen Schlaganfall bekommen. Ich werfe dich nur ungern raus, mein Sohn, aber in diesem Fall geht es nicht anders." Schnaubend drehte Raik sich um. "Ich wollte gerade gehen", knurrte er. Eigentlich war er sich nicht sicher, ob er wütender auf seinen Vater war oder auf sich selbst. Jetzt wurde ihm deutlich, wie stur er war und wie ähnlich er seinem alten Herrn wurde ... etwas, was er sein Leben lang versucht hatte zu vermeiden. Und warum behandelte er Hannah immer so herablassend? Das war doch wirklich nicht fair! Tief atmete Raik an der Tür durch und sah zu seiner Mutter, die ihn entschuldigend ansah. "Junge, ich bitte dich... streite dich doch nicht immer so sehr mit deinem Vater. Ich weiß mehr als jeder andere, welche Fehler er in seinem Leben gemacht hat und ich habe auch nicht alles davon gut gefunden... aber er ist mein Mann und ich werde immer an seiner Seite sein. Du bist sein Sohn, es gehört sich so, dass du auf ihn hörst. Lass die Sache von damals ruhen, man kann doch sowieso nicht mehr viel machen."

Doch genau das wollte Raik nicht hören. Enttäuscht sah er seine Mutter an, die ihn bittend und flehend ansah. "Ich würde gerne auf dich hören, Mama... aber es geht nicht", flüsterte er leise. "Du weißt, dass Hannah und ich damals gut befreundet waren, doch sie ist nicht der einzige Grund. Wegen der Sache damals sterben Menschen und ich denke nicht, dass du willst, dass Papa der Nächste ist! Auch wenn ich es nicht gern sage, aber er bietet sich einfach als Opfer an, denn er hat genauso viel vertuscht wie diejenigen, die schon tot sind." Ohne seine erschrockene Mutter anzusehen, verließ er die Wohnung. Die Tür zog er extra hinter sich zu, damit sie nicht auf die Idee kam, ihn aufzuhalten.

Als ob er davor keine Angst hätte! Sein Vater war ein wichtiger Punkt in der Geschichte, warum sollte der Mörder es nicht ebenfalls auf ihn abgesehen haben?

Er konnte genauso schnell ein Opfer werden, aber solange Keike verschwunden war, musste man hoffentlich nicht damit rechnen. Seufzend setzte sich Raik in seinen Wagen, lehnte sich zurück und schloss die Augen. Es dauerte eine halbe Stunde, bis er aus der Stadt wieder nach Hause kam, aber er brauchte die Ruhe. Die Menschen zu kennen, die in dieser Sache drinsteckten, raubte ihm nach und nach die Kraft und nach dem Gespräch ahnte er immer mehr, dass sein Vater bis zum Hals in dieser Sache versunken war.

An der frischen Luft sah Manuel die junge Frau skeptisch an. Sie zitterte, aber nicht nur vor Kälte. Ein paar Minuten lang verloren sich ihre grauen Augen am sternenklaren Himmel, ehe sie zusammenzuckte und sich selbst wieder klarmachen musste, wo sie war. Manuel seufzte, zog sich dann seine Jacke aus und wickelte sie um die zarten Schultern. "Sie erfrieren mir ja am Ende noch", erklärte er seine

Handlung. Errötend sah Christine zur Seite, so aufmerksam war schon lange keiner mehr zu ihr gewesen. Mittlerweile war sie zu einer perfekten Hausfrau geworden und niemand gab sich mehr Mühe mit ihr.

Für sie war diese kurze Geste schon mehr Aufmerksamkeit, als sie von ihrem Mann in den letzten Wochen bekommen hatte. "Danke", flüsterte sie leise, drehte dem Kriminalinspektor dann jedoch wieder den Rücken zu. "Es ist schwer für mich, Hannah dort drinnen sitzen zu haben und so wenig für sie tun zu können, verstehen Sie? Ich meine, wir waren damals Freundinnen, aber sie kann sich nicht einmal mehr daran erinnern. Wenn sie dort sitzt, in meinem Wohnzimmer, so verloren und einsam, dann bricht es mir das Herz! Vor zwei Monaten ist meine Mutter verstorben, ich kann mir nur im Ansatz vorstellen, wie sich Hannah als Kind gefühlt haben muss." Offenbar nahm es sie doch mehr mit, als Manuel es erwartete.

Erstaunt musterte er die junge Frau, die sich ihre Haare aus dem Gesicht strich und entweder durch den Mond oder die Situation erstaunlich blass wirkte. "Das tut mir leid, mein Beileid", flüsterte Manuel leise. "Raik erwähnte nichts in der Richtung." Lächelnd schüttelte Christine den Kopf. "Weil ich es nicht wollte. Meine Mutter hat die letzten Jahre in einer Klinik in Hamburg verbracht, sie war verrückt..., wenn man es so nennen möchte. Sie hat ständig Dinge gesehen oder Sachen gesagt, die keinen Sinn machten. Ich habe mich immer etwas für sie geschämt, aber wenn ich heute so darüber nachdenke, bereue ich es sehr, sie nicht öfter gesehen zu haben." Zuerst zögerte Manuel, doch als er die zarten Schultern beben sah, überkam es ihn und sanft umarmte er die verzweifelte Frau.

Tränen kullerten über ihre Wangen und automatisch schmiegte sie sich an den warmen Körper, der einen angenehmen Geruch verströmte. "Ich habe sie im Stich gelassen, genau wie mein Vater und es bricht mir heute das Herz. Es ist so viel schief gegangen, so viel... ich bin es so leid." Fragend sah der ermittelnde Kriminalinspektor sie an, doch Christine lächelte nur tapfer und versuchte, sich so wenig wie möglich anmerken zu lassen. Zum ersten Mal seit langem ließ sie ihre Mauer so bröckeln und das bei einem Mann, den sie so wenig kannte. So zerbrechlich hätte sie nie werden dürfen, darum rieb sich Christine verzweifelt über die Wangen und atmete tief durch. "Nun, ich denke... also ich denke, es geht jetzt um Hannah. Jedenfalls haben Sie wohl gemerkt, wie sehr ich eben zusammengezuckt bin."

Es war erstaunlich, wie schnell diese Frau wieder in das Thema sprang und Manuel überlegte ein paar Sekunden, um hinterherzukommen. "Ja, als Hannah den Mann beschrieb, der sie nach Hannover brachte. Kennen Sie ihn?"

Lächelnd nickte Christine. "Ich kenne ihn besser, als Sie sich vorstellen können", flüsterte sie leise, der Blick wieder gen Himmel verloren. "Es war mein Vater, der sie wohl ins Heim gebracht hatte." Diese Beichte erstaunte Manuel nicht, denn Menschen zuckten nur dann zusammen, wenn sie jemanden kannten und der obendrein in eine Sache involviert war. "Ihr Vater also", murmelte Manuel leise, noch immer von der spontanen Umarmung und Nähe verwirrt. Jetzt herrschte zwischen beiden wieder so ein gewaltiger Abstand, wie zu Beginn der Unterhaltung. So, als wäre Christine in einer anderen Welt und erneut sprang sie in ihren Themen herum. "Denken Sie, dass sowas wie Wahnsinn erblich sein kann?", flüsterte sie leise.

Meinte sie etwa, in Bezug auf ihre Mutter? Verunsichert schüttelte Manuel den Kopf. "Ich bin kein Arzt, daher kann ich das nicht mit Bestimmtheit sagen, aber es wäre mir neu. Machen Sie sich keine Sorgen, ich kann mir nicht vorstellen, dass Sie den Verstand verlieren." Lächelnd und dankbar sah die Frau von Raik ihn an, in den grauen Augen lag eine so tiefe Traurigkeit, dass es Manuel fast den Boden unter den Füßen wegriss. Was trug diese Frau nur mit sich herum. "Ich kann nur hoffen, dass Sie Recht haben. Wenn ich jetzt so darüber nachdenke, dann fühle ich mich schon so, als wäre etwas von ihr tief in mir verborgen. Kein Wunder, sie war immerhin meine Mutter." Steckte da mehr hinter ihren Worten? Manuel war sich nicht sicher und als er den Wagen sah, der auf den Hof rollte, war ihm klar, dass er heute keine Antworten mehr bekommen würde. Darum verabschiedete er sich lieber von Christine. Raik und er brauchten dringend Schlaf, sonst fehlte ihnen bald die Konzentration, die in diesem Fall außerordentlich wichtig war.

Kapitel 15

Hätte ihr Zeitgefühl sie nicht schon längst verlassen, wäre Keike wenigstens das geblieben. So blieb ihr nur ein dunkler, kalter Raum und die Hoffnung, dass man sie nicht wie ihren Vater töten würde. Der Gedanke ließ ihr Schauer über den Rücken laufen, die Angst lähmte sie zeitweise, doch tief in der jungen Frau kämpfte ebenfalls der Wille zu überleben!

Hier auf diese Art und Weise zu sterben, war etwas, was sie sich nicht vorstellen konnte und wollte! Sie hörte Schritte und sofort spannte sich Keike komplett an. Wo war sie? Wer kam zu ihr? Warum kam niemand, um sie hier herauszuholen? Suchte überhaupt schon jemand nach ihr? So viele Fragen und keine Antwort für Keike, die in diesem dunklen Loch mehr als genug Zeit hatte, um sich solche Fragen immer und immer wieder in einer Endlosschleife zu stellen. Jede mögliche Art, von jemandem gefoltert zu werden, um daraufhin den Tod zu finden, lief wie ein Film vor ihrem inneren Auge ab. Dafür waren ihre Ohren empfindsamer und obwohl die Schritte noch weit von Keike entfernt waren, verfolgte sie genau, wo ihr Entführer lang ging. Warum überhaupt diese Entführung? Was für einen Sinn gab es dahinter? Die Schritte kamen näher, kurz darauf quietschte die Tür und jemand kam die Treppe zu Keike herunter. Nicht einmal, ob es ein Mann oder eine Frau war, konnte die junge Frau genau sagen. Die Schritte waren schwer, aber sowas hätte auch eine Frau nachahmen können. "Was wollen Sie von mir?", wimmerte Keike leise, versuchte wenigstens ein Wort aus ihrem Entführer zu bekommen, um zu wissen, mit wem sie es hier zu tun hatte! Doch wieder stellte man nur etwas zu essen und eine Flasche Wasser vor ihr ab.

Obwohl Keike vor Angst zitterte, nutzte sie den Moment und griff nach der Hand - oder wenigstens in die Richtung in der sie diese vermutete. Die Dunkelheit war ihr vertraut und mittlerweile hatte sie sich im ganzen Raum herumgetastet, dadurch war ihr dieser vertraut. Doch wer auch immer bei ihr war, er konnte ausweichen. Und alles, was Keike zu fassen bekam, war etwas Kühles aus Metall. Es kullerte quasi zu Boden, was immer das war und als Keike es zu fassen bekam, krallte sie sich so fest daran, dass sich ihre Fingernägel schmerzhaft in ihre Handinnenflächen gruben.

Bloß nicht loslassen, an etwas anderes dachte sie in diesem Moment nicht. Es war ihrem Angreifer eher von der Hand gerutscht, fast heruntergefallen, als sie diese zu greifen versucht hatte. Seufzend bemerke Keike, wie der Kerl oder die Frau wieder ging. Ohne ein Wort zu sagen, nicht einmal ihr Angriff provozierte ihren Entführer so, dass er sich verriet! Selbst damit bekam sie nichts heraus, was ihr die Tränen in die Augen trieb. Wieder saß Keike einsam und allein in diesem Loch, vermutlich für Stunden, wie beim ersten Mal auch schon. Zitternd rollte sie sich auf dem kühlen Boden zusammen, ihre Seele war erschöpft und Keike wünschte sich nichts mehr, als ihren Kopf abzustellen. Warum quälte man sie so? Die junge Frau konnte nicht aufhören, über diese Fragen nachzudenken und sie pochten ebenso in ihr, wie die Schmerzen, die sie weiterhin spürte. Doch eine ungewohnte Müdigkeit überkam sie ebenso. Keike wusste nicht, woher es auf einmal kam, ihr fielen immer wieder die Augen zu und obwohl sie versuchte, sich dagegen zu wehren, gab sie nach einiger Zeit auf und fiel in einen tiefen, festen Schlaf.

Der Geruch von frischem Kaffee wecke Raik am nächsten Morgen und müde rieb er sich über die Augen. Endlich eine Nacht ohne Entführungen, ohne,Morde, es war fast so, als könnte er alles für wenige Minuten vergessen. "Guten Morgen", flüsterte Christine und lächelte sanft, als ihr verschlafener Ehemann sie ansah. "Morgen", nuschelte er leise, griff nach der Tasse und setzte sich auf. "Wann hast du mir das letzte Mal einen Kaffee ans Bett gebracht?", meinte er schmunzelnd, nicht bösartig, sondern eher scherzend.

Christine schmunzelte. "Du hast es dir auch lange nicht mehr verdient, aber bei dem Stress, den du zurzeit hast, dachte ich mir, es wäre besser, wenn ich dir einen mache. Bestimmt hast du heute wieder viel zu tun, kann das sein?" Raik nickte und stutze, als Christine ihm über die Wange strich. Sanft griff er nach ihrer Hand und glitt mit dem Daumen über ihren Ringfinger. "Was ist dir hier passiert?", murmelte er leise. "Du hast da ja ein Pflaster? Hast du dich verletzt?" Seufzend sah Christine auf ihren Ringfinger und nickte. "Ja, ich war gestern im Garten und hab die Blätter vom Rasen geharkt, dabei hatte ich Gartenhandschuhe an und als ich die ausziehen wollte, bin ich mit unserem Ehering daran hängen geblieben und der saß so fest... du kannst dir vorstellen, dass es wirklich nicht schön aussieht, was da passiert ist."

Streng sah Raik sie an, lächelte aber schnell wieder. "Manchmal bist du ein Schusselchen", meinte er leise und streckte sich. "Was wollte Manuel gestern eigentlich hier?", fing er mit dem Thema an, welches ihn vergangenen Abend doch lange beschäftigt hatte. Selbstverständlich war ihm der Kerl in seinem Garten aufgefallen, keine Frage. Doch er hasste es, wie ein eifersüchtiger Ehemann zu klingen, der seine Frau verdächtigte, sich jemand anderen zu suchen. Doch jetzt rutschte diese Frage raus, obwohl sie ihm unangenehm war.

Schmunzelnd sah Christine ihn an, spürte genau, wie er sich fühlte, und zuckte mit den Schultern. "Ich denke, da solltest du lieber Hannah fragen. Er wollte mit ihr sprechen, bloß fürchte ich, dass er damit nicht weit gekommen sein wird. Du kennst doch ihr Problem." Zustimmend nickte Raik. "Das hätte ich ihm auch sagen können", brummte er leise, weil er sich schon wieder fühlte, als wäre man ihm auf die Füße getreten. Ihm war doch klar, eine Unterhaltung mit Hannah ließ sich bei den ganzen Geschehnissen nicht vermeiden, aber konnte der Hamburger das bitte ihm überlassen?

"Also ist nichts Neues dabei rausgekommen?"

Als seine Frau daraufhin etwas herumdruckste, wurde Raik misstrauisch. "Was möchtest du damit jetzt andeuten?", murmelte er leise. "Ich kenne dich mittlerweile lang genug und ich weiß, irgendwas ist, wenn du so ein Gesicht machst." Errötend drehte sich Christine zur Seite, was Raik lächeln ließ. Seine Frau wäre nie jemand, der ihn hätte betrügen können. Sie konnte nicht lügen, nicht einmal wenn es um Weihnachtsgeschenke ging. "Also? Komm schon, meinst du nicht, es wäre fair, wenn ich genauso viel weiß wie er? Wie soll ich denn sonst arbeiten?" Seufzend nickte seine Frau, ehe sie ans Fenster trat und in den stillen Garten sah. "Hannah hat sich an den Mann erinnern können, der sie damals nach Hannover fuhr und wenn ich ihrer Beschreibung glauben kann, war es mein Vater. Ich weiß nicht, warum. Immerhin kannten sie sich nicht gut, aber er war es wohl."

Diese Information schien sie selbst zu verstören, darum beschloss Raik, nicht tiefer in sie zu bohren, sondern es hinzunehmen. "Okay, nun ich denke... ich werde wohl aufstehen und mit Manuel reden müssen, was? Offenbar kommt er mit neuen Informationen voran, mehr als mir lieb ist."

Sanft sah Christine ihn an, ging an den Schrank und suchte ihm ein neues Hemd heraus. "Du siehst in ihm immer noch einen Konkurrenten, oder?", flüsterte sie leise, musste aber nicht einmal zu Raik hinüberschauen, um zu wissen, wie er sich fühlte. "Fang endlich an, in ihm einen Kollegen zu sehen. Er war sehr einfühlsam mit Hannah und er hat auch nicht mehr gefragt, als er spürte, wie schlecht es ihr damit ging. Sie ist draußen mit dem Hund, du kannst sie selbst fragen. Es geht hier nicht um Ehre oder um einen Wettkampf, wer von euch beiden besser ist. Ihr sollt einen Mörder fassen, daran solltest du denken. Und nicht daran, ob er dir sympathisch ist oder nicht." Raik gab es nicht gern zu, aber musste seiner Frau zustimmen. "Ich weiß... aber es fällt mir so schwer. Diese Art macht mich wahnsinnig, besonders weil ich jedes Mal das Gefühl habe, als wäre ich unfähig. Ich weiß, was ich hier tue, aber..., wenn ich ihn beobachte und mit ihm spreche, dann wird mir klar, wie wenig ich doch mit so einer Situation umgehen kann." Manuel machte ihm seine Schwächen bewusst und das gefiel ihm nicht. Christine sah ihn lächelnd an und streichelte über seinen Kopf, hielt ihm sein Hemd hin und auf ihren Lippen lag ein ehrlicheres Lächeln, als in den letzten Jahren. "Er ist charmant, freundlich

und er weiß, was er will. Wenn du das Gefühl hast, nicht mit ihm mithalten zu können, dann solltest du wohl etwas von ihm lernen, meinst du nicht?" Brummelnd sah Raik sie an. "Ach so? Charmant ist er also? Hat mir bisher ja noch keiner gesagt und ist mir persönlich auch noch nicht aufgefallen."

"Weil du ein Mann bist", war die amüsierte Antwort und schweigend sah Raik der Frau nach, mit der er so viele Jahre zusammenlebte. Wann war es ihm das letzte Mal gelungen, Christine so ein zartes Lächeln auf die Lippen zu zaubern? War ein Kerl aus Hannover nötig, um die Frau glücklich zu machen, die eigentlich ein Leben an seiner Seite führte?

Nein, Christine gehörte ihm nicht mehr, zwischen den beiden war nur noch Freundschaft, mehr war nicht mehr da. Und dennoch spürte Raik einen gewissen Stich in seinem Herzen, denn ihm wurde bewusst, dass Christine nach den ganzen Jahren bereit war, endlich einen Schritt weiter zu gehen. Wie oft hatte er versucht, sie dazu zu bringen, doch es musste ein anderer Mann kommen, um sie endlich aus ihrer Starre zu wecken und dazu zu bringen, ihr Leben wieder zu beginnen. Noch etwas, wofür er Manuel hasste, irgendwie war er ihm aber ebenfalls dankbar ... es war ein verwirrendes Gefühl.

Da Hannah die Blicke im Dorf nicht ertragen konnte, zog sie sich zurück und fuhr mit dem Wagen etwas raus an die Elbe, wo sie ihre Hündin frei laufen ließ. Obwohl es schon kalt war und stürmisch, zog sie sich die Schuhe und Socken aus, um die Füße am Strand ins Wasser zu halten.

Warum war ihr Kopf so leer?

Einen Moment zögerte sie, dann griff sie nach ihrem Handy und rief bei dem Mann an, der für sie wie ein Vater geworden war. "Guten Morgen, Doktor Lühert. Ich dachte, wenn unser Termin heute schon ausfallen muss, kann ich anrufen", begrüßte die Geflüchtete ihren Arzt. Dieser schien zuerst erstaunt, sie am Hörer zu haben, atmete dann aber hörbar auf. "Hannah, weißt du, was ich mir schon für Sorgen um dich gemacht habe? Wie geht es dir? Wie fühlst du dich?" Immer wieder diese dämlichen Fragen. Die ersten, die dem Arzt über die Lippen kamen, sobald sie beide sich trafen. "Könnten Sie sich nicht einmal eine andere Begrüßung überlegen?", beschwerte sich Hannah darum, während sie mit den Füßen im Wasser spielte. Es war eiskalt, aber es fühlte sich trotzdem entspannend an. "Wie es mir geht? Furchtbar... hier ist viel los, so viele Menschen, die sterben, und ich fühle mich, als wäre das alles meine Schuld. Heute in der Früh fragte ich mich sogar schon, ob ich vielleicht einfach... schlafwandle und dabei Menschen töte oder sowas. Und wie ich mich fühle? Verloren... einsam... und so verdammt hilflos. Ich bin hierhergefahren, weil ich hoffte, mich endlich an irgendwas erinnern zu können. Doch je mehr Zeit ich hier verbringe, umso mehr frage ich mich, ob ich mich erinnern will."

Schweigen schlug ihr durch die Leitung entgegen, ehe wieder eine Frage kam, die Hannah schon aus vielen Sitzungen kannte. "Möchtest du dich noch erinnern?" Ihr Arzt fragte sie immer wieder, warum ihr die Erinnerungen so wichtig waren. Für Hannah war das eine sinnlose Frage. "Natürlich will ich mich erinnern... denke ich", meinte sie leise, während ihre Zehen sich in den weichen Sand gruben. Aus dem Augenwinkel beobachtete sie Lina, wie sie immer wieder in die Wellen hüpfte, mit Freude hineinbiss und danach heraussprang. "Ich weiß es nicht mehr", war sie dann aber ehrlich zu sich selbst. "Je länger ich hier bin und merke, wie man mich ansieht, als wäre ich eine Krankheit oder etwas, was man lieber aus dem Dorf jagt. Ich... möchte weinen, immer wenn ich mein altes Haus nur sehe. Und ich weiß nicht einmal, warum. Es quält mich, nicht zu wissen, warum ich so reagiere und im gleichen Moment macht mir das Loch in meiner Seele Angst. Wenn ich daran denke, was alles passiert sein muss, damit meine Psyche so reagiert, stellen sich mir die Nackenhaare auf und ich male mir die furchtbarsten Dinge aus."

Vermutlich war ihre Phantasie in diesem Fall ihr stärkster und größter Feind. Was konnte ihr alles Schreckliches widerfahren sein, damit sie sich nicht mehr daran erinnerte. "Du musst jetzt sehr ruhig bleiben, Hannah", hörte sie die beruhigende, warme Stimme durch den Nebel ihrer dunklen Gedanken. "Du bist dorthin gefahren, um etwas zu klären... um zu sehen, worauf du reagierst und worauf nicht. Du weißt, ich unterstütze dich in allem, was du tust. Und wenn du das Gefühl hast, dass es dir nichts mehr bringt, dann komm einfach wieder zurück."

Sofort schüttelte Hannah den Kopf, holte ihre Füße aus dem Sand und stapfte weiter. "Nein, damit bin ich nicht einverstanden. Ich weiß auch nicht, warum, aber ich möchte bleiben. Hier sind... doch Menschen, die mich brauchen und die mir auch helfen wollen." Ein leises Lachen war durch die Leitung zu hören. "Hannah? Kann es sein, dass du Freunde findest? Verliebst du dich am Ende sogar ein wenig in Raik?" Stutzend blieb die Angesprochene stehen. "Raik? Woher wissen

Sie seinen Namen?", fragte sie misstrauisch nach. Der Arzt schien ebenso erstaunt. "Den hast du mir doch selbst erzählt. Also bitte, Hannah. Noch als du hier warst, hast du davon gesprochen, dass du von einem gewissen Raik eine Nachricht bekommen hast. Wir haben doch darüber gesprochen, ob du nach Hause fahren willst oder lieber nicht."

Hatten sie das? Hannah war sich nicht sicher, aber woher wusste er den Namen sonst? Es gab keinen Grund, warum er sie anlügen sollte. Doch sie konnte sich beim besten Willen nicht an so ein Gespräch erinnern! Vermutlich wurde sie schon alt ...

Kapitel 16

Zum wiederholten Mal blätterte Manuel durch den Obduktionsbericht, den man ihm vor ein paar Minuten auf den Tisch gelegt hatte. Als Raik hineinkam, ließ er ihn gar nicht erst zu Wort kommen. Hier gab es zu viele Ungereimtheiten. "Haben Sie sich den mal genauer angesehen? Ich kann nicht glauben, wie man sowas einfach unter den Tisch fallen lassen kann!"

Raik lagen ein paar andere Dinge auf dem Herzen, doch offenbar kam er nicht mehr dazu, darüber zu reden. Seufzend griff er nach dem Bericht und setzte sich in den Sessel, doch er überflog ihn nur und warf ihn kurz darauf zurück auf seinen Schreibtisch. "Also? Müssen wir es jetzt so kompliziert machen? Erzählen Sie mir doch einfach, was Ihnen aufgefallen ist."

Sich jetzt in den Obduktionsbericht zu vertiefen, ohne zu wissen, was sein Gegenüber von ihm erwartete, machte Raik ein wenig nervös. Der Kerl wusste doch schon irgendwas, musste er es da so unfassbar kompliziert machen? Erstaunt sah Manuel ihn an, gab Raik tatsächlich so schnell auf? Dabei konnte man es gar nicht übersehen, wenn man den Bericht ordentlich las! "Es ist doch so... offensichtlich! Ich meine, sehen Sie sich die Akte mal an! Da steht was von Hämatomen, von vielen, besonders an den Beinen und Armen und am Hals! Ja, man hat Abschürfungen gefunden, am Hals, wie sich das gehört, wenn sich jemand aufhängt. Doch da steht sogar drin, dass ihr diese Verletzungen erst zu einer Zeit zugefügt worden sind, als sie schon tot war! Das heißt, sie hat sich nicht umgebracht, es hat sie jemand hinterher aufgehängt!"

Blinzelnd sah Raik ihn an, griff doch wieder nach der Akte und öffnete sie. Aufmerksam las er sich alles durch, unfähig irgendwas dazu zu sagen. Dreimal las er die Akte genau durch, bis er seine Sprache wiederfand. "Okay... das bedeutet, man hat sie getötet, bevor man sie aufgehängt hat? Wozu das alles?", murmelte er leise, noch immer geschockt von dem, was er dort las. Genervt rollte Manuel mit den Augen. "Sehen Sie doch mal hin! Wie verblendet sind Sie denn? Jemand wollte den Mord an der Frau als Selbstmord tarnen und offenbar hat es auch noch funktioniert, weil jeder hier mit geschlossenen Augen und Ohren rumläuft!" Wie furchtbar ihn das aufregte. So konnte man doch nicht durchs Leben gehen! Alles in Manuel sträubte sich. Wie lange verschloss Raik vor dem, was in diesem Dorf geschah, die Augen?

Dieser fuhr sich nervös durch die Haare, schüttelte den Kopf und kramte mit zittrigen Händen nach seinen Zigaretten. "Aber... ich weiß einfach nicht, was das soll! Warum tarnt jemand sowas als Selbstmord? Okay, lassen wir das mal beiseite und gehen wir davon aus, dass der Mörder von Hannahs Mutter erfahren hat, dass ihr Vater nicht an den Selbstmord geglaubt hat und ihn darum aus dem Weg schaffen musste? Wäre sowas denkbar?" Endlich fing dieser Depp von einem Dorfpolizisten an, eins und eins zusammen zu zählen. "Ich dachte schon, Sie kommen gar nicht mehr auf die Idee", murrte er leise. "Genau das ist mein Gedanke dahinter. Ich gehe davon aus, dass Hannahs Vater dem Mörder ihrer Mutter zu nahe gekommen ist und darum musste er selbst auch sterben. An sich eine wirklich sehr grausame Geschichte."

Zustimmend nickte Raik, dem es schwerfiel, sich so etwas vorzustellen. Sollte der Mörder von Hannahs Mutter tatsächlich noch hier leben, dann war das doch... er wollte sich das nicht einmal vorstellen! War denn hier alles so verworren?

"Gut, ich versuche das jetzt mal mit dem zu verknüpfen, was momentan passiert", murmelte er leise, während Manuels Blick verdeutlichte, dass er auf das Ergebnis gespannt war und so eine

Handlung durchaus erwartete. "Sollte jemand nach den ganzen Jahren dahintergekommen sein, dass da zwei Morde vertuscht wurden, dann würde ja jemand... diese Morde rächen! Aber wer hätte einen Grund dazu?"

Skeptisch hob Manuel eine Augenbraue an. "Fragen Sie mich das tatsächlich? Sollte es nicht eher heißen: Wer außer Hannah hat einen Grund dazu? Macht mehr Sinn, denn in meinen Augen wird sie gerade sowas wie eine Hauptverdächtige. Es geht um die Ermordung ihrer Eltern, bei ihrer Mutter ist es klar, bei ihrem Vater müssen wir ebenfalls davon ausgehen." Sofort fiel ihm Raik ins Wort. "Nein, ich habe Ihnen doch schon einmal erklärt, dass sie nichts damit zu tun hat! Sie wusste von nichts, als ich mich bei ihr gemeldet habe!" Und dieser Mistkerl würde ihn nicht von etwas anderem überzeugen können. "Es muss noch jemanden geben, der irgendwas damit zu tun hat!" Aber wer? Wenn er ehrlich war, musste er ja zugeben, dass die Wahrscheinlichkeit, einen anderen Täter in der momentanen Lage zu sehen, gering war. Doch Hannah hatte nichts damit zu tun! Da war sich Raik sicher.

Seufzend setzte sich Karin auf das kleine Sofa und musterte ihren Mann, dessen Laune seit gestern stark in den Keller gesackt war. Darum ging es ihm gesundheitlich nicht gut, was er an der armen Physiotherapeutin ausgelassen hatte, die sie Sekunden zuvor aus der Wohnung begleitet hatte. "Ich verstehe nicht, was mit dir los ist. Es sind so viele Jahre vergangen, denkst du wirklich, dass Raik jetzt noch etwas unternimmt?"

Schnaubend drehte sich ihr Mann im Rollstuhl zu ihr. "Wir haben uns damals alle geschworen, nie ein Wort darüber zu verlieren! Und jetzt kommt ausgerechnet mein eigener Sohn und wühlt alles wieder auf?" Er kam damit nicht zurecht, Karin spürte das deutlich. Sanft griff sie nach seiner Hand und hoffte, ihn etwas zu erreichen. "Aber... du musst ihn doch auch verstehen. Er versucht doch nur, einen Mörder zu finden.

Und ich denke, das ist auch sein Job." Sie war stolz auf ihren Sohn. Er tat, was er tun musste, auch wenn es unangenehm wurde! Doch ihr Mann gab nur ein leises Knurren von sich, drehte den Rollstuhl wieder ans Fenster und sah hinaus. "Ich denke nicht, dass der Mörder etwas mit dem Fall damals zu tun hat, warum sollte er denn auch? In meinen Augen versucht er nur, diesem furchtbaren Mädchen zu helfen!"

Wie erreichte Karin ihn nur? Er war so stur, so war er schon immer und selbst im Alter wich er nicht von dem Standpunkt ab, dieses Mädchen wäre nicht vernünftig, regelrecht bösartig. "Harald, sie war ein Kind und hatte doch unter der Situation nur zu leiden", murmelte sie darum leise. "Ich denke nicht, dass sie den Ruf verdient hat, den man ihr aufdrücken musste." Es verletzte sie in den Tiefen ihrer Seele, zu sehen, wie man ein Mädchen verurteilte, über das man seit Jahren nichts mehr wusste. Sie hatte alles verloren, musste man denn weiterhin auf der armen Seele herumhacken? "Ihre Mutter war eine Schlampe, was soll denn aus der Tochter anderes werden?", knurrte er leise und mit einer einzigen Handbewegung brachte er seine Frau zum Schweigen. "Ich will über das Thema nichts mehr hören, haben wir uns da verstanden?! Sie ist wie ihre Mutter, einfach eine miese Schlampe und sie bringt Dreck mit sich, von dem keiner mehr reden will! Dieses verdorbene Mädchen soll dahin gehen, wo sie hergekommen ist! Wir brauchen sie hier nicht, wollen sie hier nicht und werden sie auch nie hier dulden!" Darüber gab es in seinen Augen überhaupt keinen Grund zu diskutieren. Dieses Mädchen war eine Pest, eine Plage, die Erinnerungen weckte, ebenso in dem gestandenen Mann, die er vergessen wollte. Musste sie alles wach rütteln? Warum war sie hergekommen?

Karin wusste genau, wie ihr Mann darunter litt, denn er schlief nachts schon nicht mehr, lag wach da und starrte die Decke an. Sie sorgte sich um ihren Mann, doch wenn die Frau, die ihren Ehemann schon seit

Jahren deckte und schützte, tief in sich hinein hörte, wünschte sie sich nichts anderes, als die Wahrheit ans Licht kommen lassen. Doch sie durfte ihren Mann nicht verraten, sie war eine Ehefrau und blieb in guten wie in schlechten Tagen an seiner Seite. Wie sollten sie sonst jemals Frieden finden? "Harald, bitte sei vorsichtiger. Ich meine, du hast doch Raik gehört und auch wenn du ihm nicht sehr viel zutraust und wütend bist, weil er diesen alten Fall aufrollt, denke ich das du aufpassen solltest. Zwei Leichen gibt es schon und ich möchte nicht, dass gerade mein Mann der Nächste wird, nur weil er in seiner Sturheit einfach alles herunterschlucken musste!"

Brummelnd winkte der alte Mann ab, sah auf die Uhr und atmete durch. "Wolltest du nicht noch zu deiner Bekannten? Ich denke du solltest langsam los gehen, sonst lohnt sich das am Ende doch gar nicht." Er wollte seine Frau loswerden, das gab er schon zu. Erstaunt sah Karin ihn an, warf einen Blick auf die Uhr und sprang auf. "Stimmt, ich hätte es beinahe vergessen! Kommst du klar? Soll ich nicht noch warten, bis die Therapeutin da ist?"

Schweigend schüttelte Harald den Kopf, er wünschte sich, allein zu sein und den wirren Gedanken nachzuhängen. Dabei stellte Karin zu viele Fragen! In seinem Kopf ging auch ohne ihre Kommentare alles drunter und drüber. Selbstverständlich war ihm klar, dass sein Sohn nur seinen Job machte. Doch der Gedanke, dass alles von damals wieder aufgewühlt wurde, gefiel ihm nicht. Es gab Dinge, die blieben lieber begraben. Gefühllos sah er seiner Frau nach und atmete durch, endlich konnte er sich entspannen. Erstaunt sah er auf, als kurz darauf jemand an seiner Tür klingelte. Hatte Karin etwas vergessen?

Nachdem Raik sich lange mit Manuel über den Fall von Hannahs Mutter unterhalten hatte, suchte er nach der jungen Frau. Sie erinnerte sich nicht, da war er sich sicher und ihm war ebenfalls klar, dass sie mit dieser Sache nichts zu tun haben konnte, aber ... irgendwas musste doch dahinterstecken! Hoffentlich war ihr doch etwas eingefallen.

Bei sich in der Küche fand er Hannah offensichtlich allein bei einem Tee. "Hey, mit dir wollte ich reden", meinte er lächelnd, nahm sich heißes Wasser vom Herd und goss sich selbst einen Tee auf, in den er einen Schuss Rum gab. Damit setzte er sich an den Küchentisch und für ein paar Minuten genoss er die schweigende und entspannte Atmosphäre in dem kleinen, warmen Raum. "Kann ich mich mit dir unterhalten?", murmelte Raik leise, denn ihm war es unangenehm, der jungen Frau mit sowas zu kommen. Als hätte sie nicht schon genug Probleme, jetzt musste er auch noch dämliche Fragen stellen!

Erstaunt sah Hannah ihn an, lächelte kurz darauf aber wieder. "Ich denke, das ist dein Job, oder nicht? Ich meine... du bist Polizist und es ist nur logisch, dass du mich in so einer Situation auch verdächtigst. Darum geht es doch, oder nicht?", flüsterte sie leise und lächelte dabei sanft. Warum konnte sie damit auch noch umgehen? Für Raik wäre es einfacher, wenn sie davongerannt wäre, voller Wut auf ihn, doch sie tat es nicht. "Ja, muss ich wohl. Mir gefällt das nicht. Aber ich denke, wir beide wissen, warum du so ein gutes Motiv haben könntest, oder?" Seufzend erhob sich Hannah und stellte sich ans Fenster. Draußen stürmte es, Regen peitschte an die Scheibe und der Wind heulte um das alte Haus. "Ja, ich kann es mir denken, aber nicht einmal den Jungen auf dem Foto kenne ich noch, also warum sollte ich mich rächen wollen? Diese Menschen sind mir alle so fremd, trotzdem scheinen sie mich zu hassen. Warum?"

Verträumt sah sie hinaus in den Garten, während sich Raik erhob und hinter sie stellte. Obwohl er es im ersten Moment zu verhindern versuchte, gewann seine Gefühlslage überhand und er legte seine Arme um Hannah herum. Diese zuckte erschrocken zusammen, wurde bei der plötzlichen Nähe dennoch rot. "Ich denke, du solltest lieber nicht riskieren, dass Christine uns so sieht. Am Ende denkt sie noch etwas Falsches."

Traurig schüttelte Raik den Kopf. "Ich denke nicht, dass sie da irgendwas falsch versteht. Weißt du, zwischen Christine und mir... ich denke, wir sollten uns scheiden lassen." Erschrocken wirbelte Hannah in den starken Armen herum, die sich schon behütend angefühlt hatten. Warm und sicher, es fühlte sich nur genauso unfair an, Christine gegenüber. "Das kann doch nicht sein! Ihr zwei seid wirklich ein schönes Paar."

Langsam ließ Raik sie los, lehnte sich mit der Hüfte an die Arbeitsfläche der Küche und sah ebenfalls aus dem Fenster. "Darum geht es nicht, aber... Christine und ich, wir sollten mal Eltern werden. Das Kind starb vor der Geburt, damals ist alles zerbrochen, damals sind vor allem wir als Ehepaar zerbrochen", murmelte er leise. "Anders kann man es nicht beschreiben. Vor der Geburt waren wir so glücklich wie nie zuvor, alles war in Ordnung. Aber als das dann alles geschah, da zerbrach alles in uns, vor allem aber das Band zwischen uns. Seither leben wir nur noch wie gute Freunde nebeneinander her, mehr nicht. Und endlich sind wir soweit, uns das auch einzugestehen. Wir treten auf der Stelle und so sehr wie wir uns einmal geliebt haben, so sehr sind wir voneinander weggetrieben." In dieser Situation standen sie sich doch nur gegenseitig im Weg, hinderten sich daran mit jemand anderem glücklicher zu werden und Raik ahnte, dass er aus diesem Grund so an Hannah hing.

Diese legte ihre Hand schüchtern auf seine Schulter, unfähig irgendetwas dazu zu sagen. "Christine hat gar nichts davon erwähnt", murmelte sie leise. Lächelnd sah Raik zu ihr und nickte. "Ja, weil sie nicht wollte, dass du davon erfährst. Jeder sieht sie deswegen mitleidig an, ich wäre dir dankbar, es Christine nicht auf die Nase zu binden. Ich denke sie wäre enttäuscht, wenn sie wüsste, dass ich mit dir darüber gesprochen habe." Immerhin genoss Christine die Zeit mit Hannah und diese sah lächelnd zu ihm. "Mach dir keine Sorgen", flüsterte sie zuversichtlich, wurde dabei aber etwas rot und zog ihre Hand zurück.

Schade, es fühlte sich beruhigend an, ihre zarte Hand auf seiner zu spüren. Raik nahm sich still die Tasse und nippte an dem Tee. Jetzt waren sie schon wieder vom Thema abgekommen und das nur, weil er nicht anders konnte, als sie in den Arm zu nehmen. Aber hatte er eine Chance bei ihr? Oder sah Hannah ihn jetzt in einem anderen Licht?

Kapitel 17

Es gab so viele Dinge, worüber sie reden mussten. Den Obduktionsbericht, Hannahs Mutter und die Tatsache, dass sie sich vermutlich damals nicht das Leben genommen hatte, ihren Vater und sein Verschwinden... Aber sie standen hier und sahen sich nur verschämt tief in die Augen. Erst als das Telefon klingelte, schreckten beide hoch und mit fahrigen Händen tastete Raik nach dem Störenfried. "Was?", knurrte er ins Handy, lauschte einen Moment dem Anrufer, wurde dabei aber mit jeder Sekunde blasser im Gesicht. "Mama, kannst du dich beruhigen? Was ist passiert? Jetzt noch einmal ganz in Ruhe!"

Seine Mutter sprach so schnell, es fiel ihm schwer, ihr überhaupt zu folgen. Die Tränen erschwerten der Frau das Sprechen.

"Ich war nur kurz bei Marianne, im Haus gegenüber. Du weißt schon, wir treffen uns häufig zum Kaffeetrinken", begann Karin Vogelsang zu erklären und Raik nickte, immerhin taten die beiden das schon seit Jahren. "Und jetzt bin ich gerade nach Hause gekommen und... dein Vater... er... er...", sie brach ab, denn die Tränen raubten ihr erneut den Atem. Obwohl Raik nicht verstand, worum es ging, schnürte sich ihm die Kehle zu. Wie der Sturm, den man am Horizont schon kommen sah und von dem man wusste, dass man wehrlos gegen ihn war. So fühlte er sich momentan, denn er ahnte, was seine Mutter ihm gleich berichten würde. Selbst wenn der Kommissar mit jedem Herzschlag hoffte, sich zu irren!

Ein paar Atemzüge brauchte seine Mutter, ehe sie es schaffte zu weitersprechen. "Dein Vater... er saß im Rollstuhl... wie immer... und ich fragte ihn, ob er Hunger hat. Aber... er hat nicht geantwortet und darum bin ich zu ihm gegangen und dieser... dieses... Moor! Überall! Oh Raik, was soll ich denn nur tun?!"

Nur langsam drangen die Informationen durch seine Hirnwindungen und er brauchte etwas, bis er in der Lage war, ihr zu antworten. "Du tust gar nichts, Mama... ich bin gleich da und du rührst nichts an! Geh am besten vor die Tür... ich rufe meine Kollegen an." Zitternd legte er auf, ohne auf eine Antwort seiner Mutter zu warten.

Obwohl Hannah nur seine Seite hörte, ahnte sie, was geschehen war und besorgt sah sie ihm in die Augen. "Das.... bitte das kann nicht sein", flüsterte sie leise, doch Raik nickte. "Offenbar schon, ich... ich muss sofort dorthin. Rufst du Manuel an? Ich...", fing er an, doch Hannah schüttelte etwas den Kopf. "Nein! Du wirst auf keinen Fall selbst fahren, verstanden? Ich werde Manuel anrufen, der kann dich mitnehmen. Aber du wirst nicht selbst hinters Steuer steigen. Setz dich hin, Manuel ist bestimmt gleich da." Eine eindringliche Hoffnung von Hannah, denn die Vorstellung, Raik könnte sich in Gefahr bringen, ließ sie ruhelos werden. Dieser war mit den Gedanken dabei, sich vorzustellen, wie sein Vater in seinem Rollstuhl saß und starb! Wer tat denn sowas einem Mann an, der sich sowieso nicht mehr wehren konnte? Zitternd und keinen Mucks von sich gebend setzte sich der gestandene Mann, außerstande zu weinen.

Während Hannah versuchte, Manuel zu erreichen, starrte er nur die Fliesen auf dem Boden an. Er erinnerte sich daran, wie heftig er sich mit dem sturen Mann gestritten hatte und jetzt stellte sich heraus, es war das Letzte, was sein Vater von ihm gehört hatte! Ein unnötiger Streit!

Erschrocken zuckte Raik hoch, als Hannah ihm eine Hand auf die Schulter legte. "Er ist gleich hier und wird dich mitnehmen... ich warte hier auf Christine, damit sie weiß, was los ist, in Ordnung? Manuel hat auch die Spurensicherung schon angerufen, zusammen mit einem Notarzt. Sie sind auf dem Weg zu der Wohnung deiner Eltern." Notarzt? Der half doch sowieso nicht mehr, aber ... doch, seine Mutter stand vermutlich unter Schock und brauchte Hilfe. "In Ordnung, also muss ich jetzt auf diesen Kerl warten?", murmelte Raik frustriert. Seufzend nickte Hannah. "Er will dir helfen und er war auch sehr bestürzt, als er von der Sache mit deinem Vater hörte. Raik, ich weiß, du kannst ihn nicht leiden, aber in diesem Fall muss er dir helfen, alleine schaffst du das nicht."

Als wenn ihm das nicht bewusst wäre, trotzdem wollte er nichts davon hören und von dem Kerl Hilfe anzunehmen, fiel ihm schwer! Es ging jetzt um seinen Vater, wer immer für den Mord an dem sturen Mann verantwortlich war, der zog sich lieber warm an. Jetzt wurde es persönlich und Raik hatte nicht vor, sich deswegen aus der Sache herauszuhalten! Keiner außer ihm hatte das Recht, den Kerl zu fangen und ihm seiner Strafe zuzuführen und die würde grausam werden. Ein Versprechen, das er sich selbst gab!

Für Manuel war es eine Herausforderung, denn er wusste nicht, wie er jetzt mit seinem Kollegen umgehen sollte. Bisher waren sie nicht die besten Freunde gewesen, man konnte durchaus sagen, jeder war froh, wenn er den anderen wieder los war. Trotzdem war das etwas, was Raik selbst in seinen Augen nicht verdient hatte. In dem teuren Wagen war es still, keiner wagte es, ein Wort zu sagen, jedenfalls Manuel nicht. Währenddessen starrte Raik aus dem Fenster und ließ die kalte Umgebung an sich vorbeiziehen. "Kommen Sie bloß nicht auf die Idee, mich jetzt absägen zu wollen", murrte Raik leise in die Stille hinein. "Ich kenne diese Sprüche... von wegen ich wäre befangen und so einen beschissenen Mist! Mich werden Sie nicht los, verstanden? Ich finde den Kerl und wenn es das Letzte ist, was ich tue!"

Genau damit rechnete Manuel, doch er ließ sich nicht anmerken, wie wenig er mit der Ansprache zufrieden war. Jetzt mit Raik zu streiten, ergab am Ende keinen Sinn. "Gut, Sie gehen also davon aus, dass es ein Mann war? Ich denke, wir müssen uns langsam auch Gedanken darüber machen, warum der Mörder in jedes Haus reinkommt, ohne dass es Einbruchsspuren gibt. Ihr Vater, keiner kannte ihn so gut wie Sie, würde doch nicht einen Fremden einfach so in seine Wohnung lassen, nicht wahr?" Jetzt war es notwendig, Raik wie einen Zeugen zu behandeln. Er war ein Angehöriger und es blieb Manuel nichts anderes übrig, als ihn so zu befragen.

Das war Raik klar und einen Moment lang starrte er wieder aus dem Fenster. Die Felder lagen brach, der Himmel zog sich zu und verdunkelte sich bereits wieder. "Mein Vater war sehr misstrauisch, er hätte niemals einen Fremden einfach so in die Wohnung gelassen", murmelte er leise. "Er war Polizist, genau wie wir und er kannte die Tricks, mit denen manche durch die Straßen ziehen und alte Menschen abzocken. Niemals würde er auf so etwas hereinfallen... mein Vater ist nicht so. Wer auch immer ihn getötet hat, Vater muss ihn gekannt haben oder er muss bedroht worden sein."

Mit so einer Antwort hatte Manuel gerechnet, ihm war klar, dass die Leute schon wussten, wen sie in ihr Haus ließen und das erleichterte die Situation nicht. "Also haben wir es mit jemandem zu tun, den alle kennen", murmelte er leise. "Einer Person, dem die Menschen aus irgendeinem Grund vertrauen, denn sie lassen ihn in ihr Haus. Wir sind uns einig, dass es vermutlich ein Mann war, oder?" Es konnte genauso gut eine Frau mit einer Waffe sein, obwohl die Wahrscheinlichkeit geringer war. Männer, wie die Opfer, ließen sich nicht von einer Frau beeinflussen oder einschüchtern. Da stimmte Raik ebenfalls zu, selbst wenn er mit seinen Gedanken vollkommen woanders war. "Eine Frau hätte nicht die Kraft, gestandene Männer dazu zu bringen, Moor zu schlucken bis sie daran ersticken! Ich frage mich nur, wer etwas davon hätte..." Wer profitierte vom Tod seines Vaters und der anderen Männer?

135

Es war doch offensichtlich, dass es mit dem alten Fall von damals zusammenhing und während Manuel die Frage danach schon im Kopf hatte, sprach Raik es leichtfüßig aus. "Irgendwer nimmt Rache dafür, was damals passiert ist, aber ich frage mich, warum? Mein Vater hat alles vertuscht, er wusste, was damals passiert war und er hat es alles unter den Teppich gekehrt. Ich gebe zu, das war nicht richtig, aber ist das ein Grund, ihn zu töten? Alle anderen zu töten?" Was ging hier nur vor sich? Was geschah in seinem Dorf, hinter den Kulissen? In den Schatten der Nacht?

Verunsichert sah Manuel ihn an, parkte dann aber den Wagen vor dem Gebäude und drehte sich zu seinem Kollegen. "Wollen Sie wirklich mit hoch gehen? Ich denke, es wäre besser, wenn Sie sich um Ihre Mutter kümmern würden, während ich mir den Tatort ansehe. Ich denke nicht, dass Sie sich das ansehen sollten... Überlassen Sie das mir, sorgen Sie sich um Ihre Mutter, die braucht Sie jetzt, ich schaffe das da oben auch alleine." Hoffentlich kam er zu Raik durch, der stur genug war, um doch mit hoch zu gehen und sich das Drama anzusehen. Doch in diesem Fall spürte er selbst, dass es Dinge gab, die er sich lieber nicht ansehen sollte. "Aber ich erwarte, dass Sie ehrlich zu mir sind, wenn Sie da wieder runterkommen", knurrte Raik leise, während er die Tür aufstieß. "Lügen Sie mich ja nicht an und ich halte auch nicht viel davon, wenn Sie auf die Idee kommen, Dinge vor mir zu verheimlichen! Ich will alles wissen, egal wie furchtbar es sein mag, auch wenn ich es gerade nicht selbst sehen will." Damit schlug er den Weg zum Rettungswagen ein, der vor der Tür stand.

Manuel lehnte sich mit der Stirn einen Moment ans Lenkrad, ehe er sich zusammenriss, seinen Kragen ordnete und aus dem Wagen stieg. Jetzt durfte er auf keinen Fall die Professionalität verlieren!

Der Tatort unterschied sich nicht sonderlich von den anderen bekannten Opfern. Doch eine Kleinigkeit war schon anders und das ließ Manuel aufmerksam werden. Er analysierte das Opfer in seinem Rollstuhl, welches mit weit aufgerissenen Augen dort saß, den Mund weit geöffnet und mit Moor gefüllt, genau wie bei den anderen. Doch was seltsam daran war, war die Tatsache, dass man ihm den Mund mit Klebeband verschlossen hatte, als wolle man sichergehen, dass kein Tropfen jemals wieder herauskam. Oder erschuf man hiermit eine vollkommen andere Metapher?

Einer der jüngeren Polizisten kämpfte mit seinem Würgereiz, stellte sich dennoch tapfer zu Manuel und musterte das Opfer. "Ähm... meinen Sie, man wollte uns mit dem Klebeband etwas sagen? Ich meine...", stotterte er unbeholfen herum, während Manuel froh war, mit jemandem über die Theorien in seinem Kopf sprechen zu können. "Gut... ich denke, das hat tatsächlich etwas zu sagen. Raik sagte mir, sein Vater war früher Polizist hier und habe etwas unter den Teppich gekehrt. Gehen wir davon aus, dass man uns genau darauf hinweisen will. Macht es Sinn, dass man ihm den Mund verklebt hat, damit er an den Lügen erstickt. Setzen wir das weiter zusammen, mit den anderen Opfern, die wir bereits gefunden haben, sind auch sie an ihren Lügen erstickt... ich denke also, mit dem Moor will man auf Lügen hinweisen, die damals über ihre Lippen kamen und an denen man sie nun ersticken lassen will."

In seinem Kopf ergaben diese Gedanken Sinn. Jemand war hier unterwegs, der die jetzigen Opfer für etwas büßen ließ, was sie entweder nie gesagt oder was sie verdreht hatten. Er musste mehr über den alten Fall wissen, nur hatte er keine Ahnung, wie er an die Informationen herankommen sollte.

"Könnten Sie runter gehen und Raik fragen, ob er eine Ahnung hat, wo sein Vater alte Akten oder Tagebücher haben könnte? Denn wenn jemand weiß was damals passiert ist, dann ist es dieser Mann und ich kann nur hoffen, dass er nicht jeden verdammten Hinweis mit ins Grab genommen hat!"

Genau darin steckte seine größte Angst. Selbst, wenn er es nicht gerne sagte, aber Raiks Vater wäre vermutlich die notwendigste Hilfe in diesem Fall gewesen und jetzt war er tot! Der junge Mann neben ihm wirkte erleichtert, den Tatort verlassen zu dürfen.

So schnell seine Beine ihn trugen, verschwand er aus dem Zimmer, die Treppe runter und aus dem Wohnhaus raus.

Manuel sah ihm nach, ehe er an das Opfer herantrat und ihn genauer untersuchte. Der Blick in den leeren Augen war ergeben, noch immer erschrocken, aber er wirkte ebenfalls, als hätte er aufgegeben.

Schien er sogar erleichtert? Vermutlich bildete er sich langsam viel zu viel ein, doch der Gedanke ließ ihn nicht los.

Seufzend wandte er sich an den Arzt, der in diesem Moment kopfschüttelnd seine Sachen zusammenräumte. Es war zu früh, um nach einem genauen Bericht zu fragen, aber einiges musste er wissen. "Und? Was können Sie bereits sagen?", erkundigte sich Manuel, während der Arzt sich erschöpft über die Augen rieb und die Brille erneut zurechtrückte. "Erst einmal kann ich sagen, dass ich sowas noch nie in meinem Leben gesehen habe", murmelte er leise, atmete durch und versuchte verzweifelt sich auf das zu konzentrieren, was wichtig war.

Dem konnte Manuel nur zustimmen, denn auch wenn er in seinem Leben schon viele grausam zugerichtete Leichen sehen musste, war es nichts im Vergleich mit dem hier. Der Arzt kämpfte mit sich, die Haltung zu bewahren, versuchte aber, so professionell wie möglich zu bleiben. "Also, er ist wohl erstickt, wie die anderen Opfer vor ihm auch schon. Man hat ihn dazu gezwungen, Moor zu schlucken, jedenfalls deutet alles darauf hin. Er bekam irgendwann keine Luft mehr, ansonsten kann ich an dem Leichnam allerdings keinerlei Abwehrspuren erkennen. Alles, was man mit ihm tat, hat er offenbar freiwillig über sich ergehen lassen, auch wenn ich nicht verstehe, warum. Wie kann man jemanden dazu zwingen, so etwas zu schlucken?" Erneut schüttelte der Mann den Kopf. "Jedenfalls kann ich erst nach einer Obduktion mehr sagen", schloss er seinen kurzen Bericht ab.

Manuel nickte, ehe er den alten Mann erneut ansah. Als er aus dem Augenwinkel bemerkte, dass der Polizist mit den Tatortfotos fertig war, trat er auf ihn zu und schloss mit einer leichten Handbewegung die Augen. "Es tut mir leid", murmelte er leise und atmete durch. Jetzt konnten sie nur hoffen, dass nicht alles, was er wusste, mit ihm gestorben war, sondern irgendwo festgehalten war.

Kapitel 18

Im Krankenhaus starrte Raik die weiße Wand an, die er gar nicht bewusst wahrnahm. Seine Mutter lag noch in der Notaufnahme und aus dem Augenwinkel beobachtete er die anderen Patienten in dem kleinen Warteraum. Er verstand nicht, was wirklich geschehen war. Es schien alles ein weit entfernter Traum zu sein, der nur langsam Wahrheit wurde.

Der Lärm in seinem Kopf dröhnte; die Ärzte, die aufgerufen wurden, Patienten, die sich über die lange Wartezeit beschwerten, und dazwischen eine unfreundliche Krankenschwester, die sogar die Patienten anbellte. Waren hier alle überfordert? Seufzend schloss Raik die Augen, er lauschte nur den Geräuschen um sich herum. Dem jammernden Kind, welches zum wiederholten Male nach der Mama weinte, dem alten Mann, der nach einem Arzt fragte, und den Ärzten, die von einem Raum in den nächsten hetzten, beunruhigt, welcher Fall sie empfangen würde.

Einer davon war seine Mutter, die während der ganzen Fahrt im Krankenwagen nicht ein Wort gesagt hatte.

Warum nicht? Selbst die winzigsten Kleinigkeiten wurmten Raik. Weshalb öffnete sein Vater dem eigenen Mörder die Tür? Wieso drehte seine Mutter nicht durch? Warum war sie zum Kaffeetrinken gegangen? Nein, er durfte auf keinen Fall anfangen, der armen Frau jetzt Vorwürfe zu machen. Es stand dramatisch genug um sie, vermutlich fragte sie sich das selbst schon.

"Herr Vogelsang?" Erschrocken sah Raik hoch, erstaunt darüber, dass ein junger Mann mit weißem Kittel vor ihm stand und offenbar zum wiederholten Male versucht hatte, mit ihm zu sprechen. "Kommen sie kurz mit in den Raum dort vorne, da können wir in Ruhe reden." Wo war seine Mutter? Warum war sie nicht ebenfalls dort? Es war der Raum, in den man sie nach der Fahrt im Krankenwagen gebracht hatte, aber sie war längst nicht mehr hier. "Wir haben beschlossen, Ihre Mutter für ein paar Tage hier bei uns zu behalten. Offenbar hat sie einen Nervenzusammenbruch erlitten, sie spricht nicht und ist in vielerlei Hinsicht nicht gesund. Wir wollen sie durchchecken und beobachten, nur damit wir sicher sein können, dass es ihr gut geht. Und nach so einer Sache denke ich, dass wir sie unter Beobachtung behalten sollten." Damit war Raik einverstanden, er selbst machte sich furchtbare Sorgen um die Frau, die ihren Lebensinhalt immer in ihrem Ehemann sah.

Jetzt stand sie allein da, würde seine Mutter das überhaupt überstehen? "Ist in Ordnung, ich denke diese Ruhe wird ihr guttun", flüsterte der Kommissar leise, ehe er sich setzte. "Brauchen Sie noch etwas?", hakte der junge Arzt nach. "Ich mache mir auch um Sie Sorgen, wenn ich ehrlich sein soll. Es war auch für Sie ein Schock." Doch Raik schüttelte entschlossen den Kopf. "Nein, machen Sie sich da keine Sorgen, ich komme schon klar. Ich muss zwar erst noch den Mörder meines Vaters finden, aber dann werde ich meinen Frieden machen können." Der Arzt, dessen Name Raik sich nicht einmal merkte, machte Anstalten, ihm zu folgen, doch er wollte so schnell wie möglich aus diesem bedrückenden Krankenhaus raus! Er brauchte frische Luft, eine Zigarette, vielleicht auch zwei oder drei!

Seine Schritte trugen ihn schnell und sicher aus dem Keller des Krankenhauses durch die breiten Türen, hinaus in den Garten. Vor dem hohen Gebäude befand sich ein kleiner Kreisel, dort waren mehrere Parkplätze, allerdings nur für Taxen, Notfälle und drei Stück sogar für werdende Mütter, die in den Wehen lagen.

Es stand extra ein Schild dort, auf dem man eine schwangere Frau erkannte. In diesem Moment stellte sich Raik erneut vor, wie eine Frau in den Wehen von ihrem Ehemann hierhergebracht wurde - wie jedes

Mal, wenn er zu diesem verdammten Krankenhaus musste. Er war kein Freund von solchen Orten, es gab zu viel Leid, welches er hier am eigenen Leib erduldet hatte.

Sein Kind war hier gestorben, seine Frau und ebenso wie die Ehe zerbrochen, darum setzte er nur in großen Ausnahmefällen einen Fuß in dieses verfluchte Krankenhaus. Zitternd tastete er nach seinen Zigaretten, steckte sich eine an und atmete den Rauch kurz darauf tief ein. Es entspannte, lenkte ab und brannte in den Lungen, selbst nach den ganzen Jahren, aber es zeigte ihm deutlich, dass er am Leben war.

Dieser Ort war in Raiks Augen unfassbar grotesk. Auf der einen Seite wurden im dritten Stock Kinder geboren und zur gleichen Zeit lagen im Keller die Leichen. Leben und Tod auf so engem Raum beieinander. Ganz oben waren diejenigen abgeschoben worden, die drohten, sich das Leben zu nehmen ... doch für die baute man mittlerweile einen neuen Flügel.

Erschöpft ließ sich Raik auf eine der Bänke fallen, die man an den Fußweg zum Parkhaus aufgestellt hatte. Meistens wurden diese von den Patienten genutzt, um in Ruhe zu rauchen und frische Luft zu genießen, denn eines war sicher: Jeder, der aus dem Ding mit einer Tasche rauskam, der wollte so schnell wie möglich ins Parkhaus und von hier verschwinden. Eine Tatsache, die Raik durchaus nachvollziehen konnte. Selbst in ihm war der Drang übermächtig, endlich von hier zu verschwinden. Jetzt durfte er nur nicht gehen, denn er wollte sehen, wie es seiner Mutter ging. Schlussendlich war er doch erleichtert, dass sie hier war.

Die zarten Finger von Christine legten sich enger um die Teetasse, während sie ihr Handy anstarrte und wartete. "Meinst du, er ruft wirklich an?", flüsterte sie leise. Beruhigend legte Hannah ihr eine Hand auf die Schulter, verunsichert was man in so einer Situation sagte. "Das hoffe ich... vermutlich wird das einfach noch im Krankenhaus so lange dauern. Wer weiß, was mit seiner Mutter ist und was sie mit ihr jetzt anstellen." Sie hoffte, Christine etwas Mut machen zu können.

Diese nickte erschöpft und schloss die Augen. "Ja... aber ich weiß auch, wie Raik mit solchen Situationen umgeht, weißt du? Als ich damals im Krankenhaus lag und unser Kind starb, ist es mir besonders aufgefallen", gestand sie leise, obwohl sie bisher nie mit Hannah über ihr Kind sprechen konnte, wusste sie, dass Raik es getan hatte. Die junge Frau tat auch nicht überrascht, sondern setzte sich neben Christine und legte ihre Hand auf die der zitternden Frau. "Für Raik ist aus diesem Ort etwas Grausames geworden, wie aus einem Horrorfilm. Wenn ich mir vorstelle, er ist dort jetzt ganz alleine, mache ich mir schreckliche Sorgen um ihn! Wir..., Raik und ich, wir haben uns auseinandergelebt und sind bestimmt kein glückliches Ehepaar mehr. Diese Tragödie hat uns mehr voneinander entfernt, als wir beide zugeben wollten und jetzt begreifen wir das alles langsam. Was soll ich tun? Ich möchte für ihn da sein, er ist immer noch mein Mann, aber ich denke, er will mich in so einer Situation gar nicht sehen! Kannst... kannst du nicht zu ihm fahren? Nach ihm sehen? Wäre das zu viel verlangt?" Ihre Stimme zitterte und die zierliche Blondine kämpfte mit den Tränen. Man merkte ihr deutlich an, wie zerrissen sie war und wie verunsichert, da sie nicht wusste, was sie tun sollte. Einen Moment überlegte Hannah, doch dann nickte sie und griff nach ihrem Autoschlüssel. In ihrem Kopf ging doch selbst alles drunter und drüber, weil sie nicht wusste, wie es ihm ging und was er in diesem Moment anstellte. "Gut, dann pass du auf Lina auf, ich fahre ins Krankenhaus. Hoffen wir mal, dass ich ihn finden kann."

Christine atmete erleichtert auf, schloss ein paar Minuten ihre Augen und lächelte scheu. "Danke, es ist beruhigend das er nicht alleine ist", murmelte sie leise, hob dabei aber die Hündin vom Boden und drückte sie an sich. "Keine Sorge, die Kleine ist schon in Sicherheit bei mir. Ich denke, dieser Kerl aus Hamburg wird sich auch noch melden." Mit großer Wahrscheinlichkeit sogar, wenn er mehr wissen wollte, da war sich Hannah ebenso im Klaren drüber. "Gut, dann kann ich dich alleine lassen?", flüsterte sie leise und musterte Christine noch einmal, die weiterhin am ganzen Leib zitterte. Aus dem Grund verschwand Hannah kurz im Wohnzimmer, suchte nach einer Wolldecke und kam damit zurück zu der jungen Frau, die mit leerem Blick vor sich her starrte. "Hier, das wird dich warmhalten", erklärte sie leise, obwohl Hannah nicht sicher war, ob Christine sie überhaupt hörte. Diese nickte, musste sich jedoch zusammenreißen, um nicht verstört zu wirken. "Gut, mach dich auf den Weg, ich werde hier warten. Sollte Raik doch anrufen, sage ich ihm, dass du auf dem Weg zu ihm bist. Kennst du den Weg?"

Beruhigend nickte Hannah, denn selbst wenn sie sich hier so gut wie gar nicht auskannte, war es in jeder Stadt erschreckend schwer, ein Krankenhaus zu übersehen und in einer Provinz wie Stade, sowieso. Sie würde den Weg schon finden, ansonsten fragte sie zur Not jemanden. "Mach dir um mich keine Sorgen. In der Kanne ist noch Tee, falls du welchen möchtest. Ich bin bald zurück und ich bringe Raik mit. Wenn ich ihn gefunden habe, rufe ich dich an, damit du dir keine Sorgen machen musst. Entspann dich solange." Sanft lächelte Christine, sah Hannah nach, die schnell durch den mittlerweile einsetzenden Regen huschte.

Einen Moment lang blieb sie am Fenster stehen und starrte hinaus in den Regen, der ihr die Sicht deutlich erschwerte, doch dann lächelte sie und stellte den Tee auf den Tisch. "Also gut", murmelte sie leise und bemerkte dabei schon den zweiten Wagen, der auf ihr Grundstück fuhr und sie schmunzelte. Mit genau ihm als Besuch hatte sie gerechnet. Manuel spürte dieses Verlangen in sich, nach ihr zu sehen, doch Christine hoffte, dass er nicht zu viele Fragen stellen würde, die sie nicht beantworten wollte. Auf der anderen Seite gestand sie sich selbst ein, jetzt ein wenig neugierig zu sein. Bisher gab es immer Hinweise auf Hannah, auch in diesem Fall? Sicher war sich die junge Frau nicht, sie fühlte sich in den Emotionen hin- und hergerissen, aber am Ende siegte die Neugier und sie öffnete dem vollkommen durchnässten Kriminalkommissar die Tür. "Kommen Sie rein, Sie sind ja komplett durchweicht. Möchten Sie einen Tee?", meinte sie lächelnd. Von einer Sekunde auf die andere schwang ihre Laune um, was jedem Außenstehenden vermutlich aufgefallen wäre, doch so blieb es ihr kleines Geheimnis.

Obwohl Hannah in Anwesenheit von Christine behauptete, es wäre nicht schwer, ein Krankenhaus zu finden, revidierte sie diese Worte genau jetzt. Es war verdammt schwierig, durch die Innenstadt zu kommen, besonders durch den dichten Verkehr. Am Ende entschloss sich die junge Frau dazu, den Krankenwagen zu folgen, die sich durch die Innenstadt schlängelten. Erleichtert fand sie am Ende doch das Parkhaus, stellte den Wagen ab und eilte zum Krankenhaus, vor dem sie Raik auf einer Bank sitzen sah. "Hey, dich suche ich", murmelte sie leise, setzte sich zu ihm und musterte den in sich gekehrten Mann.

 Raik starrte mit leerem Blick in den Himmel, ehe er zum ersten Mal auf Hannah reagierte. "Was? Ach so, du bist hier", murmelte er leise, fragte allerdings nicht danach, wo seine Frau war. Er konnte sich denken, dass sie nicht hierher wollte und wohl glaubte, er wolle sie nicht sehen. Das war zwar nicht der Fall, trotzdem war er dankbar, Hannah an seiner Seite zu haben. Doch sein Blick blieb weiterhin resigniert nur in den Himmel gerichtet, noch immer war er nicht in der Lage zu begreifen, was überhaupt geschehen war. "Ich... verstehe das alles nicht...", murmelte er doch leise, um die Stille zwischen ihnen zu zerbrechen.

Verunsichert musterte Hannah den jungen Mann, wie sollte sie mit ihm umgehen? Obwohl sie ihn kaum kannte, spürte sie eine Bindung zu ihm wie aus alten Tagen, die langsam wieder aufkochte. "Ich weiß gar nicht, was ich sagen soll", flüsterte Hannah leise, ehe sie ebenfalls in den Himmel sah und die hell leuchtenden Sterne beobachtete. Es war erstaunlich, wie klar der Himmel in den kalten Nächten hier im Norden wurde.

Manchmal war es in der Stadt schwer, überhaupt einen Stern zu finden, aber hier funkelten sie zu tausenden wie kleine Lichter über ihnen. "Ich habe noch nie so viele Sterne gesehen", meinte Hannah lächelnd und schaffte es damit, Raik ein Lächeln auf die Lippen zu zaubern. "Du bist eben zum Stadtkind geworden."

Errötend sah Hannah zu ihm. "Ich war mal anders... Raik, ich weiß, ich erinnere mich an nichts mehr, was hier geschehen ist oder warum das alles hier passiert, aber...", schüchtern brach sie ab, starrte auf die Füße, während sie den Kopf schüttelte. "Ich will nicht weglaufen. Es fühlt sich an, als würde alles hier nur wegen mir geschehen. Jetzt bin ich dir doch erst recht schuldig, es mit dir zu Ende zu bringen, oder nicht? Eine Zeit lang habe ich gedacht, ich würde weglaufen... es wäre besser, wenn ich nach Hannover zurückkehre, ohne weiter nach der Wahrheit zu suchen. Einfach Ruhe geben, das Leichentuch über der Vergangenheit ausbreiten, die offenbar sowieso nicht von mir entdeckt werden möchte. Warum soll ich mich quälen? Doch wenn ich dich jetzt sehe und begreife, wie sehr du unter alledem leidest, dann fühle ich mich, als hätte ich dich in etwas mit reingezogen, was ich nicht mehr kontrollieren kann. Ich bin doch, egal wie, irgendwie der Auslöser für alles und ich fühle mich so schuldig."

Sofort schüttelte Raik den Kopf und fest packte er das zerbrechliche Ding an den Schultern. "Sowas will ich auf keinen Fall hören, verstanden?! Du bist an nichts schuld und vollkommen egal, was damals passiert ist, du warst noch ein Kind! Egal, was passiert ist, du konntest nichts dafür und du kannst schon gar nichts dafür, dass jetzt jemand meint, sich an allen rächen zu müssen, die damals etwas mit der Sache zu tun hatten."

Verstört sah Hannah ihn an, bisher wusste sie nichts von den Zusammenhängen. "Also will da jemand das geklärt bekommen, was damals geschehen ist?", murmelte sie leise und senkte etwas den Blick. "Aber... das ist doch auch keine Lösung! Das kann doch keine Lösung sein... einfach alle zu töten?"

Bedrückt senkte Raik den Blick, er wusste doch selbst nicht, ob das nachvollziehbar war, was der Täter plante oder was ihn antrieb. "Aber weißt du..., wenn ich ehrlich bin, verstehe ich ihn schon etwas. Damals ist etwas Furchtbares unter den Teppich gekehrt worden, mein Vater war einer von vielen, die einfach den Mund gehalten haben. Ich fürchte, wenn ich weiter einfach nach den Antworten suche, dann werde ich Dinge über ihn erfahren, die ich nie wissen wollte. Vielleicht sogar über meine Mutter und der Gedanke macht mir am meisten Angst. Was, wenn ich den Mann, den ich immer so sehr für seine Taten bewundert habe, egal wie streng er war... was, wenn ich den am Ende hasse?"

Kapitel 19

Die Sonne, die durch die dichten Nebelwände kroch, kitzelte ihn am Morgen an der Nase. Brummelnd wollte sich Manuel auf die Seite rollen, dummerweise war das Sofa dort zu Ende und unsanft landete er auf dem harten Boden der Tatsachen. Verschlafen sah er sich um, hielt sich die Stirn, die er sich gewaltig gestoßen hatte, und versuchte, seinen müden Körper vom Boden zu sammeln. Wo war er denn hier?

Müde gähnend hangelte er sich an der abgewetzten Couch auf, sah sich um in der Hoffnung, sich an etwas zu erinnern. Erst eine erstaunlich bekannte Stimme riss ihn aus den Wolken in seinem Kopf. "Ich habe das Gefühl, ich kann aus meiner Wohnung bald ein Hotel machen", brummte Raik leise, in der Hand eine Tasse Kaffee und dunkle Ringe unter den Augen. Vermutlich war er nicht eine Minute zur Ruhe gekommen in der Nacht. Peinlich berührt kratzte sich Manuel an der Wange, wickelte sich aus der karierten Wolldecke und streckte die knackenden Knochen. "Entschuldigen Sie, ich wollte gestern ja noch nach Hause, doch Ihre Frau hat darauf bestanden, dass ich hier übernachte."

Das Gespräch war lang gewesen, es war weit nach Mitternacht, als Manuel nach Hause fahren wollte, doch Christine machte ihm einen Strich durch die Rechnung. Sie bestand darauf, ihn die Nacht über auf die Couch zu legen, worüber sich Manuels Rücken nun beschwerte.

"Nun, Christine wird gewusst haben, was sie tat. Ich weiß aber gerade nicht, wo sie ist. Ich denke, sie ist mit dem Hund von unseren Nachbarn unterwegs", erklärte Raik, ehe er Manuel die Tasse hinhielt. "Kaffee wirkt Wunder, wenn man eine Nacht auf dem Sofa verbringen musste. Frühstück steht in der Küche, Hannah schläft noch tief und fest... Ich denke, es ist auch besser, wenn sie sich mal ausschlafen kann und ich muss sowieso noch mit dir reden."

Zum ersten Mal fiel er ins Du, was Manuel nicht störte, im Gegenteil. Eigentlich wollte er Abstand zu dem Fall halten, zu den Menschen, die hier lebten und die in alles verwickelt waren, doch ob er sich wehrte oder nicht, Raik und die anderen wuchsen ihm ans Herz! "Danke", murmelte er leise, folgte dem Kommissar des Dorfes in die Küche, wo er sich an den gedeckten Tisch setzte. "So lässt es sich leben", meinte er lächelnd. "Bei mir zu Hause muss ich das Frühstück machen, da denkt keiner an mich." Erstaunt sah Raik ihn an, musterte ihn eingehend, während er sich eine Tasse mit Tee griff. "Single? Nun, manche Menschen sind eben mehr mit der Arbeit verheiratet. Aber eine Ehe kann auch nicht alles aushalten", murmelte er leise.

Die leeren, traurigen Augen zeigten, wie der sonst eher raue Mann sich tatsächlich fühlte. Er war nicht in der Lage zu weinen, doch man spürte deutlich, wie heftig der Tod seines Vaters ihn mitnahm. Ein paar Minuten entstand Schweigen zwischen den beiden Männern, die ungefähr in einem Alter waren und doch so unterschiedlich wie Tag und Nacht. "Und?", durchbrach Manuel das Schweigen. "Ich meine... du wolltest doch mit mir reden, oder nicht? Gut, ich kann mir denken, worum es geht. Du willst weiterhin an den Ermittlungen teilhaben und alle Ergebnisse wissen, nicht wahr?" Das war mehr als offensichtlich, sowas musste man ihm nicht auf die Nase binden.

Zustimmend nickte Raik. "Genau darum geht es und da bisher immer ein Hinweis auf Hannah und ihre Vergangenheit am Tatort war, wüsste ich gerne. was es diesmal ist", meinte er entschlossen.

Vermutlich war diese Ruhe seiner Müdigkeit geschuldet, obwohl man sich bei Raik nie sicher sein konnte. Und nordischen Typen wie ihm, sagte man generell nach, nicht sonderlich emotional zu sein. Im ersten Moment war Manuel erstaunt, wie sachlich Raik mit dem Tod seines Vaters umging, doch er schob es auf den Schock und die Unfähigkeit, damit umzugehen. "Nun, ich habe mir natürlich den Tatort und auch das

Opfer sehr genau angesehen, tatsächlich konnte ich etwas finden, auch wenn ich noch immer nicht weiß... wie das dorthin kam." Ohne eine weitere Erklärung erhob er sich, verschwand kurz an seinem Wagen und kam mit einem kleinen Plastikbeutel wieder.

Raik nahm ihm diesen ab, blinzelte verstört und war unfähig, passende Worte zu finden. "Das habt ihr bei meinem Vater gefunden?", murmelte er leise und drehte die Tüte in seinen Händen. Manuel nickte schweigsam, setzte sich dann aber wieder. "Kannst du etwas damit anfangen?"

Damit anfangen?

Wie sollte er denn mit sowas etwas anfangen? "Das ist... das wonach es aussieht, oder?", murmelte Raik leise, drehte die Tüte ein weiteres Mal und hielt sie gegen das Sonnenlicht, welches immer stärker und kräftiger den Morgennebel vor dem Haus verscheuchte. Zustimmend nickte Manuel. "Ja, es ist das, wonach es aussieht, nämlich ein Damenslip. Offenbar... nun ich würde fast raten, er stammt aus einer Vergewaltigung, siehst du? Er ist total zerrissen."

Im ersten Moment schnappte Raik wie ein Fisch auf dem Trockenen nach Luft, denn die Spuren sah er sehr deutlich. "Hmm...", gab er als Einziges von sich, unfähig irgendetwas Gescheites dazu zu sagen. Manuel nahm ihm den Slip wieder ab und ließ ihn in seiner Tasche verschwinden. "Ich denke, vor den Damen sollten wir das nicht unbedingt breit treten... die stehen sowieso schon unter Schock, ich habe mich gestern lange mit Christine unterhalten. Ich denke, auch wenn ich das ungerne sage, sie weiß etwas." Erstaunt sah Raik ihn an, schüttelte dabei aber den Kopf. "Christine weiß nichts, ich kann mir nicht vorstellen, dass meine Frau in der Sache drinsteckt. Warum... also ich meine, ihr Vater hat Hannah damals nach Hannover gebracht, warum auch immer. Vor ein paar Monaten ist ihre Mutter verstorben, zu ihrem Vater hat sie schon seit Jahren keinen Kontakt mehr... ich bin mir sicher, sie weiß von nichts."

Doch Manuel ahnte, dass sein Kollege seine Frau unterschätzte. "Ich denke, du solltest selbst mal mit ihr über den Fall reden. Du bist ihr Ehemann, dir vertraut sie wohl mehr." Dieser Kommentar entlockte Raik jedoch nur ein trockenes Lachen. "Nein, bestimmt nicht... sie hat keinerlei Vertrauen mehr in mich, aber wenn ich sie mit dir sehe, denke ich schon, dass sie mit dir reden könnte. Kannst du nicht selbst versuchen, mehr herauszubekommen? Dir öffnet sie sich vielleicht, mir hat sich meine Frau schon vor Jahren verschlossen." Und das so fest, dass sie selbst in diesem Fall kein Vertrauen zu ihm fassen würde. Frustrierend, auch für ihn, aber leider Realität. Manuel sah erstaunt zu ihm, doch darüber wollte Raik nicht weiter sprechen und er winkte nur ab. Jedem seine Lebensgeschichte auf die Nase zu binden, war nicht seine Art.

"Christine mag dich", murmelte er mit zitternder Stimme, für Raik war es nicht einfach.

Er sah, wie seine Frau ihm aus den Händen glitt, direkt in die Arme eines Anderen. Sowas war ihm etwas zu erschreckend, doch wenn er damit den Fall löste, musste er das hinnehmen.

Seufzend erhob sich Manuel, nahm einen weiteren tiefen Schluck des Kaffees und nickte. "Gut, ich werde sie suchen gehen und mit ihr sprechen, kannst du den Slip ins Labor bringen? Wir müssen ihn genau untersuchen lassen, vermutlich gibt es Spuren daran." Spuren, die schon 20 Jahre alt waren und bisher versteckt schlummerten. "Wenn der Slip nicht sicher verwahrt wurde, sind da überhaupt keine Spuren mehr dran", beschwerte sich der Kommissar leise, während er mit fahrigen Händen in seiner Hemdtasche nach den Zigaretten suchte.

Wieder zögerte Manuel, sollte er über alles mit Raik reden? "Nun... ich denke da hast du Recht, ich stimme dir vollkommen zu. Allerdings ist die Plastiktüte nicht von uns, sondern wir haben sie genau so gefunden. Sie lag unter dem Rollstuhl deines Vaters, was auch immer man damit sagen wollte. Alles an diesem Fall ist ein Rätsel. Wo man etwas findet, was man findet, alles ergibt am Ende ein großes Bild, wir bekommen nur Puzzleteile zugeworfen! Also müssen wir jetzt auch über den Slip nachdenken und warum er unter dem Rollstuhl lag, als wollte man ihn doch verstecken. Ich bin mir sicher, der Täter wollte, dass der Slip gefunden wird. Warum legt er ihn also unter diesen Rollstuhl, als wolle er ihn doch noch verstecken? Das ist das Rätsel, um das sich jetzt jemand kümmern sollte, nicht wahr?"

Schweigend sah Raik ihm nach, während er den Slip musterte. Warum jemand so etwas drapierte? Er hatte die Tatorte nicht als Gesamtwerk gesehen, immer nur als einzelnen Fall, vermutlich lag dort sein Fehler. Einer, den man in seinen Augen wieder gut machen konnte. Darum griff er die Tasche, schrieb Hannah schnell eine Nachricht und verschwand zum Wagen. Jetzt war es für ihn besonders wichtig, zum Büro zu kommen und ein weiteres Mal alles zusammenzusetzen, was bisher gefunden worden war. Mit dem Slip musste er ebenfalls zum Labor, darum wollte er erst dort hinfahren und am Ende dann ins Büro. Es gab viel zu tun und Raik hatte nicht vor, sich aufhalten zu lassen!

Ihre Atmung brannte wie Feuer, sie war gegangen, so weit gelaufen, wie ihre Füße sie trugen. Jetzt machten ihre Lungen schlapp, sie stützte sich mit den Händen an den Knien ab, um so etwas besser zu atmen. Der Hund zu ihren Füßen sah sie schwanzwedelnd an, ihr hatte das kleine Wettrennen offenbar Spaß gemacht. "Okay, ich gebe mich geschlagen", meinte Christine lächelnd, schnappte dabei noch immer etwas nach Luft, streckte sich aber bald darauf.

Die kühle Morgenluft tat gut, die Sonne ließ den ersten Frost auf den Blättern der Bäume glitzern und die Tautropfen fielen von den Büschen.

Kälte kroch in die warme Kleidung der jungen Frau, der Schweiß über die Stirn lief.

Würde sie noch lange an der kalten Luft bleiben, holte sie sich eine Erkältung, doch es tat so gut zu laufen, zu rennen und alles hinter sich zu lassen. Weglaufen, wie oft hatte Christine schon darüber nachgedacht. Wie oft spielte sie mit dem Gedanken, ihre Sachen zu packen und zu verschwinden. Weit, weit weg von hier, wo sie niemand kannte und wo ihre Vergangenheit keine Rolle mehr spielte. Tränen brannten in den Augen der jungen Frau, langsam wuchs ihr alles über den Kopf. Die Einsamkeit war wie die Kälte, ein unbarmherziger Eindringling, der vor nichts und niemandem Halt machte. Sie breitete sich auf der Haut aus, befiel sie wie eine Krankheit und kroch dann tief in ihr Herz, wo sie sich festsetzte und einnistete. Manchmal kam sich Christine vor, wie ein kaltes Monster, unfähig die Gefühle zu empfinden, die sie spüren sollte, die man von ihr erwartete ... war sie einfach krank?

Erschöpft und müde schlossen sich ihre Augen für einen Moment, doch Entspannung fand sie dadurch nicht. Zu viel geschah in der letzten Zeit, zu viele Fragen stellten sich ihr immer wieder.

"Unsere Unterhaltung gestern Abend", hörte Christine eine Stimme hinter sich und erstaunt drehte sie sich um. "Ja?", fragte sie erschöpft nach. Noch immer pumpte ihr Herz so laut, dass Blut in ihren Ohren rauschte. Langsam kam Manuel näher, den Blick weiterhin fest auf Christine gerichtet. "Ich fand es... interessant", meinte er schmunzelnd, die Hände tief in die Hosentaschen vergraben.

Was war denn daran interessant? "Ich habe nur Fragen gestellt", murmelte Christine leise, die Situation war ihr unangenehm. Zustimmend nickte Manuel, während er näherkam und sich neben sie stellte, den Blick auf den Hund gerichtet, der aufgeregt an ihm schnupperte. "Stimmt, aber die Art der Fragen hat mich fasziniert.

Eigentlich sollte ich dich verhören und nicht umgekehrt." Was ihm natürlich überhaupt nicht gefiel. Seufzend sah Christine in die Sonne, die zu dieser Jahreszeit so wenig Kraft besaß wie sie selbst. "Ich möchte auch manche Dinge wissen und Raik redet nicht mit mir und das, wo ich doch genauso sehr in die Sache verstrickt bin wie er! Es ist einfach unfair... er kann doch nicht alles vor mir geheim halten." Mittlerweile steckte sie selbst erschreckend tief in der Sache drin, was dachte Raik denn, wer sie war? Hatte sie nicht ebenso ein Recht, alles zu erfahren? Misstrauisch sah Manuel sie an, die Hände in den Hosentaschen zu Fäusten geballt. Warum vertraute er ihr nicht?

"Nun... natürlich hast du auch das Recht, vieles zu erfahren, immerhin hat dein Vater Hannah damals nach Hannover gefahren, warum also? Kannte er sie?" Endlich kam er zurück in die Rolle, in die er gehörte, nämlich Fragen zu stellen. Christine zuckte mit den Schultern. Ihre Eltern hatten ihr damals verboten, mit Hannah befreundet zu sein, dabei gingen sie zusammen zur Schule und Christine fand das schüchterne Mädchen sympathisch.

"Soweit ich weiß nicht, aber langsam frage ich mich, was ich schon weiß. Schon damals habe ich gespürt, dass man etwas geheim halten wollte, meine Mutter veränderte sich, mein Vater wurde streng und verbohrt... ich weiß auch nicht... Alles, was ich weiß, ist die Tatsache, dass damals alles zusammengebrochen ist. Meine ganze Familie hat sich verändert."

Erstaunt sah Manuel sie an, überlegte einen Moment, ehe er seufzte. "Christine, ich weiß, dass du mehr weißt... irgendwas weißt du, auch wenn du es noch nicht sagen willst. Aber ich spüre, dass da mehr ist! Und ich erwarte von dir, dass du mit mir sprichst! Ich will dir nicht drohen und ich will dir auch nicht zu nahetreten, aber wenn da irgendwas ist, dann rede mit mir! Du weißt irgendwas, ich spüre das."

Und er musste erfahren, was es war! Dieser Fall raubte ihm mehr und mehr die Nerven, was versteckten die Dorfbewohner alles?

Routinemäßig suchte Manuel in seiner Hose nach den Zigaretten, ehe er genervt aufstöhnte, weil er die woanders liegen gelassen hatte. Doch bei Christine erweckte das Misstrauen und sie musterte ihn etwas. "Seit wann rauchst du denn?"

Kapitel 20

Als Hannah aufwachte, war sie vollkommen allein. Erstaunt drehte sie eine Runde in dem Haus, welches jetzt noch stiller wirkte als sonst. Da sie nicht wusste, was sie am besten anstellte, tapste sie in die Küche, damit sie sich erst einmal einen Tee machen konnte.

Warum war hier denn niemand? Und dann klingelte es zu allem Übel auch noch an der Tür!

Zur Sicherheit brachte sie Lina ins Wohnzimmer, es gab ja Menschen, die mochten keine Hunde. Und Hannah wollte es nicht riskieren, sich wegen ihrer Hündin mit jemandem anzulegen. Natürlich passte es dem Cocker Spaniel überhaupt nicht, jetzt auf einmal im Wohnzimmer zu warten, wo sie doch die ganze Zeit über brav an der Seite ihres Frauchens gewesen war. Darum gab sie jetzt ein beleidigtes Fiepen und Quietschen von sich, doch Hannah ignorierte dies gekonnt, da penetrantes Klingeln von der Tür kam.

Bestimmt nur der Briefträger oder sowas, oder?

Nervös fuhr sich Hannah durch die Haare, doch als es erneut penetrant klingelte, entschloss sich die junge Frau, dem Störenfried klar zu erklären, dass niemand der Bewohner zu Hause war. Dennoch zitterten ihre Hände, als sie die Klinke herunterdrückte und erstaunt sah sie in das Gesicht eines alten Mannes. Der wurde kreidebleich, als er Hannah vor sich sah, wich zurück und schluckte. "Das.... das kann nicht sein", wisperte er leise, seine Stimme zitterte, ebenso wie die alten Hände.

Misstrauisch sah Hannah ihn an, ihr war klar, dass er einige unausgesprochene Dinge wusste. "Was kann nicht sein? Raik und Christine sind nicht hier, falls Sie zu ihnen wollten. Kann ich den beiden irgendwas ausrichten?" Wie unter Schock schüttelte der Mann den Kopf, packte Hannah aber plötzlich an den Schultern, rüttelte sie durch und schubste sie auf einmal energisch an die Wand. "Das kann nicht sein! Das ist nicht möglich! Du kannst nicht hier sein! Du bist tot, seit vielen Jahren, ich habe es gesehen! Wie sie dich an den Baum gehängt haben! Du bist ein Geist, ein verdammter Geist, der mich verfolgt und nicht mehr!" Hannah hielt sich den schmerzenden Kopf, unfähig zu sprechen, doch dann war ihr klar, worauf der Kerl mit der unfassbar eindringlichen Alkoholfahne vor ihr hinauswollte! Er verwechselte sie, und zwar sehr wahrscheinlich mit ihrer Mutter! "Was soll das heißen?", flüsterte sie leise, während sie sich an der Wand abstützte.

Der Mann kam auf sie zu, legte seine Hände an ihren Hals und drückte zu. "Du miese Schlampe, ich werde dich wohl nie los! Du versaust uns allen hier das ganze Leben! Keiner hier ist mehr wie früher, nur wegen dir!", schrie er sie regelrecht an. Sein muffiger Atem raubte Hannah die Sinne. Allein der Alkoholgeruch aus seinem Mund reichte aus, damit ihr schwindelig wurde. Verzweifelt versuchte die junge Frau die Hände von ihrem Hals zu lösen, krallte sich in den erstaunlich muskulösen Arm, in der Hoffnung ihren Angreifer loszuwerden. Doch der Griff wurde mit jedem Versuch sich zu wehren nur fester.

Langsam wurde Hannah schwindelig, die Welt um sie herum verschwamm vor ihren Augen. Wie durch dicken Nebel hörte sie das verzweifelte Bellen ihrer Hündin, die an der Tür kratzte und zwischen wütend und verängstigt hin und her wechselte. Warum hatte Hannah sie nur eingesperrt? Wäre sie jetzt hier, hätte sie ihr Frauchen garantiert verteidigt, doch so war sie nur eine lautstarke Hintergrundbeschallung.

"Ich habe gedacht, ich wäre dich los", knurrte er leise. "Ich dachte, du würdest unser verdammtes Dorf niemals wieder in Schwierigkeiten bringen! Aber ich habe dich gesehen! Ich habe gesehen, wie du aus deinem verfluchten Grab gestiegen bist, wie du auf dem Friedhof herumgelaufen bist! Du bist wohl direkt aus der Hölle zurückgekommen, was? Du dumme Schlampe, wärst du doch nur geblieben, wo du warst, dann müssten wir dich nicht noch einmal töten!"

Obwohl man ihr gerade den Sauerstoff abschnürte, war Hannah durchaus in der Lage, das, was sie hörte, in ihrem Kopf zusammen zu setzen. Der Kerl hier meinte nicht sie, sondern ihre Mutter! Offenbar war er zu betrunken, um eins und eins zusammenzählen zu können, doch das war ihr vollkommen egal! Was er da von sich gab, war doch eindeutig ein Geständnis! Dieser Mann hatte den Mord an ihrer Mutter gesehen, war vermutlich sogar daran beteiligt gewesen und jetzt sah er in ihr jene Frau wieder!

Hannah wusste nicht, ob sie einem ihrer Elternteile ähnlich war, doch so fest wie die Finger sich um ihren Hals legten, so fest wie sie zudrückten, wie ihre Lungen nach Luft schrien, ahnte sie, dass sie beide schneller kennenlernen würde, als ihr lieb war. Mit letzter Kraft gab sie sich ein weiteres Mal Mühe, die Hände von ihrem Hals zu lösen, doch ihr Körper war mittlerweile zu geschwächt. Erschöpft sackte sie in den Armen zusammen, sie spürte ihren Körper kaum noch und langsam gab ihr Bewusstsein ebenfalls nach.

Eine warme Dunkelheit nahm sie gefangen, als sie in den Armen des Fremden zusammensackte. Nur durch dichten Nebel nahm sie dessen Aufschrei noch wahr, was dieser aber zu bedeuten hatte, konnte sie schon gar nicht mehr sagen.

Raik war nur so schnell zurückgekommen, weil er seine Zigaretten auf dem Küchentisch vergessen hatte und diese brauchte. Schon auf dem Weg zum Haus war ihm aufgefallen, wie laut und wütend Lina bellte, was ihm sofort ein bedrückendes Gefühl gab.

Diese Hitzeschauer, die einen erfassten, wenn einem klar wurde, dass etwas Furchtbares im Gange war, ohne zu wissen, was genau es war. Was er sah, als er das Haus betrat, glaubte er im ersten Moment gar nicht! Sein Nachbar stand in der Tür, drückte Hannah an die Wand und versuchte, sie mit bloßen Händen zu erwürgen!

Aus reinem Reflex hatte er seine Waffe genommen und dem offensichtlich total betrunkenen Mann damit einen Schlag in den Nacken verpasst. Seine Handschellen klickten schneller als bei jedem anderen Täter vorher, selbst wenn Raik noch immer nicht verstand, was er eben gesehen hatte. "Kannst du mir mal sagen was das sollte, Klaas?! Warum gehst du auf Hannah los? Sie ist mein Gast und kein Einbrecher! Wie betrunken bist du denn schon wieder?" Was stimmte denn nur mit diesem Kerl nicht? Klaas starrte die bewusstlose Frau an, mit einem Ausdruck in den Augen, der Raik Angst einjagte. Obwohl sein Nachbar schon ein Problem mit Alkohol hatte, war der Auftritt hier etwas übertrieben. "Klaas, beruhig dich jetzt bitte und erklär mir was das soll!"

Der Puls des Betrunkenen raste und er brauchte einige Zeit, um in Worte zu fassen, was er dort vor sich sah, was mit ihm geschehen war und was diese Frau in ihm auslöste. "Sie heißt doch nicht Hannah", flüsterte er leise, die Augen weit aufgerissen und offensichtlich unter Schock stehend. "Sie war auf dem Friedhof, ich habe sie dort gesehen! Sie ist aus ihrem Grab gestiegen, um sich an uns zu rächen, ganz bestimmt! Sie will sich an uns allen rächen, für das was wir ihr angetan haben! Wir alle mussten doch wissen, dass es irgendwann so kommen würde! Sie musste zurück kommen..., um uns alle zu bestrafen..."

Wie besessen wippte er nach vorn und nach hinten, den Blick starr auf den Boden gerichtet. Skeptisch zog Raik seine Augenbrauen zusammen, doch jetzt musste er sich erst einmal um Hannah kümmern. Besorgt kniete er sich zu der jungen Frau, hob sie an und schlug ihr mehrfach sanft auf die Wangen, um sie zu wecken. Es dauerte einen Moment, bis sie ihre Augen wieder öffnete und verstört zu Raik sah, der erleichtert aufatmete. "Da bist du ja wieder, wie geht es dir? Willst du was trinken?" Die roten Male an ihrem Hals ließen ihm Schauer über den Rücken laufen, denn ihm gefiel das nicht. Er war nur ein paar Minuten weg und schon stürzte sich jemand auf Hannah und versuchte sie aus irgendwelchen dämlichen Gründen zu töten?

Um die beiden erst einmal zu trennen, packte er Klaas vom Boden und brachte ihn in seinen Wagen, den er sicher abschloss, damit der besoffene Kerl nicht doch auf die Idee kam, wieder zu flüchten. Danach kehrte er zu Hannah zurück und musterte sie. "Möchtest du zu einem Arzt? Du siehst nicht gut aus, bist total blass und... die Striemen an deinem Hals gefallen mir auch nicht." Doch Hannah schüttelte stur den Kopf. "Nein", krächzte die junge Frau leise, saß dabei auf dem Boden und stemmte sich mit den Händen angestrengt hoch.

"Ich will zu keinem Arzt, aber was zu trinken könnte ich brauchen." In ihrer Stimme hörte man ein Zittern, darum sorgte sich Raik stärker um sie als ohnehin schon.

Um sie zu stützen, legte er seine Arme um ihre Hüfte und führte sie in die Küche. Aus dem Schrank nahm er ein Glas, goss Wasser hinein und stellte es Hannah vor die Nase. "Hier, trink erst einmal was und dann erzählst du mir, was hier überhaupt los war! Warum ist unser Nachbar denn auf einmal auf dich losgegangen? Er ist eigentlich total friedlich, ich habe ihn noch nie aggressiv erlebt und das hier kann man schon als Mordversuch durchgehen lassen. War er es auch, der dich auf dem Friedhof angegriffen hat? Er erwähnte sowas." So viele Fragen schossen ihm durch den Kopf, doch man sah Hannah deutlich an, dass sie kaum in der Lage war, ihm zu antworten. Gierig trank sie das Glas leer, hielt sich aber weiterhin daran fest. "Ich denke schon, genau erkannt habe ich ihn ja nicht, aber als er... versucht hat mich zu töten, da erwähnte er, dass er mich auf dem Friedhof gesehen hätte."

Seufzend schüttelte Raik den Kopf. "Ich begreife das alles nicht", murrte er leise. "Aber ich denke, jetzt haben wir endlich jemanden, der uns ein paar Antworten geben kann! Erst einmal muss er nüchtern werden, darum werde ich ihn mit aufs Präsidium nehmen und ihn in eine der Ausnüchterungszellen sperren... wenn er wieder nüchtern ist, werde ich mich mit ihm unterhalten. Willst du dich hinlegen? Du musst dich jetzt ausruhen." Er ließ Hannah im Grunde gar nicht richtig zu Wort kommen. Ob er das mit Absicht machte, weil er nicht hören wollte, was sie zu sagen hatte, wusste er gar nicht so genau. Irgendetwas in ihm sträubte sich mit aller Macht dagegen, jetzt mit Hannah zu reden. "Christine kann sich um dich kümmern, wenn sie zurück ist", murmelte er leise. Die Worte seines Nachbars kreisten ihm durch den Kopf und langsam braute sich in ihm ein Szenario zusammen, welches ihm nicht gefiel, denn sein Vater war offenbar tief darin verstrickt. Erstaunt sah er Hannah an, als diese ihn aufhielt und zur Tür deutete, hinter der Lina schon die ganze Zeit verzweifelt fiepte. So war sie wenigstens nicht allein.

Als er die Tür öffnete, huschte die Hündin schnell besorgt zu ihrem Frauchen, die das fiepende Tier auf den Arm nahm und ihre Nase schluchzend in das weiche Fell drückte.

Im Präsidium stopfte Raik den Betrunkenen in eine der Ausnüchterungszellen, schloss sie dreimal ab, um sicher zu sein, dass er dort definitiv nicht rauskam, und setzte sich anschließend auf den Stuhl in seinem kleinen Büro. Er brauchte Ruhe und musste tief durchatmen, denn im Gehirn des Mannes setzte sich nach und nach eine Geschichte zusammen.

Leider eine, die ihm überhaupt nicht passte, die deswegen aber immer wahrscheinlicher wurde. Schweigend griff er nach dem Obduktionsbericht, demnach war Hannahs Mutter tot, bevor sie erhängt wurde, allein der Slip machte schon darauf aufmerksam, was dort geschehen war. Wütend warf er diese Akte einmal durch den Raum, direkt an die Wand, was Manuel zusammenzucken ließ, der in diesem Augenblick durch die Tür kam. "Was ist denn hier los?", murrte er leise und musterte Raik skeptisch. "Hast du diesen Slip ins Labor gebracht?" Seufzend schüttelte der junge Mann den Kopf, dazu war er in den letzten Minuten nicht in der Lage gewesen.

Seufzend schüttelte Manuel den Kopf. "Ich dachte, ich kann mich auf dich verlassen", beschwerte er sich leise, damit weckte er allerdings nur etwas in Raik, was er nicht erwartet hätte. "Auf mich kann man sich nicht verlassen?", knurrte der Mann dunkel, während er sich von seinem Stuhl erhob und auf Manuel zuging. "Ich habe nur was Dämliches vergessen, komme wieder nach Hause und sehe zu, wie mein Nachbar dabei ist, Hannah zu erwürgen! Es tut mir sehr leid, aber da war ich mit den Nerven ein wenig schwer zu Fuß! Und konnte mich noch nicht darum kümmern, diese verdammte Unterwäsche aus den 80ern ins Labor zu bringen! Wenn du also gerade sowieso nichts Besseres zu tun hast, dann kannst du dich gerne auf den Weg machen! Ich halte dich nicht auf, mir wäre ein Schnaps gerade nur sehr viel lieber!" Kein Wunder, das so viele Polizisten anfingen zu trinken.

Insbesondere, wenn es persönlich wurde!

Manuel schob die Hände des Kommissars weg. Es nervte ihn, so angefasst zu werden. "Nun, hättest du vorher etwas gesagt, wäre es mir erspart geblieben, dir eine Szene zu machen." Woher sollte er das denn wissen? Hellsehen war nicht seine Stärke.

Schnaubend wandte sich Raik von ihm ab, ging ans Fenster und starrte auf die Straße. Weshalb geschahen diese Sachen?

Es war so unfair! Warum passierte das alles jetzt? Als wäre seine Situation nicht schon beschissen genug, fingen die ganzen Hinweise an, Sinn zu ergeben, und sie bildeten ein Bild, von dem er nicht begeistert war.

Manuel musterte ihn misstrauisch, nahm sich den Slip und steckte ihn weg. "Gut, wenn du hier noch zu tun hast, werde ich mich mit dem Slip zum Labor machen." Er hatte das bestechende Gefühl, sonst würde Raik nie dorthin fahren, weil er ebenfalls schon anfing, die Augen zu zumachen und nichts mehr verstehen zu wollen!

Er wollte die Wahrheit nicht mehr sehen, lief mit geschlossenen Augen durch die Landschaft, weil er die Realität direkt vor sich nicht hinnehmen wollte.

Manchmal schmerzte die Wahrheit eben, so viel wusste auch Manuel schon, aber wenn man sich ihr nicht stellte, konnte sie zu einem Bumerang werden, der irgendwann zurückkam und einem den Kopf kostete!

Das erkannte man doch auch deutlich an seinem Vater! Wenn sich Raik jetzt nicht zusammenriss und damit weitermachte, womit er angefangen hatte, nämlich die Toten der Vergangenheit auszugraben, dann würde er eines Tages genauso enden. Keine Strafe blieb ungesühnt, so viel hatte Manuel in seinem Leben gelernt, hoffentlich begriff Raik das ebenfalls eines Tages.

Der musterte seinen Kollegen etwas, seufzte dann aber schwer. "Also gut, dann übernimm du das. Ich werde mit Klaas reden, wenn er wieder nüchtern ist." Am liebsten wäre es Manuel, wenn sich Raik aus der ganzen Sache raushalten würde. "Bist du dir sicher, dass du das willst?", hakte er darum nach. "Ich finde, du bist nicht mehr objektiv und ich fürchte, wenn man dir die Wahrheit auf deine Nase bindet, wirst du die Augen zumachen und sie nicht sehen wollen, da bin ich mir sicher! Es geht hier um Mord, ich bezweifle, dass es gut wäre, wenn du weiter mitarbeitest."

Wenn dabei etwas Negatives über seinen Vater herauskam, wendete sich Raik vermutlich von der Wahrheit ab, mehr als er es sowieso schon tat. Doch davon war dieser überhaupt nicht begeistert und er gab ein leises Knurren von sich. "Ich werde mich nicht zurückziehen, darüber haben wir uns schon unterhalten, wenn du dich erinnerst! Darum kannst du es vergessen, dass ich dir hier alles überlasse! Egal, was dabei rauskommt, ich will die Wahrheit wissen."

Allein schon, weil er Hannah helfen wollte und selbst wenn ihm nicht gefiel, was dabei rauskam, würde er es akzeptieren müssen. Irgendwann hatte man doch keine andere Wahl, als sich der Wahrheit endlich zu stellen!

Kapitel 21

Das Schweigen war so furchtbar, als hätte man einen tropfenden Wasserhahn im Ohr. Summend wippte Keike immer wieder von vorn nach hinten. Sie wusste nicht, was sie sagen oder mit sich anfangen sollte. Doch die Stille raubte ihr die Nerven, ließ sie nervös werden. Jedes noch so leise Geräusch ließ ihr Schauer über den Rücken laufen. Alles wirkte bedrohlich, selbst die Beine einer Spinne schien sie über die Wand krabbeln zu hören.

Ihre Vorstellungskraft fuhr Achterbahn, formte Szenarien von mehreren hundert Spinnen und Käfern um sie herum, die nur darauf warteten, dass Keike sich aufgab und hier unten starb. Doch das hatte die junge Frau nicht vor, nicht bis sie verstand, warum man sie hergebracht hatte und weshalb sie noch lebte! Was war ihr Fehler? Im Kopf versuchte sie, alles zusammenzusetzen.

Sie war an dem Abend nach Hause gekommen, im Wohnzimmer brannte Licht und sofort war Keike klar, ihr Vater war noch wach. Einen Schlüssel besaß sie zwar, doch sie nahm ihn nie mit, wenn sie ihre Eltern besuchte. Darin sah sie keinen Sinn, einer war immer zu Hause und ließ sie hinein, nur für den Notfall hatte sie einen Schlüssel. Hatte sie ihn mitgenommen? War sie mit Hilfe des Schlüssels hineingekommen, oder war die Tür offen gewesen? Verzweifelt versuchte Keike, die Erinnerungen an den grausamen Anblick ihres Vaters zu verdrängen.

Es gab einen Grund, warum man sie hierhergebracht hatte. Irgendwas musste ihr doch an dem Abend aufgefallen sein, etwas Wichtiges, was für den Mörder bedeutend zu sein schien! Wenn sie sich aber nicht einmal mehr daran erinnerte, ob sie den Schlüssel in der Tasche hatte oder ob die Tür offen war, wie sollte sie sich an so etwas Wichtiges erinnern?

Nein, kein Schlüssel, so viel war sicher ... kein Schlüssel, sie hatte ihn zu Hause gelassen, da sie vorausgesetzt hatte, ihren Vater anzutreffen. Jetzt musste sich Keike zusammenreißen, sie hörte noch immer keine Geräusche. Also war sie sicher genug, um sich darüber Gedanken zu machen, warum man sie an diesen Ort gebracht hatte. Kein Schlüssel, die Tür war offen ... sie war problemlos in das Haus ihrer Eltern gegangen, sie kannte sich aus, war hier zu Hause, sie durfte das. Kein schlechtes Gewissen, kein Gedanke daran auf die Klingel zu drücken.

Für Keike stand die Tür zu ihrem Elternhaus immer offen. Im Inneren war alles still, warum war das Wohnzimmer hell erleuchtet, aber kein Fernseher zu hören? Normalerweise sah ihr Vater um besagte Uhrzeit Nachrichten, warum lief also der Fernseher nicht?

Eine Tatsache, die ihr jetzt erst klar wurde. Erst in diesem Moment fielen Keike erstaunliche Kleinigkeiten auf! Stille, im ganzen Haus war nicht ein Laut zu hören.

Doch dann ...!

Da war irgendetwas! Da war ein Geräusch von draußen! Keike schloss ihre Augen, versuchte so erfolgreich wie möglich die Erinnerungen wach zu rufen - an dieses verdammte Geräusch! Es war da und es war so unauffällig, dass es fast verblasste, doch jetzt fiel ihr auf, wie falsch es war! Ein Auto ... ein startender Wagen, auf der Straße direkt vor dem Haus. Licht fiel durch die Flurfenster hinein, kurze Momente war sie geblendet. Eine eigentlich alltägliche Situation, niemand wunderte sich über den Wagen und doch, irgendetwas war anders daran.

Irgendwas war seltsam an diesem Fahrzeug, Keike schaffte es nur nicht zusammenzusetzen, was es war! Es war kein ... normaler Wagen. Keiner, den man überall hörte. Er klang dunkel, war laut und erschreckend schnell verschwunden. Warum war das so wichtig? Keike konnte es selbst nicht genau sagen, aber sie spürte, dieser Wagen war der Schlüssel zu allem.

Woher kam das Ding? Bildete sich Keike das nur ein, in der verzweifelten Suche nach einem Grund, warum sie hier war und wegen dem ihr Vater so grausam gestorben war?

Nur ein paar Sekunden ließ sie sich damals von dem Wagen ablenken, ehe sie das Wohnzimmer betrat und die Leiche ihres Vaters fand. Ein Anblick, den niemand in seinem Leben jemals vergessen würde, es war zu schrecklich und lenkte darum jede Aufmerksamkeit auf sich. Ein vorbeifahrender oder startender Wagen verlor sich so schnell.

Doch war da nicht noch etwas anderes? In dem Moment, als sie das kleine Haus betrat, um in Ruhe nach ihren Eltern zu sehen? Waren da nicht Schritte? Bewegungen vom Haus weg, direkt auf den Wagen zu, der kurz darauf startete? Oder drehte Keike in diesem verdammten Keller schon langsam durch?

Besorgt musterte Christine ihre Untermieterin, die weiterhin ihren Hund in den Armen hielt, ehe sie ihr einen weiteren Tee hinstellte, in den sie einen kräftigen Schluck Rum mischte. "Und du willst wirklich nicht zu einem Arzt? Unser Dorfarzt ist sehr gut, er wird dir bestimmt etwas gegen die Schmerzen verschreiben." Doch Hannah schüttelte nur den Kopf. Alles, was sie wollte, war die Wahrheit zu wissen und endlich dieses Puzzle zusammenzusetzen, was der Mann ihr an den Kopf geworfen hatte. "Sie haben meine Mutter getötet, auch wenn ich immer noch nicht weiß, warum oder wieso. Er hat mich mit ihr verwechselt, ich muss ihr wohl sehr ähnlich sein." Ob das ein Kompliment war oder nicht, konnte Hannah nicht genau sagen.

Es erfüllte sie auf eine Art mit Stolz, endlich wusste sie, dass sie etwas von ihren Eltern in sich trug. Doch diese Frau war ihr weiterhin fremd, darum fühlte es sich seltsam an für Hannah.

Seufzend setzte sich Christine zu ihr, nahm die Hand der jungen Frau und drückte diese sanft. Was um alles in der Welt sagte man in so einer Situation? Doch dann fiel ihr etwas ein, nämlich die kleine Schatulle, die sie im Zimmer von Hannahs Eltern gefunden hatten. "Wir haben immer noch diese unscheinbare Schatzkiste. Es tut mir leid, die ist total untergegangen durch das ganze Chaos mit Raiks Vater. Daher kam ich nicht dazu, ihn zu fragen, ob er sie öffnen kann. Vielleicht kriegen wir das aber auch alleine hin?"

Stimmt, selbst Hannah hatte diese metallene Box vollkommen verdrängt. Es war ihr nicht mehr wichtig gewesen, doch jetzt kam wieder Neugier in ihr hoch.

War darin eventuell alles verschlossen? War in dieser Büchse der Pandora etwas eingesperrt, was für sie jetzt wichtig war? War es möglich, dass ihre Eltern dort drin alle Antworten vor der Welt und vor ihr verborgen hatten?

Nein, sie durfte sich nicht zu viel Hoffnung einreden. Am Ende lagen darin nur alte Dokumente und Fotos, die keinerlei Belang hatten. "Meinst du, wir kriegen die Box auf? Sie ist gut verschlossen, dafür brauchen wir schon sowas wie einen Bolzenschneider, oder nicht?" Zustimmend nickte Christine, ehe sie überlegte. "Ich müsste in der Garage nachsehen, keine Ahnung, ob Raik sowas hat."

Einen ihrer Nachbarn zu fragen, war in diesem Moment nicht möglich, wegen dem einen war mehr als genug geschehen. "Warte hier auf mich, ich bin gleich wieder zurück. Und wenn ich eine von meinen Haarnadeln nehmen muss, sowas soll ja auch gehen, jedenfalls in Filmen. Vielleicht mache ich mich ja ganz gut als Einbrecherin!" Zwinkernd sah sie zu Hannah, die wie ein Häuflein Elend einsam und verloren auf dem Stuhl saß und die kleine Schatulle aus Eisen anstarrte, als würde sie mit ihren Blicken alles öffnen und jedes unscheinbare Geheimnis enthüllen können. In den Armen hielt sie Lina, von der sie sich überhaupt nicht trennen mochte. Sie krallte sich an das Tier, welches dies aber mit engelsgleicher Geduld ertrug und immer mal wieder über die Wangen seines Frauchens leckte.

Je länger sich Christine das ansah, umso mehr sorgte sie sich um Hannah. Diese ganze Sache nahm sie vermutlich schrecklich mit und verunsicherte die junge Frau. Wie es sich für sie wohl anfühlte, wenn sie die Menschen, die ihr am meisten bedeuten sollten, überhaupt nicht kennen würde?

"Kann ich dich hier für ein paar Minuten alleine lassen?", flüsterte sie darum leise und lächelnd nickte Hannah. "Mach dir keine Sorgen, ich werde schon nichts anstellen und ganz alleine bin ich ja nicht." Da war sich Christine zwar nicht so sicher, doch sie hatte keine andere Wahl, wenn sie in der Garage nachsehen wollte.

Ein paar Sekunden sah sie Hannah an, dann verschwand sie aus der Küche und ließ ihre Freundin zurück.

Obwohl die zwei sich so viele Jahren nicht sehen konnten, Hannah offenbar nicht einmal mehr wusste, wer sie war, fühlte sich Christine wie ihre beste und einzige Freundin. Jemand, der endlich mehr Probleme aufwies als sie selbst und damit genauso klarkommen musste. Jemand, der sie aus tiefstem Herzen brauchte, sich auf sie verließ und nicht nur darauf, dass sie das Abendessen pünktlich auf den Tisch stellte und die guten Hemden gebügelt in den Schrank hängte.

Nichts gegen Raik, immerhin war er ihr Mann und sie hatten sich früher einmal geliebt, doch er brauchte sie nicht. Wenn Christine ehrlich war, brauchte sie hier niemand. Ob sie da war oder nicht, war für keinen entscheidend. Nur für Hannah war es in diesem Moment wichtig, denn sie war sonst so hilflos wie ein neugeborenes Baby.

Vielleicht hing Christine darum zurzeit so an ihr, sie wusste es nicht. Sie alleinzulassen, wie alle anderen im Dorf, kam für Christine auf jeden Fall nicht in Frage, selbst wenn es nur aus egoistischen Gründen war.

Schweigend saß Manuel hinter dem Steuer seines Wagens, den er kurz darauf vor einem eckigen Kasten parke. Genervt fuhr er sich durch die Haare und starrte auf den Slip, der fast anklagend auf dem Beifahrersitz seines Wagens lag. Regelrecht beleidigt starrte er das Unterwäschestück an. Es wunderte ihn doch stark, wie sehr manche Leute Tatsachen ignorieren konnten. Kein Mensch der Welt, im Vollbesitz seiner geistigen Fähigkeiten, konnte nicht erkennen, was hier gelaufen war. Doch die meisten Leute bauten sich erfolgreich eine gewisse Traumwelt auf, in der alles rosarot war und in der einem niemand etwas antat.

Diese Welt wollte er zerstören.

Von der heilen, rosigen Welt hielt Manuel nichts, denn sie zerbrach früher oder später in tausend Einzelteile. Etwas, was er selbst mehr als einmal hatte erfahren müssen. Erstaunt griff er in seine Hemdtasche, als sein Handy sich energisch meldete. Hielt man ihn schon wieder davon ab, Tatsachen zu schaffen?! Das konnte doch nicht deren Ernst sein!

"Was?", schnauzte er den Anrufer darum an, wurde dann aber sofort wieder freundlicher, als er bemerkte, wen er dort am Telefon hatte. "Wie läuft es? Kannst du den Fall lösen?", kam eine sehr einfühlsame, entspannte Stimme aus dem Handy und sofort wurde Manuel stiller. "Es ist schwer. Man bekommt immer mal wieder einen Brocken hingeworfen, aber keine richtigen Lösungen und ist man mal an einen Punkt angekommen, an dem es weh tut, und bohrt etwas nach, schreien die Leute gleich rum, man soll die Finger davonlassen und aufhören. Dabei muss man doch gerade da mal tiefer gehen, wo es eben schmerzt." Diese Einstellung vertrat er nachdrücklich und stellte das durch seine Stimmlage klar.

Sein Blick wanderte zu den Zigaretten, die neben dem Slip lagen, doch er entschied sich dagegen und widmete sich lieber dem Anrufer. "Ich habe aber auch gerade nicht sonderlich viel Zeit. Wir haben ein paar Indizien, die wir näher untersuchen müssen, daher kann ich mich auch nicht lange mit dir hier unterhalten. Willst du sonst noch was?" Der Anruf kam für ihn unpassend, aber damit musste er jetzt klarkommen und die bekannte Stimme zu hören, tat auf der anderen Seite auch sehr gut.

Es machte ihm wieder Mut weiterzumachen und gab ihm einen Kraftschub. "Du weißt schon, was du tust. Gib nicht auf, du bist der einzige, den ich darum bitten konnte. Und ich weiß, dass ich es niemandem so anvertrauen kann, wie dir."

Bloß keinen Druck machen, schoss es Manuel durch den Kopf. Für ihn war die Sache so doch schon schwer genug. "Wir werden sehen", murrte er leise und legte sofort auf, ohne weiter mit dem Mann zu sprechen.

Informationen konnte und wollte er in diesem Moment noch nicht an ihn herausgeben, weil er selbst zu wenig wusste. "Also gut, regen wir uns nicht mehr darüber auf, machen wir unseren Job", murmelte Manuel leise und fuhr sich etwas durch die Haare. Tief durchatmen, den Wagen verlassen und das Offensichtliche noch einmal auf Papier holen. Es war wichtig, schwarz auf weiß zu sehen, was sich im Kopf eines jeden Beteiligten bereits breitmachte.

Vermutlich brauchten Menschen einmal klare Fakten, um Dinge zu akzeptieren. Manuel wusste, wie schwer es war - insbesondere bei Familienangehörigen - eine dunkle Seite hinzunehmen. Doch sie war da, in jedem Menschen und man musste auch diese begreifen und annehmen. Keine leichte Aufgabe. Trotzdem fragte sich der junge Mann manchmal schon, was in Raik vor sich ging, wie er zu seinem Vater stand und was in dessen Kopf vor sich gegangen war. Wie konnte man so stur sein? So an einem Bild festhalten, welches gerade anfing zu bröckeln? Auf der anderen Seite fühlte es sich furchtbar für diesen gestandenen Mann an, die Welt, in der man lebte, zerbrechen zu sehen. Für Manuel war das schwer zu begreifen und anstrengend zu verstehen. Seine Welt war vermutlich nicht so, wie man es sich vorstellte, nicht so bunt und voller fremder Leute, wie die von Raik, aber sie stand felsenfest in engen, strukturierten Fugen, die nichts und niemand erschüttern konnte. Darum machte er sich vor den Ergebnissen keinerlei Gedanken, denn er wusste, was herauskam und was das für jeden von ihnen bedeutete.

Als hätte Raik nicht schon genug Probleme, verstand es Manuel sehr gut, seine Welt mit erstaunlicher Macht aus den Angeln zu reißen. Warum er dabei so eine diebische Freude verspürte, konnte er weder sich, noch jemand anderem erklären.

Kapitel 22

Eine unscheinbare, kleine Schatulle aus Metall, in der vermutlich so viele wichtige Dinge versteckt waren. Sanft drückte Hannah die kleine Hündin an sich, setzte sie dann aber auf den Boden und griff nach dem kühlen Ding. Was war darin verborgen? Was um alles in der Welt versteckten Menschen in so einer Schatulle? Sie war nicht groß, sie war nicht stabil und man konnte bestimmt nicht viel darin verstecken.

Immer wieder glitt Hannah mit den Fingerspitzen darüber, während sie im Kopf durchging, was sie schon alles erfahren hatte. Eigentlich kaum etwas ... ihre Erinnerungen waren noch genauso weit weg, wie zu Beginn ihrer Reise. Darum war sie auch unglaublich verunsichert, als Christine mit einem Bolzenschneider wiederkam und strahlte. "Guck mal! Wir kriegen die auf jeden Fall auf, selbst wenn es mit roher Gewalt sein muss." Sanft glitten Christines Finger durch das weiche Fell des Hundes, der neugierig zu ihr kam und jedes Mal neu an ihr schnupperte. Doch als sie den Blick von Hannah bemerkte, wich ihre Euphorie ein wenig. "Was ist denn los?", murmelte sie leise. "Geht es dir doch wieder schlechter? Ich bin sowieso der Meinung, dass du zu einem Arzt solltest oder gleich ins Krankenhaus. Dort würde man dich einmal durchchecken und um Lina kümmere ich mich, das solltest du doch wissen."

Wieder schüttelte Hannah den Kopf, denn Krankenhaus war für sie absolut keine Alternative. Sie hasste diese Gebäude, besonders weil sie viel zu viel Zeit dort verbrachte.

"Ich gehe erst ins Krankenhaus, wenn ich den Kopf unter dem Arm trage", murrte sie leise und Christine setzte sich lächelnd zu ihr. "Du hast nicht die besten Erfahrungen mit Krankenhäusern gemacht, was?" Sofort schüttelte Hannah den Kopf und schob die Schatulle von sich, die sie die ganze Zeit über angestarrt hatte, als würden ihr die Erinnerungen gleich entgegenspringen, die darin verborgen waren.

Christine lächelte, entschloss sich dann aber doch erst einmal, zu warten. Darum legte sie das riesige Ding zur Seite und lehnte sich zurück. "Du erinnerst dich tatsächlich nicht mehr an deine Kindheit, kann das sein?", flüsterte sie leise. Fragend sah Hannah sie an, denn die Antwort sollte Christine doch kennen. Diese atmete durch und sah aus dem Fenster. "Wir waren damals mal sehr gute Freundinnen. Nun..., wenn man das so nennen will. Heimlich haben wir manchmal miteinander gespielt und ich fand dich auch immer sehr nett, aber komischerweise wollte nie jemand, dass man mit dir spielt. Ich frage mich, was die Leute im Dorf gegen dich und deine Eltern hatten, ich fand sie immer sehr nett und freundlich. Sie würden niemals jemandem etwas tun, darum begreife ich nicht, warum alle so gegen sie waren. Aber... als deine Mutter damals starb und dein Vater verschwand, da haben die Leute sehr über die beiden geredet. Ich habe das alles damals nicht verstanden, ich war ja noch ein Kind..., wenn ich mich doch nur an irgendwas erinnern könnte! Vielleicht hätte ich dir dann viel mehr helfen können."

Erstaunt sah die junge Frau sie an, die ihr gegenübersaß und weiterhin gedankenverloren an der Schatulle herumspielte. "Wir waren Freunde?", murmelte sie leise und Christine spürte, wie wichtig ihr diese Erkenntnis war. Sollte sie von der Freundschaft mit Raik berichten? Man sah doch, wie entscheidend es für sie war, Freunde zu haben, nur saß doch tief in ihrem Herzen ein Stachel. Ein unfassbar gemeiner Dorn, der bohrte und störte, darum hielt Christine den Mund. Sollte Raik das doch bitte selbst klären, denn offenbar hatte der kein Wort darüber verloren.

Er hatte wohl seine Gründe, denen wollte sie nicht vorgreifen. Verstehen konnte es Christine nicht, doch als sie sah, wie Tränen über die Wangen ihrer Freundin liefen, nahm sie Hannah fest in den Arm und zog sie an sich. Sie sah so hilflos aus, wie sich Christine manchmal fühlte, vielleicht spürte Christine aus diesen Gründen auch so eine Verbundenheit zu ihr. Stärker als schon als Kind.

Es gab wohl Bindungen, die nichts zerstörte. Und das beruhigte die Blondine doch sehr. Es war ein beruhigendes Gefühl, Hannah bei sich zu haben. Zum ersten Mal seit langem fühlte sich Christine wieder so, als hätte sie eine Freundin.

Da es wohl dauerte bis Klaas aus dem Alkoholkoma wieder erwachte, beschloss Raik, nach seiner Mutter zu sehen. Die Arme saß jetzt allein zu Hause, denn nachdem man sie im Krankenhaus untersucht hatte und keinerlei körperliche Schäden feststellen konnte, ließ sich diese sture Frau wieder nach Hause entlassen.

Raik sorgte sich doch, denn selbst wenn sein Vater ein Tyrann war, liebte seine Mutter ihn und seit so vielen Jahren waren die beiden unzertrennlich. Dass jetzt so ein Cut kam und sie allein sein sollte, beunruhigte den jungen Kommissar unwahrscheinlich.

Nachdrücklich klingelte er bei seiner Mutter, auch wenn es mitten in der Nacht war und die Nachbarn sich garantiert wunderten, aber es war keine Überraschung, dass seine Mutter noch wach war. "Raik...", flüsterte sie leise, als sie Tür öffnete und ließ ihren Sohn mit traurigem Lächeln hinein. Sofort war ihrem Sohn klar, dass sie noch nicht ein Auge zugemacht haben musste. Die dunklen Ringe unter ihren Augen sprachen Bände und die Trauer, die in ihnen zu lesen war, steckte ihn beinahe an.

Zeit und Ruhe, um seinen Vater zu betrauern, war für Raik nicht zu finden. Mit Absicht warf er sich in die Arbeit, um sich abzulenken und nicht darüber nachdenken zu müssen, dass sein Vater eines der Opfer war. Kamen da noch mehr? War es jetzt vorbei? Konnte er diesen Fall jemals abschließen?

Die Frage, wie seine Mutter sich fühlte, ersparte sich Raik, denn man sah deutlich, wie furchtbar die Witwe litt. "Kannst du auch nicht schlafen?", flüsterte Karin leise und ihre Stimme zitterte. Sie war kurz davor, in Tränen auszubrechen, was ihr Sohn gut verstehen konnte und stützend nahm er sie in den Arm.

Es war so schwer, die richtigen Worte zu finden, selbst für ihn! "Mama... ich mache mir Sorgen. Du bist hier so alleine, willst du nicht lieber mit zu mir und Christine kommen? Dort wärst du nicht auf dich gestellt... Ich mache mir Sorgen um dich."

Doch stur wie seine Mutter sein konnte, schüttelte sie den Kopf. "Nein Raik, ich bin eine erwachsene Frau und dein Vater war krank. Früher oder später wäre diese Situation sowieso aufgetreten... Natürlich tut es weh, loszulassen. Es wird mich noch lange begleiten, aber ich werde es akzeptieren. Du musst mir nur versprechen, diesen Mörder unter allen Umständen zu suchen!" Doch egal, wie eindringlich seine Mutter versuchte stark zu sein und sicher zu klingen, ihre Stimme zitterte und versagte beim letzten Satz fast vollkommen.

Beruhigend drückte er die zitternde Frau an sich und atmete durch. "Natürlich werde ich alles tun, was ich kann, um denjenigen zu finden, der Vater das angetan hat. Aber es gibt so viele Fragen und... ich weiß, er hat Hannah gehasst und ihre Eltern auch, aber ich verstehe nicht, warum! Mama, ich bin mir sicher, am Ende laufen alle Fäden bei Hannah zusammen, ich muss wissen, warum Vater so wütend auf sie war! Immerhin ist sie doch einfach nur ein normales Mädchen und damals war sie ja noch ein Kind!" Was sollte ein Kind denn Schreckliches getan haben, um so ein Schicksal zu verdienen?

Doch seine Mutter verkrampfte sich sofort und sah zur Seite. "Hör auf, warum musst du denn in den alten Wunden herumstochern?", murmelte sie leise. Verzweifelt raufte sich Raik die Haare. "Du musst das doch auch sehen! Die Fotos von Hannah, die bei den Leichen lagen, der Slip den man bei Vater hinterlassen hat. Das sind doch alles Zeichen, die in eine Richtung deuten, die mir überhaupt nicht gefällt! Und ich will nicht glauben, dass mein Vater etwas mit dem Selbstmord von Hannas Mum zu tun hat, oder... mit einer Vergewaltigung. Warum liegt hier ein Damenslip herum?! Ich fürchte wirklich, dass da irgendwas mit ihrer Mutter war und wenn sie sich deswegen das Leben genommen hat, will ich nur hoffen, dass Dad damit nichts zu tun hatte!" Seine Worte waren eindringlich und machten klar, dass er eben nicht mit geschlossenen Augen durch den Fall rannte. Wer auch immer diese Hinweise hinterlassen hatte, gab sich Mühe mit dem Vorschlaghammer auf eine Vergewaltigung hin zu deuten und Raik wurde übel, wenn er darüber nachdachte, sein Vater habe mehr damit zu tun.

Seine Mutter sah ihn entsetzt an und Tränen schossen in ihre Augen. "Wie kannst du es wagen, so über deinen Vater zu reden!", flüsterte sie erstickt, legte sich eine Hand auf den Mund und drehte sich weg. "Wie kannst du das nur denken? Du sprichst von deinem Vater! Denkst du wirklich, dass er jemandem sowas antun würde? Dass er mir sowas antun würde?" Vorwürfe mit denen Raik doch gerechnet hatte. Seufzend drehte er sich zum Fenster und sah in die Nacht hinaus, wo die Sterne funkelten. "Du musst doch verstehen, dass ich das wissen muss! Irgendwas ist damals passiert, worüber keiner spricht. Etwas, wegen dem jetzt jemand Morde begeht! Du musst doch verstehen, dass ich eine Lösung finden will!"

Warum mauerte seine Mutter denn jetzt so sehr? Dabei hatte sich Raik Informationen von ihr erhofft! Antworten, die ihm sonst niemand zu geben vermochte. Als die faltige, zittrige Hand nach seiner griff, drehte sich der Kommissar wieder zu ihr und sah ihr in die traurigen Augen.

"Raik... damals ist so viel schief gegangen. Es ist so viel passiert und ich würde mir so sehr wünschen, dass wir alle es vergessen könnten. Aber vielleicht hast du Recht und sollte dein Vater deswegen ermordet worden sein, will ich dir helfen, seinen Mörder zu finden. Aber denkst du wirklich, dass die Sachen zusammenhängen?" Entschlossen nickte Raik, ehe er seine Mutter wieder in den Arm nahm. Man spürte, wie schwer es ihr fiel, über diese Sachen zu reden. Er liebte sie und er achtete seinen Vater. Jetzt alles unter den Fingern zerbröckeln zu sehen, stimmte ihn sehr traurig.

Es zerriss Karin doch, was man genau spürte und Raik fühlte sich grausam, seine Mutter so zu quälen. "Mum..., wenn du etwas weißt, musst du es mir erzählen! Ich brauche deine Hilfe, anders kann ich den Mörder von Papa nie finden und ich muss diesen Fall aufklären. Wie viele Menschen sollen denn noch wegen der Sache damals sterben?", flüsterte er leise und mit so viel Nachdruck, dass seine Mutter nur zustimmend nickte. "Du hast ja Recht, aber es fällt mir so schwer. Dein Papa war immer jemand, der keine Fehler haben wollte und der niemals erlauben würde, dass du etwas Negatives über ihn erfährst. Er ist immer noch dein Vater, daran musst du denken, ja? Er wird immer dein Vater sein."

Lächelnd sah Raik sie an und nickte. "Er wird immer mein Vater sein und... jeder Mensch hat seine Fehler", meinte er leise. "Ich weiß, Papa wollte nie einen Makel an sich und seiner Familie zulassen, darum hat er doch auch ständig den Kontakt zwischen mir und Hannah unterbunden. Aber ich will endlich die Wahrheit wissen und ich finde, dazu habe ich auch ein Recht. Was um alles in der Welt hat Hannahs Familie euch getan?"

Zitternd löste sich seine Mutter aus den Armen ihres Sohnes, setzte sich auf den Stuhl, in dem sonst sein Vater oft gesessen hatte und streichelte zärtlich über den alten Stoff, der ausgeblichen und zerfranst war. Erinnerungen kamen in ihr hoch, die ihr selbst weh taten, aber Karin war sich sicher, es war endlich Zeit für sich Frieden zu schaffen. "Hannahs Eltern zogen damals von außerhalb hier her. Sie kamen aus Hamburg und zogen aufs Land als Hannahs Mutter schwanger wurde. Sie waren also von Anfang an Fremde, Zugezogene... und du weißt ja, wie das ist."

Seufzend nickte Raik, selbst hatte er es nicht erlebt, vorstellen was das bedeutete, konnte er es sich deswegen trotzdem gut. "Keiner wollte sie hier haben", murmelte er leise und seine Mutter bestätigte die Vermutungen ihres Sohnes mit einem traurigen Lächeln. "Ja... besonders weil keiner der beiden sich irgendwie hier in die Dorfgemeinschaft einbrachte. Sie traten keinen Vereinen bei und lebten in dem kleinen Haus eher für sich alleine. Natürlich wollten wir, dass sie auf uns zukamen, immerhin waren sie ja hierhergezogen. Sie waren immer freundlich, grüßten die Nachbarn und waren aufgeschlossen, aber sonst hielten sie sich doch sehr zurück. Etwas, was man ihnen übelnahm und da sie aus Hamburg kamen, fing die Gerüchteküche an zu brodeln. Einige behaupteten, Hannahs Mutter hätte in Hamburg als Prostituierte gearbeitet. Sie war eine hübsche, junge Frau, von den Männern begehrt. Sie war neu, fremd und mit ihren doch eher freizügigen Kleidern natürlich eine wandelnde Einladung. Es gab in unserem Dorf kaum einen Mann, der nicht hinter ihr her war, selbst dein Vater warf ihr damals oft begehrende Blicke zu, obwohl er schon mit mir verheiratet war und du bereits auf der Welt warst. Nichts, was man als verheiratete Frau gerne sieht, das kannst du mir glauben. Aber dein Vater hat mich nie betrogen! Natürlich gab es viele Frauen, besonders die Verheirateten, die in Hannahs Mutter eine Gefahr sahen. Linda war eine Schönheit, sehr freizügig im Umgang mit ihren Reizen, was vermutlich zu den Gerüchten führte. Natürlich war sie keine Prostituierte, aber das Gerücht, einmal in die Welt gesetzt, verbreitete sich wie ein Lauffeuer und blieb in den Köpfen der Menschen hängen. Heute macht es mich traurig, aber damals ließ auch ich mich anstecken. Nachdem man Linda bereits als Prostituierte abstempelte, war der Weg dazu, in Hannahs Vater ihren Zuhälter zu sehen, der gar nicht der Vater des Kindes ist, natürlich sehr kurz."

Benommen sah Raik seine Mutter an und schluckte. "Und das waren alles nur Lügen?", flüsterte er leise, unfähig zu glauben, wie Menschen so niederträchtig sein konnten. Karin nickte und sah ihn traurig an. "Ja... es waren alles nur Lügen. Natürlich war sie keine Prostituierte und man hätte ihr nie im Leben so eine Rolle auf den Leib schneidern dürfen, nur weil sie etwas offener mit ihrem Körper umging. Wenn ich die Mädchen heute sehe, war Linda regelrecht brav angezogen. Es tut mir so leid, es waren alles nur Lügen und Märchen, die trotzdem bald für jeden im Dorf zur Wahrheit wurden. Es ließ sich nicht mehr rückgängig machen. Wer auch immer das damals in Gang setzte, erreichte sein Ziel. Linda und ihr Mann waren im Dorf bei allen unten durch, jeder zerriss sich das Maul über sie und die Männer sahen in Linda Freiwild."

Jetzt musste Raik sich doch erst einmal setzen, denn auch wenn ihm klar war, wie Gerüchte das Leben eines Menschen zerstören konnten, wurde er das erste Mal so direkt damit konfrontiert. Was sollte er davon halten? Und seine Eltern steckten doch offenbar genauso tief darin!

Sanft griff seine Mutter nach der Hand ihres Sohnes und seufzte schwer. "Es tut mir so leid", flüsterte sie leise. "Weißt du, wie sehr ich mich heute dafür schäme? Damals ließ ich mich doch auch dazu verleiten, diesen Gerüchten zu glauben, obwohl keiner Beweise dafür hatte. Es waren alles einfach nur Geschichten! Aber damals war ich genauso eifersüchtig. Ich war so eifersüchtig, denn auch dein Vater hat Linda ständig in den Ausschnitt geguckt, hat ihr nachgesehen, wie die meisten Männer im Dorf! Ich war so wütend auf sie... und als das alles dann passierte, da habe ich mir gedacht, dass sie es doch auch nicht anders verdient hatte. Eine Frau, die so herumläuft, hat es nicht anders verdient, das waren damals meine Gedanken."

Als DAS passierte. Damit sagte seine Mutter doch wieder alles nur in Schleiern, aber deutlich genug. "Sie wurde von jemandem vergewaltigt, oder?", flüsterte Raik leise und ballte eine Hand zur Faust. "Darum der Slip, das war ihrer, oder? Und Papa hatte ihn, weil er Polizist war. Lass mich raten, er hat das alles unter den Tisch fallen lassen, weil derjenige, der es war, ein Freund von ihm war?" Bedrückt senkte seine Mutter den Blick. "Ich weiß nicht, wer es war, dein Vater hat nie mit mir darüber gesprochen. Er war nur der Meinung, dass wir unsere Dorfidylle von jemandem, der sowieso mit jedem schlafen würde, nicht kaputt machen lassen sollten. Linda wollte den Mann natürlich anzeigen, aber dein Vater hat ihr davon abgeraten. Wer es war, weiß ich nicht... glaub mir, mein Junge, wenn ich es wüsste, ich würde es dir sagen. Ich meine, ich habe dir schon so viel gebeichtet, denkst du, da würde ich das nun noch geheimhalten? Es tut mir leid, ich habe mich oft gefragt, ob wir nicht einen riesigen Fehler in der Sache machen... besonders, als sich Linda das Leben nahm. Für sie muss es furchtbar gewesen sein. Wird vergewaltigt und diejenigen, die davon wussten, gaben ihr auch noch die Schuld daran. Es tut mir so leid, mein Sohn. Wenn ich könnte, würde ich das alles rückgängig machen. Ich bereue alles, was damals passiert ist, aber ich denke, da haben wir damals alle

Fehler gemacht. Sei deinem Vater bitte nicht böse", murmelte sie leise und sah traurig zu Raik, der in sich zusammengesunken war.

Es fiel ihm schwer, das alles überhaupt zu verarbeiten. Er starrte dabei auf den Boden, um seiner Mutter in diesem Fall nicht in die Augen zu sehen. Auf der einen Seite war er so wütend auf seine Eltern, aber trotzdem liebte er seine Mutter natürlich noch. Entschlossen nahm er sie in den Arm und drückte sie fest an sich. "Ich liebe dich, Mum", flüsterte er leise. "Aber du musst mir verzeihen, dass ich Zeit brauche, um das zu verarbeiten." Wie konnte sein Vater nur entscheiden, dem nicht nachzugehen? Nur weil er den Kerl kannte? Sein sonst immer so korrekter Erzeuger! Es war schwer, für Raik zu verarbeiten. War der alte Mann zu so etwas in der Lage? Irgendwo tief in sich drin, zersprang das Bild seines Vaters in tausend kleine Stücke.

Kapitel 23

Irgendwann war Keike eingeschlafen.

Als sie wach wurde, war sie nicht in der Lage zu sagen, ob es Tag oder Nacht war. Immer wieder versuchte sie herauszufinden, was es mit dem Wagen auf sich hatte, den sie am Haus ihrer Eltern sah. Ihr tat jeder Knochen im Leib weh und als sie Schritte hörte, zuckte sie zusammen. Wer auch immer das war, er war wütend!

Die Schritte waren fest, energisch und ihr rutschte das Herz in die Hose. War er jetzt bereit, ihr das Leben zu nehmen? Wollte er sie töten? War das die Entschlossenheit, die ein Mann brauchte, um zu morden? Eventuell aber auch eine Frau? Selbst das konnte Keike nicht mit Bestimmtheit sagen! Ihr schnürte sich die Kehle zu, als die Schritte zu ihr kamen. Für einen Moment hielt sie sogar die Luft an, aus Angst, er würde ihr ein Messer in den Leib rammen.

Sie spürte seine Nähe, konnte diese Atmung hören und ob sie wollte oder nicht, für Keike war der Täter ein Mann. Wie sollte eine Frau ihr sowas antun? Aus welchem Grund? Tausende Fragen schossen ihr in diesem dunklen Keller durch den Kopf und als sie spürte, wie der Fremde direkt vor ihr stand, nahm sie sich ein Herz und hatte Fragen. Die Fragen, die sie sonst nur der Leere stellte, auf die sie so keine Antworten bekommen würde. "Was willst du mit mir? Was habe ich dir denn bitte getan? Lass mich gehen, ich weiß doch gar nicht, wer du bist!"

Doch statt einer Antwort bekam sie nur eine Wasserflasche an den Mund gehalten. Im ersten Reflex weigerte sich Keike, doch der Durst war größer als alles andere und gierig trank sie. Das Wasser erfrischte, aber Antworten bekam sie davon nicht.

Das kühle Nass lief ihr über den Mundwinkel und vor Gier verschluckte sie sich etwas, hustete und löste sich so von der Flasche.

"Bitte... ich werde auch nichts sagen, aber lassen Sie mich doch gehen! Ich weiß nichts und ich kann mich auch an nichts erinnern! Wenn Sie mich gehen lassen, werde ich einfach sagen, ich könnte mich an nichts erinnern! Und ich weiß doch auch nichts! Weder, wo ich bin, noch wer Sie sind. Bitte... warum tun Sie mir das an?"

Aus der anfangs festen Stimme wurde immer mehr ein Wimmern, ein Flehen und Betteln. Warum tat er ihr das an? War sie denn mit dem Tod ihres Vaters nicht bestraft genug? Eine Hand griff nach ihrem Kinn und wieder spürte sie die kalte Haut auf ihrer. Schauer liefen über ihren Rücken, während ihr vor Angst übel wurde. "Ich weiß doch wirklich nichts", wimmerte Keike mit halb erstickter Stimme und in der vagen Hoffnung, ihren Entführer doch davon zu überzeugen, dass sie keine Ahnung hatte, was er von ihr erwartete!

Es war ein Mann, darin war sich Keike sicher. Die feste Hand, die sich um ihren Hals legte, die kräftigen Finger, die sich in ihren Hals gruben ... es war ein Mann! "Warum töten Sie mich nicht einfach? Was wollen Sie von mir?! Bitte, töten Sie mich doch... dann hat das hier endlich ein Ende!" Ihr war mittlerweile alles Recht und selbst wenn er sie gehen lassen würde, ging er damit nicht ein viel zu großes Risiko ein? Die Gedanken schossen ihr durch den Kopf und sie zuckte zusammen, als sie den deutlichen Geruch von Alkohol wahrnahm. Hatte er getrunken? Trank er vielleicht regelmäßig? Sie wollte sich alles von ihm merken, was sie sich nur behalten konnte, dabei war Keike doch nicht mal in der Lage, genau zu sagen, ob das ein Mann war oder nicht! Aber Entführer waren doch immer Männer oder nicht?

Was wollte eine Frau schon von ihr? Keike versuchte jede Kleinigkeit in sich zu verschließen, jeden Duft, jedes Geräusch.

Da war ein Ring, den sie von den Fingern des Kerls gerissen hatte. Dabei musste sie ihn doch verletzt haben! Und der Geruch nach

Alkohol, diese schweren Schritte und die Finger, die so fest waren. Konnte sowas nicht auch einer Frau gehören? Es war unwahrscheinlich, aber doch möglich ... Nein! Es war ein Mann! Keike durfte sich nicht davon ablenken lassen! Erleichtert atmete sie auf, als er sich von ihr entfernte und die Schritte dann auch immer leiser wurden. Wie gerne wäre sie ihn angesprungen, hätte ihn gekratzt und gebissen, nur um irgendwelche Spuren an ihm zu hinterlassen und ihn so immer wieder zu erkennen. Aber sie hatte diesen Ring! Und den würde sie mit Sicherheit nicht mehr loslassen!

Eine weiche Nase stöberte durch ihr Gesicht.

Brummelnd versuchte Hannah den Störenfried aus ihrem Gesicht zu bekommen und als sie danach griff, bekam sie weiches Fell zu fassen. "Lina", murrte sie leise und klemmte sich den Hund unter den Arm. Die quietschte beleidigt, während sie verzweifelt versuchte, sich aus dem Klammergriff von ihrem Frauchen zu befreien.

Als Hannah dann jedoch ein leises Lachen hörte, wurde sie doch schlagartig wach. An der Tür stand Raik, der mit einem Tee in der Hand die liebevoll-groteske Szene beobachtete. "Wenn ich dich so sehe, könnte man denken, dass du an solche Momente zum Wachwerden gewöhnt bist." Dieser Anblick gab ihm für einen Moment ein warmes Gefühl und verdrängte dabei alles, was er sich in der letzten Nacht anhören musste. "Bin ich auch", gestand Hannah leise und erhob sich langsam. Sie setzte ihren Hund wieder auf den Boden und schmunzelte dabei. "Sie weckt mich fast jeden Morgen, oft weil sie raus will oder Hunger hat. Ich glaube, sie will jetzt spazieren gehen."

Zustimmend nickte Raik, reichte der jungen Frau dann aber eine Tasse Tee, die er bereits für sie warm gemacht hatte. "Hier. Erst einmal trinkst du was, willst du vorher noch was essen? Ich will dich nicht unbedingt ohne was im Magen draußen rumrennen lassen, weißt du?"

Sie in diesem Moment im Stich zu lassen, kam für ihn nicht in Frage. Man hatte doch gesehen, wie das gestern geendet hatte. Ließ man Hannah alleine, kamen Monster aus dem Dorf und fielen sie an! Mit Klaas musste er sowieso noch reden, aber nach den ganzen Informationen der letzten Nacht, war Raik kurz davor, seinen ungebetenen Mitarbeiter dorthin zu schicken und die Aufgabe ohne schlechtes Gewissen an ihn abzutreten.

Ob er Klaas nun kannte oder nicht, was er getan hatte, war unverzeihlich für ihn. Hannah im Suff so anzufallen und zu verletzen ... sowas war unverzeihlich, da konnte er noch so besoffen gewesen sein oder sich eine noch so überzeugende Ausrede überlegt haben. Für Raik war es nicht Hannah, die das alles zu verantworten hatte! Man wollte sie aus dem Dorf haben, weil sie bei all denen, die an der Sache damals beteiligt waren, an Erinnerungen rüttelte. Aber dieses Mädchen war doch vollkommen unschuldig daran!

Trotzdem wollte er es Hannah nicht spüren lassen und lächelnd zog er die Metallschatulle von einem Tisch runter. "Hier, Christine hat sie mir heute Morgen gegeben. Ihr habt sie doch nicht aufbekommen, ist das wahr?" Das Metall war nicht dick, ein Dosenöffner hätte vermutlich schon gereicht, aber Raik war froh, dass seine Frau ihm am Ende dann doch alles überlassen hatte. "Ich war so frei. Christine meinte ihr habt das Schloss nicht aufgebrochen bekommen, weil von euch beiden keine stark genug war. Da habe ich es versucht und sieh mal einer an, sie ist offen. Falls du möchtest, es hat noch keiner rein gesehen." Lüge!

Doch nachdem, was seine Mutter ihm erzählt hatte, wollte er erst einen Blick in die Schatulle werfen, um sicherzugehen, dass Hannah nicht so hinter dieses Geheimnis kam. Wenn er sich sicher war, konnte er noch immer mit ihr über alles sprechen. Er wollte es sein, der ihr die Geschichte erklärte und das so einfühlsam, wie er es eben bewerkstelligt bekam. In der Schatulle lagen Briefe ... Briefe von ihrer

Mutter, auch an Raiks Vater, in denen sie ihn anflehte, der Anzeige nachzugehen. Doch die Antwort hatte selbst Raik bis ins Mark getroffen. Sein Dad bezeichnete sie als Lügnerin, als Schlampe und als leichtes Mädchen. Sie solle sich doch nicht wundern, wenn man so von ihr dachte und die Männer sich an ihr bedienten. Schließlich sei sie doch auch eine Prostituierte und man könne nicht sagen, dass sie nicht sogar dafür bezahlt worden wäre.

Nein, diese Worte sollte Hannah nie lesen. Raik wollte ihr nicht das Herz brechen. Wenn sie so weit war, sprach er über alles mit ihr, aber war es nicht sogar besser, ihr nichts davon zu erzählen? Sie war doch jetzt schon vollkommen am Ende, musste man es denn noch schlimmer machen?

Zitternd nahm Hannah die Schatulle entgegen und atmete etwas durch. Ihre Hände bebten und mit Nachdruck stellte sie das Metallkästchen auf den Stubentisch. "Ich werde reinsehen, wenn ich wieder hier bin", meinte sie leise und erhob sich. "Ich mache mir jetzt eben noch ein Brötchen für unterwegs fertig und dann gehe ich mit Lina spazieren." Man spürte, wie nervös sie war. Raik sah einen Moment sanft zu ihr und rang sich zu einem Schmunzeln durch. "Warte, ich rufe eben diesen komischen Kerl an, dann kann der meinen Job übernehmen und ich begleite dich." Sie alleine zu lassen, kam momentan nicht für ihn in Frage!

Schnaubend legte Manuel wieder auf, atmete durch und griff nach der Wasserflasche, die dort auf dem Tisch stand. Ein paar tiefe Schlucke halfen, um seinen erstaunlichen Durst etwas zu mindern. Warum ließ man ihn denn jetzt wieder mit allem allein? Wozu war er noch einmal hier? Genau, weil er Raik unterstützen sollte und nicht, weil er dessen Job übernehmen wollte! Aber jetzt? Der Kerl war nicht nur unfähig, er war auch noch desinteressiert!

Skeptisch sah er zur Zelle, in der dieser Klaas saß, mit dem er sich jetzt herumschlagen durfte. War sich Raik denn darüber im Klaren, was das bedeutete? Immerhin war er strenger und fasste hier niemanden mit Samthandschuhen an! Aber gut, das Risiko schien er eingehen zu müssen! Entschlossen erhob sich Manuel aus dem Lederstuhl, ging an die Zellentür und öffnete diese. Vor ihm saß ein älterer Mann, erschöpft in sich zusammengesunken und offenbar mit heftigem Kater. Da Manuel nur wenig Mitleid mit ihm zeigte, schlug er die Tür so kraftvoll an die Wand, dass der Mann erschrocken hochsah. Einen Moment wurde er verstört von dem Alkoholiker gemustert, doch dann schien er zu verstehen, wen er vor sich hatte. "Nun, ich denke, wir müssen uns wohl unterhalten, was?", knurrte Manuel leise.

Klaas erhob sich von der Holzbank, tapste mit gesenktem Blick zu dem Kommissar und ließ sich kurz darauf auf einen ungemütlichen Stuhl im Vernehmungszimmer sinken. "Gut", murmelte er leise und spielte an seinen Fingern herum. Manuel setzte sich ihm gegenüber, musterte den Angeklagten kühl und verschränkte die Arme vor der Brust. "Also? Ich denke, Sie haben mir jetzt einiges zu erklären, Herr Tietje! Ich will jetzt wissen und zwar bis ins kleinste Detail, warum Sie letzte Nacht Hannah Reimann angegriffen haben! Wollten Sie sie töten?!" Erschrocken sah Klaas hoch, leichenblass im Gesicht, so als würde ihm erst jetzt klar werden, was er da eigentlich angestellt hatte. "Nein! Natürlich wollte ich sie nicht töten! Aber sie sieht... sie ist ihrer Mutter so ähnlich. So ähnlich", stammelte er vor sich hin, wippte dabei auf dem Stuhl vor und zurück, als wäre er nicht mehr ganz richtig im Kopf.

"Also gut, was genau hatten Sie dann gestern vor?" Manuel wollte es wissen, auch wenn man es sich zusammensetzen konnte. Er musste es aus seinem Mund hören! Wimmernd fuhr sich Klaas mit den zitternden Fingern durch die Haare. Jedes Wort tat ihm leid! Wie konnte er nur so naiv sein? Jetzt weckte er doch alle Erinnerungen wieder, aber das wollte er nicht! "Ich hatte nicht vor, der kleinen Hannah etwas zu tun. Wir wollten ihr nie etwas tun und es tut mir alles so schrecklich leid. Durch den Alkohol habe ich... ich habe Hannah mit ihrer Mutter verwechselt und die ist doch tot! Die ist tot... ich dachte, ich sehe eine Tote vor mir und da habe ich die Kontrolle über mich verloren."

Schweigend griff Manuel nach der Akte vor sich und las sich etwas durch. "Ich dachte, ich wäre dich los", meinte er mit dunklem Unterton in der Stimme. "Ich habe gesehen, wie du aus deinem Grab gestiegen bist." Er musterte Klaas, der bei jedem seiner Worte bleicher wurde. "Was meinten Sie damit?" Zitternd rieb sich der gebrochene Mann über die Hände. "Das habe ich aber doch eben schon gesagt! Hannah sieht genauso aus wie ihre Mutter Linda damals. Die hat sich aber doch das Leben genommen! Die ist tot! Sie liegt auf dem Friedhof und ich habe auch gesehen, wie Hannah dort entlanggelaufen ist. Ich war betrunken, darum dachte ich, dass ich Linda vor mir sehe. Ich war so erschrocken und wollte mit Raik reden, habe es aber immer wieder verschoben! Ich hatte solche Angst, wer würde einem Säufer wie mir denn glauben? Keiner würde mir glauben... und ich habe doch versprochen, nie etwas zu sagen!"

Aufmerksam beugte sich Manuel über den Tisch zu dem Mann, der angestrengt auf den Boden starrte, als würde er damit etwas ungeschehen machen können.

"Was wollten Sie sagen?", wisperte Manuel leise und musterte ihn mit funkelnden Augen. Klaas schnappte ein paar Sekunden lang nach Luft, als hätte er eine Art Asthmaanfall. "Ich... was damals mit Linda passiert ist. Arme Linda. Armes Ding... und ich bin schuld. Wir alle sind schuld... wir alle!"

Aufmerksam verschränkte Manuel die Arme vor der Brust. "Wollen Sie nicht mit mir reden? Warum erleichtern Sie nicht Ihr Gewissen?"

Sofort schüttelte Klaas den Kopf. "Nein..., wenn ich mit jemandem rede, dann nur mit Raik!"

Na, das konnte ja heiter werden, dabei hatte Manuel schon die Lösung aller Rätsel vor sich gesehen. Als dann jemand klopfte und ihm einen Bericht gab, lag seine Aufmerksamkeit komplett darauf. Vielleicht brachte er diesem Tietje damit ja noch etwas zum Reden.

Kapitel 24

Die frische Luft tat unfassbar gut.

Der Wind fuhr Hannah durch die Haare, schlug ihr diese auch immer wieder etwas ins Gesicht und nahm ihr sogar den Atem, wenn er direkt von vorne kam. Das Rauschen der Wellen klang laut in ihren Ohren, so kräftig brandeten sie an den Strand. Lächelnd sah Hannah ihrer Hündin nach, die begeistert über den Deich stürmte, als wolle sie den Wind jagen. Selbst die Kälte war nicht unangenehm, sondern half ihr, klar zu denken und für einen Moment zu vergessen, was ihr alles geschehen war. Es tat aber besonders gut, nicht allein hier zu stehen und den Möwen zu zusehen, wie sie auf den Windböen schwebten, dann abdrehten und mit lautem Kreischen davonflogen. "Es ist so schön hier", flüsterte Hannah leise, die Hände tief in ihren Manteltaschen vergraben.

Zustimmend nickte Raik, der seinen Blick über die Elbe wandern ließ und ein Containerschiff dabei beobachtete, wie es Meter für Meter nach Hamburg vorankam. "Stimmt, ich liebe die Gegend hier auch sehr", meinte er leise. "Eigentlich bin ich schon froh darüber, hier zu leben und hier groß geworden zu sein.

Wenn man aber erst einmal anfängt, im Dreck zu wühlen, fühlt sich das alles hier nur noch halb so idyllisch an."

Sollte er es ihr sagen?

Seit sie auf Krautsand angekommen, aus dem warmen Auto gestiegen waren und auf den Deich gingen, stellte sich Raik diese Frage. Natürlich hätte Hannah ein Recht auf die Wahrheit, doch wenn er bedachte, wie heftig ihn das schon mitnahm, wie fühlte sich da erst die junge Frau in einer solchen Situation?

Wie ging man als Kind damit um, wenn man erfuhr, dass die eigene Mutter vergewaltigt wurde? Das erklärte den Selbstmord auf jeden Fall, vermutlich ertrug Linda die Situation nicht. Sollte man Hannah diese grausame Wahrheit erzählen?

Gerade jetzt wirkte sie befreit von den Sorgen der letzten Tage, die bestimmt für sie schon genug aufwühlten.

Sollte man ihr da nicht eher ihre Ruhe lassen? Musste man als Kind alles wissen? Aufmerksam beobachtete er Hannah, die mittlerweile mit ihrem Hund herumtobte und diesen über den Deich jagte. Quietschend rannte der Cocker hinter seinem Frauchen her und Raik lächelte. Es war alles so entspannt und er selbst fühlte sich ebenfalls freier. Mit Hannah war die Situation längst nicht so belastet wie mit Christine und er spürte, wie stark er sich zu ihr hingezogen fühlte. Es war nicht nur Mitleid, sondern ein viel stärkeres Gefühl.

Konnte er sich so eine kleine Romanze in so einer Situation erlauben? Ihm drehte sich der Kopf und es fiel ihm schwer, klar zu denken. Sein Job gefiel ihm, aber jetzt mit so vielen Toten konfrontiert zu sein, passte ihm überhaupt nicht. "Hey? Wo bist du denn mit deinen Gedanken?", hakte Hannah nach, die mit einem Mal wie aus dem Nichts vor ihm stand. Raik zuckte zusammen, musste bei dem Anblick der bezaubernden Frau dann doch lächeln. Ihre Haare wild zerzaust, abstehend in alle Richtungen, die Wangen gerötet und funkelnde Augen. Obwohl sie so viel erlebte, strahlte sie enorme Zuversicht aus, sobald sie an der frischen Luft war. Das Wasser erfrischte sie, schien sie zu beruhigen und Raik ließ sich davon anstecken.

Ein Lächeln schlich sich auf seine Lippen. "Ja, war ich auch gerade. Tut mir leid, wolltest du etwas? Es fällt mir so schwer, abzuschalten", gab er leise zu und lächelte trotzdem tapfer weiter. "Das hier sind alles Freunde von mir, Bekannte, die man jeden Tag sieht und mit denen man schon so lange zusammenlebt. Diese ganzen Dinge, die jetzt ans Licht kommen, zeigen mir deutlich, wie wenig ich hier alle kenne. Jeder hat seine Schattenseiten, aber wenn man merkt, dass man eigentlich in einem Dorf voller Fremder lebt, ist das seltsam." Und es beunruhigte. Irgendwo in seinem Dorf lebte ein Vergewaltiger, der die ganzen Jahre damit davongekommen war, schon alles vergaß und weitermachte, als wäre die Sache niemals geschehen! Wie sollte er den Menschen da noch ins Gesicht sehen?

Dazu wusste auch Hannah nicht, was sie sagen sollte, doch als Raik sie auf einmal in den Arm nahm und an sich presste, spürte sie ein Gefühl in sich aufsteigen, welches ihr bisher noch nie begegnet war. Sie genoss es. Hier oben auf dem Deich war sie frei. Keine Enge des Dorfes, schweigende Erinnerungen, die verdeutlichten, wie wenig sie wusste, und seine beschützenden Arme, die sie warm und fest umschlossen hielten. Wenn es nach Hannah gegangen wäre, hätte genau jetzt jemand die Zeit anhalten dürfen.

Verstockt, wie der Mann in der Zelle war, hatte Manuel kein weiteres Wort aus ihm herausbekommen. Jetzt saß er frustriert in seinem Büro und starrte die Akte an, die man ihm gebracht hatte. Informationen, die man so nicht haben wollte, so viel war sicher!

Nicht nur die Akte über den Slip war angekommen, man hatte ihm gleich ein paar Schreiben dazu gelegt, die er so gar nicht erwartet hatte. "Vier...", murmelte er leise. Es waren in den Archiven der Gerichtsmedizin und des Labors Schreiben eines unbekannten Arztes aufgetaucht, der über ein Vergewaltigungsopfer berichtete, deren Namen er nicht nannte. Eine junge Frau, Mitte bis Ende 20, die ihre Identität im Krankenhaus nicht nennen mochte. Er hatte sie untersucht und zur Sicherheit Abstriche von ihrem Körper genommen, selbst die Kleidung und insbesondere den Slip behielt er ein.

Den Slip, den Manuel vor kurzem wieder dorthin gebracht hatte und untersuchen ließ. Ein junger Mann, der sich mit den alten, ungeklärten Fällen beschäftigte und versuchte, mit neuesten Methoden neue

Indizien zu finden, war darüber gestolpert, denn der Slip war damals nach der Meldung bei der Polizei verschwunden.

Es war ein Polizist aus dem Heimatdorf der jungen Frau aufgetaucht, hatte sich kurz mit ihr über den Vorfall unterhalten und war dann mit dem Slip verschwunden. Danach tauchte niemand mehr auf und die Ärzte ließen es ruhen, da offenbar keinerlei Anzeige gestellt wurde. Zum Glück hatte man von ihrem Körper Spuren genommen, die man verwahrt hatte. Der junge Forscher verglich alles und war über gewisse Dinge gestolpert. Man hatte Spermaspuren an der armen Frau gefunden, an den Oberschenkeln und an anderen Stellen ihres Körpers. Selbstverständlich ging man damals von einem Täter aus, doch was er hier las, verschlimmerte es!

Vier ... es waren vier verschiedene Spermaspuren. Diese arme Frau war Opfer von vier gierigen, widerlichen Männern geworden, die sich nahmen, was sie wollten! Am liebsten hätte Manuel die Akte an die Wand geworfen, doch er legte sie in eine Schublade und schloss sie fest. Sein Blick wanderte zur Zellentür, er erhob sich und riss diese wütend auf. "Also gut, ich werde dir jetzt mal was erklären, klar?! Ich habe gerade die Nachricht bekommen, dass der Slip, den wir bei diesem Vogelsang gefunden haben, zu einem Vergewaltigungsopfer gehörte und bei dem wurden damals Spuren genommen! Spuren, die wir heute auswerten können! Und es war nicht nur ein Mistkerl, der über das arme Mädchen hergefallen ist, es waren vier! Und ich warne dich... ich kann dir das Leben zur Hölle machen, wenn wir herausfinden, dass eine der Spuren zu dir gehört!"

Normalerweise war Manuel ein gesetzter, beherrschter Mann, der sich seine Emotionen nicht anmerken ließ, doch in so einem Moment kochte auch bei ihm alles über. Erschrocken sah Klaas ihn an, ehe der raue, bärige Mann anfing zu weinen. „Es tut mir doch leid", wimmerte Klaas leise, vergrub sein Gesicht in seinen Händen und bebte am ganzen Körper. "Es tut mir so leid... ich würde es doch rückgängig machen, wenn ich könnte! Ich habe das nicht gewollt."

Wie furchtbar ein Mensch einen anwidern konnte, war erstaunlich. Solche Emotionen kannte Manuel von sich gar nicht, aber er war wütend. Alles in ihm kochte und Mitleid zeigte er diesem Mann gegenüber nicht. "Ich will jetzt jedes Detail wissen", knurrte er leise. "Retten Sie sich noch ein letztes Mal und nennen Sie mir alle Namen! Die Morde haben was damit zu tun, da bin ich mir sicher und wenn Sie jetzt mit uns zusammenarbeiten, kann das vermutlich sogar Ihr eigenes Leben retten!" Er musste Druck bei ihm machen, sonst kam er nicht weiter. Doch man sah deutlich, wie zerbrochen der alte Mann war und ein erschöpftes Nicken war alles, was noch von ihm kam.

Zufrieden nickte Manuel, trat dann zur Seite und ließ Klaas wieder im Vernehmungszimmer Platz nehmen.

Für ein paar Minuten entstand Schweigen in dem kleinen Raum.

Angestrengt starrte Klaas erneut nur auf den Boden, in der Hoffnung seine Gedanken noch einmal in Ruhe zu ordnen. Seit vielen Jahren schloss er alles in sich ein, jetzt darüber zu reden fiel ihm schwer. Man konnte solche Dinge lange verdrängen, sie verschwanden allerdings nie aus dem Leben eines jeden von ihnen. Sie konnten sich nicht in die Augen sehen, verschwiegen alles und taten so, als hätte es gewisse Personen nie gegeben. Ja, selbst jetzt gaben viele Linda die Schuld an dem, was damals geschehen war.

Sie war doch selbst schuld!

Sogar Klaas erwischte sich in manch einer durchzechten Nacht bei diesem Gedanken. Doch jetzt war er soweit, endlich alles zu erklären. "Es war... beim Schützenfest", fing er mit brüchiger Stimme an. Noch immer hob er seinen Blick nicht an, traute sich nicht, Manuel in die Augen zu sehen, den er nur aus dem Augenwinkel sah. "Wir waren betrunken, meine Freunde und ich. Linda und ihr Mann waren mit ihrer Tochter auch dort, weil Hannah Karussell fahren wollte, glaube ich. Wir Schützen waren schon den ganzen Tag unterwegs, hatten viel getrunken, zu viel. Ich weiß nicht mehr, wie es genau dazu kam. Hannahs Vater ging früher nach Hause, Linda wollte mit ihrer Tochter nachkommen, die bekam von dem Karussell nicht genug. Als sie auf dem Weg nach Hause waren, fingen wir Linda ab. Sie trug so ein rotes Sommerkleid..."

Einen Moment stockte er, alleine bei der Erinnerung an die betörende Frau in dem engen Kleid. Alles erkannte man an ihr, die weiblichen Rundungen und die langen, schlanken Beine. Das strahlende Lächeln, als sie Hannah auf dem Karussell beobachtete. Egal wie betrunken Klaas an dem Tag war, er erinnerte sich genau an das Bild der unfassbar reizenden Frau.

„Dieses Kleid, unter dem sich ihr Körper bei jedem Schritt abzeichnete und schrie "Nimm mich, Nimm mich". Kennst du diese Art von Kleidern? Die über dem Hintern so hoch wippen? So eines trug sie."

Wieder spürte Manuel, wie ihm übel wurde. Es kostete ihn verdammt viel Überwindung, dem Kerl nicht ohne Umschweife eine reinzuhauen! Dennoch ließ er ihn weitersprechen, ohne sich ein Urteil darüber zu erlauben. In solch einer Situation gelassen zu bleiben, fiel ihm so schwer. Angestrengt biss sich der junge Kommissar sogar auf die Zunge, damit er nichts sagte, was er am Ende bereute, oder gar dafür sorgte, dass sich der Mistkerl vor ihm verschloss.

In Gedanken war Klaas weit weg, er sah es fast vor sich, was damals geschah. "Sie wollte mit der kleinen Hannah nach Hause", murmelte er in sich hinein, schien mehr ein Selbstgespräch zu führen, als mit Manuel zu reden. Sein Blick verlor sich in den Weiten seiner Erinnerungen. "Wir gingen zu ihr und bedrängten sie. Natürlich wollten wir Spaß mit ihr, wollten sie aufziehen und ihr zeigen, dass sie sich bei uns nicht weiterhin als Nutte zu verhalten habe. Immerhin war sie eine! Jeder sagte das! Sie wusste doch, wie es war, mit mehreren Männern zu schlafen, aber uns wollte sie nicht. Sie schrie uns an, flehte das wir sie gehen lassen sollten... aber dafür war es zu spät. So klare Gedanken zu fassen, war für uns schon gar nicht mehr möglich. Darum... nahmen wir uns einfach, was wir wollten. Zwei hielten sie fest, einer hielt Hannah fest, der Letzte nahm sie sich... einer nach dem anderen..."

Manuel schob ihm einen Zettel zu. "Ich will die Namen", flüsterte er mit belegter Stimme. Warum waren Menschen in der Lage einer jungen Frau und ihrem Kind so etwas anzutun?! Einen Moment starrte Klaas den Zettel nur an, griff aber doch zitternd danach. "Zwei sind schon tot", meinte er mit bebender Stimme. "Damals kam Kommissar Vogelsang zu uns, er erzählte uns, was Linda sagte. Er erklärte uns, sie wolle uns anzeigen. Natürlich hat er auf sie eingeredet, dass ihr sowieso keiner ein Wort glauben würde. Aber wir hatten Angst! Sie konnte unsere ganzen Leben zerstören und das, wo wir doch gerade anfingen, Karriere zu machen! Bürgermeister wollte einer werden, der andere hatte gerade die renommierte Firma seines Vaters übernommen! Jeder kannte uns! Wie hätten wir denn dagestanden, wenn Linda mit ihren Anschuldigungen bis nach Hamburg gegangen wäre? Vogelsang konnte sie vielleicht noch aufhalten, aber in Hamburg wäre da niemand mehr gewesen. Man hätte ihre Anzeige aufgenommen und wir alle wären im Knast gelandet. Und warum? Wegen einer kleinen Schlampe! Die hat es doch so gewollt! Also... also blieb uns nichts anderes übrig. Wir mussten sie doch töten! Jeden von uns hätte dieses kleine Miststück zerstört, sowas konnten wir uns doch nicht von ihr bieten lassen! Wir mussten sie töten... wir mussten. Und jetzt? Sie ist zurück, oder? Das ist nicht Hannah. Linda ist zurückgekommen, um sich an uns zu rächen!

Oder ihr Mann? Nein... ihr Mann kann es auch nicht sein. Er ist tot. Sie sind alle tot... tot, tot, tot...!"

Die Augen des Alkoholikers weiteten sich, er wippte auf seinem Stuhl vor und zurück, gab dabei nur ein leises Summen von sich. Skeptisch sah Manuel ihn an, atmete dann auf und packte ihn am Kragen. "Erwarte kein Mitleid! Wenn ihr Geist dich bekommt, hast du es doch auch nicht anders verdient", knurrte er leise. Kurz darauf verbannte er Klaas wieder in die Zelle, schloss diese fest zu und atmete durch. Ob Hannah auch den Mord mit ansehen musste? Wie ging eine Kinderseele nur damit um, anwesend sein zu müssen, wo ihre Mutter mehrfach vergewaltigt wurde? War es da ein Wunder, wenn sich die Erinnerungen vor ihr verschlossen? Manuel griff nach dem Zettel, auf dem die Namen der Männer standen, die mit diesem Klaas verantwortlich für so viel Leid waren. Damit kamen sie nicht davon!

Kapitel 25

Manchmal half frische Luft, den Kopf freizubekommen und das hatte Raik definitiv gebraucht. Es fühlte sich entspannend an, Hannah eine Zeit in den Armen zu halten und ihre Wärme zu genießen.

Für ein paar Momente waren alle Sorgen weit weg gewesen, genau wie die Scham über seinen Vater, der ihn so tief enttäuscht hatte. Doch jetzt fand er endlich den Mut, sich mit dessen Tod auseinanderzusetzen. Egal, was für Fehler er begangen haben mochte, er war sein Vater und den betrauerte man aus ganz normalen Gründen. Die Beziehung zwischen ihm und seinem alten Herrn war alles andere als entspannt, doch Vater blieb eben Vater und sein Verlust hinterließ ein großes Loch in seinem Herzen.

Außerdem gab es so viele Dinge zu klären. Eine Beerdigung musste geplant, Einladungen dazu geschrieben werden und man sollte genau überlegen, wen man einlud und wen nicht. Darum saß Raik bei seiner Mutter und schrieb mit ihr eine Gästeliste. "Und denk an den Bürgermeister. Er muss auf jeden Fall auch dabei sein", meinte sie gerade, knibbelte an den schwarzen Stoffhandschuhen herum, die sie trug, und wirkte, als wäre sie um 20 Jahre gealtert. Die Augen waren eingefallen, der Blick starr und leer, als hätte sie jedes Leben verloren. Raik sorgte sich um seine Mutter, die seit gestern nichts mehr gegessen zu haben schien.

Sanft sah er sie an und griff nach ihrer Hand. "Mutter? Wie geht es dir? Isst du?", flüsterte er leise, obwohl die Antwort auf der Hand lag. So durcheinander kannte er die Wohnung seiner Eltern nicht, scheinbar verlor seine Mutter jeden Halt im Leben. Ihre Hände zitterten, während er sie hielt, und wirkten zerbrechlich, mit einer Haut so dünn wie aus Papier. Antworten musste sie ihrem Sohn gar nicht, er wusste auch so, wie es ihr ging. Die einsamen Nächte quälten seine Mutter und Karin atmete durch. Ihre Stimme bebte, man spürte, wie sie mit den Tränen kämpfte, als sie ihm antwortete. "Du kannst froh sein, dass du Christine hast... Sie ist ein wundervolles Mädchen, weißt du das? Und sie kümmert sich so gut um dich. Ich bin stolz auf dich", flüsterte sie leise.

Ein Stachel, den man Raik ins Herz trieb, schließlich überlegte er seit Hannahs Rückkehr immer öfter, ob diese Ehe weiterhin einen Sinn ergab. In der Nähe seiner Jugendfreundin fühlte er sich wieder glücklich, während er sich zu Christine nur noch aus rein freundschaftlichen Gründen hingezogen fühlte.

Eine Scheidung war für ihn der logische Schritt, seiner Mutter sagte er davon lieber nichts. Man sah doch, wie verletzt sie war, er wollte ihr nicht antun, auch noch Christine zu verlieren. Sie würde immer wichtig in seinem Leben sein, aber als Ehefrau sah er sie nicht mehr.

Lächelnd sah er Karin an und strich mit dem Daumen über ihren Handrücken. Er spürte die Adern und Knochen, die sich abzeichneten, stärker als sonst, was ihm einen Schauer über den Rücken laufen ließ. Vor ihm saß ein lebloses Skelett, nur ein Schatten seiner Mutter. "Du solltest dir jetzt lieber um dich Sorgen machen, Mama. Ich sehe doch, wie schlecht es dir geht. Ich werde dir jetzt was zu essen machen und dann isst du erst einmal etwas. Danach reden wir weiter. Hat Papa eigentlich ein Testament hinterlassen?"

Eine Frage, die er nicht gerne aussprach, die aber geklärt werden musste. Sein Vater war jemand, der eigentlich alles genau plante, vermutlich sogar seinen Tod. Desinteressiert zuckte Raiks Mutter mit den Schultern. "Ich habe keine Ahnung", gestand sie leise. "Darüber haben wir uns nie unterhalten. Ich weiß nur, dass er sich sehr gewünscht hat, auf dem Meer verstreut zu werden, aber ob er sowas wie ein Testament geschrieben hat, weiß ich nicht." Kein Wunder, dass sie nicht darüber reden wollte und Raik akzeptierte dies. Sollte es da etwas geben, würden sie schon in den Papieren alles finden. "Ich werde nachher mal in den Unterlagen nachsehen, wenn dir das Recht ist."

Raik wollte seiner Mutter so viel Arbeit abnehmen, wie nur möglich, vermutlich um sich selbst in Aufgaben zu ersticken und Ablenkung zu finden. Seine Mutter nickte nur abwesend, für sie ging es nicht um Geld oder darum, wer schuld war an ihrem Leid. Ihr Mann war tot ... mehr nahm sie gar nicht wahr.

Leise verzog sich Raik in die Küche.

Es machte ihn wahnsinnig, hier zu sein. Sein Herz schlug schnell und jeden Moment wartete er darauf, dass sein Vater um die Ecke kommen würde. Als ob er den Rollstuhl hörte, der durch das Wohnzimmer fuhr, seine strenge Stimme, die nach ihm rief, um ihm wieder einmal klar zu machen, was für ein lausiger Kommissar er war. Was er früher aus tiefstem Herzen hasste, war jetzt etwas, wonach er sich sehnte.

Um sich abzulenken, kochte er sich erst einmal einen Kaffee und setzte gleichzeitig Wasser für den Tee auf, den er seiner Mutter bringen wollte. Sie brauchte Schlaf, da war Kaffee die schlechteste Idee.

Als es an der Tür klingelte, löste sich Raik vom Herd und öffnete sie. Dort stand ein Mann, den Raik nie im Leben gesehen hatte und der nach seiner Mutter fragte. "Ja, sie ist da", meinte er leise und musterte den Fremden. "Aber können Sie mir vorher sagen, was Sie von ihr wollen? Es geht ihr nicht gut, mein Vater ist gerade verstorben."

Der Mann nickte und lächelte. Seine Augen wirkten nervös, er fuhr sich fahrig durch die lichten Haare und sein Blick wanderte immer wieder nervös herum. Dürr und eingefallen stand der Mann vor ihm, der sich leise räusperte, um seiner hohen Fistelstimme wieder Halt zu geben. "Das weiß ich doch. Darum möchte ich doch mit ihr sprechen. Sie sind Raik, nicht wahr? Wir haben uns nie kennengelernt, aber ich war ein alter Freund Ihres Vaters. Leider bin ich sehr früh weggezogen, aus verschiedenen Gründen. Ich würde gerne mit Ihrer Mutter sprechen."

Offenbar nicht, um ihr sein Beileid zu bekunden. Obwohl Raik den Fremden nicht kannte, konnte er ihm nicht trauen. Sein Bauchgefühl meldete sich so brutal, von einer Sekunde auf die andere, dass Raik ihm am liebsten die Tür vor der Nase zugeschlagen hätte. Seine Mutter machte ihm einen Strich durch die Rechnung, als sie hinter ihm auftauchte und lächelte. "Nein sowas, wo kommst du denn auf einmal her?", flüsterte sie mit brüchiger Stimme und schob sich an ihrem Sohn vorbei. Skeptisch sah Raik seine Mutter an, doch alles, was ihr guttat, würde er dulden. "Geht doch rein, ihr müsst euch doch nicht in der Tür unterhalten", meinte der junge Kommissar darum leise und gezwungen lächelte er. Ihm war diese Situation mehr als unangenehm, insbesondere da er den Mann nie zuvor gesehen hatte, doch seine Mutter schien sich über den Besuch des Fremden zu freuen. Nur darum duldete er den Mann überhaupt in der Wohnung seiner Eltern und bemühte sich sichtlich um Freundlichkeit.

Dankbar sah seine Mutter ihn an. "Machst du unserem Gast auch einen Tee?", flüsterte sie leise, ehe sie ihn mit sich ins Wohnzimmer nahm. Zum ersten Mal schien wieder Leben in ihr Gesicht zu kommen, obwohl Raik nicht sicher sagen konnte, was er davon hielt. Es wäre ihm lieber, wenn jemand, den er kannte, diese Emotionen in der Witwe auslösten. Sie mussten doch noch so viel besprechen, die Beerdigung planen und die Pastorin aus ihrem Heimatdorf kam ebenfalls vorbei.

Sein Vater würde sich wünschen, in seiner alten Heimat seebestattet zu werden und die junge Pastorin hatte trotz allem versprochen, vorbeizukommen. Scheinbar schien seine Mutter das total zu vergessen oder zu verdrängen und dass nur wegen des Besuchs eines Mannes, den sie offenbar schon seit vielen Jahren nicht mehr gesehen hatte. Und was für Gründe hatte er, seine Heimat zu verlassen? Hing es mit der Sache um Hannahs Mutter zusammen? Seine Gedanken drehten sich und Raik fiel es schwer, sich auf ein Thema so kontrolliert zu konzentrieren, wie es nötig wäre, um die Fragen zu lösen.

Von denen schwirrten zu viele durch seinen Kopf, gemischt mit der Wut auf die Menschen, die er jahrelang kannte, die normal weiterlebten und eigentlich ins Gefängnis gehörten! Warum um alles in der Welt lebten sie ihr Leben weiter, mit dem Gewissen, Menschenleben zerstört zu haben! Kaum dachte Raik daran, wurde er schon wieder so wütend, dass er am liebsten losgeschrien hätte. So viele Emotionen, die dafür sorgten, dass er die Trauer um seinen Vater gar nicht zuließ.

Jetzt musste er sich erst einmal um seine Mutter kümmern und, bis die Pastorin da war, wollte er auf jeden Fall bleiben.

In diesem Fall wollte er die Beerdigung mit abklären, es war ihm wichtig. Spätestens dann würde seine Mutter bestimmt noch einmal einen Zusammenbruch erleiden, egal ob der Kerl da war oder nicht. Warum stellte seine Mutter ihn nicht mal vor?

Eine Frage mehr von tausenden, die ihm durch den Kopf schossen und keine Antworten bereithielten.

Nach einer gefühlten Ewigkeit war sie eingeschlafen.

Ob es Tag oder Nacht war, kümmerte Keike nicht.

Die Müdigkeit überkam sie und zum ersten Mal schaffte sie es, die Angst zu vertreiben. Müde rollte sie sich auf dem kalten Boden wieder aus, rieb sich über die Augen und war erstaunt darüber, dass sie am Leben war. Alles war wie immer ... es roch muffig und kalt, sie spürte ihre Beine kaum, als wären diese schon abgestorben.

Erst als sie den heißen Atem auf ihrer Wange spürte, wurde ihr klar, was sie aus dem Schlaf gerissen hatte. Die Schritte, die sie hatte hören müssen, als er zu ihr kam! Sofort war Keike hellwach und angestrengt starrte sie in die Dunkelheit, um wenigstens Umrisse zu erkennen! Aber nichts war nur ansatzweise zu sehen. Sofort raste ihr Herz und erschrocken wich sie zurück, bis sich die Mauer schmerzhaft in ihren Rücken bohrte. "Was wollen Sie von mir?", rief sie verzweifelt, denn seit Tagen, vielleicht schon Wochen änderte sich nichts an ihrer Situation! Was erwartete der Kerl von ihr?

Er tat ihr nichts, fasste sie nicht an und vergewaltigte sie nicht. Wollte er Keike nur Angst einjagen? Das war ihm gelungen! Erschrocken zuckte sie zusammen, als eine dunkle, von einer Maschine unkenntlich verzerrte Stimme, endlich zu ihr sprach. "Ich muss dich hierbehalten", knurrte er dunkel und packte sie fest am Kinn. Fingernägel bohrten sich in ihren Hals und Keike griff automatisch nach den Händen, von denen sich eine um ihren Hals legte. Sie fand nicht heraus, ob sie einem Mann oder einer Frau gehörten. Die ganze Zeit über war Keike fest davon überzeugt, dass es doch ein Mann sein musste! Frauen taten sowas nicht ... jedenfalls redete sich die junge Frau das immer wieder ein, doch sicher sein konnte sich Keike da nicht.

Ihr Vater war tot und sie saß hier in einem verdammten Kellerloch fest, während sie um ihn trauern sollte, eine Beerdigung zu planen hatte und ihre Familie informieren musste.

All das schoss ihr durch den Kopf und der verzweifelte Gedanke, jetzt hier nicht zu sterben.

"Aber was soll das?", wimmerte Keike röchelnd, während die Finger immer fester zupackten und ihr die Luft zum Atmen nahmen. "Wenn Sie mich umbringen wollen, dann tun Sie es doch endlich! Ich verstehe nicht, was Sie von mir wollen!"

Ein Schauer lief über ihren Rücken, als sie das Lachen der blechernen Stimme hörte. "Das werden wir sehen", meinte die definitiv männliche Klangfarbe leise und so dicht an ihrem Ohr, dass Keike mit ihrem Würgereiz kämpfte. Weiterhin hielt sie die dünnen Handgelenke umschlungen, unter denen sie deutlich die Knochen spürte. "Dann tun Sie es doch endlich!", wimmerte sie leise und schluckte. "Ich halte es hier im Keller nicht mehr aus, bitte... ich weiß nicht einmal, was Sie von mir wollen oder was ich getan habe, dass ich das hier verdient habe. Mein Vater ist tot und ich sitze hier fest... Was habe ich Ihnen denn getan?" Und dann kam ihr die Frage über den Mund, die ihr schon lange im Kopf herumschwirrte. "Haben Sie meinen Vater getötet?", wimmerte sie mit Tränen in der Stimme. Würde sie jetzt doch endlich Antworten bekommen? Er war der Einzige, der was über diese ganze Sache zu sagen vermochte und egal, wie wild Keike das Herz in der Brust schlug, schien sie immer mehr mit ihrem Leben abzuschließen. Er würde sie doch nicht überleben lassen! Wer ging schon die Gefahr ein, Zeugen zurückzuschicken, die ihn als Entführer entlarven und in den Knast bringen konnten?

Keike spürte nicht einmal, wie kräftig sie sich in die dünnen Handgelenke krallte, und den Mann, der ihr die Freiheit raubte, verletzte. Selbst das Blut, welches über ihre Finger rann, schien sie nicht zu bemerken. Ihr Entführer aber schon, darum löste er sich von ihr und zischte. "Dein Vater hat es nicht anders verdient", murrte er leise. "Er hat schwere Verbrechen begangen und ist nie dafür zur Verantwortung gezogen worden, aber irgendwann holt einen die Vergangenheit doch wieder ein! Er konnte sich nicht verstecken und alle anderen werde ich auch noch kriegen. Ich werde sie alle kriegen und sie werden bezahlen." Damit verschwand er aus dem Keller und ließ Keike mal wieder allein.

Erschöpft sank sie an der Wand zusammen und schloss ihre Augen. Wurde sie unaufmerksam? Ihr wurde schwindelig und sie kämpfte mit dem Hunger, bemerkte dann aber eine Flasche an ihrer Hand! Hatte er ihr Wasser gebracht? Gierig griff Keike nach der Flasche und leerte sie fast in einem Zug. Ob ihr Entführer sie vergiftete oder nicht, war ihr in diesem Moment vollkommen egal! Der Durst war quälender und noch immer knurrte ihr der Magen. Antworten hatte Keike dadurch nicht bekommen, es bauten sich nur mehr Fragen auf!

Was hatte ihr Vater denn so Furchtbares angestellt, dass er so einen Tod verdient hatte? Wimmernd brach sie in sich zusammen und schloss ihre Arme fest um den eigenen Körper, von dem sie glaubte, er müsse gleich zerbrechen. Sie hoffte auf Antworten, aber nur eine schien sie zu erhalten: Der Mann, der sie hier gefangen hielt, war ebenfalls der Mörder ihres Vaters!

Kapitel 26

Nervös lief Klaas in der kleinen Zelle auf und ab. Es schien, als würde die Luft um ihn herum brennen. Alles war merkwürdig, er hatte einen seltsamen Geruch in der Nase und der kam nicht von dem Urin. Daran gewöhnte man sich mit der Zeit, auch wenn es Klaas noch immer wunderte. Vermutlich kam der Geruch aber sogar trotzdem von ihm selbst, er war ja auch alles andere als nüchtern gewesen zu dem Zeitpunkt, an dem man ihn hergebracht hatte. Seufzend lief der Mann weiter in der engen Zelle auf und ab, in der er sich auf einmal wie ein Gefangener vorkam.

War er das aber nicht auch?

Er war festgenommen worden, weil er versucht hatte, jemanden zu töten, und heute schämte sich Klaas dafür. Seine Fantasie musste ihm einen Streich gespielt haben. Diese Schlampe war doch seit Jahren tot! Sie konnte nicht mehr hier sein, aber ihre Tochter sah ihr zum Verwechseln ähnlich. Hätte einer der anderen sie gesehen, wäre der genauso ausgeflippt.

Es gab keinen Tag, an dem Klaas nicht bereute, was er damals getan hatte, aber er konnte es doch nicht mehr rückgängig machen! Sein ganzes Leben war an dieser Tat zerbrochen, er trank nur so viel, um alles zu vergessen. Und in diesem Moment bereute er es, keinen Schnaps in greifbarer Nähe zu haben. Mit Alkohol im Blut war man gleichgültiger und entspannter. Man vergaß und hörte auf, über Dinge nachzudenken, die nicht weiter wichtig waren.

Ändern ließ es sich doch sowieso nicht mehr! Erschöpft ließ sich Klaas auf die harte Pritsche fallen. Wann würde er hier rauskommen? Er hatte doch fast alles gesagt, was er wusste.

Selbst die Namen hatte er genannt, konnte man ihn da nicht zurück nach Hause schicken, zu seinem Alkohol, der ihm half, alles wieder zu vergessen? Klaas horchte auf, als er auf dem Gang Schritte hörte. Sie kamen der Zelle langsam näher und hoffend erhob er sich wieder. "Kann ich raus? Darf ich endlich nach Hause?", rief er gegen die verschlossene Tür, bekam aber keine Antwort. Sprach man nicht einmal mehr mit ihm? Das war doch kindisch! Brummelnd klopfte Klaas an die Tür und rief. "Hey! Ich habe doch alles gesagt, was ich weiß, lasst mich endlich nach Hause!"

In dem Moment, in dem er das sagte, drang ein so stechender, beißender Gestank in seine Nase, dass er sich fast übergab und er kannte diesen Geruch gut genug. Langsam ging er rückwärts, bis er die Mauer im Kreuz hatte und es nicht mehr weiter ging. "Was willst du?", wisperte er leise. Es war, als würde sein Herz aussetzen, als er bemerkte, wie die schwere Eisentür sich öffnete.

Und da stand er ...

Klaas war unfähig, überhaupt einen Muskel zu bewegen, denn mit allem hätte er gerechnet, nur nicht mit ihm! "Du bist tot", wisperte er leise und rieb sich über die Augen. "Ich habe gesehen, wie sie dich umgebracht haben!" Der Mann mit der zerschlissenen Jacke, der dreckigen Hose und den leeren Augen, starrte ihn schweigend an. Jedes Stück Haut war mit Moor überzogen, es sah fast so aus, als würde er aus dem widerlichen Zeug bestehen!

Das konnte nicht sein! Das hier träumte er nur!

Dabei war er zum ersten Mal seit Monaten wieder nüchtern und dann sah er keine weißen Mäuse, sondern tote Menschen?! Klaas schnürte sich der Hals zu, egal wie viele Fragen er hatte, die leeren Augen nahmen ihn gefangen. Er wusste, jetzt war er der Nächste.

Seine Tage waren gezählt und im Grunde war er fast dankbar. Diese Schuld erdrückte ihn, auch wenn er immer wieder versucht hatte, den anderen die Verantwortung zuzuschieben. "Ich werde auch sterben, oder?", flüsterte Klaas mit zitternder Stimme. Seine Beine waren weich und er war froh, die Mauer im Rücken zu haben. Der Mann kam auf ihn zu und beugte sich zu ihm herunter. Fauliger Geruch drang in die Nase des Alkoholikers, der sich erneut fast übergab.

Oder war es die Angst, die ihm in den Knochen lag? Machte sich die Panik in ihm breit und sorgte sie dafür, dass ihm so übel wurde? Klaas wusste es nicht, er verstand überhaupt nichts mehr. Sein Kopf war wie leergefegt und er wehrte sich nicht, als der Mann weiter auf ihn zukam und ihn aus leeren Augenhöhlen fixierte. Diese Augen, dieser Blick ... Klaas wurde ganz anders, als er sah, wie der Kerl auf ihn zukam und nach seinem Hals griff. Er konnte keinen Muskel mehr rühren, fast als hätten diese toten Augen ihn hypnotisiert und er wusste instinktiv, dass es für ihn keine Flucht mehr gab.

Jedes Mal fiel es ihr schwer.

Und doch raffte sich Christine immer wieder auf, das Grab ihres Kindes zu besuchen und es zu pflegen. Raik wollte damals einen Gärtner beauftragen, da er es nicht ertrug herzukommen. Doch seine Frau wehrte sich mit aller Macht dagegen. Das hier war ihr Kind und sie wollte sich selbst um die Grabpflege kümmern, obwohl es ihr jedes Mal wieder die Kehle zuschnürte. Traurig kniete sich Christine auf den Boden und fing sorgfältig an, das kleine Unkraut aus der Erde zu zupfen. Ihre Hände zitterten, ihre Kehle schnürte sich zusammen und sie kämpfte angestrengt mit den Tränen. Warum? Warum war ihr das passiert?

Hätte sie es verhindern können? Diese Fragen drehten sich in Christines Kopf, eine Antwort fand sie aber seit Jahren nicht. Ihr Kind war tot und alles, was sie tun konnte, war sein Grab zu pflegen und sich jedes Mal wieder zu fragen, womit sie das verdient hatte. War es eine

Strafe gewesen? Eine Bestrafung für das, was ihre Eltern verbrachen? Warum litt sie dann darunter?

Christine stellte sich diese Fragen seit so vielen Jahren, dass sie nicht einmal mehr genau sagen konnte, wie sehr es sie in all der Zeit schon zerstört hatte. Erschrocken wirbelte sie herum, als sich eine Hand auf ihre Schulter legte. "Ich habe dich hier eben langgehen sehen", murmelte der Mann leise und lächelte, als Christine sich erhob und Dreck aus den Kleidern klopfte. "Manuel? Was machst du denn hier? Musst du nicht bei der Arbeit sein?"

Der junge Mann nickte und fuhr sich durch die Haare. "Ja... ich musste da nur mal raus. Der Kerl hat zum ersten Mal geredet und irgendwie wünsche ich mir gerade, er hätte den Mund gehalten. Vieles will man einfach nicht wissen." Sein Blick glitt zu dem Grabstein und seine Augen verdunkelten sich ein wenig. Worte brauchte es nicht, eine Beileidsbekundung wäre vollkommen unangebracht und das wusste Manuel. Dafür kannten sie sich leider zu wenig. Welchen Schmerz musste die Frau durchlebt haben?

Schmerz, von dem es in diesem verdammten Dorf mehr als genug gab. Peinlich berührt fuhr sich die junge Frau durch die Haare, rieb sich über die Arme und zog die Ärmel des Pullovers über ihre dreckigen Hände. "Ich... also, ich denke, ich sollte nicht so viel Zeit hier verbringen. In den letzten Tagen ging so viel drunter und drüber, dass ich einfach nicht die Möglichkeit hatte, herzukommen. Kommst du in dem Fall voran?"

Christine lenkte von dem unangenehmen Thema ab, denn Fragen ertrug sie auf keinen Fall. Allerdings stellten sich Manuel viele davon und während sie den Friedhof verließen, brachen diese ohne Rücksicht auf Verluste aus ihm heraus. "Kannst du hier noch leben? Ich meine..., an dem Ort, an dem du dein Kind verloren hast? Daran zerbrechen viele Ehen", pulte er in der Wunde herum. Bedrückt senkte Christine den Blick, auf ihren Lippen lag ein trauriges Lächeln. "Meine Ehe hat es auch zerstört", gab sie offen zu und atmete tief die kühler werdende Luft ein. Es roch nach Schnee und die Nächte brachten bald Frost.

Christine erschauerte etwas und wickelte sich enger in ihre Wolljacke, die Ärmel zog sie so lang wie möglich über ihre Hände, da ihre Fingerspitzen bereits sehr kühl waren. Erstaunt sah Manuel sie an, denn mit so einer Antwort hatte er nicht gerechnet. "Ihr seid aber immer noch verheiratet, kann man da schon von einer zerstörten Ehe sprechen? Offenbar habt ihr doch noch den Willen, zusammenzuhalten."

Bedrückt schüttelte Christine den Kopf. "Ich glaube, so kann man das nicht nennen. Früher haben wir uns einmal sehr geliebt, Raik war für mich der Mann meines Lebens", meinte sie leise und fröstelte. Erstaunt sah sie zu Manuel, der sich seine dicke Jacke auszog und ihr um die Schultern legte. Ein herber, schwerer Geruch umfing sie, zusammen mit einer erstaunlichen Wärme. "Aber jetzt frierst du doch", flüsterte sie leise, doch Manuel winkte lächelnd ab. "Liebst du deinen Mann noch?", fragte er im Flüsterton weiter, während sie zwischen den Grabstätten entlangschlenderten.

Kein Ort für einen gemütlichen Spaziergang, so viel war sicher, aber es gab vermutlich keinen besseren Ort, um über etwas zu sprechen, was dem Tod nahe war. "Nein. Raik ist mein bester Freund, das war er früher schon und zwischendurch entbrannten mehr Gefühle zwischen uns. Seit dem Tod unseres Kindes haben wir uns aber verloren... jeder ging seinen Weg und ich fürchte, wir haben einfach den Mut noch nicht gefunden, dem anderen zu sagen, wie unwohl wir uns in der Situation fühlen. Und es ist vermutlich Bequemlichkeit. Wir leben jetzt schon so lange zusammen, dass wir uns gar nicht mehr vorstellen können, wie es wäre, allein zu sein." Christine genoss es, sich um ihn zu kümmern und für Raik das Essen zu kochen. Für viele Frauen wäre es ein Problem, seine Wäsche zu waschen und ihm den Haushalt zu führen, ohne jemals ein Wort der Anerkennung zu bekommen. Da Raik die meiste Zeit in seinem Revier verbrachte, war er dankbar für ihre Unterstützung und es fiel Christine schwer, sich vorzustellen, wie er alleine klarkam.

Vermutlich bestand dann seine Ernährung nur noch aus Tiefkühlpizza und Dosensuppe.

Vom Zustand der Wohnung wollte Christine lieber gar nicht anfangen und vermutlich würden ihn die Kollegen irgendwann darauf ansprechen, dass er seit einer Woche mit demselben Hemd zur Arbeit kam. Ein Lächeln huschte über ihre Lippen, während sie sich diese Situation ausmalte. Manuel sah ihr zu, wie ihre Miene sich ständig veränderte und jede Emotion schien offen darauf erkennbar zu sein. Leise räusperte er sich, um sie nicht zu erschrecken, aber dennoch ihre Aufmerksamkeit wieder auf sich zu lenken. "Ich denke, eine Ehe ist nichts, wo man nur nebeneinander her leben sollte. Hast du nicht manchmal den Wunsch, noch einmal ganz von vorn anfangen zu können? Ich meine..., willst du das alles hier nicht manchmal hinter dir lassen?" Wäre er in ihrer Situation, vermutlich wäre er schon vor der Beerdigung verschwunden, um die mitleidigen Blicke nicht mehr ertragen zu müssen.

Wenn Christine ehrlich war, hatte sie schon öfter mit dem Gedanken gespielt, der Mut blieb ihr aber immer verwehrt. "Ich habe mich nie getraut", gestand sie leise und lächelte schüchtern. "Ich bin das Alleinsein nicht gewöhnt, darum hat mir der Mut einfach gefehlt. Wenn ich mir vorstelle, dass keiner am Abend nach Hause kommt und mich braucht, fühle ich mich vollkommen nutzlos. Ich habe doch auch keine Ausbildung... und keinen Job. Ich bin einfach nur Hausfrau und wollte Mutter sein, darum zweifle ich stark, ob ich das könnte."

Manuel nickte, denn er verstand, wie sich Christine fühlte. Er war garantiert nicht der empathischste Mensch der Welt. Es fiel ihm oft schwer, sich in andere hineinzuversetzen. Aber bei Christine war es so nachvollziehbar.

Er selbst fühlte sich manchmal überflüssig, als wäre er gar nicht wichtig. In seinen Augen wäre die Welt doch die gleiche, wenn er nicht da war. Wer würde ihn denn schon vermissen? "Manchmal fühle ich mich auch so", flüsterte er leise und lächelte. "Wenn ich nach Hause komme, ist da niemand. Würde ich in meinem Fernsehsessel sterben, würden nur meine Kollegen sich nach zwei Wochen wundern, warum ich nicht wiederkomme. Eigentlich ist die Vorstellung echt ein wenig makaber, meinst du nicht auch?"

Erschrocken sah Christine ihn an, die Hand, die nach ihrer griff, fühlte sich dabei nicht einmal unangenehm an. "Das darfst du nicht sagen", flüsterte sie leise und ihre Stimme zitterte merklich. "Vom Tod habe ich in meinem Leben wirklich genug gehört. Besonders nachdem, was hier jetzt alles passiert. Ich fühle mich so, als würde meine ganze Welt zusammenbrechen, rede du jetzt nicht auch noch vom Sterben. Sonst drehe ich noch durch!" In dem Moment spürte Manuel, wie weit er bei der attraktiven Frau gegangen war und er wollte seine Worte wieder gut machen, kam allerdings nicht weiter als tief Luft zu holen. Gerade als er begann, sich eine Antwort zurechtzulegen, hörte er jemanden schreien und eine Gestalt kam auf die beiden zugelaufen, offenbar in Hektik und vollkommen aufgelöst.

"Herr Polizist! Herr Polizist!", schrie der Mann, der mit rudernden Armen auf sie zugelaufen kam, fahl im Gesicht und mit geweiteten Augen. Blinzelnd sah Manuel ihn an und griff sich den aufgeregten Kerl, der seinen massigen Körper kaum unter Kontrolle hatte. "Bobby... was ist denn los? Ganz ruhig, du hast mich doch jetzt gefunden", versuchte er den zurückgebliebenen Mann zu beruhigen. Tränen sickerten aus den großen Augen, seine Lippen bebten und der Schreck saß ihm in den Gliedern. Einen erwachsenen Mann so zittern zu sehen, rührte ihn doch immer wieder in der Seele. Bobby war ein herzensguter Mensch, was schüchterte ihn denn so sehr ein? "Beruhig dich, was ist denn passiert?", wollte Manuel wissen, was Bobby jedoch gar nicht erreichte. Er hibbelte von einem Bein auf das andere und wusste gar nicht, wie er in Worte fassen sollte, was er gerade eben gesehen hatte!

Ein paar Sekunden stotterte er einfach nur zusammenhanglose Dinge vor sich her, unfähig das, was ihm begegnet war, zu beschreiben. "Ich habe ihn gesehen", wimmerte Bobby leise und fragend sah Manuel ihn an. "Wen hast du gesehen?", fragte er nach und hielt ihn weiterhin an den Schultern fest. Aus seinem Gestammel musste man aber erst einmal schlau werden. "Den Mann aus dem Moor!", wimmerte Bobby, den Blick hektisch von rechts nach links wendend. "Der Mann, den mein Papa schlafen gehauen hat! Und jetzt ist er wieder da! Er ist aus dem Moor wieder da! Ich habe ihn gesehen! Ganz dreckig mit Moor! Ich habe ihn gesehen!" Verstört stand Manuel da und er verstand kein Wort von dem, was Bobby da sagte, während Christine an seiner Seite leichenblass wurde und erstickt aufschrie.

Kapitel 27

Allein zu sein fiel Hannah mittlerweile schwer. Obwohl Lina bei ihr war, sah sie in der plüschigen Fellkugel keinen Schutz mehr. Sollte da wieder jemand kommen und versuchen, sie zu erwürgen, war sie dieser Person hilflos ausgeliefert. Im Haus von Raik war ihr alleine die Decke auf den Kopf gefallen, was dazu führte, dass sie "nach Hause" ging.

Seufzend lehnte sie sich an die Mauer und starrte den Deich hinauf, während der aufkommende und stärker werdende Wind an ihrer Kleidung zerrte. Lina hockte vor ihr auf dem Boden, die Ohren wehten im Wind und verdeckten der kleinen Hündin immer mal wieder die Augen. Trotzdem spürte Hannah deutlich, wie intensiv die Hündin sie fixierte und den Blick nicht abwandte, als hätte sie Angst, ihr Frauchen löste sich jeden Moment in Luft auf, wenn sie auch nur einmal zur Seite sah.

Bedrückt ließ sich Hannah auf den kalten Rasen gleiten, hangelte Lina auf ihren Schoß und ordnete die zerzausten Ohren ein wenig. "Was machen wir denn jetzt, hm?", flüsterte sie leise. Statt Antworten zu bekommen, schienen sich immer mehr Fragen aufzubauen. Aus dem Haus hinter sich sowas wie eine Heimat zu erschaffen, konnte sich Hannah mittlerweile nicht mehr vorstellen und wenn sie ehrlich war, vermisste sie Hannover.

Nicht wegen der Menschen oder aus sentimentalen Gründen, sondern weil sie dort nicht so oft die Möglichkeit hatte, in den eigenen Gedanken zu ertrinken. Die individuelle Fantasie war einschüchternder als jeder Herbststurm und es fiel ihr so schwer, klar zu denken. Nichts ergab Sinn und die Suche nach ihren Eltern, die ihr wichtig war, um zu erfahren, wo sie herkam, entwickelte sich immer mehr zu einem Alptraum. Anstatt auf eine ihrer Fragen eine Antwort zu bekommen, bohrten sich neue Stachel in ihr Herz, zusammen mit den neuen

Ungereimtheiten, die ihr so viel Kopfzerbrechen bereiteten. Hinter jedem Schloss schienen drei neue zu warten und egal wie verzweifelt sich Hannah auch anstrengte, die Schlüssel zu finden, stellte sich das alles doch als unlösbare Aufgabe heraus.

Lina weckte sie aus ihren düsteren Gedanken, indem sie der jungen Frau fiepend durchs Gesicht leckte.

Dieses ganze Auf und Ab, ständig gemischt mit den eigenen Gefühlen, die ihr zum ersten Mal auf so eine Art und Weise begegneten. Verliebt war Hannah noch nie, jedenfalls nie in einen Menschen, der erreichbar war. Sie schwärmte für Schauspieler oder fiktive Personen, die ihr nie im Leben jemals näherkommen konnten. Das gab ihr eine gewisse Sicherheit. So war Hannah nicht gezwungen, sich jemandem zu öffnen, der darauf reagierte, der Fragen stellte oder Mitleid entwickelte. Es traf Männer, die für sie weiter weg waren, als alles andere auf der Welt, und damit fühlte sie sich beschützt. Es entspannte die junge Frau, zu schwärmen und in Tagträumen zu versinken, ohne sich über Konsequenzen Gedanken machen zu müssen oder mit der Angst zu leben, Kompromisse einzugehen oder sich gar zu erklären.

Und nun kam Raik in ihr Leben und schien alles auf den Kopf stellen zu wollen. Dieses Kribbeln, wenn er nach ihrer Hand griff, oder die Wärme, die sein Körper ausstrahlte, ließen Hannah die Sinne verschwimmen. Nein, um sowas durfte sie sich doch jetzt nicht kümmern! Sie war hergekommen, um ihre eigene Familie zu finden und nicht, um die ihrer einzigen Freundin zu zerstören. Einen Mann aus einer Ehe herauszuhebeln, kam für Hannah grundsätzlich nicht in Frage.

Desillusioniert drehte sich Hannah zu der Ruine, die sie am liebsten eingerissen hätte. Einfach weg, zusammen mit den verschollenen Erinnerungen, die irgendwo dort drinnen versteckt waren und doch nicht wieder vorkommen wollten.

Tränen brannten in den Augen der jungen Frau, die sich wie eine Schiffbrüchige auf hoher See fühlte. Leise winselte Lina, leckte über das Gesicht ihres Frauchens, um sie so wieder zum Lächeln zu bringen, was zum Glück auch gelang. Sanft sah sie das zarte Tier an, erhob sich dann aber wieder vom Boden. "Du hast ja Recht, es hat keinen Sinn, hier herumzusitzen und zu warten, dass die Zeit herumgeht."

Hannah fühlte sich genötigt, mit ihrem Hund zu reden, sonst wäre sie verrückt geworden. Gefühle, die sie noch nie im Leben so empfunden hatte, gemischt mit den Erinnerungen, die sie verzweifelt suchte und nicht finden konnte, sorgten bei ihr im Kopf für ein absolutes Durcheinander. Irgendwie musste sich die junge Frau jetzt ablenken und sei es damit, weitere Wände einzuschlagen. Christine war diesmal nicht da, Raik kümmerte sich um seine Mutter und sonst hatte Hannah hier doch niemanden in diesem verdammten Dorf.

Die seltsamen Blicke, die ihr immer wieder zugeworfen wurden, gingen nicht an Hannah vorbei. Einige schienen regelrecht Angst zu haben, andere warfen ihr so hasserfüllte Blicke zu, dass sich Hannah vor ihren Erinnerungen mittlerweile fürchtete. Was waren ihre Eltern für Menschen gewesen? Was hatten sie hier im Dorf angestellt, dass man sie in so negativer Erinnerung behalten hatte? Offenbar waren ja einige sogar bereit, jeden zu töten, der sie an ihre Mutter erinnerte!

Noch immer kam es ihr so vor, als würde sie die Hände an ihrem Hals spüren. Darum war Hannah erleichtert, einen dicken Rollkragenpullover zu tragen und die hinterlassenen Abdrücke so zu verstecken, am meisten vor sich selbst.

Das Haus wirkte kühl und leer.

Drinnen schien es kälter zu sein als draußen und Hannah erkannte auf ihrem dicken Parka die ersten Schneeflocken. Sie hatte die Hoffnung, hier drinnen etwas Wärme zu finden, aber da schien sie sich geirrt zu haben, wie mittlerweile so oft in ihrem Leben. Alle Hoffnungen, die sie in die Rückkehr in ihre Heimat gesteckt hatte, fühlten sich verloren an. Einsamkeit kroch in ihren Parka, ließ sie frösteln und von einem Fuß auf den anderen treten. Hier gehörte sie doch schon lange nicht mehr hin! Es war ihr zu Hause, ja ... sie wusste, dass sie hier geboren und groß geworden war, wenigstens für ein paar Jahre. Doch außer dem garantiert eindrucksvollsten Ausblick im Sommer lockte sie hier nichts mehr. Die verstohlenen Blicke, das Getuschel hinter vorgehaltener Hand und das scheinheilige Lächeln der Leute, die tatsächlich glaubten, man würde es nicht mitbekommen, verletzten Hannah zu sehr.

Waren die Menschen denn so naiv, dass ihr Gegenüber nichts davon mitbekommen konnte? Das fragte sich Hannah immer wieder. Für wie naiv hielt man sie denn? Wut kämpfte sich in ihr hoch, genau wie die Tränen der Verzweiflung. Offenbar verurteilte man sie für eine Sache, von der sie nicht einmal etwas wusste! Keiner sprach mit ihr, sagte, was los war und warum man sie nicht annahm, weil alle zu feige waren, offen mit ihr zu reden, auch wenn es unangenehm wurde. "Aus dem Grund hasse ich Menschen", murmelte Hannah leise und kraulte den Hund zu ihren Füßen etwas an den Ohren. Auf Lina konnte sie sich verlassen, ansonsten hätte die Einsamkeit sie in diesem Moment in den Wahnsinn getrieben.

Bedrückt sah sich Hannah in ihrem Elternhaus um. Die dunklen Flure kamen ihr überhaupt nicht bekannt vor und das ganze Haus schien sie von sich fernhalten zu wollen. Erst jetzt bemerkte sie etwas auf dem Boden und bückte sich danach. "Was ist das denn?", murmelte sie leise und strich mit dem Finger über die seltsame, braune Substanz, die auf dem Boden verteilt lag. Skeptisch sah sie sich um und entdeckte mehrere dieser Flecken. "Wo kommt das denn jetzt her?", beschwerte sich Hannah bei der Hündin, die leise fiepte und die Nase auf den

Boden klebte. Als sie den muffigen und strengen Geruch bemerkte, verzog Lina sofort die Schnauze, um sich kurz darauf hinter den Beinen ihres Frauchens zu verstecken. Erst jetzt, wo Hannah den Spuren mit dem Blick folgte, erkannte sie, dass es sich dort offenbar um Fußspuren handelte.

Jemand war in ihrem Haus und scheinbar hatte er diese Spuren mit Absicht hinterlassen. Sie wusste gar nicht, was sie jetzt tun sollte! Ein ungutes Gefühl beschlich sie, wie Nebel, der sich durch die Ritzen im Mauerwerk im Inneren eines Hauses breitmachte. Kälte kroch in ihre Glieder, die sich kaum bewegen ließen.

Langsam folgte sie den Spuren, wollte wissen, wo der Eindringling hinwollte. Die Schritte führten nach oben ins obere Stockwerk, wo an ihre Zimmerwand aus dieser komischen, seltsamen Masse die Worte "*Verschwinde von hier*" geschmiert standen.

Sprachlos starrte Hannah einen Moment lang die Wand an, ehe sie nach ihrem Handy griff.

Schweigend brachte Raik die junge Pastorin an die Tür. Diese verdammte Situation war ihm doch sehr unangenehm. "Es tut mir leid. Meine Mutter trauert noch sehr, sie meint das nicht so", versuchte er sich zu entschuldigen und die Situation zu retten. Beruhigend sah ihn die Frau mit ihren warmen Augen an. "Machen Sie sich keine Vorwürfe, Herr Vogelsang. Ihre Mutter hat gerade ihren Mann verloren, da ist es verständlich, wenn sie etwas heftiger reagiert. Wenn Sie es wirklich wünschen, könnte ich den Kollegen der Ihre Eltern damals getraut hat, kontaktieren. Bestimmt hat auch er volles Verständnis für den Wunsch Ihrer Mutter."

Doch Raik schüttelte sofort den Kopf. "Vielen Dank für das Angebot, aber ich werde noch einmal mit meiner Mutter sprechen. Morgen schämt sie sich bestimmt schon für ihren Ausbruch." Die Pastorin nickte, zog sich die Jacke enger zu und lächelte entspannt. Während Raik am liebsten im Erdboden versunken wäre, schien es so, als würde ihr so ein Verhalten nicht zum ersten Mal unterkommen. Sie war eben eine "Zugezogene", wenn man es so nennen wollte, und sie übernahm die Stelle eines beliebten Pastors, der nach Hamburg gegangen war, um dort eine höhere Position zu bekleiden. Sie hatte es nicht leicht, ihre Schäfchen weiterhin in die Kirche zu bekommen.

So einen Ausbruch erlebte sie bestimmt nicht jeden Tag und wäre es nicht seine Mutter, die gerade so um den Tod ihres Mannes trauerte, wäre Raik laut geworden!

Die sonst so überlegte und ausgeglichene Frau, die ihn großgezogen und erzogen hatte, warf der organisierten Pastorin vor, ihren Mann doch gar nicht zu kennen! Dabei hatte sich die Frau, Mutter einer Tochter und eines Sohnes, die sie allein großzog, solche Mühe gegeben und bereits eine Trauerrede vorbereitet, die sie nun mit seiner Mutter überarbeiten wollte! Schon nach den ersten Worten flippte die frisch gebackene Witwe aus und war so laut geworden, wie Raik seine Mutter in den gesamten Jahren nicht erlebt hatte. Sie schrie herum, für die Pastorin wäre ihr Mann doch ein Fremder und sie könnte nichts über ihn sagen, dazu habe sie nicht das Recht!

Raik wäre am liebsten im Erdboden versunken, wäre er nicht so erschrocken über diese absurde und groteske Situation gewesen.

Tränen, Wut auf Gott, sogar hysterische Anfälle waren alle von ihm in Betracht gezogen worden, nur diese Situation, die hätte er nie im Leben erwartet. Wütend stapfte er ins Wohnzimmer zurück, wo seine Mutter noch immer vor Wut auf- und ablief, während sie sich regelrecht in Rage redete. "Wer ist das denn schon?", regte sie sich auf und sah den Besucher, der sich als Björn Eindahlen vorgestellt hatte, wütend an. "Die kennt doch meinen Mann gar nicht! Wenn ich an Pastor Svennsen denke, der kannte meinen Mann! Der hat uns getraut und war ein sehr einfühlsamer Kerl, aber sie? Was denkt sie denn, wer sie ist? Tut so, als hätte sie einen Heiligenschein über dem Kopf! Die wird kein Wort über meinen Mann verlieren!" Irgendwie fühlte sich Raik, als hätte er ein bockiges Kind vor sich und keine erwachsene Frau! "Mama!", mischte er sich ein und ließ sich anmerken, wie peinlich ihm die Sache war. "Wie konntest du ihr denn so vor den Kopf stoßen? Sie ist extra den weiten Weg hergekommen und du? Wie kannst du dich denn so verhalten? Was macht das denn für einen Eindruck? Du weißt doch genau, dass Pastor Svennsen nie im Leben aus Hamburg hierherkommen wird, um die Beerdigung von Vater zu übernehmen!" Und sollte er herkommen, um das zu tun, würde Raik vor Scham im Erdboden versinken!

Diese Beerdigung würde ein Desaster werden und als reichte das nicht aus, mischte sich nun noch der seltsame Kerl mit seiner verstörend hohen Stimme ein. "Sie müssen Ihre Mutter ein wenig verstehen", fiepte Björn und lächelte so stoisch, dass sich Raik nicht sicher war, ob es ernst gemeint war.

"Sie hat einen großen Verlust erlitten und möchte nun jemanden an ihrer Seite, an den sie sich wenden kann. Jemanden, mit dem sie über ihren Mann sprechen kann und der auch genau weiß, wovon sie spricht. Nehmen Sie ihr das nicht übel. Komm Karin, setz dich doch wieder. Du solltest dich nicht so aufregen." Nun wurde auch Raik langsam wütend. Was mischte dieser Kerl sich denn da ein?! Den ging es doch nichts an und seine Mutter schien es nicht für nötig zu halten, den fremden Mann genauer zu erklären.

Gerade in diesem Moment klingelte sein Handy und genervt beantwortete er den Anruf. "Ja?", gab er bissiger von sich, als es geplant war und bereute seinen Tonfall sofort wieder.

"Ich... störe ich?", hörte er die aufgelöste Stimme von Hannah. Am liebsten hätte Raik geflucht, doch er hielt sich zurück. "Nein, schon gut.

Ich habe mich nur ein wenig geärgert, aber das hat nichts mit dir zu tun. Was ist denn los? Ist was passiert?"

Im ersten Moment druckste die Anruferin etwas herum. "Ich weiß nicht, vermutlich ist es gar nicht so schlimm, aber... ich glaube bei mir zu Hause wurde eingebrochen. Kannst du bitte mal herkommen? Ich...", sie brach ab und Raik konnte nicht genau sagen, ob sie mit den Tränen kämpfte, oder ob ihr nur die Worte für das fehlten, was geschehen war. Skeptisch sah er zu seiner Mutter, die ihn aber gar nicht mehr wahrnahm und vollkommen in ein Gespräch mit diesem komischen Björn vertieft schien. Ihr würde nicht einmal auffallen, wenn er nicht mehr da war, um sich um sie zu kümmern! Und so wie Hannah klang, brauchte sie ihn. "Bist du noch bei dir?", hakte er nach und bekam nur ein ersticktes "Ja" als Antwort. "Ich bin gleich da", meinte er leise und legte auf. Ein paar Sekunden sah er seine Mutter an, hin und her gerissen, ob er sich von ihr verabschieden sollte oder ob er es lieber bleiben ließ.

Seine Sturheit überwog dann aber doch und ohne ein Wort zu sagen, verließ er die Wohnung, setzte sich in den Wagen und fuhr mit quietschenden Reifen davon.

Kapitel 28

Zittrig lief Hannah vor dem alten Haus auf und ab, in welches sie seither keinen Schritt mehr gesetzt hatte. Diese Worte verdeutlichten doch, wie wenig die Dorfbewohner von ihr hielten! Sie war hier nicht erwünscht, eine Tatsache, die ihr zwar immer klar war, die sie aber erfolgreich verdrängt hatte. Bis jetzt! Deutlicher ging es ja nicht mehr! Seufzend sah Hannah zu ihrem Hund, der zu ihren Füßen saß und sein Frauchen misstrauisch beobachtete. „Schau mich doch nicht so an", murmelte Hannah leise. „Vielleicht war es doch ein Fehler, herzukommen. Vermutlich... wäre es doch besser gewesen, wenn ich mich nie wieder mit meinem alten Elternhaus beschäftigt hätte."

Aber dann wäre sie nie hinter die Geheimnisse gekommen, die sie umrankten. War es das wert? War es nötig, die Vergangenheit zu erkunden? Irgendwie war sich Hannah da nicht mehr so sicher. Ihr Herz hämmerte wie wild, allein bei dem Gedanken, was die Leute noch alles mit ihr machen würden, wenn sie ihren Wünschen nicht endlich nachkommen würde.

Erleichtert rannte sie zu dem Wagen, der in diesem Moment die Auffahrt hinaufkam. Kurz nachdem Raik aus dem Auto gestiegen war, fiel Hannah ihm wortlos um den Hals und fing an zu weinen. Benommen und verwirrt sah der junge Kommissar sie an, legte dann aber beruhigend die Arme um ihren zitternden Körper. Es fühlte sich komisch an, Hannah so nahe zu sein, aber er durfte sich nicht zu viele Hoffnungen machen. Sie war total verstört, darum sollte er sich sorgen und nicht glauben, sie würde Sehnsucht nach ihm haben! „Was ist denn passiert? Du warst eben am Telefon schon total durch den Wind", murmelte er leise und ließ die braunen Haare dabei zwischen den Fingern entlang gleiten. Ganz weich fühlten sich ihre Strähnen an, die in seiner großen Hand seltsam befremdlich aussahen. Es erstaunte

Raik selbst, dass er in so einem Moment daran denken konnte, ihr näher zu kommen. Als ob sie keine anderen Probleme hatten. Doch das bitterlich weinende Mädchen machte ihm schon Sorgen, denn gerade wirkte Hannah noch verletzlicher als jemals zuvor. War es überhaupt hilfreich für sie, dass sie wieder in ihr Dorf zurückgekommen war? Mittlerweile stellte er sich wiederholt diese Frage, obwohl er froh war, so die Möglichkeit zu haben, wieder mit ihr in Kontakt zu treten.

Als sich Hannah langsam beruhigte, löste sie sich aus der Umarmung und rieb sich über die Augen. In diesem Moment wurde es ihr unangenehm, dass Raik sie so sah. Ihr wuchs nur langsam alles über den Kopf und ihr Therapeut hatte sie ja mehrfach gewarnt, nicht stabil genug für sowas zu sein. Jetzt dem ganzen Hass entgegenzutreten, verdeutlichte ihr, wie instabil sie noch immer war. „Ich hätte nicht erwartet, dass die Leute mich so sehr hassen würden", gestand sie leise und nahm den Kommissar mit rein. Erklären konnte sie das nicht, er musste es mit eigenen Augen sehen. Bestimmt war es gar nicht so dramatisch und sie reagierte nur hysterisch.

Skeptisch sah sich Raik die Nachricht aus Moor an, nahm sich dann ein kleines Plastiktütchen aus der Manteltasche, von denen er ständig welche mit sich herumtrug, und löste etwas Moor von der Wand. „Ich werde das mal testen lassen, ob die Probe identisch ist mit dem Moor bei den Leichen", murmelte er leise, sah dann aber erneut zu Hannah und beschloss, seine Arbeit jetzt erst einmal außen vor zu lassen. „Geht es wieder? Bestimmt hast du dich total erschrocken. Aber wenn jemand hier in deinem Haus war, ist es uns vielleicht endlich möglich, Hinweise auf ihn zu finden. Lass dich nicht einschüchtern", versuchte Raik sie aufzumuntern.

Dankbar lächelte Hannah ihn an, nahm Lina dann aber auf den Arm, die aufgeregt durch das Haus gelaufen war, als hätte sie eine Spur in der Nase. Da sie alles andere als ein Spurensuchhund war, konnte man davon ausgehen, dass sie niemals etwas finden würde.

„Ich bin mir ziemlich unsicher, weißt du? Es kommt so vieles ans Tageslicht, was vielleicht nie hätte rauskommen dürfen. Was man meiner Mutter angetan hat... mein Vater, der verschwunden ist. Hast du dir schonmal darüber Gedanken gemacht, dass er was damit zu tun hat?" Eine Frage die Hannah schon lange mit sich trug, die sie aber nie wirklich zulassen wollte.

Nie im Leben wollte sie wahrhaben, dass ihr Vater zu so etwas in der Lage sein konnte, aber nachdem sie die Geschichte ihrer Mutter erfahren hatte, hielt sie vieles für möglich.

Sofort schüttelte Raik den Kopf. „Nein... ich kann mir beim besten Willen nicht vorstellen, dass er zu solchen Taten in der Lage gewesen wäre und er hätte dich nie im Leben im Stich gelassen! Dafür ist er einfach nicht der Typ gewesen, verstehst du? Er hat dich immer geliebt und er hat sich stets um dich gesorgt, niemals hätte er dich hier alleingelassen." Was das am Ende der Geschichte aber bedeutete, wurde dem Kommissar immer klarer. Fragend sah Hannah ihn an, atmete dann aber durch. „Dann... denkst du, mein Vater ist auch nicht mehr am Leben?"

Bedrückt zuckte der junge Mann mit den Schultern, ehe er Hannah, ohne zu zögern, wieder in die Arme schloss und an sich drückte. „Ich habe keine Ahnung... ich weiß es wirklich nicht, aber wir müssen damit rechnen", flüsterte er leise, während er ihr wieder durch die Haare streichelte. Wenn sie bei ihm war, verdrängte er seine eigenen Probleme und Schwierigkeiten.

Warum fühlte es sich bei ihr angenehm an, während er an Christine nicht mehr herankam? Sie war seine Frau, aber wenn er Nähe zu ihr aufbauen wollte, fühlte er sich wie ein Fremder. Jetzt, wo er Hannah in den Armen hielt, spürte er eine Art Verbindung zu ihr und den Wunsch, sie vor allen Grausamkeiten der Welt zu beschützen. „Hannah, ich hoffe, wir haben bald jedes Geheimnis gelöst. Ich mag mir nicht einmal mehr ausmalen, was da noch alles auf uns zukommen kann. Allein bei dem Gedanken bekomme ich eine Gänsehaut, glaub mir. Wie fühlst du dich? Willst du nicht erst einmal wieder zu Christine und mir kommen und dort übernachten? Das hier ist doch kein Zustand."

Da war ein Mann mit ihr in einem Haus gewesen, während sie oben schlief und von nichts etwas geahnt hatte. Wie musste sich Hannah da fühlen? Bestimmt war ihr das unheimlich. Doch zur Verwunderung des Polizisten schüttelte die junge Frau in seinen Armen den Kopf. „Nein... ich werde nicht klein beigeben, verstanden? Das kann und will ich nicht. Sie haben mich und meine Eltern schon einmal von hier vertrieben, du hast doch gesehen, was am Ende dabei rauskam! Sollen wir diese sturen Idioten denn so weitermachen lassen?" Innerlich kochte Hannah vor Wut, denn ihre Mutter war tot, nur weil irgendwelche Spinner ihr Maul nicht hielten.

Bestürzt sah Raik sie an, atmete aber etwas durch und nickte. „Ich versteh dich... aus einer kleinen Lüge hat sich in rasendem Tempo etwas entwickelt, was keiner mehr aufhalten konnte. Ich weiß nicht, wie man ohne sich zu schämen weiterleben kann, nachdem man solche Geschichten verbreitet hat. Jede Seite hat zwei Meinungen, aber hier kümmert sich jeder nur um die Meinung, die sich am besten verbreiten lässt. Die Wahrheit will doch keiner wissen, wenn der Skandal viel schöner zu belästern ist." Auch er war wütend, mehr als er sich selbst eingestehen wollte. Hannah tat ihm leid, denn sie war diejenige, die am Ende unter der ganzen Geschichte litt.

Ihre Mutter war tot, wo ihr Vater war, wusste keiner, und warum? Weil ein paar Leute sich damals mit Klatsch und Tratsch die Zeit vertrieben, die nicht die Wahrheit kannten und sie auch nicht wissen wollten.

Es war ja so viel spannender, sich hinter dem Rücken der Menschen das Maul über sie zu zerreißen, doch was am schlimmsten für ihn an der Sache war, war die Tatsache, dass am Ende jeder mitgemacht hatte und sich keiner nur Ansatzweise dafür schämte. Alle hatten von dem Selbstmord der jungen Frau erfahren, aber niemand hatte den Arsch in der Hose, zu hinterfragen, was zu der Zeit wirklich passiert war. Keiner hatte wissen wollen, was tatsächlich geschehen war und jetzt? Im Grunde war es doch nur so, dass sie die Konsequenzen für das, was sie getan hatten, tragen mussten.

Selbst seinen eigenen Vater konnte Raik nicht davon freisprechen. Selbstverständlich schmerzte sein Verlust und er spürte eine Trauer in sich, die er nie im Leben erlebt hatte, aber... irgendwo tief in seinem Herzen kämpfte sich immer wieder der winzige Gedanke hervor, dass er doch selbst schuld war! Wie konnte man als Sohn so denken? Es ging um seinen eigenen Vater, so zu empfinden konnte nicht richtig sein? Verteidigte man den nicht mit Leib und Seele?

Und seine Mutter? Die steckte doch ebenso in der Sache mit drin. Sie alle hier im Dorf waren darin verwickelt, weil jeder es gewusst, aber keiner etwas gesagt hatte. Warum Raik so eine Wut auf jeden von ihnen entwickelte, verstand er selbst nicht so genau, denn theoretisch kannte er doch alle Dorfbewohner seit so vielen Jahren! Niemandem hätte er so ein Verhalten zugetraut, doch die Wahrheit über einen Menschen zeigte sich eben erst in Notlagen. „Hannah, ich weiß du willst dich nicht vertreiben lassen und du bist durchaus stur genug, um auch durchzuziehen, was du dir in den Kopf gesetzt hast. Aber ich mache mir auch Sorgen um dich. Es geht hier immerhin auch darum, dass man dich angreifen könnte! Keiner weiß, zu was der Kerl noch in der Lage ist."

Allerdings hatte sich Hannah mittlerweile über den Mörder und seine Taten ihre eigenen Gedanken gemacht und in ihrem Kopf entwickelte sich eine eigenständige Theorie. „Ich glaube nicht, dass er mir etwas tun wird", murmelte sie leise und fragend sah Raik sie an. „Wie kommst du denn auf die Idee? Ich meine, warum sollte er dir nichts tun?" Es fiel Hannah schwer, es zu erklären, vor allem aber logisch wiederzugeben, was in ihrem Kopf vor sich ging.

„Weißt du... ich glaube, er würde mir nichts tun, weil er doch im Grunde meine Mutter rächt. Er rennt herum und tötet jeden, der den Tod meiner Mutter zu verantworten hat, offenbar in vielerlei Hinsicht. Ich weiß noch immer nicht, was genau dahintersteckt, aber ich bin mir sicher... er würde mir nichts tun." Für Hannah fühlte es sich mittlerweile eher so an, als ob er sie beschützen wollte oder... sie rächen. Warum es jemanden auf der Welt geben sollte, der sowas für sie tat, konnte sich die junge Frau nicht erklären, aber tief in ihr breitete sich ein seltsames Gefühl aus.

Skeptisch musterte Raik sie, schob sie aus dem Haus und deutete auf den Wagen. „Komm, fahren wir erst einmal von hier weg, ich muss die Spurensicherung herholen. Aber ich frage mich schon, was du damit meinst. Denkst du, da rennt jemand rum, der mit der ganzen Sache zu tun hat und jetzt anfängt, zu morden, um... irgendwas wiedergutzumachen?" Verunsichert zuckte Hannah mit den Schultern, ihr waren solche Gedanken doch selbst fremd. Sie ließ ihren Hund zwischen ihren Füßen sitzen, schnallte sich an und sah aus dem Fenster. Am Himmel zogen sich dicke, graue Wolken zusammen und es war bitterkalt. Fröstelnd kuschelte sie sich enger in ihre warme Jacke, ehe sie sich an ihren Fahrer wandte. „Verurteile mich bitte nicht, aber... irgendwie fühlt es sich so an, als wäre da ein Engel, der die Schuld, die diese Menschen alle auf sich geladen haben, jetzt begleichen will. Weißt du denn, ob meine Mutter wirklich Selbstmord begangen hat?" Auge um Auge, Zahn um Zahn? Was, wenn es so war? Ihr Herz schlug allein bei dem Gedanken schneller, dass es da jemanden gab, der ja im Grunde für sie durch das Dorf zog und diejenigen zur Rechenschaft zog, die ihre Familie zerstört hatten! Wieso sollte sie ihm böse sein?

Es gab keinen Grund für sie, wütend zu sein auf einen Menschen, der das vollbrachte, wozu sie nie in der Lage gewesen wäre. „Mörder sind nicht immer schwarz und weiß, oder?", wollte sie leise wissen und Raik, der seinen Blick bis eben fest auf die Straße gerichtet hatte, sah fragend zu ihr. „Mord ist falsch, egal aus welchen Beweggründen. Ich gebe zu, ich erwische mich zurzeit immer wieder dabei, wie ich eine gewisse Sympathie mit diesem Kerl aufbaue, aber trotzdem: Er ist nicht besser als diejenigen, die deiner Mutter wehgetan haben! Mord ist doch keine Lösung! Man hätte sie vor Gericht bringen können, selbst wenn die Vergewaltigung verjährt ist, aber wenn unser Verdacht stimmt und am Selbstmord deiner Mutter auch etwas nicht stimmt, dann hätten wir sie wegen Mordes anklagen können! Wir hätten alles öffentlich machen können, was damals passiert ist und dann wäre der Ruf dieser Personen für immer zerstört. Egal aus welchen Gründen, Mord ist immer falsch."

Aus ihm sprach der Polizist, aber ebenso ein Mensch, der immer im Namen der Gerechtigkeit aufgezogen wurde - von einem Mann, der eben diese mit Füßen getreten hatte. Hannah atmete durch, konnte sich dabei aber ein trauriges Lächeln nicht verkneifen.

„Ich bezweifle, dass man damit viel erreicht hätte. Wir haben keine handfesten Beweise und diese Typen hätten sich gegenseitig ein Alibi gegeben. Keiner hätte so eine Geschichte ohne Beweise geglaubt, denkst du nicht auch? Es tut mir leid, bestimmt gefällt dir meine Einstellung nicht, aber... wer auch immer das getan hat: Ich bin ihm dankbar! Ja, ich bin ihm dankbar, denn hätte er es nicht getan, ich weiß nicht, wie weit ich mit dem Wissen gegangen wäre, was man meiner Mutter angetan hat. Keiner weiß, was mit meinem Vater passiert ist, und mittlerweile brodeln in meinem Kopf tausende von Ideen! Was wenn sie ihn auch aus dem Weg geräumt haben? Wenn er zu viel wusste und sterben musste? Ich traue diesen Menschen mittlerweile alles zu und weißt du, was das Schlimmste ist? Ich wette, sie haben es alle gewusst und keiner hat etwas gesagt. Keiner... Sie haben mich und meine Eltern einfach im Stich gelassen, um ihr heiles Familienleben fortführen zu können", flüsterte sie leise und mit deutlichem Frust in der Stimme. Raik sah besorgt zu ihr, legte dann aber eine Hand auf ihr Knie. Einen Moment blieb er an der leeren Kreuzung stehen und sah aufmerksam nur zu der einsamen Frau, die mit jedem ihrer Worte verlassener, trauriger, aber ebenso frustrierter wirkte. Er hatte Verständnis für sie, mehr als sie sich vorstellen konnte, aber irgendwie versuchte er trotz allem, die heile Welt seiner Kinderzeit zusammenzuhalten, egal wie schwer es war.

Kapitel 29

Verstört stand Manuel in der kleinen Zelle, in dem man den Mann gerade von seinem Seil holte. Bevor er mit Christine hatte reden können, warum sie so blass geworden war, hatte sein Handy geklingelt und er war ins Präsidium gerufen worden. Der dortige Anblick hatte ihn komplett aus den Latschen gehauen. Da hing der Mann, den er vor wenigen Stunden in die Mangel genommen hatte, von der Decke wie ein nasser Sack. Der Strick war um seinen Hals gewickelt, die Augen traten aus den Höhlen heraus und sie waren vor Schreck geweitet. Sein Mund war weit offen, Moor tropfte daraus hervor und auch seine Kleidung war damit total verschmiert. Obwohl er sich an den Anblick gewöhnt haben sollte, lief Manuel ein Schauer über den Rücken. „Holen Sie den armen Mann doch endlich da runter!", fauchte er einen der umstehenden Streifenpolizisten an.

Die standen wie angewurzelt da, setzten sich unter seinen bissigen Anweisungen aber endlich in Bewegung. Wie um alles in der Welt war der Mann hier an Moor herangekommen? Wie hatte er es schlucken können und warum hatte niemand etwas davon bemerkt? „Wo ist der Pathologe?", murrte der geschockte Mann leise, der seinen Blick überhaupt nicht von der Leiche abwenden konnte. Ein deutlich jüngerer Kollege in Uniform, im Gesicht leichenblass und stark am Zittern, wandte sich an ihn. „Er ist schon auf dem Weg hierher", murmelte er leise. „W-was sollen wir denn machen?"

Waren diese Idioten denn ohne seine Hilfe tatsächlich komplett überfordert? Wussten die denn nicht, wie man sich in so einem Fall verhielt?

„Also wirklich! Wenn der Pathologe hier ist, wird er den Toten untersuchen, solange werden natürlich alle Beweismittel gesichert! Gibt es sonst noch irgendwas?" Bisher hatte man an jeder Leiche etwas gefunden, aber wie war hier überhaupt ein Fremder reingekommen? Sie befanden sich auf einer Polizeiwache! In einer abgesperrten Zelle, wo weder jemand rein, noch rauskommen sollte! „Gibt es hier Überwachungskameras? Wie ist jemand an den ganzen Polizisten vorbeigekommen, ohne bemerkt zu werden?", fauchte er den jungen Mann an, der sich auf einmal wegdrehte und verschwand. Fragend sah Manuel ihm nach, während einer der anderen Männer ihm mit Gesten andeutete, dass er sich wohl übergeben musste. Genervt rollte der Kriminalinspektor mit den Augen.

Konnten die jungen Männer hier denn nichts mehr ab? Wozu waren die denn bitte Polizisten geworden? Um Schafe von der Straße zu scheuchen? Misstrauisch ging er zu dem Toten, dem der Schreck ins Gesicht geschrieben stand und man merkte deutlich, dass er darüber grübelte, wie der Täter überhaupt dort reingekommen war. Irgendwer hatte ihn doch in diese Zelle gelassen! Aber auf der anderen Seite war genau das verdammt unwahrscheinlich. Bis jetzt hatte es immer Hinweise auf den alten Fall gegeben, ein Ausweis, ein Slip oder Fotos, aber dieser Tatort war ansonsten vollkommen anders.

Als Raik in den Raum platzte, zuckte Manuel doch etwas zusammen. Musste der Kerl denn immer so laut sein? „Was ist hier passiert?", informierte er sich sofort.

Seufzend deutete Manuel auf die Leiche, die von den Polizisten misstrauisch beäugt wurde. „Offenbar hat er ein schlechtes Gewissen gehabt und sich das Leben genommen, anders kann ich mir nicht erklären, wie er da oben hingekommen ist. Aber, wo hat er das Moor hergehabt? Und das Seil?", murmelte er leise und wieder mehr zu sich. Raik trat an ihn heran und musterte den Toten, dann aber ebenfalls die Fußspuren auf dem Boden. „Die erinnern mich an etwas", meinte er leise. „Ich meine... ich war gerade bei Hannah, weil bei ihr eingebrochen wurde und jemand mit Moor an ihre Wand geschmiert hat, dass sie verschwinden soll. Ich möchte jetzt echt einen an der Waffel haben, wenn das nicht die gleichen Fußspuren sind!" Erstaunt sah Manuel zu ihm, denn ihm wurde bewusst, dass dieser Fall langsam Ausmaße annahm, mit denen er nicht gerechnet hatte. „Okay, wir lassen das überprüfen. Hast du die Spurensicherung schon zu ihr nach Hause geschickt? Und wo ist sie jetzt?"

Raik lächelte etwas. „Ich habe sie zu Christine geschickt, die auch wieder zu Hause sein sollte." Da stimmte Manuel zu, denn obwohl er sie gerne nach dem Grund ihres Schocks gefragt hätte, konnte er sich in dem Moment nicht so um sie kümmern und mit Bobby im Schlepptau hatte er sie nach Hause geschickt. „Gut, dann ist sie jetzt wenigstens nicht alleine... ich denke das ist jetzt ja doch am Wichtigsten. Wenn sie zu zweit sind, sind sie wenigstens in Sicherheit. Gut, jetzt wo wir das geklärt haben, müssen wir uns hier um den Fall kümmern. Offenbar ist hier jemand reingekommen, ist der Flur nicht kameraüberwacht?"

Nickend drehte sich Raik weg und verschwand aus der Zelle. Tief atmete Manuel durch, der nicht wusste, wie er diesen Fall jetzt einordnen sollte. Die anderen Fälle hatte man wenigstes nicht als Selbstmord getarnt, man hatte Hinweise hinterlassen, aber das hier?

Das musste doch ein Trittbrettfahrer sein! Wütend schlug er gegen die Wand, verließ dann aber die Zelle und folgte seinem Kollegen. „Das kann nicht sein! Es kann nicht sein, dass jemand hier in ein Revier einbricht und jemanden tötet, ohne bemerkt zu werden! Es muss Spuren geben!"

Fragend sah Raik zu ihm, legte die Akte auf den Tisch und musterte den Hamburger. „Wir haben bis jetzt nie Spuren gefunden, warum sollte es auf einmal anders sein?", hakte er nach. „Wir haben an den Tatorten weder Fingerabdrücke noch sonst etwas gefunden, über die Fußspuren sollten wir froh sein! Damit haben wir wenigstens einen Anhaltspunkt!

Gut, vermutlich eine Schuhgröße die jeder zweite hat, aber wir hätten etwas mehr als Nichts. Wie der Mann da reingekommen ist, weiß ich ja auch nicht, wir können uns aber die Bilder der Überwachungskamera ansehen." Seufzend fuhr sich Manuel durch die Haare, denn ob es ihm gefiel oder nicht, er stimmte Raik zu. Die Spuren aus Moor waren mehr, als sie bisher je hatten!

Eigentlich sollte er sich darüber freuen, für ihn wurde die Angelegenheit jedoch nur schwieriger. Wie kam jemand an den Überwachungskameras vorbei? Oder war es doch Selbstmord? „Du weißt aber schon, dass es auch ein verdammt schlechtes Bild auf die Polizei der Gegend wirft, meinst du nicht auch?", murrte er leise, setzte sich dann aber an seinen Schreibtisch und atmete durch. „Okay... leider haben wir auch nicht viel aus ihm rausbekommen. Jedenfalls nicht mehr als wir schon geahnt haben. Wenigstens hat er noch sein Geständnis unterschrieben, aber er war nicht mehr in der Lage uns noch Namen zu nennen, da hat er sich geweigert. Sonst hätten wir ja vielleicht noch ein potentielles Opfer! Wer hätte denn auch ahnen können, dass der Mörder sogar in ein Revier einbrechen würde? Ich dachte, der Kerl wäre hier am sichersten Ort der Welt!" Und vermutlich hätten sie so ein paar Namen herausbekommen, denn wer wusste schon, wie viele da noch drin verwickelt waren? Er hatte zwar eine Zahl genannt, aber die konnte genauso gut gelogen sein.

Raik musterte seinen Kollegen etwas, setzte sich dann an den Schreibtisch und atmete durch. „Ich wäre auch davon ausgegangen, dass er hier sicher ist, aber offenbar haben wir uns beide da getäuscht und zerbrochenen Eiern nachzuweinen bringt nichts. Wie hoch ist die Wahrscheinlichkeit, dass hier wirklich jemand reinkommt? Damit rechnet doch keiner. Also hör auf, dir ein schlechtes Gewissen zu machen." Offenbar gab sich Manuel die Schuld am Tod des Mannes, doch keiner hätte sowas vorhersehen können. Ein wenig seufzte der junge Mann auf, nickte dann aber. „Ja, du hast ja Recht, aber frustrierend ist es trotzdem. Ich meine, er war in unserer Obhut und wir hätten sowas wie ein Auge auf ihn haben sollen. Meinst du nicht... naja, ich denke eben, dass es irgendwie auch für mich ein Armutszeichen ist. Wie hoch ist die Wahrscheinlichkeit, dass er sich doch selbst das Leben genommen hat? Jeder kann sich in einer Zelle erhängen, oder nicht? Hat es ja alles schon gegeben..."

Etwas nickte Raik, griff in eine Schublade und holte eine Packung Zigaretten raus. Er rauchte nicht in seinem Büro, aber diese Situation war eine totale Ausnahme. „Stimmt, er kann sich erhängt haben, aber wir müssen den Bericht des Pathologen abwarten. Wenn er nämlich wirklich doch am Moor erstickt ist, kann er es nicht selbst gewesen sein. Selbst in dem Fall, dass er sich selbst getötet hat, müssen wir immer noch klären, wo das Moor hergekommen ist. Irgendwer muss es dorthin gebracht haben, schließlich haben wir sowas üblicherweise nicht in unseren Zellen! Und wir müssen die Fußabdrücke vergleichen. Sollten die wirklich mit denen in Hannahs Haus übereinstimmen, haben wir zum ersten Mal sowas wie Anhaltspunkte! Irgendwo muss es dann doch die mit Moor überzogenen Schuhe geben, die zu den Abdrücken passen, meinst du nicht? Vielleicht hat er uns damit endlich den Fehler geliefert, nach dem wir schon so lange suchen? Auf den wir so lange warten? Sich hier reinzutrauen, war vielleicht der Fehler, den wir brauchten." Dafür musste man auf den Überwachungskameras aber jemanden sehen!

Noch immer skeptisch, aber doch leicht überzeugt stimmte Manuel ihm zu und griff ebenfalls nach einer der Zigaretten. Bisher spielte Raik nur damit, drehte sie in seinen Fingern und schien sie gar nicht rauchen zu wollen. „Was genau ist denn im Haus von Hannah passiert?", lenkte sich der überforderte Hamburger Kriminalinspektor ab. Vielleicht war das ja genauso wichtig? Raik steckte die Zigarette wieder weg, ohne sie zu rauchen und ohne sich weiter damit zu beschäftigen.

„Man hat mit Moor an ihre Wand geschmiert, dass sie verschwinden soll. Ich verstehe nicht, was alle gegen sie haben! Immerhin ist Hannah doch auch nur ein Opfer. Sie hat niemals jemandem etwas getan, aber man hat ihr viel angetan und trotzdem ist sie für jeden noch immer die Böse. Ich sehe doch auch die Blicke, die man ihr zuwirft. Obwohl es schon so viele Jahre her ist, denken die Menschen noch immer, dass alles wahr ist, was man sich damals über ihre Mutter erzählt hatte. Und ich will nicht wissen, was für Gerüchte es auch schon über sie gibt." Man merkte ihm dem Frust deutlich an. Er wollte Hannah doch nur beschützen, aber keiner schützte einen vor dem niederträchtigen Mundwerk der Menschen und deren Lügen. Solche Märchen verletzten genauso wie Messerstiche.

Wie sollte sich jemand fühlen, der von allen bloßgestellt wurde, ohne dass man ihm die Chance gab, sich gegen die Gerüchte zu wehren? Sie verbreiteten sich wie Viren, befielen jeden, aber keiner hatte den Mut, offen darüber zu reden. Gerüchte waren wie die Pest, jeder redete hinter vorgehaltener Hand über einen, aber keiner wollte der Wahrheit auf die Spur kommen.

„Wie willst du eigentlich die Sache mit Hannah wieder geradebiegen?", hakte Manuel nach, der deutlich merkte, wie intensiv Raik sich in diese Geschichte kniete und wie furchtbar es ihn mitnahm, was man über Hannah erzählte. Ihm war schon aufgefallen, dass die Leute hinter ihrem Rücken tuschelten und wieder anfingen, Märchen zu verbreiten.

Dass sie in dieser Geschichte das Opfer war, konnte man aber doch nicht leugnen! Allerdings waren grausige Märchen für die Leute oft sehr viel mitreißender als die Wahrheit. Und eine Lüge war leichter zu glauben. Selbst wenn jetzt die gesamte Wahrheit rauskam, weil jemand den Mut fand, diese zu verbreiten, hörten die Gerüchte mit Sicherheit nicht auf.

Raik wollte sich um Hannah kümmern, was für jeden mehr als offensichtlich war, vermutlich ebenso für seine Frau, deswegen musste er doch einen Plan haben, wie es weitergehen sollte. Doch so wirklich schien er sich mit dem Gedanken bisher gar nicht auseinandergesetzt zu haben. „Keine Ahnung, vielleicht in die Zeitung bringen oder ins Fernsehen, ich weiß es auch noch nicht. Vermutlich wird die Wahrheit keiner hören wollen, denn am Ende bleiben die Leute doch wie sie sind. Ich halte es jedenfalls nicht für die beste Idee, dass Hannah weiterhin hier lebt. Diese Geschichte wird den Menschen immer im Gedächtnis bleiben. Die Leute im Alter meiner Mutter werden vermutlich die Wahrheit nicht mal hören wollen! Sie werden weiterhin an diesen Gerüchten festhalten und alles rechtfertigen, was damals passiert ist. Und die Kinder? Sei doch ehrlich, welches Kind hört gerne, dass der Vater, der Onkel oder der beste Freund vom Vater ein Vergewaltiger ist?

Selbst, wenn alle wüssten, wer hier das Monster ist, würden sie Hannah immer eine Mitschuld geben. Genauso wie sie ihrer Mutter schon eine Mitschuld an ihrer Vergewaltigung gegeben haben. Ich hätte nie gedacht, dass die Leute, die ich seit meiner Jugend kenne, wirklich zu so etwas in der Lage sein könnten."

Ein ganzes Dorf schwieg eine grausame Vergewaltigung vor den Augen eines Kindes tot. Warum? Wie ekelhaft Menschen sich geben konnten... Oder sollte er eher sagen, wie ignorant waren manche Menschen? Um das perfekte Bild einer noch perfekteren Dorfidylle aufrecht zu erhalten, tat man einfach so, als wären die Täter in Wahrheit die Opfer gewesen. Man verdrehte Wahrheiten und schütze diejenigen, die Schuld an so einem grausamen Verbrechen waren, anstatt sie zur Rechenschaft zu ziehen. Wütend stand Raik auf und er begriff langsam, warum die Leute so gerne zum Boxen gingen, um den Frust loszuwerden! Jetzt wünschte er sich einen Sandsack, auf den er einschlagen konnte. Besonders, weil er sich damit auseinandersetzen musste, dass sein Vater, der theoretisch auf der Seite des Gesetzes hätte sein sollen, einer von denen war. „Weißt du was?", murmelte er leise und sah Manuel an, den er gar nicht leiden konnte, der aber doch der Einzige war, mit dem er darüber reden durfte, ohne Konsequenzen zu erwarten.

„In meinen Augen ist das ganze Dorf schuldig. Die einen sind vielleicht die Täter, die tatsächlich etwas getan haben, aber das ganze Dorf ist mitschuldig, weil sie einfach die Augen zugemacht haben. Wenn da draußen wirklich jemand rumläuft, der alle zur Rechenschaft ziehen will, wie hoch ist die Wahrscheinlichkeit, dass er das gesamte Dorf umbringt?" Blinzelnd sah Manuel ihn an, schüttelte dann aber den Kopf. „Unsinn, sowas würde doch keiner tun. Ja, wenn ich mir die Namen derer ansehe, die damals an der Vergewaltigung beteiligt gewesen sein könnten, dann ist es wohl wirklich so, dass man sie zur Rechenschaft gezogen hat. Deswegen rennt aber doch keiner los und tötet ein ganzes Dorf... oder?" Sicher war er sich mittlerweile nicht mehr, aber er verstand, wie Raik sich fühlte.

Leise räusperte sich Manuel und beugte sich zu dem Kommissar, der offenbar total durch den Wind war. „Jetzt sei aber bitte ehrlich zu mir... du hast nichts mit der Sache zu tun, oder? Ich meine, ich würde niemals jemandem etwas davon sagen, weil ich ebenfalls leichte Sympathien mit dem Täter hege, aber sei ehrlich!" Blass schüttelte Raik den Kopf. „Nein! Das würde ich nie tun! Selbst wenn ich den Kerl verstehen kann, denn ich gehe davon aus, dass es ein Mann ist, kann ich das nicht gutheißen! Wir reden hier von Morden! Sowas kann man nie rechtfertigen... nie im Leben. Außerdem haben wir noch immer eine Frau, die verschwunden ist und die wir finden müssen. Das dürfen wir auf keinen Fall vergessen." Man verlor es fast aus den Augen, dass da noch immer jemand entführt worden war und darauf hoffte, von ihnen gerettet zu werden, sollte es nicht schon zu spät sein.

Zustimmend nickte Manuel und er betete, dass sie diese Frau nicht als nächste Leiche fanden. Bisher gab es ja keine Hinweise, wo sie sein konnte. „Gut, während der Tote obduziert wird, sollten wir uns vielleicht wirklich auf den Entführungsfall konzentrieren. Nehmen wir uns noch einmal die Karte der Gegend vor und überlegen wir uns, wo man jemanden hinbringen könnte, der nicht mehr gefunden werden soll. Und vor allem sollten wir uns überlegen, was das soll!"

Für diese seltsame Entführung gab es gar keine Verbindung zu dem Fall. Die Morde ließen sich erklären, wenn auch auf unschöne Art und Weise, aber eine Entführung fiel total aus dem Rahmen und Raik wurde klar, dass er diesen Fall bisher viel zu sehr ignoriert hatte.

Kapitel 30

Mit traurigen Blicken beobachtete Christine den jungen Mann, der in ihrem Garten spielte und die unbenutzten Spielgeräte zum ersten Mal testete. Ihre Hände zitterten und sie zuckte zusammen, als Hannah ihren Verband fester zog. „Was ist denn los?", murmelte sie leise und musterte die Blondine, die mittlerweile ihre Freundin geworden war. Christine hatte einen Tee kochen wollen, aber ihre Hände zitterten so sehr, dass ihr die Kanne mit dem kochenden Wasser aus eben diesen gerutscht war und sich der halbe Inhalt über ihre Hand ergossen hatte. „Es ist so schwierig", gestand sie leise. Seit Jahren trug die junge Frau ein Geheimnis mit sich herum, über das sie nie mit jemandem gesprochen hatte.

Es brodelte in ihr, es kochte in ihr und trotzdem traute sie sich nicht, etwas zu sagen. Verunsichert sah sie Hannah an, Opfer der ganzen Geschichte und so unwissend. Jahrelang hatte man Christine immer wiederholt gesagt, dass sie niemals darüber reden durfte! Nein... selbst jetzt konnte sie nicht ein Wort über die Sache verlieren. Es tat ihr doch alles leid, doch das, was man damals mit ihr gemacht hatte, konnte sie nicht so einfach vergessen!

Hannah sah ihre Freundin besorgt an und nahm ihre gesunde Hand. „Christine... ich habe dich wirklich sehr lieb und du weißt, dass keiner von uns damals in einem Alter war, in dem wir selbst etwas entscheiden konnten. Du weißt irgendwas, aber du willst nicht darüber reden, nicht wahr?" So einfühlsam war sie. Wieder kamen Christine die Tränen und bedrückt nickte sie. „Ja... ich glaube, dass ich damals etwas gesehen habe, was ich nie hätte sehen dürfen. Mein Vater hat mir eingeprügelt... und ich meine eingeprügelt, dass ich niemals darüber reden darf! Niemals!", schluchzte sie leise, setzte sich auf einen Küchenstuhl und kauerte sich dort zusammen. Besorgt kniete sich Hannah vor sie, legte ihre Hände auf die Knie der jungen Frau und suchte ihren Blickkontakt. „Christine... wir waren Kinder", flüsterte sie leise. „Wenn du weißt, wo mein Vater ist oder was damals wirklich mit meiner Mutter passiert ist, dann sprich mit mir, bitte...!"

Sie flehte, bettelte geradezu um die Wahrheit, die doch quasi vor ihr lag. Nervös zuckte Christine mit den Schultern, versuchte dann aber in Worte zu fassen, was sie damals erleben und mit ansehen musste. „Ich kann mich nur noch an Bruchstücke erinnern", flüsterte sie leise und mit gebrochener Stimme. Schweigend starrte sie auf ihre zitternden Hände, um Hannah nicht in die Augen sehen zu müssen. Zu sehr fürchtete sie sich vor der Enttäuschung, vor der Wut in ihrem Blick, aber genauso vor der Trauer. Damals war sie noch sehr jung gewesen, zu klein, um zu verstehen, was dort geschehen war.

Selbst jetzt fiel es ihr schwer, die passenden Worte zu finden. „Ich... erwarte nicht zu viel, aber ich glaube, dein Vater ist tot. Ich habe damals gesehen, wie sie seinen Körper mit dem Trecker weggebracht haben. Er lag im Schlamm... Mein Vater war derjenige, der ihn mit dem Trecker weggefahren hat, aber ich weiß nicht, wohin oder wie es ihm ging. Ich habe die ganze Zeit über geweint und geschrien, bis mein Vater mich geschlagen hat und meinte, ich sollte damit aufhören und niemals mit irgendwem darüber reden, was ich gesehen habe. Da war so viel Blut, Hannah! So viel Blut... ich habe das damals nicht verstanden." Bis heute weigerte sie sich, es zu verstehen!

Benommen sah Hannah in das Gesicht der Frau, die blass und zittrig vor ihr saß. Ein Häuflein Elend und eigentlich wollte Hannah nicht wissen, was ihr Vater alles getan hatte, damit das damalige Kind bis heute den Mund hielt. Offenbar waren die Menschen in diesem Dorf zu vielem bereit, nur um den schönen Schein zu wahren. „Bist du dir sicher?", fragte sie trotzdem nach, auch wenn sie merkte, wie tief sie damit in den Wunden ihrer Freundin herumstocherte. Christine rieb sich über die Augen, versuchte ihre Tränen zu stoppen und sich doch so viel wie möglich von der damaligen Situation ins Gedächtnis zu rufen. Es war so lange her und sie hatte erfolgreich so viele Dinge verdrängt, dass sie ein entspanntes Leben führte, ohne jede Nacht in ihren Träumen von den Bildern der damaligen Zeit eingeholt zu werden.

Selbst wenn sie jetzt versuchte, so viel wie möglich zu wecken, war sich Christine gar nicht sicher, was davon stimmte und welche Details nur verschwommene Erinnerungen entstanden aus einem Alptraum waren.

„Ich... ich kann es dir nicht genau sagen. Da war Blut, so viel weiß ich. Und ich bin mir sicher, es war dein Vater. Alles andere kann ich dir einfach nicht mehr sagen. Ich habe es verdrängt... ich weiß nur noch, wie dieser leblose Körper auf den Trecker meines Vaters gehoben wurde und der damit dann weggefahren ist. Ich wollte nie mit jemandem darüber reden, man hat es mir immer verboten. Glaub mir, mein Vater war danach nicht mehr er selbst." Nach der Sache hatte sich vieles verändert, aber sie hatte nie verstanden, warum es so war.

Hannah sah aus dem Fenster zu Bobby, der begeistert auf der Schaukel saß und friedlich wie selten war. „Warum bist du gerade jetzt darauf gekommen?", wollte sie leise wissen und Christine deutete mit dem Kopf in seine Richtung. „Wegen ihm. Als er meinte, er hätte den Mann aus dem Moor hier gesehen... da... ich weiß nicht, die Bilder kamen einfach wieder. Moor... davon haben sie damals auch immer geredet. Sie wollten ins Moor", murmelte die Blondine leise, deren Hände langsam nicht mehr so zitterten.

Allein die Erinnerungen an die Zeit damals taten weh, obwohl es befreiend war, endlich mal darüber zu reden. Doch auch wenn es schon so lange her war, vergaß sie die Strafen, die sie bekommen hatte, als sie doch fragte, nicht.

Ihr ganzer, zarter Körper verkrampfte sich und obwohl Hannah sich nicht einmal vorzustellen vermochte, was Christine damals gesehen haben musste, spürte sie, wie furchtbar sie unter der Vergangenheit litt. „Schon gut", meinte Hannah leise und lächelte aufmunternd. „Wir finden schon raus, was damals los war, da bin ich mir sicher. Entspann dich ein bisschen, trink deinen Tee. Überlassen wir das Manuel und Raik, die zwei kämpfen ja nun schon für uns."

Erstaunt sah Christine zu ihr, denn dass sie weiterhin lächelte, bewunderte sie. Gerade erfuhr sie, dass ihr Vater vermutlich tot war und wieder einmal die Bewohner des Dorfes dahintersteckten, aber sie saß da und lächelte, in Sorge um Christine! Wie war sie dazu in der Lage?

Wie konnte man so emotional gefestigt sein?

„Wenn es stimmt und deine Eltern beide nicht mehr am Leben sind, willst du dann wirklich hierbleiben?", murmelte Christine leise. „Ich kann mir mittlerweile selbst nicht mehr vorstellen, weiterhin in diesem Dorf zu leben. Wenn ich den Menschen in die Augen sehen muss, die ich eigentlich seit so vielen Jahren kenne und mit denen ich immer befreundet war, werde ich immer nur diese Taten sehen. Ich kann doch mit denen nicht mehr normal umgehen!"

Es war, als wären aus Freunden Monster geworden, die in den Schatten lauerten und nur darauf warteten, sie anzufallen. Aber was Christine überhaupt nicht wollte, war Teil davon zu werden. Sie konnte nicht sein wie alle anderen, sich hinter einer Fassade verstecken, die nur auf Lügen und Mord aufgebaut war. „Denkst du, Raik und Manuel werden irgendwas finden? Ich meine, es gibt so wenige Hinweise und so wenig, was man wirklich weiß. Alle werden den Mund halten. Es gibt keine Beweise, also wird man auch niemanden der Täter heute noch zur Rechenschaft ziehen können. Was soll denn passieren? Dass man das gesamte Dorf wegen Mordes anklagt? Denn im Grunde hat doch jeder davon gewusst und jeder hat den Mund gehalten, sie sind doch alle schuldig!", regte sie sich auf und spürte, wie ihr vor Wut wieder die Tränen kamen. So viele Emotionen hatte sie seit dem Tod ihres Sohnes nicht mehr erlebt.

Die Zeit damals war die reinste Hölle gewesen, aber sie hatte vor allem etwas in ihr abgetötet. Als wäre sie nicht mehr in der Lage dazu, zu empfinden. Und jetzt? Sie wurde von einem Gefühl ins andere geworfen, ohne sich dagegen wehren zu können. So hilflos hatte sie sich noch nie im Leben gefühlt! Hannah streichelte etwas durch ihre Haare und lächelte sanft. „Ich weiß es nicht. Ich weiß nicht, ob es für diejenigen, die jetzt noch am Leben sind, irgendwas an Konsequenzen geben wird. Keiner weiß, ob der Selbstmord meiner Mutter etwas anderes war, als ein Selbstmord und ob mein Vater noch am Leben ist oder nicht, kann auch keiner sagen. Ich weiß nicht, ob wir noch etwas an Hinweisen bekommen, denn die Einzigen, die etwas dazu hätten sagen können, sind nicht mehr am Leben! Es wird nie einer rausfinden, fürchte ich."

Eigentlich war es frustrierend und traurig, aber gab es noch eine Chance zu erfahren, was damals in diesem verdammten Dorf passiert war? Ein Dorf, in dem nach der Meinung der beiden Frauen jeder ein Mörder und Mitwisser war? Alle waren schuldig und keine von ihnen wollte noch lange hier leben. Seufzend nickte Christine etwas, kam dann aber wieder auf die Schatulle zu sprechen, die sie ja Raik gegeben hatten, damit der sie öffnete. „Die Büchse der Pandora und bisher ist noch keiner mutig genug gewesen, sich genauer anzusehen, was sie verbirgt. Ich meine, wir haben sie endlich offen und trotzdem hat noch keiner den Deckel angehoben." Hatten sie Angst davor?

Erstaunt sah Hannah zu ihr, nickte dann aber etwas.

„Stimmt. Jedes Mal, wenn ich reinsehen wollte, ist irgendwas dazwischengekommen. Wo ist die Schatulle überhaupt hin? Ich habe sie das letzte Mal gesehen, als Raik sie in den Händen hatte." Und seither war wieder so vieles geschehen, dass sie nicht einmal mehr sagen konnte, wo das verdammte Ding hin war. Verbargen sich darin die letzten Lösungen? Stellte sich damit endlich klar, was wirklich geschehen war?

Mit einem Mal wurde Hannah doch etwas übel. Jetzt wo es doch ernst wurde, war sie sich nicht einmal mehr sicher, ob sie alles ertragen konnte. Was sie bisher erfahren hatte, reichte ihr schon vollkommen und brachten ihre Welt bereits zum Einstürzen. Es wurde doch im Grunde nur grausamer.

Christine nahm ihre Hand und lächelte etwas.

„Aber weißt du, auch wenn die Geschichte deiner Eltern alles andere als schön ist und du gerade denkst, dass es nicht schlimmer hätte kommen können, gibt es in meinen Augen auch etwas, woran du dich festhalten solltest. Deine Eltern haben sich geliebt und sie haben dich geliebt. Egal, was passiert sein mag, jeder konnte sehen, dass sie dich vergöttert haben und dass sie sich wirklich sehr geliebt haben. Am Ende war das doch auch das Problem. Hätte deine Mutter sich auf die anderen Männer eingelassen, wäre vielleicht nie mehr daraus geworden, aber weil sie deinen Vater liebte, hat sie es nicht getan. Ich denke... auch wenn alles wirklich grausam ist, ist es doch auch wichtig zu wissen, wie sehr sie dich geliebt haben, oder?" Hielt man sich in so einem Moment nicht an dem fest, was positiv und beruhigend war?

Erstaunt sah Hannah sie an und lächelte kurz darauf etwas. Christine hatte ja Recht und es fühlte sich gut an, von einer Freundin so einen Zuspruch zu bekommen. Entschlossen atmete sie durch, erhob sich dann aber und holte die Schatulle in die Küche. Skeptisch sahen sich die jungen Frauen ein weiteres Mal an, dann öffnete Hannah das kleine Stück mit zitternden Händen. Enttäuscht und verwirrt stand sie da, denn die Schatulle war leer. Aber... sie war nicht von Anfang an leer gewesen!

Es hatte darin geraschelt und geklappert, wo waren die Sachen hin? Verzweifelt rüttelte Hannah erneut an der Schatulle, aber sie war still und gab keinen Mucks mehr von sich. „Wo ist denn das Zeug hin, was da drin war?", murmelte Hannah. „Da war irgendwas drin! Wir haben es doch beide gehört, oder?"

Zustimmend nickte Christine, die ebenfalls total verwirrt war. „Ja... ich habe auch das Klappern gehört." Was war denn jetzt los? Und außer ihnen und Raik wusste doch niemand etwas von der Schatulle! Es kam den beiden sehr komisch vor und Christine schloss die Augen. Für sie war es vollkommen klar, dass ihr Mann bestimmte Dinge verheimlichte, obwohl er sich doch so furchtbar bemühte, alles über diese Morde herauszufinden! Aber sonst war doch niemand hier!

„Was machen wir jetzt?", nuschelte Hannah leise, die mittlerweile mit ihrem Latein vollkommen am Ende war und nicht mehr wusste, was sie tun sollte.

Beruhigend nahm Christine ihre Freundin in den Arm und drückte sie an sich. Was hatte Raik mit der ganzen Sache zu schaffen? Was versuchte er zu vertuschen? Warum erschwerte er ihnen alles? Oder war doch jemand eingebrochen? Sie musste mit ihrem Mann sprechen! Es gab so viele Dinge, über die sie schon viel früher hätten reden müssen, aber wenn das hier jetzt nicht der passende Moment war, würde er nie kommen!

Seit Stunden war niemand mehr bei ihr.

Keike fühlte sich, als hätte man sie hier vergessen, wo auch immer sie war. Die Kälte kroch ihr in die Kleidung, die war klamm und sie zitterte am ganzen Leib. Die Stille wurde von ihrem knurrenden Magen zerrissen, weil sie schon Ewigkeiten nichts mehr zu essen bekommen hatte. Selbst Wasser verweigerte man ihr! Hatte man sie dazu verurteilt, hier unten zu sterben? Einfach zu verdursten?

Immer wieder lauschte sie, in der Hoffnung einen Wagen zu hören oder jemanden, der zu ihr kam. Ihre Kehle war staubtrocken, sie fühlte sich wie weggeworfen. Tränen brannten in ihren Augen und sie fragte sich, ob sie ihren Vater jetzt schneller wiedersehen würde, als ihr lieb war. Keiner hatte mit ihr gesprochen, sie wusste ja nicht einmal, warum sie hier war! Was hatte sie denn demjenigen getan, der sie hierhergebracht hatte. Wimmernd zog Keike ihre Beine an und schloss ihre Augen. Alles tat ihr weh, ihre Füße fühlten sich taub an, ihre Handgelenke brannten und ihr Rücken schien sie kaum zu halten. Immer wieder fielen ihr die Augen zu, sie war so müde und erschöpft, aber in ihr saß die Angst, niemals mehr wach zu werden, sollte sie hier einschlafen. War es das jetzt mit ihr? Warum kam der Mann nicht mehr wieder? Keike war sich sicher, es musste ein Mann sein, der sie hier sterben ließ.

Aber warum? Sie erinnerte sich doch kaum an etwas! Sie hatte ihren Vater tot gefunden und ja, da war dieses Auto, von dem sie aber nicht einmal mehr das Kennzeichen wusste. Wäre sie damit jemandem zur Gefahr geworden? Niemals wäre sie auf den Gedanken gekommen, diesen Wagen als wichtig zu empfinden, hätte man ihr hier unten nicht so enorm viel Zeit gegeben, um darüber nachzudenken! Erst hier waren ihr diese Gedanken gekommen, aber etwas daraus machen, konnte Keike nicht. Was erwartete dieser Mann von ihr? Immer wieder drehten ihre Gedanken sich nur um das gleiche Thema, ohne dass es ihr weiterhalf.

Nichts brachte sie weiter in diesem Moment. Ihre Lippen waren rissig, trocken und mit jeder Minute, in der sie auf dem kalten Boden saß, ohne sich richtig bewegen zu können, wurde ihr klarer, dass sie niemals lebend aus der Situation rauskommen würde. Dieser Ort hier würde ihr Ende werden und traurig schloss Keike ihre Augen. Ihre Mutter erfuhr nie, was aus ihr geworden war, ihre Freunde vermissten sie vermutlich eines Tages, aber sie war sich ja nicht einmal sicher, ob man nach ihr suchte! Wusste da draußen überhaupt irgendjemand, dass sie verschwunden war? Und wo sollte man nach ihr suchen? Auf dem Land gab es genug abgeschiedene Orte, wo man jemanden unterbringen konnte, ohne dass irgendwer auf die Idee kommen würde, dort nach ihr zu suchen.

Keike fühlte sich einsam, aber ihr wurde ebenso klar, dass sie nichts mehr verhindern konnte.

Alles, was sie hätte tun können, hatte sie versucht. Sie hatte geschrien, bis sie keine Stimme mehr hatte, selbst mit diesem Mann zu reden, hatte sie versucht. Nichts half und jetzt kam er seit Stunden nicht mehr zu ihr, vielleicht waren es auch Tage? Wie lange war ihr Vater bereits tot? Keike konnte es nicht mehr einschätzen. Gefühlt war er schon seit einer Woche oder Monaten tot, während sie sich an jeden noch so kleinen Hoffnungsschimmer klammerte, hier wieder lebend raus zu kommen!

Manchmal, wenn die Verzweiflung noch größer wurde, dann stellte sich Keike vor, was sie tun wollte. Bisher hatte sie einfach in den Tag gelebt, war ihrem Job nachgegangen und war damit zufrieden gewesen.

Jetzt allerdings begann sie zu bereuen, sich nie die Welt angesehen zu haben, oder schlichtweg mal mit einem verzaubernden Buch im Sessel gelümmelt und das Leben genossen zu haben. Wenn sie doch wie durch ein Wunder hier rauskam, dann holte sie alles nach. Dann würde sie reisen und all die Bücher lesen, die auf ihrem Schreibtisch lagen.

Tränen kullerten über ihre Wangen und verzweifelt kauerte sie sich zusammen. Für einen Moment war der Strahl der Hoffnung dagewesen, doch mit dem schmerzend knurrenden Magen, kam genauso die graue Realität zurück. Wie wahrscheinlich war es, dass sie wieder Tageslicht sehen durfte? Müde schloss sie ihre Augen und träumte dennoch weiter, denn diese Träume waren alles, was ihr noch blieb. Dabei kämpfte sie immer wieder mit der Ohnmacht an, ohne dass es Keike überhaupt wahrnahm. Ihre Sinne schwanden immer mehr und aus den Tagträumen, wurde nach einiger Zeit eine tiefe Bewusstlosigkeit.

Kapitel 31

Am Abend saßen Christine und Hannah noch immer in der Küche, schwiegen die meiste Zeit und hielten einen Tee in der Hand. Eine junge Frau hatte Bobby abgeholt, sie arbeitete beim Jugendamt und wollte auf Nummer sichergehen, dass seine Familie überprüft wurde, ob sie den speziellen Wünschen des jungen Mannes überhaupt gerecht werden konnten.

Ein wenig haderte Christine mittlerweile mit sich, denn war es richtig, einer Familie den Sohn wegzunehmen? Aber Bobby war so ein lieber Kerl und er brauchte jemanden, der sich um ihn kümmerte und für ihn da war. Warum konnten Eltern das nicht? Sie hätte ihren Sohn gerne gehalten, ihn in allem unterstützt, was er brauchte, selbst wenn er behindert zur Welt gekommen wäre! Alles war besser, als die Situation, die sie jetzt hatte! Darum machte es sie auch so wütend, wenn Christine merkte, dass da ein Kind war und die Eltern es abstießen. Auch wenn es krank sein mochte, konnten sie doch froh sein, so ein Wunder überhaupt in den Armen halten zu dürfen!

Seufzend schloss sie die Augen und fuhr sich durch die Haare. „Denkst du, es war richtig? Ich meine, Bobby wird seine Eltern bestimmt vermissen", murmelte sie leise. Beruhigend nahm Hannah ihre Hand und lächelte. „Ja, wenn er ständig von seinen Eltern geschlagen wird, dann ist es doch besser, wenn er jemanden findet, der ihn lieb behandelt. Du hast den armen Jungen doch gesehen, er braucht jemanden, der sich um ihn kümmert und seinen Bedürfnissen gerecht werden kann. Wenn die Eltern das nicht können, muss man eben jemanden finden der es kann."

Man nahm einer Mutter nicht einfach so das Kind weg und wenn man sich den armen Bobby mit seinen alten Narben ansah, erahnte man nur, was er alles erlebt und erlitten hatte. Sie verstand es gut, wenn man mit einem Kind wie ihm überfordert war, aber ihn zu verstecken, zu schlagen und zu verleugnen war nicht die Lösung! Man musste sich um ihn kümmern, selbst wenn das bedeutete, fremde Hilfe in Anspruch zu nehmen.

Christine sah aus dem Fenster und dann auf die Uhr. „Raik braucht heute ziemlich lange und ich habe auch noch gar nichts zu essen für ihn gemacht", murmelte sie leise. „Wenn er nach Hause kommt, will er doch etwas Warmes essen"

So war es immer... und so würde es vermutlich bis ans Ende ihres Lebens bleiben. Wie bequem hatte sich Christine bisher diesem Schicksal ergeben, doch jetzt fing sie an, sich zu fragen, ob es das war, was sie wollte.

War es vernünftig, an der Seite eines Mannes zu sein, den man nicht liebte? Hannah schüttelte den Kopf. „Lass doch gut sein, Christine. Wirklich. Er wird Verständnis haben und vermutlich nicht einmal hungrig sein. Wenn er etwas essen will, kann er sich ja auch ein Brot schmieren, so unselbstständig wird er doch wohl nicht sein." Schmunzelnd sah Christine ihrer Freundin in die Augen. „Du würdest dich wundern. Ich habe ihn immer versorgt. Er ist ja quasi von seinem Elternhaus in ein gemeinsames Nest mit mir gestolpert, manchmal frage ich mich schon, ob er überhaupt in der Lage wäre, alleine klarzukommen." Und wenn sie ehrlich war, stellte sie sich das so nicht vor.

Amüsiert musterte Hannah sie. „Du machst dir noch immer Sorgen um ihn, kann das sein? Ich meine, man sieht dir an der Nasenspitze an, dass du dir selbst jetzt schon wieder Sorgen machst und das, wo er doch ein erwachsener Mann ist." Zustimmend nickte Christine, ehe sie seufzte und zum ersten Mal darüber sprach, dass sie daran dachte, ihn zu verlassen. „Meinst du, wenn ich gehen würde, ob er alleine überleben könnte?", flüsterte sie leise und erstaunt sah Hannah sie an. „Du willst... wirklich?" Lächelnd nickte die Blondine und sanft streichelte sie Hannah durch die braunen Haare, die sie in diesem Moment zu faszinieren schienen.

„Wir sind kein Ehepaar mehr, wir sind Freunde. Wir haben seit Jahren keinen Sex mehr, wir küssen uns kaum noch... wir sind nur noch gute Freunde und ich glaube, auf sowas sollte keine Ehe aufgebaut sein. Wir haben uns verloren und momentan quälen wir uns einfach. Außerdem glaube ich, dass er bereits jemanden im Blick hat und dem will ich auf keinen Fall im Weg stehen." Sie wollte nicht offen aussprechen, dass sie die sanften und liebevollen Blicke von Raik in Richtung Hannah bemerkt hatte, da mussten die beiden schon selbst draufkommen. Diese Blicke verdeutlichten ihr jedoch, dass sie selbst keine Chance mehr hatte. Vielleicht war es aber auch Manuel, der ihr andere Männer durchaus wieder vor Augen führte und ihr zeigte, dass sie genauso das Recht hatte, sich jemandem zu öffnen, der ihr mehr schenkte, als Raik es zurzeit tat.

Ein Räuspern von der Tür ließ die beiden Frauen zusammenzucken. „Hannah? Kann ich mich bitte mit meiner Frau alleine unterhalten?", meinte Raik leise und er behielt Christine fest im Blick. Im ersten Moment wurde diese auf dem Küchenstuhl deutlich kleiner, beschloss aber trotzdem, zu dem zu stehen, was sie eben gesagt hatte. Es machte so keinen Sinn mehr und obwohl sie die ganze Zeit versucht hatten, irgendwie daran festzuhalten, war eine Ehe auf diese Art und Weise, einfach keine gute Ehe mehr.

Sie waren es sich nicht wert, mehr zu finden, mehr zu suchen. Ihnen hatte diese Situation trotz allem Halt und Sicherheit gegeben, nur waren jetzt beide davon überzeugt, dass sie selbst nach dieser ganzen Sache ein Recht auf jemanden hatten, der sie lieben konnte und den sie liebten. Für den solche innigen Gefühle wieder da waren, mit dem man das Bett teilen wollte und den man gerne küsste. Für den man sich interessierte!

Nachdem Hannah die Tür geschlossen hatte und man hörte, wie sie die Treppe nach oben ging, atmete Raik durch. „Du willst mich also alleine lassen?", murmelte er leise. Innerlich ging Christine schon die Möglichkeiten durch, wie sie Raik erklären konnte, warum sie so reagierte, doch er nahm ihr den Wind aus den Segeln, als er sie fest umarmte. „Danke", murmelte er leise. Erstaunt und verwirrt sah Christine ihn an, die gar nicht wusste, wie sie mit der Situation umgehen sollte. Bedankte sich ihr Mann gerade dafür, dass sie überlegte ihn, zu verlassen?

Raik löste sich aus ihren Armen und strich die Tränen von den zarten, bleichen Wangen und sah sanft in die grauen Augen, deren Blicke er genauso intensiv kannte wie sich selbst. „Ich habe ebenfalls schon mit dem Gedanken gespielt, wie es wäre, wenn wir uns scheiden lassen. Ja, jeder von uns wäre dann erst einmal allein und ich kenne es nicht, allein zu sein... aber vielleicht ist das einfach das Beste. Wir wollten uns beide schützen, wollten den anderen nicht alleine lassen, sondern weiterhin für ihn da sein. Wir führen keine Ehe mehr, Christine, und ich denke, das wissen wir beide. Ich habe dich geliebt, aber aus Liebe wurde eben doch langsam etwas anderes. Wir müssen es uns wohl mittlerweile beide eingestehen."

Damit sprach er aus, was Christine selbst empfand und lächelnd sah sie ihren Ehemann an. Es verletzte sie, auf eine bestimmte Art und Weise tat es noch immer weh, aber irgendwie war sie auch froh darüber.

„Ich... ich würde jetzt gerne ein bisschen spazieren gehen", meinte sie leise und zitterte etwas. „Mach dir keine Sorgen, ich war darauf vorbereitet, aber jetzt ist es dann doch irgendwie ein Schock. Trotzdem sollten wir uns wohl Gedanken darüber machen, uns scheiden zu lassen. Ich werde mir in der nächsten Zeit einen Anwalt suchen", murmelte sie leise, wankte dabei zur Garderobe und nahm ihre Jacke.

„Lass mich jetzt bitte ein wenig alleine, ich brauche Zeit zum Nachdenken." Besorgt und traurig sah Raik ihr nach, denn auch ihm tat es weh. Er sorgte sich, wie sie die Situation am Ende verarbeiten würde. Dieses Dorf wurde für sie alle zum Fluch und sogar er dachte jetzt schon an Flucht. Wie sollte er seinen alten Freunden nach der ganzen Zeit in die Augen sehen? Wie arbeitete er hier weiter, tat dabei so, als wäre das alles hier nie geschehen?

Nein, er konnte es nicht.

Als die Haustür sich schloss, atmete er durch und beschloss nach oben zu gehen, um nach Hannah zu sehen. Den ganzen Tag hatten sie damit verbracht, nach Orten zu suchen, wo man jemanden unterbrachte, der entführt wurde. Ihm brummte der Schädel und auch wenn er nicht genau wusste, wie er Schlaf fand, brachte es nichts, sich weiter zu quälen. Oben an der Treppe wartete Hannah auf ihn. „Wo ist Christine?", murmelte sie leise und etwas verstört. Er lächelte, ahnte sie doch nicht einmal, dass sie ja ein wenig Grund für die Trennung war.

Nur durch sie hatte Raik bemerkt, dass er durchaus in der Lage war, jemanden zu lieben. Selbst nach den ganzen Jahren ohne Gefühl. „Sie wollte raus und einen Spaziergang machen. Ich glaube, das tut ihr jetzt gut... für uns beide wird es schwierig, weil wir unser gesamtes Leben miteinander verbracht haben. Jetzt zuzugeben, dass unsere Ehe eine Art Scherbenhaufen ist, ist schon schwierig. Vielleicht wollten wir uns auch lange nicht trennen, weil wir uns vor dem Dorf nicht die Blöße geben wollten, aber den Schritt werden wir jetzt gehen. Warum sollten wir noch zusammenleben?" Die Frage stellte er sich mittlerweile immer öfter. Warum hatte er sich überhaupt so lange davor gescheut, diesen Schritt zu wagen? Weil er nicht alleine sein wollte? Weil er Christine nicht zurücklassen konnte? Oder weil er Angst hatte vor dem, was die anderen im Dorf von ihm dachten?

Jetzt war es ihm egal.

Hannah sah einen Moment zu ihm und lächelte dann etwas. „Leg dich schlafen, willst du noch was essen? Christine hat sich Sorgen gemacht, dass du nicht genug zu essen bekommst." Lächelnd schüttelte Raik den Kopf. „Nein, glaub mir, ich habe keinen Hunger. Irgendwie habe ich heute keinen Appetit, weißt du? Ich werde mich schlafen legen." In Wirklichkeit wünschte sich Hannah, mit ihm über die Schatulle zu reden und nachzufragen, warum sie leer war, aber in diesem Moment brachte sie es nicht über sich. Man merkte, wie erschöpft Raik war, darum hielt sie sich zurück.

„Gut, dann leg dich ins Bett und... ich würde mich morgen gerne nochmal mit dir in aller Ruhe unterhalten." Er nickte, war aber schon gar nicht mehr in der Lage zu begreifen, was Hannah von ihm wollte. Schlaf, seit einer gefühlten Ewigkeit schien er keine erholsame Nacht mehr gehabt zu haben. Er schloss zwar die Augen, aber er war am nächsten Morgen noch genauso müde wie am Abend und vermutlich war das auch in dieser Nacht der Fall, insbesondere weil das Bett neben ihm leer blieb.

Die kühle Luft der Nacht tat Christine unglaublich gut.

Es ordnete die wirren Gedanken, die sie langsam verrückt machten und allein zu sein, tat ihr sehr gut. Ihre Schritte führten sie an einem Feld vorbei, auf dem Schafe standen und sich eng zusammengekauert hatten, um sich gegenseitig Wärme zu geben. Als sie an ihnen vorbeikam, kam Bewegung in die Herde, die sich im ersten Moment bedroht fühlte. Ein Hund meldete sich, kam an Christine heran, erkannte sie aber schnell als ungefährlich an.

Freudig wedelte er mit dem Schwanz, schlich etwas am Zaun entlang und verschwand kurz darauf wieder zwischen den wolligen Leibern der Schafe. Am liebsten hätte sie sich dazugelegt, denn nach Hause wollte sie auf keinen Fall mehr. Erschrocken wirbelte Christine herum, als sie jemand aus der Dunkelheit der Nacht ansprach. „Was tust du denn hier? Es ist stockdunkel und eiskalt, warum bist du denn um diese Uhrzeit noch auf der Straße?"

Beinahe erleichtert atmete sie auf, als sie Manuel erkannte. Der Mann, der sie am Ende in die Richtung gebracht hatte, sich scheiden zu lassen. Er wusste es vermutlich nicht, doch seine Anwesenheit hatte ihr verdeutlicht, dass es in der Welt noch andere Männer gab, die sie als attraktiv empfinden konnte. „Raik und ich, wir... wollen uns scheiden lassen. Wir sind uns da ja einig, aber ich kann gerade einfach nicht nach Hause.

Mich jetzt zu ihm ins Ehebett zu legen, wäre irgendwie falsch und ich brauchte erst einmal frische Luft um meine Gedanken wieder in Ordnung zu bringen."

Erstaunt sah Manuel sie an, kam dann aber zu ihr und legte seine warme Jacke um ihre Schultern. Sein Geruch nebelte sie vollkommen ein und obwohl sie es nicht wollte, fühlte sie sich sofort geborgen. „Du kannst aber ja nicht die ganze Nacht draußen auf dem Feld verbringen", meinte der Kriminalinspektor leise.

„Besonders bei dem, was hier momentan passiert, solltest du zu einer guten Freundin fahren oder sowas."

Christine zuckte mit den Schultern. „Ich habe keine Freundin mehr hier, der ich noch vertrauen kann. Irgendwie kommen mir hier mittlerweile alle wie Heuchler vor", gestand sie leise. Selbst den Frauen, mit denen sie schon zur Schule gegangen war, konnte sie nicht mehr in die Augen sehen. Was wussten sie von der Sache? Bei jedem stellte sich die junge Blondine mittlerweile diese Frage. Leise seufzte Manuel an ihrer Seite auf. „Das tut mir leid... keiner wollte, dass ihr hier jetzt niemandem mehr vertrauen könnt. Auf der einen Seite bin ich auch dankbar, dass die Wahrheit endlich ans Licht kommt und die Menschen die Augen öffnen müssen. Wenn ich aber sehe, was für Konsequenzen das hat, bin ich mir nicht mehr sicher, ob das wirklich rauskommen musste. Irgendwer scheint da aber der Meinung zu sein. Aber mal zurück zu dir. Du kannst nicht die ganze Nacht hier draußen verbringen. Wie wäre es…, wenn du mit zu mir kommst?"

Eine unverbindliche Frage, die von jedem hätte kommen können und doch schoss Christine die Röte ins Gesicht. Es war vollkommen unverfänglich, warum bekam sie denn jetzt solches Herzklopfen und das in so einer Situation? „Denkst du wirklich, das wäre so eine gute Idee?" Lächelnd hakte sich der junge Mann bei ihr ein und sah ihr tief in die Augen. „Mach dir da mal keine Gedanken, ich werde auf der Couch übernachten, wenn dir das lieber ist", flüsterte er leise und bei seinem Blick bekam sie eine Gänsehaut.

Warum reagierte sie nur so eindeutig auf ihn? Seit Jahren war ihr nicht einmal mehr der Gedanke gekommen, mit jemandem auf Tuchfühlung zu gehen! Warum ausgerechnet bei einem Mann wie ihm, der ihr doch nur helfen wollte. Trotzdem ging sie mit ihm und ob er am Ende auf der Couch schlief, konnte man sich dann ja immer noch überlegen.

Kapitel 32

Der nächste Morgen kam für Hannah mit einer kalten Hundenase, die sich in ihr Gesicht drückte. Sie ruderte etwas mit den Armen, fing Lina dann aber ein und schmollte. „Was machst du denn? Da kann ich endlich mal fest schlafen und dann weckst du mich?" Schön war der Traum nicht gewesen, aber aufklärend. Fing sie nun an, sich an einige Dinge zu erinnern?

Nervös saß sie da, angelte dann aber schnell nach ihrem Handy und rief ihren Psychiater an. Er war es ja, der ihr gesagt hatte, sie könne jederzeit anrufen! „Ja?", murmelte der verschlafene Mann und Hannah wurde bewusst, dass sie überhaupt nicht auf die Uhr gesehen hatte. Wie spät es wohl gerade war? „Guten Morgen, Dr. Lühert. Habe ich sie geweckt? Eigentlich wollte ich sie gar nicht wecken, aber ich musste Sie einfach anrufen", murmelte Hannah leise und schämte sich in Grund und Boden! Konnte sie nicht vorher mal auf die Uhr sehen, wie normale andere Menschen es auch taten?

Am liebsten hätte sie wieder aufgelegt, doch wach hatte sie ihren Arzt ja nun, der am anderen Ende leise lachte. „Schon gut..., wenn du mich schon anrufst, ist irgendwas passiert. Dafür kenne ich dich ja nun auch schon lange genug. Was ist los?" Ja, er durchschaute sie und sogar, ohne sie zu sehen. Damit nur ein Grund mehr, im Erdboden versinken zu wollen. Warum tauchten solche Löcher im Boden nie auf, wenn man sie brauchte? „Also... ich habe in der letzten Nacht wirklich unruhig geschlafen, was an sich kein Problem wäre. Allerdings denke ich, dass langsam Erinnerungen zurückkommen und ich weiß nicht, wie ich damit umgehen soll."

Sofort wurde der Mann am anderen Ende hellhörig und man konnte die Sorge durchs Telefon deutlich wahrnehmen. „Du kannst dich erinnern? Woran denn? Was hast du denn geträumt? Ich meine, es ist doch auch gut möglich, dass du wirklich einfach nur geträumt hast und jetzt denkst, es wäre eine Erinnerung. Nach den ganzen Jahren wäre sowas nicht unmöglich." Zustimmend nickte Hannah, auch wenn ihr Arzt das nicht mitbekam. Sie kaute auf ihrer Unterlippe herum, tief in ihren Gedanken versunken.

Es dauerte einen Moment, bis sie wirklich dazu kam, etwas zu sagen. Hannah fühlte sich, als müsste sie sich jedes Wort genau überlegen. „Ich weiß es doch auch nicht. Es kann auch sein, dass aus den ganzen Vermutungen, die man so in den letzten Tagen gehört hat, ein Traum geworden ist. Jedenfalls habe ich von der Vergewaltigung geträumt", gestand sie leise, obwohl es ihr schwerfiel. Es war ein Alptraum, die Schreie hatte sie weiterhin klar im Kopf, fast so als wäre es vor wenigen Sekunden geschehen. „Meine Mutter hat danach nur noch geweint, sie hat sich auch oft mit Papa gestritten, der zur Polizei wollte. Und dann waren da Männer... Männer, die mit Mama reden wollten. Erst hat sie laut geschrien und ich habe mich in meinem Zimmer versteckt. Sie hat lange geschrien, dann war alles still und die Männer sind weggegangen", versuchte sie die Bilder, die immer schwächer wurden, festzuhalten. „Danach weiß ich nichts mehr. Es fühlt sich nur noch so an, als hätte mir diese... diese Ruhe so verdammt viel Angst gemacht und ich habe gewartet, bis Papa nach Hause kam."

Die Bilder verschwammen immer mehr, nur die Schreie in ihrem Kopf, dröhnten weiterhin in ihr und fühlten sich an, als hätte jemand direkt neben ihr losgeschrien. Und es war ein unfassbar ekliges Gefühl in ihr. Es fühlte sich an, als würde jemand in ihre Eingeweide greifen, sie verdrehen und neu anordnen, um dann wieder alles an die richtige Stelle zu legen und von vorne zu beginnen. Übelkeit war bei diesem Gefühl deutlich untertrieben.

Jetzt, wo sie darüber sprach, trieb es ihr die Tränen in die Augen und im gleichen Moment kam es ihr vor, als würde sie über etwas reden, was sie im Fernsehen gesehen hatte. Beruhigend kam die Stimme ihres Psychiaters durchs Telefon. „Hannah, bitte beruhig dich wieder, ja? Das war nur ein Traum und ich denke nicht, dass du dich wirklich an etwas erinnert hast. Du reimst dir Dinge zusammen, die vielleicht so gewesen sein könnten. Dein Gehirn versucht gerade, alles, was du erfährst, zu verarbeiten! Denk dir da nichts bei, ja? Miss dem nicht zu viel bei, sonst hast du am Ende nur noch mehr Sorgen als vorher und das alles nur, weil du ein bisschen viel träumst."

Seufzend atmete die junge Frau durch, nickte dann aber wieder. „Ja, Sie haben vermutlich Recht und ich bewerte die Nacht total über", murmelte sie leise, merkte dabei aber, wie ihre Hände zitterten. Dieser Traum hatte schon eine ziemliche Wirkung auf sie hinterlassen. „Hannah... du solltest dort wirklich nicht mehr zu lange bleiben. Ich denke, du setzt damit den Erfolg unserer Therapie total aufs Spiel! Ich mache mir wirklich Sorgen um dich, weißt du das?"

Ein wenig lächelte Hannah, weil es sich beruhigend anfühlte, jemanden zu haben, der sich Gedanken um sie machte. Gerade in so einer Situation. Besonders, weil er Recht hatte. Seit Jahren erinnerte sie sich an gar nichts, warum kam jetzt auf einmal etwas zurück?

„Ja... ich denke, das hier wird nicht mehr sehr lange dauern und dann werde ich wieder nach Hannover zurückkommen. Es macht ja keinen Sinn mehr, länger hier zu bleiben", murmelte sie leise und senkte den Blick. „Gut... ich mache mir wirklich Gedanken um dich. Du bist noch zu labil, um dich diesem Thema zu stellen. Reib dich nicht zu sehr an der Vergangenheit auf, wir müssen uns um deine Zukunft kümmern, Hannah. Die muss wichtig sein und nichts anderes. Wenn du nicht mehr kannst, dann solltest du abbrechen. Du hast mir doch von Polizisten erzählt, die sich jetzt um das Thema kümmern und um den Fall deiner Mutter. Damit ist es nicht unbedingt notwendig, dass du weiterhin dort bist. Denk ein wenig an dich und nicht daran, was deinen Eltern womöglich passiert ist.

Komplett nachvollziehen konnte Hannah ihren Arzt nicht, aber ihr war klar, dass er nach so langer Zeit nicht alles riskieren wollte, was er aufgebaut hatte. „Sie haben ja Recht", murmelte sie leise und fühlte sich, wie ein kleines Schulmädchen, das sich mit einer Sechs nicht nach Hause traute und jetzt vom Rektor doch dorthin geschickt wurde. „Ich denke, wenn das mit den Träumen schlimmer wird, werde ich wirklich nach Hause kommen. So geht das ja auch nicht", nuschelte Hannah leise, der langsam die Stimme zitterte. Sie fühlte sich wie ein naives, kleines Mädchen, aber war froh mit jemandem darüber gesprochen zu haben. Wahrscheinlich hatte er Recht und dadurch, dass sie schon immer etwas labiler war, baute ihr Kopf vermutlich Geschichten daraus, die absolut abstrus waren!

Dankbar verabschiedete sie sich von ihrem Arzt und legte auf. Ein leises Räuspern kam von der Tür und erst jetzt bemerkte sie, dass Lina schon lange kein Interesse mehr an ihrem Frauchen hatte. Im ersten Moment wurde Hannah bleich rot.

„Ich habe dir wohl noch nicht von meiner Therapie erzählt, was?", murmelte sie leise. Raik schüttelte den Kopf, setzte sich dabei zu der jungen Frau aufs Bett und nahm ihre Hand. „Nein, hast du nicht, aber das kann ich auch ganz gut verstehen. Ich mache mir mehr Sorgen um deine Träume. Hannah... du hast heute Nacht ein paar Mal ganz schön geschrien. Ich war immer wieder hier und habe nach dir gesehen, aber du hast tief und fest geschlafen. Langsam mache ich mir Sorgen. Meinst du nicht, es wäre besser für dich, wenn du nach Hannover zurückfährst? Ich kümmere mich hier schon um alles."

Doch Hannah schüttelte stur den Kopf. Sie hatte noch zu viele Fragen und was ihr Kopf veranstaltete, wenn man nicht wusste, was los war, hatte man doch letzte Nacht gesehen! Tief in sich spürte sie Angst, es nur schlimmer zu machen, wenn sie jetzt nach Hause fuhr. Die Ungewissheit quälte Hannah doch schon seit Jahren! Nein, jetzt war sie hier und nun brachte sie es zu Ende, egal was am Ende dabei rauskommen würde.

Nie im Leben hätte ihr sowas passieren sollen!
Nie war ihr bisher etwas in der Richtung passiert. Am liebsten wäre Christine im Erdboden versunken, denn genau das, was ihr am Abend noch unangenehm war, schien nun Realität geworden zu sein. Manuel hatte sie mit ins Hotel genommen, sie hatten sich etwas zu trinken bestellt, da die verheiratete Frau keine Ruhe fand. Alles bis zu dem Punkt nicht so tragisch, aber jetzt lag sie nackt in seinem Bett und er in Shorts neben ihr!

Sowas erzählte sich manche Frau hinter vorgehaltener Hand, aber nie im Leben hätte Christine damit gerechnet, dass sie jemals im Bett eines Mannes landen würde, der nicht ihr Ehemann war! Sie hatte nie mit jemand anderem geschlafen, als mit Raik und jetzt? Manuel regte sich an ihrer Seite, streckte sich und gähnte herzhaft. „Guten Morgen", schnurrte er leise, drehte sich zu ihr und sah ihr in die Augen. „Wie hast du geschlafen?"

Führte man jetzt eine Unterhaltung, als würde sie nicht nackt an seiner Seite liegen? Sofort bemerkte Manuel, wie nervös die junge Frau wurde und er streichelte sanft durch ihre blonden Haare. „Hey, schämst du dich wegen dem, was gestern passiert ist? Ich meine, du siehst mich ja nicht einmal mehr an", murmelte er leise. Tatsächlich wichen Christines Blicke den seinen ständig aus, vor allem weil es ihr unangenehm war, dass er kein Hemd trug. „Ich… mir ist sowas noch nie passiert, weißt du? Immerhin bin ich noch verheiratet, auch wenn Raik und ich uns scheiden lassen wollen. Es gab in meinem Leben und in

meinem Bett nie einen anderen Mann und dann geht es mit dir auf einmal so schnell!"
Nie im Leben hätte sie sich für einen Menschen gehalten, der überstürzt mit jemandem im Bett landete. Selbst Raik hatte früher erstaunlich lange gebraucht, bis er sich ihr auf diese Art und Weise nähern konnte und durfte. Gut, damals waren sie noch etwas jünger gewesen, aber Christine hatte sich immer für eine anständige Frau gehalten.
Beruhigend streichelte Manuel über ihre Wange.
„Nun hör aber bitte auf, dir solche Sorgen wegen der Sache zu machen! Ich werde kein Wort darüber verlieren und wir zwei sind erwachsene Menschen, die im Grunde nichts Verbotenes getan haben. Du bist dir sicher, dass du nicht mehr mit Raik zusammen sein willst, damit bist du frei und wenn es dir gefallen hat, sehe ich kein Problem bei dem, was wir getan haben. Du musst dich beim besten Willen nicht dafür schämen und ich würde es auch niemals bereuen." Was sie am Ende daraus machte, ob sie ihnen eine Chance gab oder nach dieser Sache nie wieder mit ihm sprach, überließ er vollkommen ihr. Sie war hier die verheiratete Frau, sie zu bedrängen hielt er für die falsche Entscheidung.
Obwohl es Christine noch immer unangenehm war, erleichterten sie die Worte von Manuel. Er schien ihr nicht böse zu sein, was sie beruhigte. „Wir werden sehen", meinte sie leise. „Ich werde meinem Mann erst einmal erklären müssen, wo ich die Nacht verbracht habe. Vermutlich fragt er aber nicht einmal danach. Die Blicke, die er Hannah zuwirft, wird er nicht einmal bemerken. Wenn Raik mit sowas wie Zuneigung konfrontiert wird, ist er jedes Mal überfordert." In Manuels Augen schien Raik damit aber nicht alleine zu sein. Die beiden ergänzten sich als Ehepaar in der Hinsicht erschreckend genau, aber

wie die zwei damals ein Paar werden konnten, wunderte ihn schon etwas.

„Komm, lass uns einfach frühstücken und dann bringe ich dich nach Hause. Bestimmt macht sich Raik auch schon Sorgen um dich, weil du die ganze Nacht über nicht nach Hause gekommen bist. Selbst wenn ihr beschlossen habt, euch zu trennen, geht ihr ja nicht im Bösen auseinander, sondern seid ja noch immer sowas wie Freunde, oder?"

Genau da war sich Christine nicht so sicher.

„Eigentlich würde ich mir das wünschen und Raik wird es mir in der Sache bestimmt nicht schwer machen, aber trotzdem wird es schwer werden. Immerhin ist es wirklich schwierig mit jemandem zusammen zu leben, mit dem man verheiratet war und von dem man sich jetzt trennen will! Ich kann doch auch nirgendwo hin!" Darüber dachte sie nun schon die ganze Zeit nach. Wo sollte sie jetzt hin? Hier wollte sie nicht bleiben, auch wenn es ihr schwerfallen würde, das Dorf zu verlassen, in dem sie ihr Leben verbracht hatte. Hier waren ihr Zuhause, ihre Freunde und ihre Familie, alles hinter sich zu lassen, kam ihr ein bisschen vor wie sterben.

Manuel musterte sie und nahm sanft ihre Hand.

„Hey, wenn du meine Hilfe brauchst, dann bin ich immer für dich da, hörst du? Ich meine, ich kann dir helfen eine Wohnung zu finden und einen Job. Du wirst doch etwas gelernt haben, oder?" Sofort nickte die junge Frau, die so hilflos und verloren auf seinem Bett saß, aber betörend schön war.

Wie ihre blonden Haare über ihren nackten Körper fielen, erregte ihn selbst in diesem Moment wieder. Nein, er war aus anderen Gründen hier und jetzt musste er seine Hormone mal zusammenhalten. Die letzte Nacht war für Christine offenbar ein Fehler gewesen, auch wenn er dies bedauerte.

„Melde dich einfach", meinte er leise und ein wenig dankbar sah Christine ihn an. Sie fühlte sich wie ein Neugeborenes, welches anfing, die Welt zu entdecken. „Weißt du, ehrlich gesagt ist es mir auch unangenehm", gestand sie leise und mit Tränen in den Augen sah sie auf die Bettdecke. Ihr Herz hämmerte wie wild, weil es ihr schwerfiel, sich selbst alles einzugestehen und darüber zu reden. „Was sollen die Menschen denn von mir denken? Ich kenne mich überhaupt nicht aus dort draußen und würde doch in einer Stadt sofort untergehen! Wie soll ich das alles denn schaffen?"

Lächelnd schüttelte Manuel den Kopf und sanft sah er ihr in die Augen. „Du bist nicht alleine, was ich gerne noch einmal wiederhole. Und außerdem halte ich dich für deutlich stärker, als du dich selbst. Du bist so unsicher, aber sieh doch mal, was du alles schon erträgst! In deinem Leben ist so viel schiefgelaufen und trotzdem stehst du hier und hast den Mut zu sagen, dass es so nicht weitergehen kann. Ja, es kann schwer werden, was ich nicht abstreiten möchte, aber du bist nicht alleine. Ich werde irgendwann zurück nach Hamburg müssen, aber auch von dort aus kann ich dir helfen und für dich da sein. Nimm meine Hilfe einfach an, ja?"

Wieder schossen ihr Tränen in die Augen und trotzdem lächelte Christine. Es war ein komisches Gefühl, sich auf jemanden zu verlassen, den sie überhaupt nicht kannte! Trotzdem fühlte es sich bei ihm richtig an und wenn er ihr seine Hilfe anbot, warum sollte sie diese nicht annehmen. Allein verängstigte sie die Zukunft, die vor ihr lag, auch viel zu sehr.

Kapitel 33

Immer wieder schob Hannah die Aussprache vor sich her. Erst wollte sie nach dem Duschen mit Raik sprechen. Danach schob sie den Spaziergang mit Lina vor und jetzt das Frühstück. Man konnte nicht sagen, dass sie Angst hatte, aber sie fühlte sich unwohl, denn sprach sie ihn erst einmal darauf an, lag der Vorwurf im Raum, er hätte mit dem Verschwinden der Sachen etwas zu tun!

Allerdings blieb ihr seltsames Verhalten nicht unbemerkt, nur wusste Raik nicht so richtig, was er machen sollte. Dieses Benehmen reichte ihm aber irgendwann und er schmunzelte. „Was ist los? Ich meine..., du willst mich doch irgendetwas fragen oder kommt mir das nur so vor?" Immer wieder nahm sie Anlauf, holte tief Luft, schüttelte kurz darauf aber den Kopf und wandte sich von ihm ab. Ein merkwürdiges Verhalten und eine ganze Zeit lang hatte er ihr das durchgehen lassen, langsam spürte er aber Neugier in sich, was sie so umtrieb.

Erschrocken zuckte Hannah zusammen und sie schüttelte etwas den Kopf, atmete wieder durch, ehe sie schwer seufzte. „Christine und ich wollten gestern die Schatulle untersuchen, weil wir noch immer nicht dazu gekommen sind. Du hast sie ja geöffnet und wir wollten endlich sehen, was sich in der Schatulle befindet. Dummerweise ist die jetzt auf einmal leer und wir haben keine Ahnung, wo die Sachen hin sind. Ich wollte dich fragen, aber irgendwie liegt da immer der Vorwurf drin, dass du was mit dem Verschwinden der Sachen zu tun hast. Mir fehlten die passenden Worte, um dem zu entgehen", gestand sie leise. Ihre Stimme zitterte, denn sie wollte Raik nicht vor den Kopf stoßen und war doch gerade dabei, es zu tun!

Erstaunlicherweise nahm er es ohne viele Worte an, was sie ihm sagte. „Nun... das könnte damit zusammenhängen, dass der Vorwurf durchaus angebracht ist. Als ich die Schatulle geöffnet habe, lag ein kleines Buch darin und ich habe es an mich genommen. Bitte, sei nicht böse auf mich, Hannah... ich hatte nur irgendwie das Gefühl, ich müsste dich vor dem, was darinsteht, beschützen, obwohl ich es selbst noch nicht gelesen habe. Ich weiß nicht, was drinsteht oder was es ist, scheint aber das Tagebuch einer Frau zu sein. Als ich das sah, wollte ich verhindern, dass du es liest. Wenn es das Tagebuch deiner Mutter ist, dann hat sie vielleicht die Vergewaltigung beschrieben und... ich wollte nicht, dass du sowas siehst. Sie ist noch immer deine Mutter und ich will, dass du sie in guter Erinnerung behältst. Ich will, dass du eine Mutter vor Augen hast, die lächelt und glücklich ist, die mit dir gespielt hat, und keine..., die von Männern missbraucht wurde. Natürlich hätte ich nicht über deinen Kopf hinweg entscheiden dürfen und es tut mir leid, dass ich so weit gegangen bin. Ich wollte dich nur beschützen und ich hoffe, du kannst mir verzeihen. Etwas war aber in der Schatulle, was ich dir geben wollte. Vielleicht besänftigt dich das wieder."

Er zog aus seiner Jacke eine kleine Kette mit Anhänger. Hannah wusste überhaupt nicht, wie sie mit diesen Informationen umgehen sollte, aber wütend war sie nicht auf Raik.

Ja, es verletzte sie genug, zu wissen, wie furchtbar man ihrer Mutter wehgetan hatte, da wollte sie es wirklich nicht bis ins kleinste Detail lesen. Vermutlich hatte Raik das Richtige entschieden, im ersten Moment ließ sich ihre Enttäuschung aber wohl nur schwer verbergen.

Raik wusste, er hatte eigentlich einen Schritt zu viel getan, aber nur, weil er Hannah beschützen wollte.

Zitternd nahm sie ihm die Kette ab und strich mit dem Daumen über das kleine Amulett. Bei der winzigen Berührung sprang es auseinander und als sie das kleine Bild darin sah, kamen ihr sofort die Tränen. Die Menschen dort schienen ihr so fremd zu sein, trotzdem lösten sie so viele Emotionen in ihr aus, dass ihr schwindelig wurde.

So viel Zärtlichkeit und Wärme hatte sie nie für jemanden empfunden, den sie doch im Grunde gar nicht kannte. Raik erhob sich von seinem Küchenstuhl, ging um den reich gedeckten Frühstückstisch herum und kniete sich zu ihr. Sanft nahm er ihre Hand, suchte ihren Blick und lächelte, als er ihre Tränen bemerkte.

„Das sind deine Eltern", flüsterte er leise, während sogar ihm die Stimme zitterte. „Und das kleine Bündel in den Armen der beiden bist du. Hannah... deine Eltern haben dich sehr geliebt und ich möchte, dass du sie auf diese Art in Erinnerung behältst. Als lächelnde, glückliche Eltern, die vor Stolz über ihre kleine Tochter beinahe platzen. Es wird hier so viel Dreck aufgewühlt, deine Eltern werden in ein Licht gerückt, in dem kein Kind seine Eltern jemals sehen möchte, und ich wünsche mir so sehr, dass du sie genau auf diese Art und Weise in Erinnerung behältst. Sei mir nicht böse, ich wollte dir nicht wehtun oder etwas von dem, was passiert ist, verschweigen..."

Benommen nickte Hannah, während sie die Kette in ihren zitternden Händen hielt. Das hier waren ihre Eltern! Vollkommen egal, was mit ihnen geschehen war und was in ihrem Leben passiert war, man sah beiden die Liebe zu ihrer Tochter an. Dieser Blick, mit dem sie von ihnen angesehen wurde, voller Zärtlichkeit und Wärme, rührte sie selbst jetzt zu Tränen. Das hier war ein glückliches Ehepaar mit ihrer frisch geborenen Tochter, zufrieden und voller Lebenslust.

Was fiel manchen Menschen ein, diese Familie zu zerstören? Schluchzend schloss Hannah einen Moment die Augen, ihre Finger krallten sich fest um das Amulett und als sie wieder zu Raik sah, war ihr Blick entschlossener als jemals zuvor. „Ich bin es ihnen schuldig, Raik! Ja, ich könnte jetzt meine Sachen packen und einfach nach Hause fahren, als hätte ich das alles hier nie erlebt und als wäre es mir egal! Aber gerade, weil meine Eltern mich so sehr geliebt haben, bin ich es ihnen schuldig, dass ihre Geschichte ans Licht kommt! Ich weiß nicht, in welcher Form oder was mich noch erwartet, aber ich habe einfach keine Lust, dass noch mehr unter dem Deckmantel der Verschwiegenheit vergessen wird! Das geht nicht! Meine Eltern sollten es mir wert sein und auch wenn ich verstehe, dass du deine Eltern beschützen willst, muss ich für meine kämpfen."

Blinzelnd sah Raik sie an, lächelte dann aber und schüttelte den Kopf. „Mach dir darum mal keine Sorgen. Ich habe nicht vor, meine Eltern zu schützen. Meinen Vater habe ich schon verloren und meine Mutter kann ich in der Sache auch nicht richtig verstehen. Sie ist noch immer meine Mutter, die ich liebe, ebenso wie ich meinen Vater geliebt habe. Trotzdem bin ich auch wütend auf die zwei, weil ich nie erwartet hätte, dass sie bei sowas mitmachen. Ich habe sie immer für ehrbare Leute gehalten, die mir Recht und Anstand beigebracht haben, oft auch mit strenger Hand. Jetzt wird mir bewusst, dass sie sich an diese Prinzipien selbst nicht gehalten haben. Meine Mutter leidet sehr darunter, weißt du? Ich denke, ihr eigenes Gewissen ist Strafe genug für sie. Ja, ich würde sie gerne aus der Sache raushalten, falls du damit zur Presse gehen willst oder sonst etwas machen willst. Aber am Ende musst du das entscheiden."

Er konnte ihr nur Ratschläge geben und hoffen, dass sie seiner Mutter das Leben nicht noch schwerer machte. Die sanfte Hand, die nach ihm griff, riss ihn aus seinen Gedanken und erstaunt sah er hoch. Hannah sah ihm tief in die Augen, die einen so warmen Glanz hatten. Dieses Bild schien ihr eine ganz neue Art von Kraft gegeben zu haben, was ihn etwas lächeln ließ. In diesem ganzen Leid schien sie vollkommen neue Stärke zu gewinnen, die sie bisher selbst nicht kannte.

„Ich weiß ja noch gar nicht, ob ich damit wirklich zur Presse gehen will oder ob ich ein Buch schreibe oder ob ich es einfach für mich behalte. Aber irgendwas ist da noch und ich fühle mich einfach falsch, wenn ich jetzt nach Hause fahren würde. Jetzt zu gehen und alles hier so zu belassen, wie es ist, fühlt sich nicht richtig an! Wir müssen immer noch Keike finden. Was hat sie damit zu tun? Oder denkst du, dass es gar nichts mit den Morden zu tun hat?" Das wäre etwas viel des Guten. Eine Entführung in dieser Zeit, die aber nicht mit den Toten in Verbindung zu bringen war? Ein bisschen viel Zufall in seinen Augen, besonders in so einer Gegend, wo Vandalismus das schlimmste war, was man regelmäßig an Straftaten hatte. „Nein... ich fürchte, sie ist dem Mörder in die Quere gekommen. Vielleicht hat sie ihn gesehen oder einen Hinweis auf ihn. Ich weiß es nicht, aber ich kann nur hoffen, dass sie noch am Leben ist."

Es hatte in dieser Sache genug Opfer gegeben, langsam musste das doch mal ein Ende finden! Hannah nickte etwas, atmete dann aber durch. „Bekomme ich das Tagebuch?", flüsterte sie leise. Es war nicht sicher, ob sie emotional gefestigt genug war, es auch zu lesen, aber haben wollte sie es. Es gehörte zu ihr, selbst wenn es nur war, um die Geschichte ihrer Mutter zu schützen und für sich zu bewahren.

Als Christine nach Hause kam, plagte sie ein schlechtes Gewissen.

Es gab keinen Grund dafür, so viel wusste sie selbst, aber auf der anderen Seite war sie immer noch verheiratet! Sollte sie mit Raik darüber reden? Nein... das war nicht möglich. Sie konnte doch nicht beichten, dass sie sich quasi von ihrem Mann getrennt hatte und schon mit dem nächsten ins Bett ging! Christine schämte sich, nie im Leben hätte sie so ein Verhalten von sich selbst erwartet! Es dauerte ein paar Minuten, bis sie die Haustür öffnete und ihr Haus betrat. Sie war allein.

Sollte sie darüber froh sein?

So musste sie nicht mit Raik über alles sprechen und konnte erst einmal die Dinge für sich behalten. Am Ende platzte sowieso alles aus ihr heraus, wenn er vor ihr stand. Sie war nicht gut darin, ihn anzulügen, aber vermutlich war das eh eine Sache, die nie besprochen werden musste.

Kein Wort darüber verlieren, so schwierig schien es ja nicht zu sein.

Seufzend sah sich Christine um und fragte sich dabei, wo Raik und Hannah steckten. Es war jetzt fast schon Mittag und auf dem Küchentisch war nichts mehr vom Frühstück zu sehen. War sie den beiden überhaupt eine Hilfe? Oder... stand sie ihnen im Grunde nur im Weg?

Erschrocken zuckte Christine zusammen, als ihr Handy klingelte und zitternd ging sie ran, als sie die Nummer von Raik erkannte. „Hey... ich bin auch gerade erst nach Hause gekommen", meinte sie leise und sah sich um. Das Frühstück mit Manuel hatte dann doch ein wenig länger gedauert als erwartet und es hatte gutgetan, mit ihm über alles zu reden. „Ich habe mir Sorgen gemacht", meldete sich Raiks Stimme leise und er wirkte gehetzt. „Ist irgendwas passiert?", hakte Christine sofort nach, von der Art, wie er mit ihr sprach, alarmiert. Er seufzte schwer und obwohl sie ihren Mann nicht sah, war sie in der Lage, sich vorzustellen, wie er dastand, mit bleichem Gesicht und den Haaren total zerzaust.

Schmunzelnd schloss sie die Augen, während sie sich vorstellte, wie er am Deich stand. Man hörte den Wind, der am Telefon vorbeistrich, und im Hintergrund waren Schafe und Möwen zu hören. Sowas gab es nur am Deich, also trieb er sich dort irgendwo rum. War Hannah bei ihm? Oder Manuel?

Der hatte ebenfalls einen Anruf bekommen und war von einer Minute auf die andere verschwunden. Zwar hatte Manuel ihr angeboten, sie mit dem Wagen nach Hause zu bringen, aber man merkte ihm an, wie gehetzt er war. Aus dem Grund hatte sich Christine entschlossen, mit dem Bus zu fahren. Vielleicht auch, um so etwas mehr Zeit herauszuschlagen, bevor sie mit ihrem Mann reden musste.

Jetzt entging sie dem Problem auf sehr einfache Art und Weise, weil er ihre roten Wangen und ihr verunsichertes Verhalten nicht sah. „Raik... ich weiß doch mittlerweile auch ein wenig von der ganzen Geschichte, meinst du nicht auch? Du kannst mit mir reden, ich werde mit niemandem darüber sprechen. Wo ist Hannah?"

Wieder entstand einen Moment lang Schweigen zwischen ihnen, aber es musste doch einen Grund geben, warum Raik überhaupt bei ihr angerufen hatte.

„Wir haben Keike gefunden", murmelte er leise. Eigentlich wollte Christine aufatmen, aber sein Verhalten hinderte sie daran. „Ist sie noch am Leben?", hakte sie sofort nach. „Ja, aber es sieht nicht gut aus. Sie ist total dehydriert und wie es aussieht, hat sie auch seit Tagen nichts mehr gegessen. Als wir sie fanden, war sie schwer am Kopf verletzt und ohne Bewusstsein. Die Ärzte wissen noch nicht, wie viele Schäden sie davongetragen hat oder was man ihr sonst noch angetan hat. Sie ist auch nicht wach geworden und die Ärzte sind sich unsicher, ob sie es schaffen wird."

Christine kannte das Mädchen seit ihrer Kindheit und auch wenn sie lange nicht mehr hier lebte, hatten sie ihren Kontakt die ganze Zeit über nicht verloren. Jetzt musste sie sich erst einmal setzen, lächelte aber ein wenig. „Wenigstens haben wir sie gefunden und jetzt beten wir, dass sie wieder wach wird. Ist Hannah bei dir?", fragte sie nach.

„Nein", meldete sich Raik schnell. „Ich habe sie nach dem Anruf sofort nach Hause gebracht, aber ich mache mir auch Sorgen um sie. Das mit der Schatulle wirst du mitbekommen haben, oder? Ich habe das Tagebuch ihrer Mutter darin gefunden und habe es... erst einmal für mich behalten. Sie sollte kein schlechtes Bild von ihren Eltern bekommen, aber jetzt wollte sie es auf jeden Fall haben und sie ist damit jetzt alleine. Meinst du... wäre es zu viel verlangt, wenn ich dich bitte, zu ihr zu gehen?"

Lächelnd schüttelte Christine den Kopf. „Unsinn... sie hat nichts mit uns beiden zu tun", meinte sie leise und lächelte dabei. „Ich werde mit dem Fahrrad zu ihr fahren und sehen, wie es ihr geht. Wenn es Keike besser geht - oder schlechter, dann melde dich bitte bei mir. Ist Manuel auch bei euch?"

Raik schnaubte und verdeutlichte damit, dass er den jungen Mann noch immer nicht leiden konnte. „Ja, der war auch hier... Spinner... er fuhr mit Keike ins Krankenhaus, ich bin hiergeblieben, um mir den Ort anzusehen, wo man sie festgehalten hat. Vielleicht finden wir ja doch noch Hinweise. Christine? Pass auf dich auf", flüsterte er leise, ehe er ohne einen weiteren Kommentar auflegte.

Schweigend sah sie sich das Handy einen Moment lang an, atmete kurz darauf aber durch und steckte es weg, um sich auf den Weg zu Hannah zu machen. Was auch immer zwischen ihr und Manuel gelaufen war, schien jetzt so unwichtig wie nichts anderes auf der Welt zu sein. Nur für sie, für sie bedeutete es die Welt und sie fühlte sich einsam und verlassen. Da war niemand, mit dem sie darüber sprechen konnte, was sich bedrückend schwer anfühlte in diesem Moment. Es zeigte ihr aber immer mehr, dass sie Abstand zu den Menschen und der Umgebung hier brauchte. Ein Umzug, egal wie viel Angst es ihr einjagte, schien die einzige Lösung zu sein, um sich wieder darauf zu besinnen, wie ihr Leben jetzt weitergehen sollte.

Kapitel 34

Man merkte immer mehr, dass der Winter Einzug hielt.

Der kühle Wind pfiff über den leeren Acker, die Möwen schrien am Himmel und Raik wickelte sich enger in die dicke Jacke. Ihm war kalt, er war sich aber nicht sicher, ob es tatsächlich vom Wetter kam oder der Situation geschuldet war.

Der Himmel war zugezogen, doch der böige Wind verhinderte bisher den Regen. Seine Schritte waren schwer von dem matschigen Boden, der komplett durchnässt war und es ihnen erschwerte, Beweise zu finden. Der Krankenwagen war gerade verschwunden und Raik genoss die Ruhe. Er hatte jeden weggeschickt, sogar die Spurensicherung.

Der Bauer hatte die bewusstlose Frau auf dem Acker gefunden, in der Nähe der alten Ziegelei. Diese hatten Manuel und er bereits als brauchbares Versteck auf eine Liste geschrieben, nur nachgesehen hatten sie bisher nicht.

Die alte Ziegelei, sonst im Frühling Ort des Osterfeuers, wo das gesamte Dorf zusammenkam, um zu feiern, lag weit außerhalb. Eingebettet zwischen den Feldern eines der Bauern, in der Nähe des Deiches und nicht weit entfernt des zweiten Friedhofes. Es war still hier, besonders um diese Jahreszeit.

Im Sommer verirrten sich nochmal Spaziergänger hierher, die mit ihren Hunden die Runde machten, in der Winterzeit kam aber kaum ein Mensch hierher. Die Gegend lag zu frei, es wurde durch den Wind bitterlich kalt und kaum jemand nahm den Weg zum Deich auf sich. Sogar der Bauer war nur durch Zufall hergekommen, weil sein Hund abgehauen war und er ihn gesucht hatte.

Was er fand, war im ersten Moment ein großer Schock für ihn, denn er hielt Keike für tot. Dass sie noch lebte, bemerkte er erst, nachdem er die Polizei gerufen hatte. Raik verstand, dass er sich an den leblosen

Körper nicht herantraute. Keiner sah gerne Leichen, aber Raik war dankbar, dass Keike lebte.

Wie lange es so war, ließ sich nicht genau sagen, aber er hoffte und betete mit jedem Atemzug, nicht ein Opfer mehr zu betrauern.

Viel zu viele Verluste hatte Raik schon hingenommen, er wollte nicht noch jemanden an diesen Verrückten verlieren! Ein paar Atemzüge lang genoss er die kalte Luft, dann beschloss er, die Ziegelei zu betreten und sich in den Räumen umzusehen. Sofort wurde es ein paar Grad kälter und man konnte es als eine Art Wunder bezeichnen, dass Keike nicht erfroren war. Man hatte sie mit schweren Kopfwunden gefunden, als hätte jemand versucht, ihr den Schädel einzuschlagen. Als er an ihren Anblick dachte, wurde ihm beinahe übel.

Es war ein reines Wunder, dass sie atmete! Die Ärzte machten ihnen keine großen Hoffnungen, Raik hielt sich aber dennoch daran fest.

Eine alte, eiserne Treppe führte in den Keller. Kein Fenster, nur eine Tür. Alles war dunkel und er war dankbar dafür, dass er Licht hatte. Wie musste sich Keike hier unten gefühlt haben? Alleine und ohne etwas zu sehen, immer mit der Angst im Nacken, ihr Peiniger könnte jederzeit durch die Tür kommen? Ihm liefen ja jetzt schon Schauer über den Rücken. Die arme Frau musste grausame Zeiten durchlebt haben.

Der Keller stank wie die Hölle, nach einer Mischung aus Urin, Blut und Angst. Sie musste die ganze Zeit hier unten eingesperrt gewesen sein, hatte keine Toilette und offenbar schon lange weder Nahrung noch etwas zu trinken bekommen. Das Licht der Taschenlampe durchbrach die Dunkelheit nur schwerlich. Es war, als verschluckte sie jeden Beweis und als wolle sie den Täter decken.

Die ganze Zeit über hatte er einen bleiernen Geschmack im Mund, vermutlich von ihrem Blut. Auf dem Boden erkannte man Spuren eines Kampfes und eine erschreckende Menge Blut. Die Schleifspuren zeigten deutlich, dass Keike schon bewusstlos gewesen sein musste, als man sie hier herausholte. An einer Wand klebte Blut, an den Spuren im Staub erkannte man, dass sie dort offenbar lange Zeit an der Wand gelehnt gesessen haben musste. Ihre Hand und Fußgelenke waren zusammengebunden, als man sie fand. Das arme Mädchen wurde von ihrem Peiniger zusammengeschlagen, ohne dass sie nur den Hauch einer Chance gehabt hatte, sich gegen ihn zu wehren!

Wie denn auch? Dieser Kerl war in seinen Augen das Letzte! Er prügelte das Mädchen fast tot und ließ nicht einmal zu, dass sie ihren Kopf oder irgendein anderes Körperteil mit ihren Händen schützen konnte. Sie war ihm ausgeliefert gewesen.

Raik spürte immer mehr, wie Hass und Wut auf diesen Mann in ihm hochkamen. Er wollte ihn mit aller Macht fassen! Er war doch nicht besser als diejenigen, die er tötete. Hielt er sich für anders? Für stärker als Menschen, wie die, die damals dieser armen Frau so viel Leid zugefügt hatten?

Nein, er war genauso ein mieses Schwein, denn obwohl Raik ihm die Toten beinahe verzeihen konnte, diese Sache mit Keike war definitiv zu viel. Sie trug keinerlei Verantwortung, war unschuldig bis ins Mark und hatte jede Menge Leid zu verarbeiten. Ihr Vater starb und sie wurde entführt, ihre Seele würde niemals wieder die gleiche werden. Dabei war Keike komplett unschuldig!

Rechnete man dem Mörder damit Dinge an, die er gar nicht so meinte? Hatte er diese Leute eventuell doch nur aus Spaß am Töten ermordet? Und wer von den Menschen, die er schon so lange kannte, war zu so einer grausamen Tat in der Lage?

Es musste jemand sein, der von der Geschichte wusste und sich einmischte. Aber warum schwieg man viele Jahre, um dann auf so eine Art und Weise, Rache zu verüben? Raik musste raus und draußen atmete er erst einmal die frische Luft tief ein.

Sofort kam die Kälte wieder, die ihn aus seinen Gedanken riss. Wenn man sich so umsah, war es hier sehr idyllisch. Man sah unglaublich weit. Jeder, der sich hierher verirrte, hätte den Mörder sehen müssen! Es musste doch jemanden geben, der irgendwas gesehen hatte!

Erschöpft atmete Raik durch, irgendwie musste er einen klaren Kopf bekommen, aber er kam nicht weit. Sein Handy riss ihn aus seinen Gedanken, wofür er regelrecht dankbar war. Diese wurden nämlich immer düsterer und mittlerweile traute er jedem, der ihm entgegenkam, diese Gräueltaten zu! Er sah in allen Menschen einen Täter, was sein Vertrauen seinen alten Freunden gegenüber zerstörte. „Ja?", rief er ins Telefon, für einen Moment in dem Gedanken, der Andere hörte ihn nicht.

„Wo bist du? Und was machst du gerade?", bemerkte er die Stimme von Manuel. Der letzte Mensch, den er hören oder sehen wollte, aber trotzdem war er dankbar, endlich mit jemandem zu sprechen. Es erleichterte, einen Menschen an seiner Seite zu haben, der in keiner Weise emotional mit der Situation umging. „Ich bin noch an der Ziegelei geblieben, um mich etwas umzusehen. Wir brauchen auf jeden Fall die Leute von der Spurensicherung hier und die sollten Scheinwerfer mitbringen. Da unten im Keller gibt es kein Licht und mit einer Taschenlampe kommt man nicht sehr weit. Wenn wir da unten irgendwas sichern wollen, brauchen wir auf jeden Fall Licht und Strom."

Er redete und redete, um Manuel gar nicht erst zu Wort kommen zu lassen. Der ließ ihn erst in Ruhe reden, räusperte sich dann aber. „Also gut, ich schicke dir alles, was du brauchst", meinte er leise. „Ich bleibe im Krankenhaus. Es sieht wirklich nicht gut aus mit Keike, muss ich sagen. Wenn sie doch noch wach wird, muss ich sie auf jeden Fall befragen." Irgendwie verstand Raik nicht, wie man eine Frau so zu quälen vermochte, wo sie doch eh schon so litt.

Es ergab aber Sinn, vielleicht hatte sie den Täter gesehen? Mit etwas Glück hatte sie Anhaltspunkte, war in der Lage, ihnen zu helfen. „Warum hat er das getan?", murmelte Raik leise, mehr zu sich als zu seinem Gesprächspartner. „Was für einen Grund gibt es, um eine junge Frau, die sich nicht mal wehren kann, halb tot zu prügeln? Sie muss etwas gesehen haben, sonst würde es keinen Sinn machen!" Er hörte Manuel schwer seufzen. „Hast du dir schon mal Gedanken darüber gemacht, wem du sowas zutrauen würdest? Ich meine, du kennst die Leute hier alle so gut und jemand von außerhalb hätte keinen Grund, einen Fall zu rächen, der schon so lange zurückliegt. Wer könnte dahinterstecken?"

Darüber zerbrach sich Raik doch schon den Kopf, zu einer Lösung kam er aber nicht. „Denkst du, das hätte ich mich nicht selbst gefragt?", murmelte er leise.

„Ich will es auch niemandem zutrauen, weißt du? Sie sind doch irgendwie alle meine Freunde oder wenigstens meine Bekannten, denen will man keine Morde zutrauen." Offenbar musste er sich aber doch genauer mit dem Thema auseinandersetzen.

Auf einmal wurde es laut hinter Manuel, was Raik aufhorchen ließ. „Was ist denn los bei dir?"

Manuel konnte nicht einmal schnell genug reagieren und antwortete auf seine Frage nicht mehr richtig. „Ich muss auflegen, offenbar ist Keike wirklich wach geworden. Ich melde mich, wenn ich da mehr weiß, okay? Kümmere du dich um den Tatort, ich schicke dir alles, was du brauchst." Und schon legte er wieder auf und Raik stand einsam und alleine auf weiter Flur. Langsam wuchs es ihm über den Kopf! Und ihm stellte sich die Frage, warum man Keike auf so seltsame Art und Weise wieder freigelassen hatte. Brauchte der Täter sie nicht mehr? War sie zu gefährlich? Oder beseitigte er sie, bevor er wieder verschwand?

Hektik war im Elbeklinikum aufgekommen. Ärzte und Schwestern hetzten an Manuel vorbei in das Zimmer der Intensivstation, rannten rein und raus, riefen sich Dinge zu, um dann wieder zu verschwinden. Eine junge, blonde Schwester hielt er nach wenigen Minuten am Arm fest, nachdem er sich dieses Spielchen einen Moment lang schweigend angesehen hatte. „Was ist denn nun los?", murrte er leise. „Sie wissen, wie wichtig Keike für uns ist und dass ich dringend mit ihr reden muss, wenn sie wieder wach ist! Ich weiß, Sie brauchen Zeit und sie wird bestimmt in keinem guten Zustand sein, aber wir müssen so vieles wissen!"

Die Schwester sah ihn hilflos an. „I-ich werde mit einem Arzt sprechen", nuschelte sie leise, ehe sie wieder in dem Krankenzimmer verschwand. Nervös lief er in dem sterilen Gang auf und ab. In einem der Zimmer piepsten Geräte, Lichter blinkten an allen Ecken und Enden. Diese ganze Situation machte ihn etwas nervös, denn ob er wollte oder nicht, es fühlte sich an, als würde der Tod an jeder Ecke auf sein nächstes Opfer warten.

Eine Gänsehaut lief über seinen Körper und Manuel war dankbar, als ein älterer Mann aus dem Zimmer kam und direkt auf ihn zuging. „Herr Rehmsen? Sie sind wegen der jungen Dame hier? Sie ist wach, aber es geht ihr wirklich sehr schlecht. Für ein paar Minuten kann ich Sie zu ihr lassen, aber ich bitte Sie, es nicht zu übertreiben. Ihr Kreislauf ist sehr schwach, wir konnten sie noch nicht genau untersuchen, weil sie noch zu instabil ist. Halten Sie sich kurz, wir müssen noch immer ein Leben retten, über den Berg ist sie nämlich noch lange nicht." Der Blick, der hinter der dicken Brille zu ihm sah, war streng und ernst. Beruhigend nickte Manuel und er lächelte. „Haben Sie keine Angst, ich werde mich kurzhalten."

Leise betrat er das Zimmer und sah sich um. Der zierliche Körper hing an zig Schläuchen, die aus jeder Körperöffnung zu kommen schienen. Eine Schwester notierte sich ein paar Werte, verließ dann aber das Krankenzimmer, um Manuel mit Keike alleinzulassen. Er musterte die schwer verletzte Frau, die in diesem Krankenhausbett im Augenblick um ihr Leben kämpfte.

Ihr Blick war an die Decke gerichtet, sie schien überhaupt nicht bewusst da zu sein. Langsam trat Manuel zu ihr, im Hinterkopf mit der Angst, dass sie ihm gleich wegstarb. „Keike?", flüsterte er leise und setzte sich an ihr Bett. Ihre Augen sahen ihn direkt an, schienen ihn aber nicht zu erkennen.

Eine kalte Hand tastete nach seiner, sehr schwach und zittrig. Sanft ergriff Manuel sie und drückte sie beruhigend. „Machen Sie sich keine Sorgen, ja? Sie werden schon wieder, da bin ich mir sicher. Wie geht es Ihnen?", flüsterte er einfühlsam, um zu testen, inwiefern Keike reden konnte.

Ein leises Wimmern kam von den rissigen und bleichen Lippen. Sie war zu schwach, um wirkliche Worte zu formen. Alles, was er verstand, war das Wort „Auto"... was auch immer sie damit sagen wollte.

Beruhigend hielt Manuel ihre Hand, versuchte verzweifelt, etwas von dem zu verstehen, was über ihre rissigen Lippen kam, aber leider war es nicht möglich! Auf einmal starrte ihn Keike aber regelrecht an, ihre Augen weiteten sich und mit letzten Kräften riss sie sich von seiner Hand los! Sie fing an zu schreien, so laut es in ihrem Zustand möglich war. Die Geräte gaben Alarm, ihr Herz raste viel zu schnell und panisch versuchte die junge Frau, aus dem Bett aufzustehen. Erschrocken sprang Manuel auf, der mit so einer Situation nicht gerechnet hätte.

Eine Schwester platzte in den Raum, scheuchte ihn aus dem Krankenzimmer und rief nach dem Arzt, der sofort zu ihr gerannt kam. Wo bis eben eine ziemliche Ruhe herrschte, brach jetzt Hektik aus. Jeder ignorierte Manuel, der wie ein begossener Pudel auf dem Flur stand und nicht wusste, was da eben geschehen war. Als der Arzt wieder rauskam, war er bleich und sah zu dem jungen Mann, der wissen wollte, was eben geschehen war. „Wir haben keine Ahnung, was diesen Zustand bei ihr hervorgerufen hat. Offenbar muss sie sich vor irgendwas total erschreckt haben, was wohl einen Herzanfall ausgelöst hat. Leider... hat sie es nicht geschafft. Keike ist gerade verstorben", murmelte er leise und rieb sich etwas über die Schläfen. Selbst wenn der Arzt ständig mit Leben und Tod konfrontiert war, nahm es ihn jedes Mal wieder mit.

Manuel schloss einen Moment die Augen und ließ sich auf einen der Stühle sinken. Damit hatten sie gerade ihren einzigen Zeugen verloren. Mit einem schweren Seufzen ließ er sein Gesicht in seine Hände sinken, um das müde Lächeln zu verbergen. Für Keike war es vermutlich besser so, wie für fast jeden. „Lassen Sie sie bitte obduzieren", meldete er sich nach ein paar Minuten an den Arzt gewandt, der noch immer dastand und wartete. „Wir müssen alle Spuren an ihr sichern und wissen, was der Täter mit ihr gemacht hat. Es ist genauso wichtig für uns, zu erfahren, woran sie gestorben ist. Insbesondere jetzt, wo sie selbst nichts mehr sagen kann." Der Arzt nickte zustimmend und ließ Manuel dann allein, der die Augen schloss und sich entspannt zurücklehnte.

Kapitel 35

Das alte Gebäude wirkte für Hannah auf einmal deutlich bedrohlicher. Warum war sie überhaupt hierher zurückgekehrt? Sie hätte im Haus von Raik und Christine bleiben sollen, aber sie war hierhergekommen. Warum?

Um Erinnerungen zu wecken, die für sie wie Träume wirkten? Verunsichert legte Hannah das kleine Buch zur Seite, nicht in der Lage zu verarbeiten, was sie eben hatte lesen müssen. Hätte Raik ihr dieses Tagebuch niemals geben dürfen?

Lina riss sie aus ihren Gedanken, die auf einmal von ihren Füßen aufsprang und die morsche Treppe runter rannte. Schnell folgte Hannah ihr und war erleichtert, als sie Christine sah. „Was machst du denn hier?", murmelte sie leise, war aber trotzdem froh, ihre Freundin hier zu sehen. Besorgt sah Christine zu ihr, nahm sie dann aber in den Arm und drückte sie fest an sich. „Du siehst gar nicht gut aus", murmelte sie leise.

„Ich würde dir am liebsten einen Tee machen, aber ich fürchte, deine Küche gibt das noch immer nicht her, was?", versuchte sie Hannah aufzumuntern, die etwas den Kopf schüttelte. „Nein, leider nicht... vielleicht wäre es aber auch gut, wenn wir irgendwo anders hingehen. In ein Café oder sowas, nur nicht mehr hierbleiben", flüsterte sie leise. Ihre Stimme und ihr ganzer Körper zitterten.

Christine sorgte sich schrecklich um sie, denn Hannah wirkte noch kleiner und zerbrechlicher als jemals zuvor. „Hast du das Tagebuch schon gelesen?", fragte Christine nach, die bei dem fragenden Blick von Hannah lächelte.

„Raik hat mir davon erzählt. Er hat sich Sorgen um dich gemacht und meinte, ich sollte nach dir sehen. Mein Mann mag zwar manchmal nicht sehr einfühlsam sein, aber er weiß, in welchen Situationen er jemanden alleinlassen kann oder nicht. Sein Job ist ihm dazwischengekommen, verzeih ihm das. Jetzt musst du wohl mit mir Vorlieb nehmen."

Mit Raik zu reden wäre für Hannah nicht so leicht gewesen. Sie hatte über seinen Vater Dinge erfahren, die er nicht wissen wollte, die vermutlich kein Kind der Welt über den eigenen Papa hören sollte. „Schon gut, ich bin froh, dass überhaupt jemand hier ist. Alleine würde ich nur verrückt werden", murmelte sie leise.

Obwohl sich Hannah an ihre Kindheit nicht erinnerte, schien etwas in ihr zu zerbröckeln. Fröstelnd umarmte sie ihren Oberkörper, aber es war nicht die Kälte des Winters, die sie frieren ließ. Während sie das Tagebuch ihrer Mutter gelesen hatte, wurde ihr klar, wie viel man ihr damals genommen hatte. Eine Frau, die so voller Liebe für ihren Mann und ihr Kind war, wurde grausam zerstört. Erst wurde ihre Seele gebrochen, kurz darauf auch ihr Körper. Hannah schluckte und rieb sich über die Augen, denn allein die Erinnerungen an das, was sie eben erfahren hatte, trieben Tränen in ihr hoch.

Christine nahm ihre Hand und sah besorgt zu ihr.

„Komm, fahren wir in ein kleines Café und dann erzählst du mir, was du erzählen möchtest", flüsterte sie einfühlsam, umarmte die junge Frau dabei aber wieder. Sie musste sich furchtbar einsam fühlen, schließlich verlor Hannah wiederholt etwas, was sie nie hatte erleben dürfen. Keine Familie, keine Freunde, weder Geborgenheit noch Liebe.

Wurde einem da nicht erst bewusst, was einem vorenthalten wurde? Von Menschen, die sich ohne Rücksicht nahmen, was sie wollten? Mittlerweile fühlte sich Christine so schuldig, als hätte sie damals selbst die Finger im Spiel gehabt. Dabei war ihre Kindheit ebenfalls nicht leicht gewesen, vermutlich durch diese Tat, die sich wie ein Leichentuch über das gesamte Dorf ausgebreitet hatte und es zu ersticken drohte.

Selbst als sie kurz beim Einkaufen war, hörte Christine die Leute darüber hinter vorgehaltener Hand reden und spekulieren, was an den Gerüchten stimmte. Es war im Grunde wie damals, die Leute zerrissen sich wieder das Maul über Dinge, von denen sie keine Ahnung hatten und die sie nicht vernünftig einordneten. Für sie zählte es nur, dass sie wieder etwas vorweisen konnten, worüber es sich zu tratschen lohnte und was ihnen die quälende Langeweile nahm. Wie grausam die Beteiligten darunter litten, würden sie nie verstehen.

Eine halbe Stunde später saßen die beiden Frauen vor einem Kakao in einem Café der Stader Altstadt. Nachdem man eine knarzige, alte Treppe nach oben gegangen war, an deren Geländer sich Hannah festgekrallt hatte, obwohl es das nur wackliger machte, betrat man eines der typischen, alten Häuser mit schrägen Decken, krummen Wänden und gemütlicher Atmosphäre. Der frisch gebackene Kuchen lockte natürlich, ebenso wie der Duft von aufgebrühtem Kaffee.

In einer kleinen Nische machten die zwei es sich gemütlich und wärmten sich die durchgefrorenen Finger erst einmal an den Tassen auf. Als der Kuchen kam, atmete Hannah auf. Für einen Moment kam ein so normales, gemütliches Gefühl in ihr hoch, welches sie alles andere vergessen ließ. Gerade war sie zum ersten Mal in ihrem Leben eine vollkommen normale Frau, die mit ihrer Freundin Zeit verbrachte und einfach nur eine entspannte Tasse Kakao genoss.

Eine seltsam groteske Situation, bedachte man, was in den letzten Tagen um sie herum alles geschehen war. Christine fühlte sich merklich geborgen und sie lächelte. „Weißt du, wie lange ich das nicht mehr gemacht habe? Einfach mit einer Freundin einen Kakao trinken, etwas reden und die Zeit genießen? Sowas sollte man viel öfter machen." Leider fand sich niemand, der auf diese Art und Weise Zeit mit ihr verbringen wollte.

Es gab zum größten Teil nur Raik in ihrem Leben, doch von dem musste sie nun ebenso Abstand nehmen und selbst entscheiden, was sie wollte. Sanft sah Hannah sie an und nickte ein wenig. „Weißt du... auch wenn das alles hier vorbei ist und ich wieder nach Hannover zurückgehe, ich würde mich freuen, wenn wir Kontakt halten würden. Du bist mir in der Zeit eine wirkliche Freundin geworden, die ich nur ungerne verlieren würde. Ich weiß jetzt aber, dass ich nicht hierbleiben kann. Als ich meine Koffer packte und hierher zurückkam, dachte ich, dass ich wieder in mein altes Haus ziehen könnte. Jetzt, wo ich so viel erfahren habe, weiß ich, dass ich nie wieder in diesem Dorf leben kann. Es geht nicht... die Schatten meiner Eltern würden mich überall verfolgen." Selbst jetzt stellte sich Hannah vor, wie die zwei einmal hier gesessen und sich darüber unterhalten hatten, welches Haus sie kaufen sollten. Wie sie das Für und Wider jedes Angebotes abgewogen und sich dann für ein Haus entschieden hatten, welches zur Hölle für sie werden sollte.

Selbst hier fand Hannah nur für ein paar Minuten Frieden und sie wusste, in der Einöde dieses Dorfes würde es nicht besser werden. Am Ende musste sie eben auch an sich und ihre Gesundheit denken, die schon ihr ganzes Leben lang auf dem Spiel stand. „Ich kann dich verstehen", murmelte Christine leise, nahm die Kuchengabel und pikste in ihre Mohntorte. „Ich habe auch beschlossen, von hier wegzugehen. Weit weg... auch wenn ich noch nicht sagen kann, wie weit das sein wird. Hier leben ist für mich auch nicht mehr möglich und mich betrifft es noch nicht einmal so sehr wie dich. Ich kann mir nur vorstellen, wie sehr du unter der ganzen Sache leiden musst." Mit gesenktem Blick steckte sich die junge Blondine den Kuchen in den Mund und genoss für ein paar Sekunden dieses Gefühl.

Die Torte war ausgesprochen lecker und zusammen mit dem Kakao breitete sich in ihrem Körper eine gewisse Wärme aus, die sie schon lange vermisst hatte.

Es war bisher leer in dem Café gewesen und beide fühlten sich unbeobachtet. „Willst du mit mir über das Tagebuch deiner Mutter sprechen? Ich will nicht neugierig sein, aber... ich mache mir auch Sorgen um dich. Du bist sehr blass, was ich gut verstehen kann. Denkst du nicht, es wäre besser, mit jemandem darüber zu reden?" Es erleichterte die junge Frau bestimmt.

Es kostete Hannah einige Überwindung und ein paar Bissen der Torte, bevor sie überhaupt die passenden Worte fand, um alles zu erklären. „Mein Vater hatte das Tagebuch offenbar auch noch genutzt, nachdem meine Mutter gestorben war. Seine Schrift unterscheidet sich deutlich von ihrer und... es war nicht einfach. Sie hat die Vergewaltigung beschrieben, hat auch die Namen der Männer genannt", murmelte sie leise und nahm die warme Kakaotasse in die Hand, um sich etwas daran festzuhalten.

Ihr Blick war auf die Tasse gerichtet, in der sich die Sahne langsam auflöste und in der braunen Flüssigkeit ertrank. Ein wenig fühlte sich Hannah wie diese Sahne, die gerade in einer braunen Masse versank, in einer Brühe aus Lügen und Intrigen. Hannah schüttelte etwas den Kopf, um wieder einen klaren Gedanken zu fassen.

„Meine Mutter war fest entschlossen, die Täter anzuzeigen. Sie hat versucht, mit Raiks Vater zu reden, aber er meinte, sie könnte ja nichts beweisen und niemand würde ihr glauben. Deswegen wollte sie nach Hamburg zur Polizei und dort mit jemandem sprechen, der nicht privat involviert war. Aus dem Grund hat sie auch extra den Slip behalten, den sie bei der Vergewaltigung getragen hat. Raiks Vater muss ihn irgendwie nach ihrem Tod in die Hände bekommen haben. Mein Vater hat geschrieben, dass meine Mutter sich nicht umgebracht hätte. Einer der

Täter, den er wohl verprügelt hat, muss gestanden haben..., dass sie zu ihr gegangen sind, um ihr Angst zu machen. Sie solle es sein lassen, sie anzuzeigen und einfach so tun, als hätte diese Sache nie stattgefunden. Meine Mutter hat sich aber wohl geweigert und da... naja... haben sie meine Mutter getötet. Der Sohn des Bürgermeisters ist total ausgeflippt, auch weil er Angst hatte, alles würde ans Licht kommen. Er ist wohl auf meine Mutter losgegangen und hat sie... erwürgt... er hat so lange zugedrückt und sie angeschrien, sie solle den Mund halten, bis sie sich nicht mehr bewegte. Da kam ihnen wohl aus Panik der Gedanke, sie einfach zu erhängen und es damit wie einen Selbstmord aussehen zu lassen."

Wieder kam ihr dieser Traum in den Kopf, wo sie eine Frau schreien hörte und Männer, die sich mit ihr stritten. War es doch eine Erinnerung? War sie dabei, wie schon bei der Vergewaltigung? Irgendwie wuchs ihr das alles über den Kopf und sie wusste nicht mehr, was real war und was ihr Kopf ihr nur vorspielte. Vielleicht musste sie alles, was sie gerade erfuhr, nur verarbeiten.

Christine schob den Kuchen von sich, irgendwie verdarb es ihr doch etwas den Appetit, aber nur für ein paar Minuten. Nach kurzem Schweigen beschloss sie, der Torte noch eine Chance zu geben und sie aufzuessen. „Gut, wir haben also nicht nur Vergewaltigung, sondern auch Mord. Und ich muss ja selbst zugeben, dass ich den Täter fast verstehen kann. Wenn deine Mutter aber auch die Namen der Männer aufgeschrieben hat, haben wir doch sowas wie eine Liste derjenigen, die noch sterben oder umgebracht werden könnten! Damit hätten wir endlich einen Hinweis darauf, was los ist, denkst du nicht auch?"

Wenigstens hatten sie damit etwas in der Hand. Hannah suchte einen Zettel raus, auf den sie die Namen der Männer geschrieben hatte. Die Idee war ihr auch schon gekommen. „Hier... ich kenne ja die

Opfer nicht alle. Sind davon überhaupt noch welche am Leben? Ich meine... du kennst die doch besser, oder?", murmelte sie leise.

Gespannt, aber auch ein wenig zittrig nahm Christine den Zettel entgegen, verängstigt wegen der Namen, die sie dort lesen würde. Es waren alles Bekannte von ihr, deren Kinder sie kannte, mit denen sie in engem Verhältnis gestanden und mit ihnen auf den Schützenfesten, oder anderen Feierlichkeiten viel Zeit verbracht hatte. Keinem von diesen Menschen hätte sie jemals so eine Grausamkeit zugetraut. Es waren... ehrbare Leute, hatte sie jedenfalls immer geglaubt. Mit einer glücklichen Familie, einem vernünftigen Job und einem Leben, für das viele sie beneideten.

Niemals hätte sie erwartet, dass jemand von ihnen zu so etwas in der Lage sein würde. Jetzt musste sie aber einsehen, dass offenbar jeder Mensch eine dunkle Seite hatte, vor der er sich nicht verstecken konnte.

„Hm... einer lebt noch", murmelte sie leise und deutete auf einen Namen auf dieser Liste, die sich ein wenig wie eine Todesliste anfühlte. „Aber an den wird keiner rankommen. Seit Jahren lebt er im Schloss... ähm, das ist eine Einrichtung für Menschen mit psychischen Problemen. So eine Art... Wohnheim...", murmelte sie leise, ehe es ihr wie Schuppen von den Augen fiel, denn der Mann lebte seit dem Vorfall mit Hannahs Mutter dort! Offenbar war seine Seele nie mit dem, was er gesehen und erlebt hatte, klargekommen.

„Er steht hier aber auch nur als Beobachter und nicht als Täter. Deine Mutter scheint da sehr genau unterschieden zu haben. Die Männer, die sie Täter genannt hat, sind alle schon getötet worden oder selbst gestorben. Woher wissen wir, ob er überhaupt in Gefahr ist? Besonders, wo er doch schon längst bezahlt hat? Glaub mir, er führt bestimmt kein schönes Leben mehr", murmelte sie leise.

Hannah zuckte mit den Schultern. „Ich weiß nicht, wie der Täter unterscheidet oder wen er jagt und wen nicht", murmelte sie leise, steckte den Zettel dann aber lieber wieder weg. „Natürlich sollte ich froh sein, dass die Menschen zur Rechenschaft gezogen wurden, die meinen Eltern so viel angetan haben. Wenn ich ehrlich bin, ändert das aber überhaupt nichts. Ich fühle mich noch genauso wie vorher, nämlich ohne Halt. Ich dachte, wenn ich erst einmal die Wahrheit kenne, fühle ich mich viel besser und befreiter, aber diese Wahrheit hat nichts besser gemacht und seine Taten tun es auch nicht. Erwarte kein Mitleid für den Mann, der in diesem Wohnheim lebt, jedenfalls nicht von mir." Sofort schüttelte Christine den Kopf, denn das tat sie auch nicht. Es fühlte sich für sie aber beruhigend an, dass wenigstens einer von ihnen ein Herz bewies. Dass er dafür von der Gesellschaft ausgeschlossen wurde, verlieh dem ganzen einen bitteren Beigeschmack.

Kapitel 36

Der Mond schob sich durch die Äste der Eichen und Lina ihre Nase unter den Pullover von Hannah, als alle vier wieder aufeinandertrafen.

Nachdem die Spurensicherung an der alten Ziegelei alles abgesucht und protokolliert hatte, war Raik aufs Revier gefahren, wo er auf Manuel getroffen war. Der konnte noch immer nicht glauben, dass Keike tot war. Sie wäre die Einzige, die hätte erklären können, warum sie entführt worden war. Es musste doch einen Grund geben! Aber würde der jemals herauskommen?

Jetzt saßen die vier zusammen am Küchentisch in Raiks Haus, jeder eine Tasse Tee in der Hand und eine Dose Kekse auf dem Tisch, an denen sich besonders Manuel gerne bediente. Er war in Gedanken versunken, sein Blick klebte an den Wassertropfen, die an der Fensterscheibe herunterrannen. „Ist es jetzt vorbei?", meldete sich Hannah leise, den Hund unter ihrem Pullover versteckend, wo sich Lina gemütlich zusammenrollte. Raik zuckte mit den Schultern, legte die Liste zur Seite, die ihm Kopfschmerzen bereitete. „Ich weiß es nicht... das wird nur der Täter wissen. Ich verstehe nicht, warum Keike sterben musste. Ja, bei den anderen Männern verstehe ich es mittlerweile, aber Keike? Sie war unschuldig!" Hinter dieses Geheimnis kamen sie vermutlich nicht mehr. Bei jedem von ihnen hinterließ es einen bitteren Beigeschmack, denn die junge Frau war ein Opfer, das es nicht hätte geben müssen.

Raik seufzte leise auf und erhob sich von seinem Stuhl. Sein Leben lag in Trümmern, so viel ließ sich ohne Übertreibung sagen. Seine Frau wollte sich scheiden lassen, womit er durchaus einverstanden war. Sein Vater war tot und Raiks Mutter meldete sich nicht mehr. Jedes Mal, wenn er versucht hatte, sie zu erreichen, legte sie wieder auf. Vermutlich war sie noch immer wütend auf ihn, weil er so ehrliche Worte gefunden hatte, was ihren ständigen Gast und ihr Verhalten der Pastorin gegenüber anging. Er war weiterhin über ihr Benehmen entsetzt und wütend darüber, darum beschloss er, ihr erst einmal Zeit zu geben.

Hoffentlich gab es nach der Beerdigung seines Vaters die Möglichkeit, mit ihr zu reden und die ganze Sache zu klären.

Vermutlich spielte auch die Enttäuschung über seine Mutter eine Rolle, warum Raik froh war, momentan nicht mit ihr reden zu müssen.

Hannah erhob sich und lächelte. „Ich werde noch einmal mit Lina rausgehen", meinte sie leise. Das Gefühl in diesem Haus war für sie viel zu beklemmend und der Regen machte es ebenfalls nicht angenehm draußen, aber ihr fiel die Decke auf den Kopf.

Raik sah erstaunt zu ihr, doch Manuel kam dazwischen und lächelte. „Ich werde dich begleiten. Bei dem Wetter solltest du nicht alleine raus", meinte er leise und erhob sich sofort, steckte sich dabei einen weiteren Keks in den Mund und warf Raik einen entschuldigenden Blick zu.

Es war offensichtlich, dass der Hamburger mit Hannah über etwas reden wollte – und zwar allein. Ein wenig nickte Raik, der sie sonst gern begleitet hätte, aber vermutlich selbst ein Gespräch mit Christine führen musste. Sie wollten sich trennen, es gab vieles, über das man hätte reden müssen, aber beide waren in dem Punkt sprachlos und unfähig in Worte zu fassen, wie sie sich fühlten.

Hannah stellte die Tasse auf den Tisch, ehe sie Lina auf ihre Pfoten herabließ. Die Hündin sah beleidigt zu ihr hoch, schließlich hatte sie sich unter dem Pullover schon sehr wohlgefühlt. Es war warm und kuschlig, Hannah konnte sich denken, wie wenig sie von dem Wetter draußen und einem Spaziergang im Regen halten würde.

Sie wäre froh, Raik an ihrer Seite zu haben, aber auch ihr war klar, dass Manuel etwas auf der Seele brannte. Offenbar wollte er mit ihr reden und während sich Hannah in ihren Mantel wickelte, fragte sie sich schon, was er von ihr wissen wollte. Manuel zog die Haustür hinter sich zu, als Hannah die Hündin an ihre Leine legte und gemeinsam unter einem Regenschirm schlenderten die beiden los.

Schweigen entstand, welches nur von dem Heulen des Windes in den Wipfeln der Bäume unterbrochen wurde. Unangenehm wurde die Stille nur durch das Prasseln des Regens auf ihrem Schirm. Wie erwartet war Lina alles andere als begeistert von diesem Spaziergang.

So gut sie konnte, quetschte sich die kleine Hündin an das Bein ihres Frauchens, um dort Schutz vor dem Regen und Wärme von ihrem Körper zu finden. Es war Hannah unangenehm, Manuel so nahe zu sein, den Geruch von Zigaretten zu riechen und sein penetrantes Aftershave kratzte in ihrer Nase. Sie hatte keine Ahnung, warum, aber der Wunsch vor ihm wegzulaufen, wurde übermächtig in ihr. Am Anfang war es nicht so, aber jetzt? Sie fühlte sich unwohl, beklemmt in der Gegenwart des jungen Mannes an seiner Seite. Als würde ein dunkler Schatten über ihm liegen.

Hannah schüttelte den Kopf, immerhin kannte sie den Mann kaum und er war bei der Polizei. Die letzten Tage zehrten grausig an ihrem Nervenkostüm, welches eh nicht stabil war. „Also gut, was denkst du, wie wird es weitergehen?", überrumpelte Manuel sie mit einem Mal und Hannah zuckte erschrocken zusammen. Aus großen Augen sah sie ihn an, atmete kurz darauf aber wieder durch.

Natürlich sprach er sie an, damit hätte sie rechnen müssen, warum machte es sie nur so verdammt nervös? „Ich weiß es nicht. Irgendwie fühlt es sich ruhig an, auch wenn noch immer keiner weiß, was aus meinem Vater wurde. Keike tut mir leid, sie hat bestimmt furchtbar gelitten als sie entführt wurde. Vielleicht wusste sie nicht einmal, warum? So wie wir es auch nicht wissen. Oder sie war die Einzige, die uns hätte sagen können, wer der Mörder war. Für ihre Familie muss das grausam sein, erst verlieren sie den Vater und dann noch sie."

Zustimmend nickte Manuel, schwieg danach aber wieder. Erneut breitete sich zwischen den zweien eine erschreckende Stille aus, die für beide unangenehm war.

Es stimmte.

Es legte sich eine seltsame Ruhe über das Dorf, auch jetzt. Es regnete in Strömen, in den Häusern leuchteten Lichter und durchbrachen so immer mal wieder die Dunkelheit der Nacht. Wie helle Lichtinseln in der Finsternis. In diesen Häusern lebten die Menschen ihr normales Leben weiter, unterhielten sich über ihren Alltag, über die Schule und selbstverständlich über die Morde, die alle hier berührten. Die einen kannten die Opfer besser, die anderen weniger, aber für jeden war die Spekulation darüber, wer so etwas getan haben könnte, natürlich am Abendbrottisch Thema. Hannah stellte sich bildlich vor, wie die Menschen dort saßen und spekulierten, rätselten und sich vermutlich sogar gegenseitig beschuldigten.

Würden sie sich im Dorf noch gegenüberstehen können, ohne misstrauisch zu sein? Machten sie am Ende aus Hannah die Täterin, weil sie nicht von hier war? Sogar diese Möglichkeit zog sie in Betracht und erstaunt sah sie hoch, als ihr bewusst wurde, wo Manuel mit ihr hinwollte. „Warum willst du denn in mein altes Elternhaus?", murmelte sie leise und musterte ihn von der Seite her.

Er war groß, die Haare fielen ihm nass ins Gesicht und klebten an seinen knochigen Wangen. Der Blick war auf den Weg vor sich gerichtet oder sah er Hannah nicht an, weil er dazu nicht in der Lage war? Sie war sich nicht sicher, fragte aber lieber nicht nach. Seine Hände hatte er in den Manteltaschen vergraben, doch man erkannte deutlich, dass er sie zu Fäusten geballt hielt. War er wütend, weil er den Mörder nicht fassen konnte?

Es musste für einen Polizisten frustrierend sein, den Täter nicht in die Finger zu bekommen, während dieser machen konnte, was er wollte.

Ein schweres Seufzen kam über die trockenen Lippen des Mannes, der sich mit dem Handrücken die feuchten Haare aus dem Gesicht wischte. „Ich weiß nicht... ich wollte dort einfach nochmal mit dir hin. Es ist, als würde von dort das Böse ausgehen, kommt es dir nicht manchmal auch so vor?" Etwas perplex sah Hannah zu ihm, ließ sich seine Worte dabei genau durch den Kopf gehen.

Ja, ihr kam es durchaus so vor, als würde auf dem alten Haus eine Art Fluch legen. „Mein Großvater hat es renoviert", meinte sie mit einem Mal. „In dem Tagebuch meiner Mutter stand, dass sie sich oft darüber geärgert hat, weil er es nicht ordentlich gemacht hat. Er wollte alles selbst machen, hatte dabei aber im Grunde keine Ahnung von dem, was er dort tat." Bei dem Gedanken lächelte sie dennoch.

Wie gerne hätte sie ihre Mutter erlebt, wie sie wütend schimpfend durch die Baustelle lief und sich über die mangelhafte Arbeit ihres Vaters aufregte. „Es stimmt... in diesem Haus ist so viel passiert, es kommt mir auch so vor, als wäre es verflucht. Ich habe irgendwo mal gelesen, dass ein Huas, das so viele negative Dinge erlebt, das Böse in seinen Wänden aufnimmt. Wir nennen diese Häuser dann unheimlich oder gruselig. So kommt es mir bei meinem Elternhaus vor. Als würde ein Fluch darauf liegen! Als würde der Mord an meiner Mutter noch immer darin haften und auf Rache warten." Die es aber jetzt doch bekommen hatte oder nicht?

Als das alte Haus zwischen den Bäumen auftauchte, blieb Hannah stehen. Sie fühlte sich unwohl und doch im gleichen Moment Zuhause. Ihr Körper reagierte sofort, sie spürte, wie etwas Kribbeliges über ihren Rücken lief und der Regen, der auf sie fiel, da Manuel mit dem Regenschirm ja weitergelaufen war, kühlte ihre heißen Wangen ab. Nervös rieb sie sich über die Arme, als ihr Begleiter endlich merkte, dass sie stehengeblieben war. „Hannah", murrte er leise und lief sofort zu ihr zurück, um ihr den Schirm über den Kopf zu halten. „Du holst dir den Tod, wenn du einfach so im Regen stehenbleibst! Fühlst du dich nicht wohl?", murmelte er einfühlsam. „Du warst hier lange Zuhause, was willst du jetzt mit dem Haus machen?"

Zitternd hob Hannah den kleinen Hund zu ihren Füßen auf den Arm und drückte Lina an sich. Nur um irgendwie Halt zu haben. „Ich weiß es nicht", murmelte sie ehrlich. Leben konnte sie dort nicht, so viel war klar. Hergekommen war sie mit dem Gedanken, es zu renovieren und wieder hier zu leben, aber jetzt? In diesem Horrorhaus zu bleiben, kam nicht für sie in Frage! Im Grunde hatte es nichts mit der ganzen Sache zu tun, es war nicht für den Mord an ihrer Mutter verantwortlich oder hatte die Vergewaltigung heraufbeschworen. Trotzdem schienen die Grausamkeiten in den alten Mauern zu kleben und auf jemanden zu warten, dem sie die Wahrheit erzählten.

Selbst jetzt wirkte es wie ein dunkler, lebloser Ort, obwohl sie gar nicht nahe dran waren. „Verbrennen", murmelte Hannah mit Mal und Manuel sah sie fragend an. „Was?", fragte er nach, ungläubig, ob er richtig verstanden hatte, was er glaubte, gehört zu haben. Mit einem Mal war der Gedanke da. „Du hast mich doch gefragt, was ich mit dem Haus machen will", meinte sie nun mit festerer Stimme, entschlossen zu tun, was ihr eben in den Kopf gekommen war. „Und ich weiß jetzt, was ich damit tun werde... ich will es verbrennen! Jetzt gleich!" Der Regen würde es erschweren, gleichzeitig aber ein Übergreifen des Feuers auf die Umwelt verhindern.

Manuel war total verwirrt, räuspert sich dann aber leise. Es war am Ende eben ihre Entscheidung, auch wenn er mit sowas beim besten Willen nicht gerechnet hätte. Verständlich war es, nach allem, was sie erlebt hatte. „Also gut, warum nicht? Ich werde aber vorher die Feuerwehr anrufen, damit die nicht ausrücken und herkommen. Willst du das wirklich machen?" Fest entschlossen nickte die junge Frau an seiner Seite, die den Hund nur etwas fester an sich drückte. Ihre

Schritte waren schnell, sie lief geradewegs durch den Regen zu ihrem alten Elternhaus, um sich endlich von diesem Alptraum zu befreien. Schlamm spritzte an ihrer Hose hoch, sie spürte den kalten Regen in ihrem Gesicht kaum, vollkommen fixiert auf das alte Gebäude. Manuel folgte ihr, soweit es möglich war. Mit Handy und Regenschirm in der Hand war es bei den Windböen nicht leicht für ihn, zu laufen.

Hannah blieb schwer atmend vor dem alten Gemäuer stehen, setzte Lina wieder ab und betrat es ein letztes Mal. Sie wollte sich noch umsehen, einmal durch die Flure wandern, in denen sie als Kind vermutlich glücklich gewesen war. Es schien ihr wie aus einem Traum und wenn sie hergekommen war, um ihre Erinnerungen wieder zu finden, lag alles in ihrem Kopf in einem dichten Nebel.

Allerdings war Hannah deswegen nicht mehr traurig, sie war dankbar. Die Wahrheit, die sie suchte, würde sie nur noch mehr zerstören. Ja, sie wusste nicht, was mit ihrem Vater passiert war, aber nach Christines Worten zu urteilen, war auch er nicht mehr am Leben. Dieses Dorf hatte ihre Familie zerstört, sie wollte sich nicht auch noch zerbrechen lassen. Ihr Gang war sicherer als je zuvor, während sie durch die Räume schritt und als sie im Schlafzimmer ihrer Eltern ankam, stutzte sie einen Moment.

An der Wand stand, ebenso wie die Nachricht, die sie schon einmal gefunden hatte, mit Moor geschrieben: „Es ist vorbei"... und irgendwie glaubte sie daran. Keiner wusste, wer der Mann war, der die Morde begangen oder warum er es getan hatte. Offenbar war es tatsächlich zu Ende, denn von denen, die ihrer Mutter einst so wehgetan hatten, war keiner mehr da.

Schweigend sah sich Hannah den Schriftzug an, verließ aber kurz darauf das Schlafzimmer wieder und ging die Treppe nach unten. Manuel stand in der Tür und musterte sie. „Stimmt etwas nicht?", flüsterte er leise, doch Hannah winkte ab. Ein zufriedenes Lächeln lag auf den schmalen Lippen der jungen Frau. „Alles gut, hast du ein Feuerzeug?" Sie meinte es mit dem Verbrennen vollkommen ernst.

Mit diesem Haus würde alles niederbrennen, denn sie trug das Tagebuch ihrer Mutter bei sich. Die Erinnerungen, die Beweise, alles sollte zerstört werden. Hannah war sich sicher, selbst wenn sie mit der Wahrheit an die Öffentlichkeit ging, gab es niemanden, der sie hören wollte. Jeder hatte sich schon lange mit der Lüge zufriedengegeben, keiner würde davon mehr abweichen wollen. Manuel zögerte im ersten Moment, reichte ihr dann aber sein Feuerzeug und atmete durch. „Also gut, auf deine Verantwortung", murmelte er leise. Es war ihr Eigentum und solange sie nicht versuchte, es der Versicherung zu melden, beging sie kein Verbrechen.

Zärtlich glitt Hannah mit dem Daumen über das Tagebuch ihrer Mutter. „Es tut mir leid", flüsterte sie leise, betätigte kurz darauf aber das Feuerzeug und hielt es an das kleine Büchlein. Gierig fraßen sich die Flammen durch die Seiten. Hannah ließ es erst fallen, als sie nicht mehr anders konnte und beobachtete, wie die Flammen sich sofort auf den alten Holzboden stürzten und sich verbreiteten. Manuel nahm ihre Hand und zog sie mit sich. „Los, wir sollten draußen warten", murmelte er leise.

Den Regen spürte Hannah gar nicht. Sie war nicht in der Lage zu sagen, wie lange sie mit Manuel draußen gestanden und dem Feuer zugesehen hatte, wie es das Haus verschlang. Es leckte gierig an jeder Ecke, man hörte, wie innen die Holzböden der oberen Etage nachgaben und in sich zusammenbrachen. Schweigend legte Manuel seinen Arm um die junge Frau herum und drückte sie an sich. War das jetzt der Abschluss von allem?

Kapitel 37

Einen Monat später war es still geworden.

Wie eine Sturmflut war der Täter über das Dorf hergefallen und ebenso war er wieder verschwunden. Leider hatte er genauso viele Schäden hinterlassen. Christine stand am Bahnhof, ihre wenigen Habseligkeiten in einen kleinen, schwarzen Koffer auf Rollen verpackt.

Der Wind pfiff um die Ecke, sie fröstelte ein wenig, aber auch vor Aufregung. Skeptisch sah Raik sie an, steckte sein Handy weg und sah auf, als der Zug näherkam. „Und du bist dir sicher?", murmelte er leise. Musste er es denn jetzt wieder schlimmer machen? Nein!

Christine war sich nicht sicher, aber was sollte sie tun? Sie hatte ja gar keine andere Wahl. Weihnachten und Neujahr wollte sie hier nicht mehr erleben, sondern weit weg in einer anderen Stadt, ohne die Erinnerungen an die vergangenen Tage und Wochen. „Mach es uns doch nicht so schwer", murmelte sie leise und nahm sanft die Hand des Mannes, mit dem sie nun in Scheidung lebte.

Der Weg zum Scheidungsanwalt war keinem von ihnen leichtgefallen, doch sie wollten es sich so angenehm wie möglich gestalten. Für Christine stand sofort fest, sie würde ausziehen, daher behielt Raik das Haus. Was er am Ende daraus machte, blieb ihm überlassen. „Bremen wird mir guttun", meinte sie lächelnd, umarmte Raik dann aber doch noch einmal. Der Zug fuhr quietschend hinter ihr ein und würde sie erst nach Hamburg bringen. Tief atmete sie noch einmal seinen Duft ein, er benutzte seit Jahren ein und dasselbe Aftershave. Lächelnd löste sie sich aus seinen muskulösen, schützenden Armen, in denen sie bisher immer ein zufriedenes Leben hatte führen dürfen.

Jetzt führte sie ihr Weg in die Ungewissheit. „Bremen ist ja nicht aus der Welt und wenn du mich mal besuchen möchtest, kannst du das gerne tun", murmelte sie leise und sah scheu zu ihm. Raik war eine

Konstante in ihrem Leben gewesen, er war Freund, Schulkollege, Partner, Mann und Geliebter in einem. Alles ließ sie jetzt los und ihn damit zurück. „Ich werde mich auf jeden Fall bei dir melden", murmelte er leise, fuhr sich ungeschickt durch die Haare, weil er gar nicht wusste, wo er hinsehen sollte.

Es ging schnell! Christine musste mit ihrem Koffer in den Zug, dessen Türen sich bereits wieder schlossen. Der Schaffner pfiff und schon setzte sich der Zug in Bewegung. An der Tür stand Christine, eine Hand auf der Scheibe liegend und ihm traurig in die Augen sehend.

Immer wieder blinzelte Raik, der sich in diesem Moment nicht die letzte Blöße geben wollte. Erst als der Zug nicht mehr zu sehen war und er sichergehen konnte, dass Christine ihn nicht mehr sah, ließ er seine Tränen laufen.

Das hier war der Abschluss eines Lebensabschnittes, von dem Raik einmal geglaubt hatte, er würde ewig anhalten. Doch wie vor vielen Jahren aus Freundschaft Liebe wurde, war nun aus Liebe wieder eine innige Freundschaft geworden. Wenn Christine ihn brauchte, wollte er weiterhin für sie da sein und ihr ein Halt im Leben sein.

Ein so schwerer Seufzer, wie er ihn nie von sich erwartet hätte, kam über seine Lippen und er vergrub die Hände in den Hosentaschen. Er blieb noch eine halbe Stunde am Bahnhof stehen, tief in Gedanken versunken und den Blick auf den Horizont gerichtet. Christine war immer an seiner Seite gewesen, er wünschte ihr alles Glück der Welt und dass sie jemanden fand, der sie glücklicher machte, als er es in den letzten Jahren hatte tun können. Die Einsamkeit schien ihn erschlagen zu wollen, als ihm in diesem Moment klar wurde, dass sein Leben niemals wieder so wurde, wie es einmal war.

Allein zu sein, kam für Raik in diesem Moment nicht in Frage.

Außerdem gab es da etwas, was er geklärt haben wollte... nämlich die Beziehung zu seiner Mutter. Seit der Beerdigung seines Vaters sprachen die beiden kein Wort mehr miteinander. Sie war noch immer seine Mutter und es schlug ihm auf den Magen, dass sie nicht mal mehr mit ihm sprach.

Es fühlte sich fast so an, als wolle sie ihm die Schuld am Tod des Familienoberhauptes geben, obwohl er nichts damit zu tun hatte. Die Hand zitterte ihm regelrecht, als er den Knopf der Klingel drückte. Es dauerte ein paar Minuten, bis seine Mutter öffnete und ihn schweigend ansah. „Raik", murmelte sie leise. In ihrem Gesicht las man deutlich, wie sehr auch sie unter der Situation litt. Aus einem Impuls heraus, nahm Raik seine Mutter schützend und fest in den Arm, traurig und erschöpft von den letzten Wochen. Noch immer hatte er den Tod seines Vaters nicht verstanden, der ungeklärte Fall lag ihm im Nacken, von der Scheidung wollte er nicht einmal anfangen. Sofort nahm ihn seine Mutter warmherzig in die Arme und zog ihn mit sich ins Wohnzimmer, wo er sofort feststellte, dass sie allein war.

Er war davon ausgegangen, diesen komischen Kerl hier zu treffen, aber er war nicht da. Für ihn erleichterte es die Situation ungemein. „Wie geht es dir, Mum?", fragte er nach und musterte die Frau, die ihn großgezogen hatte. Sie wirkte in sich zusammengesunken, traurig und müde, so wie er sich fühlte. Karin schloss einen Moment die Augen, als müsse sie ihre eigenen Gedanken erst etwas ordnen.

„Nicht gut... dein Vater fehlt mir an jeder Ecke, glaub mir. Jedes Mal, wenn ich die Tür zu einem Zimmer öffne, habe ich das Gefühl, als würde er dort irgendwo sitzen. Ja, dein Vater hat wohl nicht immer richtig entschieden, aber er wollte doch nur den Frieden bewahren!" Raik war nicht hier, um sich mit seiner Mutter über das Verhalten ihres Mannes zu streiten. Er selbst haderte noch immer mit sich, weil sein alter Herr in seinen Augen falsch gehandelt hatte.

Vielleicht wäre es anders, wenn er sich in der gleichen Situation befunden hätte und mit etwas Glück, nagte zu Lebzeiten das schlechte Gewissen an dem stolzen Mann. „Schon gut, Mum. Lass uns nicht mehr darüber reden, ja? Papa hat einen Fehler gemacht, aber das ist dann auch schon alles. Er ist noch immer mein Vater und der Mann, den du geliebt hast. Belassen wir es dabei und behalten wir ihn so in Erinnerung."

Dankbar schloss Karin ihren Sohn in die Arme, schluchzte aber leise auf. Es verletzte sie so sehr, sie schämte sich auch etwas für das Verhalten ihres Mannes, aber sie liebte ihn eben trotz seiner Haltung noch. Der arme Mann konnte sich doch nicht mehr wehren... man sollte ihn jetzt einfach in Frieden ruhen lassen!

Raik streichelte seiner Mutter beruhigend durch die Haare. Auch ihre Beziehung wurde auf die Probe gestellt und damit war es lange nicht vorbei. Sie würden sich viel miteinander beschäftigen, viel besprechen und klären müssen, aber sie waren alles, was sie hatten. „Mama? Hast du was dagegen, wenn ich für ein paar Tage hier einziehe? Christine ist heute ausgezogen und... ich will nicht in das leere Haus zurückkehren."

Fragend sah Karin ihn an. „Und Hannah? Ist sie wieder nach Hannover gefahren?" Raik nickte etwas, merklich betroffen von der Situation. „Ja, sie ist heute Morgen schon gefahren", murmelte er und senkte den Blick. „Sie fehlt mir ein wenig, weißt du? Vielleicht rufe ich sie mal an." Zu mehr war er in diesem Moment nicht in der Lage, immerhin hatte er seine Frau vor wenigen Minuten zum Zug gebracht! Aber er musste zugeben, dass Hannah ihm bereits jetzt sehr fehlte. „Du kannst gerne erst einmal hierbleiben. Ich freue mich", flüsterte seine Mutter leise und sah ihm sanft in die Augen. „Mach dir keine Sorgen, du hast hier immer ein zu Hause."

Dankbar umarmte Raik sie, stutzte dann aber etwas.

„Aber sag mal, dieser Mann, der immer bei dir war nach dem Tod von Vater... wo ist der?" Beschämt senkte Karin den Blick. „Liebling, ich habe mich einfach einsam gefühlt", murmelte sie leise. „Lass mir bitte meine kleinen Geheimnisse, ja?" Es mochte seltsam klingen, aber er hatte schon aufdringlich versucht, sie zu berühren, bis sie ihn am Ende rausgeworfen hatte. Darüber musste man nicht mit seinem Sohn reden, der hatte selbst genug Sorgen. Alles musste er dann nicht wissen. „Er wird nicht wiederkommen", schloss sie das Thema ab und lächelte sanft. Offen gestanden war sie froh, Raik bei sich zu haben, so fühlte sie sich nicht mehr so ganz allein. In der momentanen Situation brauchte er seine Mutter doch mehr als jemals zuvor!

Das Schloss war eine hübsche Einrichtung für Menschen, die nicht alleine leben konnten. Jeder hatte seine eigenen vier Wände, einen Rückzugsort. Und doch gab es immer jemanden, der im Notfall da war. Manuel hatte sich lange mit einer der Pflegerinnen unterhalten, den Kontakt mit dem letzten lebenden Zeugen aber nicht weiter gesucht.

Was sie ihm erzählt hatte, war grausam genug. Manuel wollte ihn nicht noch einmal an alles erinnern, was den Zustand bei ihm damals ausgelöst hatte.

„Und?", murmelte Hannah leise, die im Wagen auf ihn gewartet hatte. Er zuckte mit den Schultern. „Ich habe nicht mit ihm gesprochen. Er spricht wohl generell kaum noch ein Wort, verletzt sich ständig selbst und braucht starke Medikamente. Ich dachte, es wäre einfach falsch, in ihm alles wieder wachzurütteln. Ich glaube... das Wichtigste wissen wir doch oder?"

Ohne Raik einzuweihen, hatten Hannah und Manuel noch einmal versucht, mehr herauszubekommen. Für den jungen Kommissar waren die beiden schon längst auf dem Weg nach Hause, Hannah nach Hannover und Manuel nach Hamburg. Am Morgen, als er losfuhr, um

Christine zum Bahnhof zu bringen, hatten auch sie sich von ihm verabschiedet. Heimlich jedoch versuchten sie, den letzten Strohhalm zu erwischen, der wohl nicht mehr greifbar zu sein schien. Egal, was er wusste oder was er damals gesehen hatte, er litt genug darunter. „Ich... denke schon", meinte sie leise. Hannah musste sich damit abfinden, dass ein Teil ihrer Lebensgeschichte für immer im Dunkeln bleiben würde.

Ihre Mutter war vergewaltigt und ermordet worden, vermutlich war auch ihr Vater den Tätern zum Opfer gefallen, um alles zu vertuschen. Ein ganzes Dorf schloss dabei die Augen oder half sogar. Der Mann, wer auch immer er sein mochte, der diese Taten hatte rächen wollen, schien verschwunden zu sein. Hatte er Genugtuung bekommen?

Manuel musterte die junge Frau, lehnte sich an das Dach seines Wagens und sah ihr fest in die Augen, gespannt, was er darin so lesen würde.

„Hannah? Bist du damit zufrieden? Was mit deiner Mutter geschah, wissen wir. Was aus deinem Vater wurde, wird wohl niemals jemand erfahren. Bist du damit jetzt glücklich?", flüsterte er leise. Sie zuckte mit den Schultern, sah erneut zu dem Schloss, lächelte dann aber doch etwas. „Ich weiß es nicht... ich denke, es ist besser, wenn ich nicht weiter daran rühre. Die Männer sind tot, die Menschen hier interessieren sich nicht für die Wahrheit, die ist im Grunde nur mir wichtig. Aber weißt du... wer auch immer dieser Mann war oder aus welchen Gründen er es auch getan haben mag: Ich wünschte, ich könnte mich bei ihm bedanken. Ja, es mag falsch sein, immerhin reden wir hier von Mord... aber für mich fühlt es sich an, als wäre da wenigstens ein Mensch auf der Welt, der mir beigestanden hat und meine Gefühle teilt."

Manuel winkte ab. „Keine Sorge, ich werde niemandem etwas davon erzählen und ich kann deine Gefühle gut verstehen. Aber... hast du dir nie Gedanken darüber gemacht, ob es auch dein Vater sein könnte? Keiner weiß, wo er ist, ob er wirklich damals ums Leben kam. Meinst du, er hätte einen Grund, sowas zu tun?"

Entschieden schüttelte Hannah sofort den Kopf, während sie mit ihrem Schlüsselanhänger spielte. Für sie kam der Gedanke nicht in Frage. „Mein Vater hätte sowas nie getan. Er wollte den geraden Weg gehen und zur Polizei, um die Täter anzuzeigen. Nie im Leben wäre er nach so vielen Jahren wieder aufgetaucht, um dann alle zu töten. Außerdem will ich nicht glauben, dass mein Vater mich die ganzen Jahre alleinlassen würde." Durch das Tagebuch ihrer Mutter war sie sich sicher, dass ihr Papa sie nie im Stich gelassen hätte, wenn er nicht dazu gezwungen worden wäre. Hannah musste davon ausgehen, dass er nicht mehr am Leben war, so traurig es auch war.

Manuel nickte etwas, ehe er lächelte. „Damit wäre dein Vater den richtigen Weg gegangen." Egal, wie sehr sie sich auch angestrengt hatten, es tauchten keine Fingerabdrücke oder andere Beweise mehr auf. Die Männer waren tot, ohne dass es auf den Täter nur den geringsten Hinweis gab. Wie sowas möglich war, konnte sich Manuel bis heute nicht erklären.

Hannah atmete tief durch und öffnete die Tür zu ihrem Wagen. „Nun, dann werde ich mich mal auf den Weg nach Hause machen. Hannover wartet auf mich, zusammen mit meinem doch etwas langweiligen Leben. Vermutlich werde ich alles noch einmal überdenken müssen und abwarten, was ich weiterhin machen will. Irgendwie stelle ich zurzeit sehr viel in Frage, aber gut... ich denke, das werde ich mit mir ausmachen müssen." Auf sie kam eine Menge Arbeit zu, immerhin hatte sie viel zu verarbeiten. Als ihr Wagen davonfuhr, lehnte sich Manuel noch immer ans Dach seines Autos, auf den Lippen ein amüsiertes Lächeln. „Gern geschehen", flüsterte er leise, ehe er in sein Auto stieg und ebenfalls davonfuhr.

Epilog

Schweigend betrat er das Büro mit den hohen, stuckverzierten Decken. Bücherregale, die bis unter eben diese reichten, alles frisch in weiß gestrichen mit weichem Plüschteppich und warmen Lampen.

Einen Moment blieb er in der weiten Flügeltür stehen, ehe der Mann hinter dem schweren, großen Eichenschreibtisch ihm den gemütlichen Ledersessel anbot. "Du solltest da nicht stehen und festwachsen, Fabian", meinte der Mann mit den Falten im Gesicht und dem ausgeglichenen Lächeln. "Oder möchtest du schon gar nicht mehr mit deinem alten Vater sprechen?"

Schmunzelnd setzte sich der junge Mann auf den Stuhl, den man ihm anbot, kramte in seiner Hemdtasche nach den Zigaretten und zündete sich eine davon an. "Du ahnst gar nicht, wie froh ich bin, wieder in Hannover zu sein. Dieses Dorfleben ist wirklich... unheimlich." Zufrieden zog Fabian dabei an seiner Zigarette, lehnte sich zurück und überschlug die Beine. "Weißt du... eigentlich war es wirklich idyllisch dort oben, aber nachdem mir klar war, was da passiert ist, fand ich es nur noch unheimlich. Du hättest mich ruhig mit etwas mehr Informationen füttern können, bevor du mich dort hinschickst."

Doch sein Vater schüttelte amüsiert den Kopf. "Nein, wäre doch schade gewesen. Du solltest schon selbst deinen Kopf anstrengen. Dich als Kriminalkommissar aus Hamburg auszugeben, hat übrigens auch sehr gut funktioniert. Ich bin stolz auf dich, mein Sohn. Diese Menschen haben verdient, was du getan hast."

Dabei zog er einen Terminkalender heraus und hakte ein paar Daten ab. "Hannah wird morgen wieder zur Therapie kommen, denke ich. Du solltest dich also hier nicht blicken lassen. Es wäre schwer zu erklären, warum Manuel Rehmsen hier ist." Dabei lag ein zufriedenes Lächeln auf den Lippen des Psychiaters.

Fabian zog an der Zigarette, musterte seinen Vater etwas, weil er noch immer nicht alle Dinge im Kopf zusammensetzen konnte. "Also gut, ich gebe zu, diese Männer hatten den Tod mehr als verdient. Sie vergewaltigen und töten eine junge Frau, die ihrer Meinung nach nicht ins Dorf passt, und das vor den Augen ihrer Tochter. Und als würde das noch nicht reichen, töten sie ihren Vater, der alles herausbekommen hat und mit den Informationen zur Polizei nach Hamburg gehen wollte. Aber ich begreife eines noch nicht so ganz... was hast DU damit zu tun, Vater?"

Da wurde er einmal direkt von Hannover an die Nordsee geschickt, um einigen Männern das Leben zu nehmen und ein altes Verbrechen zu rächen, aber eine Antwort, was sein Dad damit zu tun hatte, die fehlte ihm noch.

Hannahs Psychiater lehnte sich zurück und atmete durch. "Weil ich dort früher auch einmal gelebt habe", gestand er entspannt und schmunzelte, als sein Sohn bleich wurde. "Ich habe mit dem Fall nichts zu tun, versprochen... aber damals habe ich mitbekommen was mit Hannahs Mutter geschehen war. Es war ein offenes Geheimnis, jeder wusste davon und es regte mich auf, dass die Männer davonkommen sollten, nur weil diese Idioten anerkannte Mitglieder der Gemeinde waren! Im Kirchenvorstand oder was auch immer... sie alle schienen irgendwie wichtig zu sein, darum entkamen sie ihrer Strafe! Ich packte dich damals einfach ein und habe mit dir das Dorf so schnell wie möglich verlassen. Wie sollte ich diesen Menschen, die eine Kinderseele und zwei Menschen auf dem Gewissen hatten, noch in die Augen sehen? Oder meinen Sohn dort groß werden lassen?"

Erstaunt sah Fabian ihn an. "Daran... doch ich kann mich daran erinnern, dass wir mal in einem Dorf gelebt haben, aber dass es dort war." Er konnte keinerlei Verbindung dazu herstellen. Sein Vater gab ein leises Lachen von sich, nickte dann aber. "Du hast dich da nie wohl gefühlt. Freunde hattest du so gut wie keine, die Menschen mochten uns nicht, Alleinerziehender Vater und so. Ich kannte doch diese Gerüchte über mich, dass ich selbst meine Frau getötet hätte. Sie starb bei deiner Geburt, aber davon wollte keiner was hören. Diese Klatschweiber, die in ihrem Leben nichts anderes zu tun haben, als sich das Maul über anderer Leute Privatleben zu zerreißen, wollten natürlich nur glauben, was sich im Dorf am besten verbreiten ließ. Vermutlich verstand ich mich darum immer gut mit Hannahs Vater... Ich wusste, wie es war, wenn man nicht dazugehörte."

So wie Hannahs Familie niemals dazugehörte. Schnaubend schüttelte Fabian den Kopf. "Und darum habe ich dort keine Freunde gefunden?" Traurig nickte sein Vater. "Ja..., wenn man sich diesen Menschen nicht anpasst, dann ist man verloren! Sogar die Kinder sind verdammt und werden einfach geschnitten. Ich habe dich und Hannah leiden sehen, jeden Tag..." Frustriert schüttelte er den Kopf und streichelte Fabian über den Kopf. "Es tut mir leid... Wenn ich nur früher gegangen wäre, vermutlich hätte ich dieses ganze Chaos verhindern können."

Beruhigend schüttelte Fabian den Kopf. "Mach dir keine Sorgen, Dad. Ich habe eine sehr nette, junge Frau kennengelernt. Sie lebt jetzt in Bremen, mal sehen, bestimmt fahre ich sie mal besuchen und vielleicht erzähle ich ihr alles. Und Hannah? Wird sie sich jemals an irgendwas erinnern können? Ich denke... sie würde es nicht verkraften." Zustimmend nickte der Psychiater. "Darum werde ich weiter auf Hannah aufpassen und sie behandeln. Solange ich kontrollieren kann, ob sie sich erinnert oder nicht, wird ihr auch nichts passieren." Hypnose war noch nicht perfektioniert, aber er konnte schon genau darauf aufpassen, wann ihre Erinnerungen zurückkamen, und mit den passenden Medikamenten ließ sich dafür sorgen, dass die arme Frau sich niemals daran erinnern würde, was ihre Kinderseele in jungen Jahren hatte verkraften müssen.

Jetzt wo ihre Eltern etwas wie Gerechtigkeit erfahren durften, wo man wusste, was mit ihnen geschehen war und wo niemand mehr aus den Gräueltaten dieses verfluchten Dorfes ein Geheimnis machte, konnte Hannah vielleicht ein neues Leben anfangen.

Besorgt sah er seinen Sohn an, der die Zigarette in dem Glasaschenbecher ausdrückte. "Kommst du damit klar?", fragte er nach, doch Fabian lächelte kühl, ehe er seinen Vater ansah. "Du hast mich selbst als... Psychopathen bezeichnet, Dad. Denkst du tatsächlich, ich hätte ein Problem damit, jemanden zu töten? Ich habe zu diesen Menschen keinerlei Beziehung gehabt, ich bin vollkommen in der Rolle von Manuel Rehmsen aufgegangen. Wenn ich ehrlich bin, gefällt mir sein Leben besser als meines, vermutlich werde ich es noch etwas weiterleben." Darum konnte er sich so effektiv in das Leben eines Fremden einfühlen, es gab den Mann nur in seinem Kopf, doch Fabian war es ein Leichtes, diese Persönlichkeiten zu trennen.

Längst hatte sein Vater aufgegeben, ihn zu therapieren. Es ergab keinen Sinn, doch in eine Klinik einweisen, konnte der Mann seinen Sohn ebenfalls nicht.

"Du möchtest also jetzt sein Leben führen? Und als Manuel willst du diese Frau erobern?", murmelte der Psychiater leise und sein Sohn nickte.

Diese Morde würden offiziell nie geklärt werden, keiner baute eine Verbindung zu ihm auf. Nachdem der Mord an Hannahs Eltern endlich an die Öffentlichkeit gelangt war, verstummten die Fragen nach den heutigen Morden, denn niemand wollte sich mit den eigenen Fehlern auseinandersetzen. Fabian hatte keine Verbindung zu diesen Menschen, denen er das Leben genommen hatte. Für ihn waren es Fremde, für die er nichts empfand, weder Mitleid noch etwas anderes.

Nur zu ihr, zu Christine, da hatte er eine seltsame Bindung aufgebaut. Darum wollte er wissen, was es mit ihr auf sich hatte und warum eine Frau, die er kaum kannte, solche tiefen Emotionen weckte, was ja nicht einmal sein Vater nach Jahren der Therapie zu erreichen vermochte.

Vielleicht kam dieses verfluchte Dorf irgendwann zur Ruhe, vielleicht vermochten die Menschen das kleine Wunder zu erwirken, noch einmal alles unter den Teppich zu kehren. Eventuell mussten sie aber nur warten, bis ihnen wieder jemand vor Augen führte, dass nichts jemals ganz vergessen war.

Egal, wie schwer der Teppich sein mochte, egal wie tief man den Dreck unter diesem verschwinden ließ, irgendwann würde immer jemand kommen, der den Teppich anhob und allen Schmutz hervorholte, bis zum letzten Staubkorn, egal wie schmerzhaft das auch sein mochte.

Im Grunde war Fabian nur jemand, der sauber machte, wenn der Dreck zu hoch geworden war.

Langsam erhob er sich aus dem Sessel seines Vaters und streckte sich. Keiner von beiden verabschiedete sich von dem anderen, sie gingen schweigend auseinander, denn jedes Wort wäre zu viel gewesen. Jetzt waren sie es, die den letzten, restlichen Dreck unter einen Teppich kehrten. Und diesen Bettvorleger, der auf irgendeinem beliebigen Boden, in einem unwirklichen Zimmer lag, würden sie so sicher wegsperren, dass niemand weder den Teppich, noch den Dreck, jemals finden würde.

Doch eine Frage blieb nach der ganzen Sache noch immer und skeptisch sah der Mann seinen Sohn an, welcher gerade gehen wollte. „Wie hast du den Mann in der Zelle ermordet?", murmelte er leise, denn diese Tatsache hatte er nach der Erzählung nicht verstanden.

Blinzelnd sah Fabian ihn an, schüttelte dann aber den Kopf. „Das kann ich dir nicht sagen, denn mit dem Mord habe ich nichts zu tun. Irgendwie verstehe ich das alles selbst nicht, aber es muss Selbstmord gewesen sein. Ich war doch gar nicht da! Das war schon eng genug, als ich das Treffen mit Hannah hatte. Da musste ich mich schon beeilen, um alles sauber zu bekommen, bevor ich mit ihr ins Restaurant gegangen war. Sie hat mir wenigstens geglaubt, als ich gesagt hatte, ich will mich noch eben waschen und umziehen und dass ich sie dann abhole. Nun ja... reden wir einfach mal von Glück gehabt. Aber mit dem verrückten Kerl habe ich nichts zu tun. Ich bin mir sicher, der hat sich selbst nie verziehen." Was er seiner Meinung nach nicht anders verdient hatte.

Schweigend steckte sich der ältere Mann seine Pfeife an, die er in den gegerbten Händen hielt. Sie alle hatten schwere Schuld auf sich geladen, doch jetzt war das Schweigen gebrochen.

Wo alles vorbei war, stellte sich der Psychologe doch eine Frage: Profitierte jemand davon?

Wenn er ehrlich war: Nein. Es gab keinen Gewinner in diesem Spiel, nur viele Verlierer. Für ihn war es kein Geheimnis, dass die Menschen in diesem Dorf schon bald wieder ihr altes Leben führen würden, ohne an die Toten zu denken. Weder an die Täter und erst recht nicht an die eigentlichen Opfer, von denen eh keiner etwas wissen wollte.

Musste man sich da nicht fragen, was diese Geschichte für einen Sinn ergab? Gar keinen, wenn man ehrlich darüber nachdachte. Weder Hannah, noch sonst jemand, ging als Sieger aus den letzten Wochen hervor. Dennoch spürte er diese Rachegelüste seit Jahren in sich, ohne zu wissen, wo sie herkamen. Hannahs Mutter war eine freundliche Frau, ihr Vater ein Mann mit reinem Herzen und sie waren zerstört worden - von feigen Arschlöchern, die keinerlei Rückgrat gezeigt hatten. Eine ganze Gesellschaft schwieg für sie und verhinderte so, dass sie ihrer Strafe zugeführt werden konnten. Selbst das Auge des Gesetzes schien nicht sehen zu wollen, was Recht war und was nicht.

~ ~ ~

Bewegungslos stand er da. Der frische Wind der Nordsee verfing sich in den verfilzten Haaren. Seine Mütze hatte er sich tief ins Gesicht gezogen, die Hände in den Taschen des zerrissenen Mantels vergraben. An seinen hohen Stiefeln klebte Moor, ebenso an der Hose und dem Rest der Kleidung hing Moor. Sein Blick war auf die alte, verbrannte Ruine gerichtet, welche leer und verlassen vor ihm lag. Die Schatten der alten Zeit würden sich nie vollkommen vertreiben lassen, aber wenigstens konnte er sich jetzt sicher sein, dass diejenigen zur Rechenschaft gezogen worden waren, die so viel Leid verursacht hatten.

Der Wind heulte um die Ecke, er klappte sich den Kragen seines Mantels hoch, drehte sich dann aber weg und verließ diesen Ort. Die schweren Schritte hinterließen Spuren aus Moor, die, ebenso wie er, vom Nebel des aufkommenden Tages verschluckt wurden.

Ende